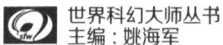

世界科幻大师丛书
主编：姚海军

FOREVER PEACE
永远的和平

[美] 乔·霍尔德曼 著

乐明 译

四川科学技术出版社

FOREVER PEACE
Copyright © 1997 by Joe Haldeman
Published by arrangement with The Lotts Agency Ltd.
through Andrew Nurnberg Associates International Limited
2017 SCIENCE FICTION WORLD
All rights reserved.

图书在版编目(CIP)数据

永远的和平 / [美]乔·霍尔德曼 著； 乐 明 译.
- 成都：四川科学技术出版社， 2007.5(2021.3重印)
（世界科幻大师丛书）
ISBN 978-7-5364-6187-1

Ⅰ.永… Ⅱ.①乔… ②乐… Ⅲ.科学幻想小说-美国-现代 Ⅳ.I712.45

中国版本图书馆CIP数据核字(2007)第023062号
图进字21-2006-59号

世界科幻大师丛书
永远的和平

出 品 人	程佳月
丛书主编	姚海军
著　者	[美]乔·霍尔德曼
译　者	乐　明
责任编辑	宋　齐
封面绘图	赵恩哲
封面设计	李　鑫
版面设计	李　鑫
责任出版	欧晓春
出版发行	四川科学技术出版社
	四川省成都市槐树街2号出版大厦　邮政编码：610012
成品尺寸	140mm×203mm
印　张	12.625
字　数	290千
插　页	2
印　刷	四川南方印务有限公司
版　次	2007年5月成都第一版
印　次	2021年3月成都第三次印刷
定　价	35.00元

ISBN 978-7-5364-6187-1

■ 版权所有·翻印必究 ■
■本书如有缺页、破损、装订错误，请寄回印刷厂调换。
厂址：四川省眉山市彭山区彭祖大道南段135号　邮编：620860

乔·霍尔德曼与《永远的和平》

科幻文学生涯已经超过四十个年头的美国著名作家乔·霍尔德曼,在科幻文学领域赢得了无数荣誉。他最优秀的作品之一《永远的和平》为他赢得了1998年的雨果奖、星云奖和约翰·W.坎贝尔奖,这是自1972年以来,在科幻界同时赢得"三重桂冠"的第一部作品。

但是,这部伟大作品的出版并非一帆风顺,约翰·W.坎贝尔就曾拒绝出版它,因为他不能容忍这部小说中的荒谬情节:美国妇女以士兵身份参加第三世界国家联盟之间进行的战争,并在战斗中牺牲。最后,这部小说被曾经担任过美国科幻作家协会主席,并多次获得雨果奖、星云奖的科幻作家本·波瓦所接受。

虽然乔·霍尔德曼曾说过，《永远的和平》并非他1975年所写的小说《千年战争》的续集，但实际上，《永远的和平》在某种程度上还是可以看作是《千年战争》的延续，它以全新的视角审视了《千年战争》中的某些问题。

作为一名曾经荣获过紫心勋章的越战老兵，霍尔德曼的很多小说都与战争有关。在《千年战争》中，作者描绘了惨烈的战争场面，记述了战争给人类心灵造成的难以弥合的创伤。书中的主人公经过漫长的战争回到地球时，发现自己的家园早已经物是人非。这种描写颇有些两汉乐府作品中"十五从军征，八十始得归"的悲凉意境。

而在《永远的和平》这部小说里面，作者不仅仅描述了战争的残酷和战争给人的心灵带来的伤害，同时还提出了终结人类战争的伟大设想——通过在人类大脑植入一种能够让人类的心灵相互连接在一起的仪器，让所有的人都成为无法伤害别人的"和平主义者"。

在《千年和平》英文版的扉页上，霍尔德曼引用了一段马丁·路德·金的话："诞生之初的人类是野蛮的，当时杀害他的同类不过是家常便饭。但是他逐渐拥有了正义之心。而现在，伤害别人就像是吃别人的肉一样，是无法被接受的，这样的时刻已经降临。"

的确，"和平是人类最持久、最朴实的追求。和平意味着生存的机会。人只有在和平的状态下才能正常从事一切有利于生存、发展的建设性活动，生命的尊严也只能在和平状态下才有条件得以普遍展现"。然而不幸的是，人类的历史一直与战争相伴,曾有人计算过,人类历史上没有战争的时间加起来几乎不到一百年。

为了实现和平,更多的人选择了以暴制暴,这样做带来的结果是交战双方都得不到安宁。正因为如此,马丁·路德·金相信,以暴力手段反抗不公正所造成的问题将超过它能解决的问题。

在《永远的和平》一书中,霍尔德曼提出了用科技来永远终结人类战争的构想。最终实现这一梦想的是一群很普通的人类,他们曾经在战争中亲手杀害过无辜的平民,曾经面对爱人的背叛,曾经有过自杀的念头,曾经想到过利用掌握的科技毁灭整个宇宙,但是,他们最终克服了来自人类心灵的黑暗面的诱惑,成功地实现了和平与爱的理想。

霍尔德曼1943年6月9日出生于美国俄克拉荷马州的俄克拉荷马城,1967年毕业于马里兰大学天文系。在出版了小说《战争年》(War Year)以后,1973年,霍尔德曼来到了素有"写作培训班中的麻省理工"之称的爱荷华大学作家研修班。在这里,他获得了文学硕士学位,并且完成了为他带来巨大荣誉的《千年战争》——没有多少人知道,这部作品其实是他的硕士毕业论文。

在生活当中,霍尔德曼是一个多才多艺的人物。他几乎从来没有过一份真正意义上的工作。在他的简历上面,我们可以看到,他曾利用业余时间做过统计师助理、图书馆管理员、编程人员、吉他老师,甚至工人。

霍尔德曼酷爱旅行,自他出生以来的半个多世纪中,他游历了大半个地球。除此之外,他还博览群书,不论什么书籍,他都会尝试阅读;而且不管时间多忙,他每天都会自己制作美食。他还喜好玩纸牌游戏，并在巴哈马首都拿索获得过扑克牌锦标赛冠军。此外，爱好绘画、吉他弹奏的霍尔德曼还喜欢钓鱼、划独木舟、游泳和潜水。

自1983年以来，每当新英格兰地区进入美丽的秋季，霍尔德曼都会到麻省理工学院讲授三个月的科幻写作课程。而在做教授以外的九个月时间里，他则会以作家身份专心从事创作。

世界恐怖作家协会奖得主、著名作家彼得·斯卓勃曾说："霍尔德曼很长时间以来都是我们当中最具洞察力的作家，他能够深入地探查到我们人类的集体意识，更为重要的是，他自己的创作灵感来源于战争幸存者来之不易的智慧。"

也许，正是这种用鲜血换来的智慧，才使霍尔德曼在小说中深刻表达出对人类的持久和平及充满激情的建设性生活的向往。

天还没有完全黑下来,淡淡的蓝色月光穿过树冠枝叶间的缝隙倾泻到大地上。这里从来也没有真正安静过。

一根粗大的树枝突然从树干处断裂,噼啪的声响消失在浓密的树荫当中。一只雄性吼猴[①]从睡梦中醒来,向树下张望。下面有一团漆黑的东西正在移动,吼猴鼓足自己肺里的空气,向地面上的怪物发出吼叫。

空气中传来一种像是报纸被撕裂的声音。黑色的血液伴随着支离破碎的内脏喷溅出来,吼猴的腹部消失得无影无踪。断成两截的尸体从枝杈之间重重地摔落下来。

你就不能放过那该死的猴子吗?

闭嘴!

这里是生态保护区。

不关你的事,闭嘴。射击练习而已。

这团黑影犹豫了一下,然后就像一只巨大的爬行动物一样,悄无声息地溜过这片丛林。即使有人站在两码之外,也无法看到它。在红外线探测器里也看不到它,雷达同样无法侦察到它的存在。

它嗅到人类血肉的气息,停了下来。猎物应该就在逆风处

[①]卷尾猴的一种,主要生长在南美洲雨林中。其喉部有声囊可大声吼叫。在自身领地遇到威胁时,雄性吼猴会通过吼叫警告对方,吼声震耳,可以传到将近五公里以外的地方,据说是陆地动物中叫声最响的。

三十米左右的地方,雄性,它闻到了他的汗酸味和呼吸时发出的大蒜气味,闻到了枪油和无烟火药残留物的味道。它测试了一下风向,然后后退,追踪着猎物的方向,绕道而行。那个男人也许正看着这条小路,所以从树林中接近是个好办法。

它从背后抓住了那个男人的脖子,就像掐落一朵枯萎的花儿一样扯掉了他的脑袋。男人的尸体抽搐着,屎尿齐流,鲜血汩汩地涌出。它把尸体放倒在地上,把他的脑袋放在两腿之间。

干得漂亮。

谢谢。

它捡起男人的步枪,将枪管弯成九十度直角,然后轻轻地放下武器,默不作声地站了一会儿。

接着,又有三个黑影从树林中钻出来,它们全部聚集在一间小木屋旁。木屋的墙是用砸扁了的铝罐钉在厚木板上搭成的,屋顶则是廉价的胶合塑料。

它一把将门扯掉,打开了比阳光还要强烈的头灯,头灯上响起了一阵莫名其妙的警报声。屋里帆布床上的六个人害怕地缩成一团。

"——不要抵抗,"它用西班牙语说道,声音低沉,伴随着回响,"——你们将接受《日内瓦公约》条款中规定的战俘待遇。"

"他妈的(西班牙语)。"一个男人抓起一颗聚能炸弹朝着灯光处扔了过去。眨眼之间,它将迎面而来的炸弹重重地击了回去,就像用手拂开一只昆虫似的。爆炸摧毁了整个木屋前面的墙壁,剧烈的冲击波将屋里所有的人都击倒在地上。那个扔炸弹的男人身体爆裂的声音比报纸的撕裂声更大一些。

这个黑影察看了一下自己的左手,只有拇指和食指可以活动,手腕旋转时会发出咔嚓声。

反应很快。

哦,闭嘴。

另外三个影子打开头灯,掀翻了房子的屋顶,将其余的三面墙壁全部推倒。

屋里的人看起来都已经死了,血流成河,一片寂静。不过,这几个机器人还是开始逐个察看他们。一个年轻的女人突然翻过身来,举起藏在身下的激光狙击步枪。她用步枪瞄准了那个手受到损坏的机器人,在被粉身碎骨之前开了一枪,那机器人的胸膛上激起了一股烟尘。

检查尸体的机器人甚至都没有抬起头来看上一眼。"无人生还,"它说,"全都死了。没有地道,也没有发现什么特殊武器。"

"好吧,我们给第八支队留了点儿事情。"它们关掉照明灯,同时向四个不同的方向撤退。

那个手受到损坏的机器人走了大约四分之一英里[①]后停了下来,用微弱的红外线检查自己的伤口。它用那只手向自己身体的侧面拍打了几下,但还是只有两根手指可以活动。

好极了,我们不得不把它带回去。

不然还能怎么办?

你们有什么好抱怨的?这次轮班我可要在基地营房里待上几天了。

这四个机器人沿着四条不同的路线到达了一个没有树木的小山顶上。它们站成一排,举起手臂,几秒钟之后,一架货运直升机在树梢一般高的低空中飞掠过来,迅速将它们带走了。

第二个人是谁杀的?那个手受到损坏的机器人想道。

一个声音同时出现在四个机器人的脑子里,"贝里曼最早做

[①] 1英里=1.6093公里。

出反应,但是霍格思开火让猎物彻底死去。所以按照规矩,它们俩平分秋色。"

夜色沉沉。在树梢高的低空中,悬着四个兵孩的直升机呼啸着顺着山坡下掠,向东朝着友邻巴拿马的方向驶去。

我不希望斯科维勒在我之前使用兵孩。在接手兵孩前,你必须连续二十四小时追踪监控前任机械师的作为,做好接手的准备,敏锐地察觉到自从你上一次轮班结束后兵孩发生的变化,比如三根手指故障这样的事情。

当坐在热身座椅上时,你所要做的仅仅是观察。你不能与排里其他战友接驳,这样会使局面变得混乱不堪。我们按照严格的作息时间轮班,因此,这个排里其他九名兵孩的操作机械师同样需要跟在上一批值班人员后面等待轮换。

你肯定也听说过出现紧急情况的时候,轮班工作不得不在仓促间进行。这很容易理解。抛开被下一班机械师追踪监控的压力不提,最后一天也是最糟糕的一天。有人会出现精神崩溃、心脏病发作或中风的状况——通常这种情况会发生在任务开始后的第十天。

在波特贝洛基地的深处,机械师们并不存在任何身体上的危险,但是,我们的死亡和伤残率却要高于常规步兵。不过,并不是子弹伤害了我们,这伤害来自于我们自己的思考和情绪。

对于我以及和我一组的机械师来说,接斯科维勒所在排人员的班是件倒霉的差事。他们属于猎手/杀手组,而我们干的是"干扰与拦截"的活儿,简称为"H&I";有时候我们也被借调到心理战行动组。我们并不经常杀戮,也并非因为杀戮的才能而被选入机械师行列。

我们组的十名兵孩在几分钟内全部进入了库房。操作它们的机械师们断开接驳,机械师们身上的外甲松开了,斯科维勒的战友们都从里面爬了出来。尽管经常在做运动,而且也适应了疲劳抑制剂,但他们看起来还是像老头儿、老太太。看到他们,你会不禁觉得自己也在同一个位置上坐了整整九天。

我中断了接驳。我与斯科维勒只在很浅的层次上进行过链接,完全不像同一个排里的十名机械师之间那样有几近心灵感应似的深层链接。尽管如此,我在中断接驳之后想要找回属于自己的思维仍然十分困难。

我们置身于一间巨大的白色房间中,里面有十个机械师外甲,以及十个理发椅模样的奇特的热身座椅。在这些装置后面的墙壁上,是一幅巨型的哥斯达黎加背光地图,上面用不同颜色的光线显示出兵孩和空兵孩单元的作战位置;而在另几面墙上,则覆盖着各种各样的监视器和有着专业术语标记的数据显示器。穿着白色工作服的人们在四周走来走去,检查上面的数字。

斯科维勒伸了个懒腰,打着哈欠朝我走来。

"很遗憾你不认为最后那点暴力行为是必须的。我觉得在那种形势下需要采取直接的行动。"天哪,斯科维勒那副装腔作势的样子,真可以拿到这方面的博士学位了。

"你经常这么干。如果你在外面事先警告他们的话,他们就会有时间考虑当时的形势,选择投降。"

"就像他们在阿森松岛那样吗?"

"那种情况只发生过一次。"敌人的核陷阱使我们失去了十名兵孩和一名空兵孩。

"我不会让悲剧在我的排重演。世界上又少了六个姓佩德罗斯[1]的人。"他耸了耸肩膀,"我要去点上一支蜡烛。"

"还有十分钟就进入校准时间。"一个扬声器里传来指示。这点时间还不够冷却外甲呢。我跟着斯科维勒进入更衣间。他在房间的那一头穿上他的便服,我则到这一头加入我的排。

萨拉快要脱完衣服了,"朱利安,你能帮我'做'吗?"

当然,就像多数男性与一位女性相处一样,我非常愿意,这点她也知道,但那并不是她想表达的意思。她摘掉假发,把剃刀递给我。三个星期时间,她的头皮上已经长出了金色的短发。我轻轻刮掉她后脑勺上输入口周围的短茬。

"他们的最后一次行动实在是太残忍了。"她说,"我想,斯科维勒需要那些尸体来凑数。"

"确实如此。再有十一个人他就可以达到E-8级别了。他们没有路过孤儿院已经算是万幸了。"

"他一心想着升为上尉。"她说。

我刮完了她的短茬,她开始帮我检查,用她的拇指摩挲着我的输入口周围。"很光滑。"她说。尽管光头对于校园里的黑人来说并不时髦,但我还是在不轮班的时间里坚持剃掉那些头发。我并不介意那些浓密的长发,只是不喜欢整日里戴着让人热得难受的假发跑来跑去的。

路易斯走了过来。"嗨,朱利安。帮我刮刮,萨拉。"他身高六英尺四英寸[2],而萨拉是个娇小的女人——当她打开剃刀时,路易斯往后缩了一下。

"让我看看。"我说。他的植入装置一侧的皮肤有些轻微的红肿,"路易斯,估计你要有麻烦了。你应该在热身前刮掉那些

---

[1]西班牙语国家常用姓氏。
[2]1英寸=2.54厘米。

头发的。"

"也许吧,你总得做出决定。"一旦进入操作室,你就得在里面待上九天。像萨拉和路易斯这种头发长得快、皮肤敏感的机械师,通常只在热身和轮班中间刮一次头发。"这已经不是第一次了,"他说,"我会从医生那儿要点儿护肤膏的。"

朱利安排的成员间关系一向很融洽,这大概也有几分机缘巧合的因素。我们都是从入伍者中挑选出来的,身材得适合操作室的大小,还需具备H&I能力。我们排中,有五个人都是最初那批选拔出来的人当中的幸存者,包括坎迪、梅尔、路易斯、萨拉和我。我们从事这项工作已经有四年时间了,工作十天,然后休息二十天。感觉好像已经干得太久了。

现实生活中的坎迪是个悲伤咨询师,而我们其余这些人都是某一领域的学者。路易斯和我从事自然科学研究;萨拉主攻美国政治学;梅尔则是一名厨师,即从事所谓的"食品科学"——他可真是一个极棒的厨子,我们每年总要去他位于圣路易斯的家中举办几次宴会。

我们一起回到操作室。"好了,听着,"扬声器里传出声音,"第一作战单元和第七作战单元受到些损伤,所以现在我们先不用校准左手和右腿。"

"那我们现在是不是需要几个给我们'吹喇叭'的?"路易斯问。

"不,我们不会安装'排水管'。如果你能坚持四十五分钟的话,也行。"

"我当然会试试看的,长官。"

"我们现在要做一下局部校准,你们有九十分钟的休息时间,也许会是两个小时。在此期间,我们将为朱利安和坎迪的机器人安装上新的手和腿。接下来我们将完成校准工作,接通能量,然后你们就可以离开到集结待命区去了。

"安静些吧,我的心。[1]"萨拉喃喃地说道。

我们在各自的操作室里躺下,把手臂和大腿塞进僵硬的套管中,技师们将我们接驳进入操作系统。校准工作开始时,我们被调整至涉入程度为百分之十的作战接驳模式状态,所以我几乎听不到任何人的声音,只有路易斯一声微弱的"你好",就像从一英里之外的地方传来一样。我集中精力,大喊了一声,也向他问好。

对于我们这些工作了数年之久的人来说,校准工作基本上是一种下意识的行为,但是,我们确实有两次需要停下来并退回去帮助拉尔夫。他是在理查德退出后加入我们排的新手,仅仅只有两次轮班经历。其实我们十个人所要做的就是在某一固定时间内同时挤压同一肌肉群组,直到头顶上方的红色体温计与蓝色体温计的数据相匹配。但是,除非你熟悉这一切,否则你就会由于挤压力度过大,使得温度超出预期数值。

一个小时过后,他们打开了操作室,断开我们的接驳。我们可以在休息室里度过懒散的九十分钟。虽然实在不值得为重新穿好衣服再浪费时间,但我们还是那么做了。这是一种礼节。我们即将在彼此的体内生存整整九天,这足够我们受的了。

就像人们常说的:日久生情。有时这句话的确很对,一些机械师彼此间成了情侣。我曾试着和卡罗琳建立这种关系(她在三年前去世了),但是,我们永远无法跨越作战接驳状态和作为普通公民时的鸿沟。我们试着通过寻找倾诉对象解决这个问题,但其他人从没有过被接驳的经历,所以想跟他说清楚这事,无异于对牛弹琴。

---

[1] 泰戈尔《飞鸟集》中的诗句。

我不知道我与萨拉之间的感情是否应该叫作"爱",但那只是理论上的探讨。我并不是能够吸引她的那种类型,或者说我们之间缺乏共性,当然,她也无法隐瞒这些感觉。但是,从身体的接触上来说,我们比任何一对世俗的情侣都要结合得更为紧密,因为在完全作战接驳模式下,我们大家共同构成了一个奇异的生命:拥有二十条胳膊和大腿,十个大脑,还有十个生殖器。

有些人称这种感觉为与神同在,我想可能确实存在具有类似结构的神。陪伴着我长大的那个神只是个白种男士。

我们已经研究了作战命令,当然,还有我们九天值班期间的一些特别指示。我们将继续待在斯科维勒排原来所在的地区,不过我们的工作是H&I,让哥斯达黎加雨林地区的形势变得更加复杂。这并不是一项特别危险的任务,却十分让人讨厌,就像在以强凌弱,因为敌军并没有任何一种类似于兵孩一样的远程武器。

有一次,我们坐在餐桌前喝着茶和咖啡时,拉尔夫就对此颇有怨言。

"这种滥杀无辜的行为让我心烦,"他说,"就像上次行动中树上那两个人。"

"确实令人讨厌。"萨拉说。

"那两个杂种是自寻死路。"梅尔说。他呷了一口咖啡,愁容满面地盯着杯子。

"如果不是因为他们向我们开火的话,也许我们还不会注意到他们。"

"是不是因为他们还是孩子,所以让你感到心烦?"我问拉尔夫。

"是吧。你不也一样吗?"他揉搓着下巴上的胡茬,"她们还是小女孩啊。"

"拿着机关枪的小女孩。"卡伦说,克劳德用力点了点头。他们两个在排里待了一年多了,是一对情侣。

"我也一直在想这个问题。"我说,"如果我们知道她们都是小女孩会怎么做?"她们只有十来岁年纪,藏在树上一间小屋里。

"在她们开始射击之前还是之后?"梅尔问。

"就算是之后,"坎迪说,"仅凭一把机关枪,她又能造成多大的伤害呢?"

"她们给我造成的伤害不小了!"梅尔说。那次行动使他失去了一只眼睛和一个嗅感器。

"她们很清楚在攻击些什么。"

"没什么大不了的,"坎迪说,"反正你有备用件。"

"对我来说问题就大了。"

"我知道,当时我在场。"当一个传感器失灵的时候,你并不会感觉到疼痛,只会有一种和疼痛一样强烈的感觉,但具体是什么却难以言表。

"我想如果她们出现在开阔地的话,我们不一定要杀了她们的。"克劳德说,"那样的话,我们能够看清楚她们只是些小孩子,而且携带的只是些轻杀伤力武器。但是该死的,我们全都以为她们是军官,随时可能召来战术核武器。"

"在哥斯达黎加?"坎迪说。

"这种事情确实发生过。"卡伦说。三年以来,这种事情发生过一次。没有人知道造反者们是从哪儿弄到的核武器。那次他们付出了两座城市的代价:一座是当他们启动核武器时兵孩所在的城市,他们与兵孩一同化为了灰烬;另一座则是我们在报复行动中摧毁的。

"是的,是的。"坎迪说,仅仅从这两个词语中,我就已经明白了她的言外之意:一个核武器对我方造成的损失不过是十个机器人;而当梅尔焚烧掉树上的小屋时,烧死的却是两个小女孩,她们还太年轻,根本不知道自己在做些什么。

当我们链接在一起时,坎迪的思想里总有一股潜流。她是一个出色的机械师,但你不禁要问:为什么不给她分配一些其他的工作。她太富有同情心了,肯定会在服役期满之前精神崩溃的。

但是,也许她在这个排里扮演着全体队员的"良知"的角色。在我们这个等级的士兵当中,没人知道自己为什么会被选为机械师,我们只是模模糊糊地知道些被指派到现在这个排的原因。从坎迪到梅尔,我们排似乎大部分人都有好斗心理。不过,我们排里还没有任何人像斯科维勒一样,喜欢从杀戮中获得那种晦涩的快感。斯科维勒的排比我所在的排参与了更多的战斗,这点绝非巧合。猎手/杀手——他们当然更适应暴力行为。因此,当悬浮在空中的大型计算机决定由谁来干什么时,斯科维勒排就理所当然地负责杀戮,而我们排则负责侦察。

梅尔和克劳德两人对此颇多抱怨。惯常的杀戮行为会自然而然地使人踏上晋升之路,即使不是职位上,至少也会在薪金等级上获得提升。然而你却不能指望依靠PPR(定期成绩测评)获得一毛钱。斯科维勒排干的是杀人的活儿,所以从平均水平而言,他们每个人的薪水要比我们高出百分之二十五。但是,这些钱你能用来干什么呢?把它存起来买通当局,以摆脱服役之苦吗?

"这么说来,这次我们要袭击货运车。"梅尔说,"小汽车和货运卡车。"

"没错,"我说,"如果你不补充的话,我想也许是一辆战车。"卫星截获了一些红外线踪迹,表明敌军可能正通过一些掩人耳目的小型货车——有可能是机器人或者远程遥控装置,来为他们运送补给。这些科技力量中任何一项的激增,都将使这场战争不至于完全是一场对比悬殊的大屠杀。

我想,如果战争长期发展下去,敌人总有一天也会拥有兵孩。最后我们会看到:价值上千万美元的机器人互相厮杀,将彼此变为垃圾,而此时它们的操作者们则在数百英里外装有空调系统的地穴中集中精神,全力以赴。

前人曾论述过这种现象,这是一种大量消耗财力而非人员的战争。但是,孕育新的生命总是比创造新的财富更为简单。经济战有其长期形成的根源,有些是因为政治因素,有些则不是;有些在盟国之间展开,有些则在非同盟国之间进行。

嗯,一个物理学者能知道什么呢?我的学科似乎具有与现实相对应的法则和定律。经济学则根据行为描述现实,但是它却并不擅长预测未来。没有人能够预测到纳米炉的出现。

扬声器提示我们工作的时间到了。接下来,将要度过围堵运货车的九天时间。

朱利安·克莱斯排里的十个人拥有同样的基本武器系统——兵孩,或者叫作遥控步兵战斗单位:一副巨大的装甲外壳,里面隐藏着一个幽灵。军火占了远端遥控步兵战斗单位的一大半装配重量。兵孩可以向远方地平线处的目标精准地发射两盎司重的贫铀弹,或者在近距离范围内发射一串超音速小钢矛。它的眼睛上装有高爆炸药和火箭燃烧弹,还配备有一部全自动榴弹发射器以及高功率激光枪。特殊的单位还可以装备生化武器或者核武器,但是,这些武器只是用来进行以牙还牙的报复行动的。

在过去为期十二年的战争中,总共有不到十二颗小型核弹被引爆,最大的一颗毁灭了亚特兰大。尽管恩古米武装组织拒绝对此事负责,盟军还是对此做出反应,下达了二十四小时的最后通牒,然后将曼德拉维勒和圣保罗夷为了平地。恩古米则声称盟军牺牲了自己的一座战略意义不大的城市,从而为自己找到借口来毁灭他们的两座重要城市。朱利安怀疑他们有可能说对了。

同时,盟军还拥有空中和海上作战单位,毫无疑问,它们应该叫做空兵(男)孩和水兵(男)孩,不过大部分空兵(男)孩都是由女性来操作的。

朱利安排里所有兵孩都拥有相同的装甲和武器,其中一些还担负着特殊的职责。

作为排长的朱利安,需要直接地、经常地(理论上来讲)与连里的协调员通话,并通过她与旅指挥部进行沟通。在作战过程中,朱利安从低空卫星和位于地球同步轨道上的指挥中心处接收持续不断的加密信号。每一道命令从两处同步抵达,但其加密技术和传输延迟时间却不尽相同。因此,敌军要想在其中混入伪造的指令几乎是不可能的。

与朱利安的"垂直"——即"上下级"——连接相类似,拉尔夫可以进行"水平"——即平级连接。作为排里的联络员,他与构成布拉沃连的其余九个排的联络员直接沟通。他们之间属于"轻度接驳"——他与他们之间的沟通不像他与同排中其他成员间那么紧密,但是,他们之间的沟通仍然不只是限于无线电联络的形式。他可以通过快速、直接的方式向朱利安传达其他排的行动,甚至包括他们的感觉和士气。所有十个排共同参与同一行动的时候很少,但是一旦出现,情况就会变得一片混乱,每当这时,排联络员的重要性就不亚于垂直指挥连接了。

一个兵孩排造成的杀伤力,足以与一个常规步兵旅相匹敌。而且它们更加迅速,战斗过程更加激动人心,就像战无不胜的巨型机器人在静默当中以统一的步调行动。

出于几个方面的考虑,在实际作战中他们并不使用武装机器人。其一是因为它们有可能被俘获,从而掉转矛头,被用来对付己方军队。不过到目前为止,还没有一个完整的兵孩被俘获过。而且假如敌军俘获了一个兵孩的话,他们得到的也不过是一块昂贵的垃圾。它们的自毁功能令人难忘。

机器人的另外一个问题在于其自主性:如果通信被切断的话,机器人就必须自动运行。想象一下全副武装的机器人在战场上自作主张的情形,这是任何军队都不愿面对的,现实中的情形也同样如此。(为了应对机械师突然死亡或晕倒的状况,兵孩被授予了有限的自主权——届时,它们将停止开火并寻找隐蔽处隐藏起来,直到新的机械师热身并重新接驳进来。)

从心理战术来讲,也可以证明兵孩是比机器人更具效力的武器系统。它们就像是全能的骑士或英雄一样。它们代表着一种敌军没有能力掌握的技术。

敌军确实在使用武装机器人,例如那两辆战车。它们负责护送朱利安所在排奉命捣毁的货运车,这一点后来得到了证实。这两辆战车没有引起一点麻烦,它们刚一开火便暴露了自身目标,所以立即就被毁灭了。二十四辆遥控卡车也同时被消灭。在此之前,他们检查了车厢中的货物:军火和医疗用品。

当最后一辆卡车也化为闪亮的熔渣后,这个排还剩下四天的在岗时间,于是,它们被飞机运回到波特贝洛基地,在那儿执行警戒任务。这样的工作具有相当的危险性,因为每年这个基地都要被导弹袭击好几次,但大多数时间里这儿倒也风平浪静。总之,这工作并不令人厌烦——作为调剂,此时,机械师们是在保卫他们自己的生命。

有时候,我得花上几天时间才能松弛下来,做好重新回到普通公民的准备。在波特贝洛,有很多娱乐场所可以帮助人们度过角色转换期。不过,通常情况下我还是会回到休斯敦去放松心情。造反者们很容易以巴拿马人的身份溜过边境进入波特贝洛,而如果你被人认出是机械师,那么你就会成为首选袭击目标。当然,这里也有大量的美国人和欧洲人,但是,机械师们还是很容易从他们中间被辨认出来。机械师们通常是脸色苍白、肌肉抽搐、衣领高竖,或者戴着假发——以隐藏住头骨下部的接驳插件。

正因为如此,我们在上个月就失去了一名机械师。那天,阿莉进城去吃饭看电影,一伙暴徒揪下她的假发,把她拖进了一条小巷。他们殴打她,并对她实施了强奸。她没有死掉,但却再也康复不了了。他们抓住她的脑袋,把她的后脑狠狠地往墙上撞,直到头骨破裂,插件掉出来为止。他们把插件插进了她的下体,留下奄奄一息的她,扬长而去。

因此,这个月排里就少了一个人(新来的替补人员无法适应阿莉的操作室,这并不奇怪)。下个月,我们也许会再失去一名队员:萨曼莎,阿莉最好的朋友,她们之间的关系甚至超过了密友。这周萨曼莎的情况非常糟糕,不停地胡思乱想,心烦意乱,行动迟缓。如果我们一直处于实战当中的话,她也许会摆脱这种状态。她们两人都是出色的士兵——从热爱自己的工作这方面来说比我要好——但是,警戒任务留给她可以用来思考的时间太多了,而在此之前,袭击卡车的任务充其量算是一场愚蠢透顶的演习,就算一个空兵孩执行任务归来也能顺手完成这样的任务。

当我们接驳在一起的时候,大家都试着给予萨曼莎精神上的支持,但结果往往是自讨没趣。以前,她和阿莉都无法隐瞒她们受到对方身体的吸引,但由于她们都非常传统,这样的情况使她们感到局促不安(在现实生活中她们都有各自的男友),于是,她们总是通过开玩笑来处理这种复杂的关系。当然,现在她们再也开不成玩笑了。

接下来的三个星期里,每天萨曼莎都要去康复中心看望阿莉,阿莉脸部的骨头已经愈合了,但却留下了永久的遗憾,她们再也不能相互接驳,再也不能亲密无间了。永远也不可能了。萨曼莎一心想要报复,但现在看来也是不可能的了。参与此事的五名暴徒在事发后几乎立刻就被逮捕了,一星期后,并没有经过什么正常的法律程序,他们就被吊死在了广场上。

我是在电视中看到的。与其说他们是被吊死的,倒不如说是被慢慢勒死的。这事就发生在一个数代人之前就已经取消死刑的国家里,最后一次执行死刑已经是开战以前的事了。

也许战争过后我们还会重归文明。从前的日子里,世界就总是这样反反复复。

每当十天的兵役结束后,朱利安往往会直奔自己在休斯敦的家,但如果那天恰逢星期五的话,他就不会那么做了。那是一周中他社交活动最为频繁的一天,而他最少要为此花上一整天的准备时间。在你与另外九个机械师接驳的日子里,你会感到与他们的关系每天都会更进一层。当切断接驳后,你会因为与他们分开而感到异常难受,而与其他人沟通并不能解决问题。你真正需要的是一两天的独处,静静地待在树林里面,或是一个人在闹市中徘徊。

朱利安不是那种喜欢户外活动的人,通常情况下,他总是把自己一个人在大学图书馆里关上一整天。但星期五除外。

他可以免费飞到任何地方,所以他一时兴起,决心要去马萨诸塞州的剑桥,他曾在那里度过了大学时光。这个选择并不怎么样,那里遍地泥泞,稀疏而刺骨的冰雨不停地落在他的身上,但他还是固执地坚持去寻找每一个他能记起来的酒吧。酒吧里面全是一些与他格格不入、乳臭未干的年轻人。

哈佛永远是哈佛。圆屋顶依然是漏雨的,也没有人会盯着一个穿着军服的黑人看个不停。

他在冰雨中步行了一英里,终于来到他最喜欢的酒馆——"北斗星与群星",但那里却关门了,一张卡片贴在酒馆的玻璃上,上面写着"巴哈马[1]!"。因此,他只得拖着冻僵的双脚,踩着泥泞的道路回到广场,满心想着喝个烂醉,不要大发脾气。

广场上有个以约翰·哈佛[2]命名的酒吧,这间酒吧酿造了九种不同口味的啤酒。每种啤酒他都要了一品脱,并且按照酒水单一一核对它们的味道,然后钻进一辆计程车直奔机场。经过六个小时断断续续的睡眠,他拖着宿醉的身体回到了休斯敦,正好在星期天的早晨迎来了初升的朝阳。

---

[1] 巴哈马联邦位于西印度群岛最北部,由700多个岛屿和2000多个珊瑚礁、岩礁组成,总面积13935平方公里。
[2] 哈佛大学的创始人。

回到公寓后,他给自己煮了一壶咖啡,然后开始逐一检查这些天积累下来的邮件和备忘录。大部分是广告传单之类的垃圾邮件,还有一封父亲寄来的有趣的信。父亲正在蒙大拿州与他的新婚妻子度假,朱利安不太喜欢她。他的母亲打来两次电话谈到借钱的事,但随后又打来一个电话取消了前面说过的话;两个兄弟都来电讨论关于绞刑的事。他们都很关心朱利安的"工作",所以都知道那个遭袭击的女人正是他所在排里的一员。

他现实生活中的工作经常会有一些非相关部门间的备忘录,至少他得大略看上一遍。他研究了几分钟本月的教职员工会议,以防漏掉一些会议上讨论的实质性问题。他经常会错过一些重要的内容,因为每个月的十日到十九日期间他都在服兵役。唯一可能危害到他职业的,应该是其他教员同事的嫉妒心理。

接下来,他注意到一个压在备忘录下面的小方形信封,地址栏上写着一个"J"。他看到了信件的一角,将它抽了出来,粉红色的纸片颤动着。他从红色的橡皮印章处撕开了信封。这是布雷兹的信件,朱利安可以直呼她的真名:阿米莉亚。她既是他的同事,前任导师,又是他的红颜知己,还是他的性伙伴。他仍然不愿意把她当作"爱人",因为那样的称呼令他尴尬。阿米莉亚比他年长十五岁,但又比他父亲的新婚妻子年轻一些。

信里谈到了"木星工程"的问题,那是他们共同从事的一项粒子物理学实验,还间或提到了关于他们老板的一些丑闻,这些都不是这封信的主旨。"无论你将在什么时候回来,"她写道,"直接来我这儿,叫醒我,或者把我从实验室中拉出来。我要以你最最渴望的方式迎接我的小男孩儿,想来这里弄清楚什么是最最渴望的方式吗?"

事实上，他原本打算先睡上几个小时。但是，他可以过后再睡。他将这些邮件分成三堆，把其中一堆直接丢到了垃圾箱里。他准备给她打个电话，但还没有按键就又放下了电话。

他穿上适合清晨凉爽空气的衣服，直接下楼去找他的自行车。

校园冷清而美丽，深蓝色的德克萨斯天空下，紫荆和杜鹃花盛开着。他慢悠悠地骑着自行车，享受着回到现实生活中的悠闲时光，或许这只是一个舒适的幻象。他被接驳的时间越长，就越难以相信如此平和、简单的生活是真实的。比起那二十条手臂的怪兽、十个心脏的神来说，这一切显得更加虚无缥缈。

不过至少他不会再感觉到女性队员月经来潮了。

通过指纹鉴定，他得以进入到她的家中。事实上，今天早晨阿米莉亚九点钟就起床了，此刻正在洗澡。他不想在那里给她一个惊喜。淋浴室是个危险的地方——他曾经偷偷溜进过一间浴室，当时他们都是笨手笨脚的年轻人，结果下巴被划伤，身上也是伤痕累累，从此在这样的地方再也没有了性欲（那件事也让他对那个女孩没有了欲望）。

因此，他只是坐在她的床上，安安静静地看着报纸，等着她洗浴完毕。她哼唱着小曲，非常开心地调节着淋浴器的水量，一会儿细密的水流喷薄而出，一会又变成了汩汩涌出的短促的粗流。朱利安可以想象着她在里面的样子，几乎忍不住要改变主意了，但他终于还是选择留在了床上，衣衫整洁，装成认真阅读的样子。

她一边用毛巾擦拭着身体，一边走了出来，当她刚看见朱利安的时候吓了一跳，然后很快就恢复了过来。"救命！有个陌生人在我的床上！"

"我想你喜欢陌生人。"

"只喜欢一个。"她大笑起来,轻快地走到他的身边,她的身体温暖而又潮湿。

我们这些机械师都谈论过性。在接驳状态下,可以自动实现普通人在性或是爱的过程中所追求的两件事:彼此间情感上的结合,以及洞察异性肉体的秘密。一旦打开接驳开关,这些事情都会自然而然,而且几乎是在瞬间实现。当你切断接驳后,这事就又成为了大家共有的一个谜,谈论性就如谈论其他任何我们热衷的话题一样频繁。

阿米莉亚是唯一一个经常与我谈论接驳问题的普通市民。她对于接驳表现出极大的好奇心,如果有机会的话,她一定会尝试一下。但是,那样做她就会失去现在的职位,或许更多。

安装接驳插件的伤亡比例达到百分之九,那些人要么死在手术台上,要么更糟,当他们走下手术台后,他们的头脑就彻底失去了思维能力。即使是我们这些已经成功地接受了植入手术的人,也面临着脑血管疾病发作率不断增加的问题,其中包括致命的脑中风。对于操作兵孩的机械师们来说,这一比例更是成十倍地增长。

阿米莉亚有足够的钱,可以溜到墨西哥城或者瓜达拉哈拉[①],在那里随便找上一家诊所做个植入手术。她可以接受接驳操作,但是,她将会因此而自动失去她现有的职位、退休金,所有这一切。大多数的劳动合同上都有关于"接驳"的条款;而所有的学术单位也有这样的条款。但像我这样的人除外,因为我并不是自愿接受接驳的,对我做出的任何限制都将有违于法律上

---

①墨西哥一城市名。

规定的不得歧视服兵役人员的条款。阿米莉亚显然已过了适合入伍的年龄了。

当我们做爱的时候,有时我能感觉到她抚摸着我头骨底部冰凉的金属圆片,仿佛想要进入那里一般。我想,她并没有意识到自己正在做什么。

阿米莉亚和我之间保持的亲密关系已经有好几年了,甚至当她还是我的博士导师时,我们就一起参加社交活动,真正肉体上的亲密接触则是卡罗琳去世后的事了。

卡罗琳和我是在同一时间接受接驳植入术的,我们也是同一天加入了这个排。尽管我们之间几乎没有什么共同点,我们还是很快就对彼此有了感觉。我们两个人都是南方的黑人(阿米莉亚则是生长在波士顿的爱尔兰白人),都在研究生院工作。但是,她算不上是个知识分子,她的美术硕士学位让她更擅长于创造性思考。我从来不去研究那些立方体,而她呢,就算一个微分方程跳起来咬上她屁股一口,她也不会知道那是何方神圣。所以说,我们在这方面毫无共同点可言,但这并不重要。

还在接受训练之时,也就是他们准许你操作兵孩之前所要经历的称之为"武装警卫"阶段,我们就迷恋上了彼此的身体,还曾三次设法偷偷摸摸找到独处的机会,匆匆忙忙地做爱,不顾一切,满怀激情。即使对于普通人来说,那也是一个极为激烈的开端。不过随后当我们接驳时,有些事情远远超过了我们曾经拥有的体验。仿佛生活是一个很大的拼图游戏,而我们突然找到了其他人看不见的那一块。

但是当我们断开接驳时,仍然无法完成这个拼图游戏。我们不停地做爱,不停地讨论,找倾诉对象和咨询师寻求帮助——但似乎我们在操作室中是一个人,而一旦走进现实生活中就会变得很不一样,简直成了另外的人。

那时候我跟阿米莉亚谈到过这事,不仅仅因为我们是朋友,还因为我们共同从事一项研究,而她可以看出我的工作效率在开始下降。坦白说,我无法把卡罗琳从头脑中抹去。

那个问题最终也没有解决。有一次,在我们执行完一项毫不起眼的任务后,正在等待直升机将我们带走,当时并没有什么特别让人紧张的行动任务,卡罗琳却突然死于脑血管破裂。

我不得不接受了一个星期的治疗。从某种程度上来讲,这比失去了你的挚爱还要痛苦。

这就像是除了失去你的一部分肢体,同时还失去了一部分思维。

那一周里,阿米莉亚一直在支持着我。不久之后,我们就在一起了。

通常情况下,我不会做爱一完就立刻睡去,但这次不同,经过了周末的纵饮和飞机上无眠的几个小时,我很快就睡着了——你或许认为,一个生命中有三分之一的时间都作为机器的一部分而存在的人,他乘坐另一架机器旅游也应该是件很惬意的事,但事实并非如此。比如,我不得不在飞行过程中保持清醒,以防呕吐。

洋葱的味道弄醒了我。这是早餐还是午餐?管它呢。阿米莉亚特别喜欢土豆,我想可能是她有爱尔兰血统的缘故吧。此刻,她正用平底锅混着洋葱和大蒜炸土豆。这不是我喜欢的那种醒来之后享用的饭食,但对于她来说,这就算是午餐了。她告诉我,她在凌晨三点就起来了,然后登陆到网络上演算了一个衰变序列,结果一无所获。因此,她在周日加班的补偿,就是一个热水澡、一个还算清醒的情人,以及炸土豆。

我找到了自己的衬衫，但却找不到裤子，于是就找了件她的睡衣穿上，还不算太坏。我俩穿的是同一尺码。

在她的浴室里，我找到了自己的蓝色牙刷和她那古怪的丁香口味的牙膏。我的肚子开始发出咕咕的抱怨声，所以我放弃了冲澡计划。虽然不是玉米粉和肉汤，但至少也不是毒药。

"早晨好，'亮眼睛'。"难怪我找不到自己的裤子，原来穿在她的身上呢。

"你不会感到不习惯吗？"我说。

"只不过是一种实验。"她走过来，抱住了我两个肩膀，"你看起来好极了，非常迷人。"

"什么样的实验？看看我会找什么来穿？"

"看看你会不会穿。"她脱下我的牛仔裤递给我，然后仅仅穿了一件运动衫就回头继续炸土豆去了，"我是说，真的，你们这一代人还真爱假装正经。"

"噢，是这样吗？"我脱下睡衣走到她的身后，"来吧，我要叫你看看什么是假正经。"

"这不算数。"她半转过身子亲吻我，"我的实验是关于衣服，而不是性的。在咱俩其中一个还没有被火烧着以前，还是先坐下吧。"

我坐在餐椅上看着她的后背。她慢慢地搅动着食物，"我不知道为什么要那么做，真的。只是一时冲动。睡不着觉，但是又不想吵醒你，本来想去衣橱，但下床之后踩在了你的牛仔裤上，所以就穿上了它。"

"不要解释。让它成为一个巨大的难解之谜吧。"

"如果你想喝咖啡，你知道它们放在哪儿。"她冲了一壶茶，我本来想要一杯，但为了不让这个早晨太过反常，我还是喝咖啡好了。

"这么说迈克·罗曼离婚了?"尽管他并没有参与到日复一日的工作中,迈克·罗曼博士仍然是研究院长和我们这个计划的名义上的领导者。

"这可是高度机密。他还没有告诉任何人。是我的朋友尼尔告诉我的。"尼尔·奈是她的一个同学,为该市市政府工作。

"他们俩是多么般配的一对儿啊。"她"哈"地笑了一声,用小铲戳着土豆。

"他们之间是不是有另外一个女人或男人,或者是机器人?"

"他们什么也没有说。不过,他们确实是这周分手的,明天在我们去巴迪特之前我必须去见他。他一定会比平时更加心烦意乱。"她把土豆分在两个盘子里,把盘子端了过来,"那么你这次出去炸卡车了?"

"实际上,我不过是躺在一间操作室中手脚抽搐而已。"她挥了一下手,让我别开玩笑,我接着说:"这次任务没有多少事情要做。没有司机和乘客。只有两个智能体。"

"智能体?"

"'智能防卫单元',是的,但这么说显然贬低了智能体。它们仅仅是安装在履带上的枪支,为它们编写了人工智能程序,使它们可以拥有一定程度的自主权。用它们对抗地面部队、常规炮兵以及空军支援部队颇为有效。不知道它们在我们的AO里能做些什么。"

"AO? 一种血型吗?"她端着茶杯说。

"不。AO是指'作战活动区'。我是说,一个空兵孩只要在树梢高度从它们头顶飞过,就可以把它们给消灭了。"

"那么为什么他们不用一个空兵孩,却要冒着损坏你们昂贵的装甲外壳的危险派遣你们去执行任务?"

"噢,他们说他们需要检测卡车上的货物,那简直是一派胡言。除了食品和军火外,唯一的东西就是一些太阳能电池和战地主机的替换主板,因此我们知道他们在使用三菱公司的货。但是,无论他们从哪一家公司购买远程控制基础部件,我们都会自动获得发货单的复印件。所以我确信这不会有什么大问题。"

"那么为什么他们还要派遣你们?"

"没有任何正式的官方解释。不过,我通过垂直接驳获得了一丝线索,他们正在试探萨曼莎。"

"她是那个被……的朋友?"

"那个被殴打并遭到强奸的女孩,是的。她的状态不太好。"

"谁又可能好得起来呢?"

"我不知道。萨姆相当坚强——但是,她甚至连一半的心思都没用在完成任务上。"

"如果给她下个精神病学鉴定使她免服兵役的话,那会不会使她感到更为不幸?"

"他们不愿意下这样的鉴定,除非存在真正的脑损伤。他们要么得找出问题所在,要么就把她推向第十二条款。"我站起身来为自己的土豆找些番茄酱,"不过,也许不会像传言中说的那么糟糕。我们连还没有人经受过第十二条。"

"我以为关于这件事正在进行议会调查呢。有个大人物的孩子死了。"

"是的,对此是有过讨论。我不知道除了讨论以外,他们还做过什么深入的调查。第十二条必须成为一堵让你无力翻越的墙。否则,军队中一半的机械师都会尝试着通过精神病鉴定免于服役。"

"他们不想让事情变得那么容易。"

"因此,我常常思考这事。现在我认为,这么做部分是为了保持部队势力的均衡。如果你把第十二条款订得太容易通过了,军队就会失去所有讨厌杀戮的人。兵孩们将会组成一个狂暴战士兵团。"

"那真是一幅不错的景象。"

"你应该在心里好好想一想那会是什么样的情景。我跟你讲过斯科维勒。"

"提到过几次。"

"想象一下两万个斯科维勒在一起的情景吧。"像斯科维勒这样的人已经完全没有了杀戮的概念,尤其是当他们操作兵孩时。在正规军中你也能发现他们的影子——那些不把自己的敌人当成人,只把他们当成游戏中的对手的人。他们是执行某些任务的理想人选,同时也会给别人带来灾难性的结局。

我不得不承认土豆做得相当不错。我已经靠着酒吧食品活了好几天了,干酪和炸肉,只能把炸玉米片当成蔬菜吃。

"噢……这次你们没上电视,"她把电视锁定在战争频道上,开始播放我的作战单元出现时的每段录像,"所以我敢肯定,你们过了一段安全但乏味的生活。"

"这么说我们应该找些刺激的事来做了?"

"你去找。"她收拾起盘子,将它们放到水槽里,"我必须得回到实验室干上半天。"

"有什么我能帮上忙的吗?"

"你去不会加速进展的。只是一些为木星工程更新方案准备的数据格式。"她把盘子分类放进洗碗机中,"你不接着睡上一觉吧,我们今天晚上好干点什么。"

这听起来倒挺适合我的。我把电话关机,以防有人想在星期天的早晨打扰我,然后回到她那皱巴巴的床上。

木星工程是迄今为止建造的最大的粒子加速器,比以前的任何加速器都要大上好几个数量级。

粒子加速器很费钱——粒子加速得越快,所花费的金钱就越多——粒子物理学历史的一部分,就是一部高速粒子对于不同的赞助国政府所具有的重要性的演变史。

当然,关于资金的概念已经随着纳米炉的出现而彻底改变了;同时,这还改变了人们对于"大科学"①的研究观念。

木星工程是多年来争争吵吵、连哄带骗的结果,最终盟国赞助了木星之旅。抵达木星的探测器将一个编程纳米炉投入到它浓密的大气中,将另外一个投放到木卫一的表面。

这两部机器同步运行,在木星上的那个吸收氘进行核聚变,然后将能量传送给木卫一上的纳米炉;这个纳米炉制造出的粒子加速器元件将在木卫一的轨道上形成一个围绕木星的圆环,并且从木星强大的磁力场中聚集能量。

在木星工程之前,最大的"超级对撞机"曾一度是盘绕在德克萨斯州荒漠下面长达数百英里的约翰逊环;而目前建造的这个加速器将比约翰逊环长上万倍,其能量更高过约翰逊环十万倍。

事实上,这个纳米炉又制造了另外一些纳米炉,但是,被创建出的那些只能用来制造环绕轨道的粒子加速器的元件。因此,材料的制造速度以指数形式增长,这些忙碌的机器"咀嚼"着

---

① 国际科技界近年来提出的新概念,目前尚无统一的定义,就其研究特点来看,主要表现为:投资强度大、多学科交叉、需要昂贵且复杂的实验设备、研究目标宏大等。

贫瘠的木卫一表面,将制造好的元件发射到太空,形成了一个由统一标准的元件组成的圆环。

过去需要花钱的事,现在则需要耗费时间。地球上的研究者等待着十个、一百个、一千个元件被发射到轨道上。经过六年的时间,轨道上一共有五千个元件,足够启动这部巨大的机器了。

在这项工程中,时间同时也是理论的量度标准。一切都与宇宙的起点——时间的起点有关。在大分散(曾经被称为大爆炸)之后的瞬间,最初的宇宙是一小团高能粒子,这些粒子以接近光速的速度向周围扩散。瞬间之后,它们就变成了各种不同的物质,就这样不断扩散,一直到整整一秒钟,十秒钟,等等等等。加入一台粒子加速器的能量越大,就可以越接近地模拟出宇宙大分散之后不久,即时间起点的宇宙环境。

一个多世纪以来,在粒子物理学家和宇宙学家之间就存在着一种反反复复的对话。

宇宙学家们在纸上列出他们的方程式,试图推测出宇宙扩张期间在什么样的时间里会出现什么样的粒子。而他们的计算结果有待于实验的验证。所以物理学家们就要发动起他们的粒子加速器,其结果不是验证了宇宙学家们的方程式,就是把他们重新送回到黑板前进行计算。

逆反过程同样会发生。我们大多数人都承认的一件事就是宇宙是存在的(否定这点的人们通常从事某些并非科学事业的行当),所以如果一些假想的粒子间的相互作用会得出宇宙不存在的结论,那么就不用费心去演示,还可以节省不少的电力。

事情就是这样反反复复地演进,直到现在的木星工程。约翰逊环已经可以将我们带回到宇宙初始的十分之一秒时的环境中。这时,宇宙已经以极大的速率从一个无穷小的奇点扩张到现在地球的四倍大小。

如果木星工程成功的话,它将把我们带回到宇宙比一粒豌豆还要小的时间点,这时,宇宙还充满了如今早已不存在的奇异粒子。但是,这将是人类建造的最大型的机器,比其他任何机器都要大出几个数量级,而且它是由自动化机器人在无人直接监管的条件下建造的。当木星工作组向木卫一上发送指令时,该条指令需要经过十五到二十四分钟才能到达。当然,木卫一做出的回应也需要同样的时间。在这四十八分钟的时间里,可能会发生很多事情。曾经有两次,木星工程必须被暂停,重新调整程序——但是你并不能真正地"停"下它,不可能立刻停下来,因为那些用来制造进入木卫一轨道的粒子加速器元件的子机器们还要继续工作上四十八分钟,这还不包括找出为它们重新编程的方法那段时间。

在木星工程领导者的桌子上方,有一幅百年前电影里的照片:作为魔术师学徒的米老鼠正目瞪口呆地看着一排扫帚没头没脑地列队走过大门,队伍长不见尾,似乎永无尽头。

几个小时后,我突然间从睡梦中醒来,惊起了一身冷汗。我记不起自己做了些什么梦,但是这梦境让我迷失了方向,给我一种坠落的感觉。这样的事以前也发生过几次,且总是在服完十天兵役后的头一两天里。

一些人如果不处于接驳状态,永远也无法安然入睡。接驳中的睡眠会使你置身于黑暗之中,完全丧失感觉和思维,让人提前体验到死亡的感觉,但是心情却相当放松。

我躺在床上,盯着暗淡的日光灯又发了半个小时呆,然后决定放弃回忆梦境的尝试。我走进厨房,喝了点咖啡。真的应该工作了,但星期二之前我什么课也没有,而且研究工作可以等到明天早上会议后再说。

了解一下世界的消息吧。在剑桥那几天我一点新闻也没看。我打开了阿米莉亚的台式电脑,将热点话题解码到我的新闻模块中。

新闻模块按照我的习惯将轻松的题材放在最前面。我看了二十多页连环画和三个专栏,都是些无关政治的新闻,其中有一篇文章却对中美洲有明显的讽刺意味。

中美洲和南美洲占据了世界新闻的大部分版面,这不足为奇。非洲方面的新闻冷冷清清,在我们用核武器将曼德拉维勒夷为平地一年之后,他们看起来还处于震惊当中。也许他们正在重新组织军队,算计着我们的哪一座城市将是下一个牺牲品。

我们上次小规模的出击,甚至都没有被人提到。两个兵孩排占领了分属于乌拉圭和巴拉圭的两座城镇:彼德拉·索拉和易开第米。据估计,它们是敌军的要塞。当然,我们是在他们的政府事先知情并许可后才采取行动的——另外理所当然的是,此次行动并没有造成平民伤亡。死去的都是造反者。他们说:"La muert es el gran convertidor.——死亡会改变你的身份。"这句话是在讽刺我们统计伤亡的方法,但是一点也不开玩笑。我们已经在美洲杀死了二十五万人,天知道我们在非洲杀死了多少。如果我是住在以上任何一个地方的遇难者的话,我也会被叫做"造反者"。

文章中,有一篇关于日内瓦谈判进程的连续报道。敌人总是四分五裂,他们永远也不会达成一致的意见,而且我深信,最少有一些敌军领导人不过是被安插进来的内奸、傀儡,他们的任务就是使谈判看起来似乎在朝着好的方向发展,但又没有任何实际进展。

他们确实在核武器方面达成了一致:从现在开始,除非实施报复性行动,双方均不得使用核武器——不过,恩古米仍然不肯为亚特兰大一事负责。我们真正需要的是在众多协议中添加一条:"如果我们承诺某条事项,最少在三十天内我们不会打破承诺。"但恐怕没有一方会同意。

我关掉电脑,打开阿米莉亚的冰箱看了看。没有啤酒了。当然,那是我的责任。不管怎样,呼吸些新鲜空气总没有什么害处的,所以我锁上了房门,蹬着自行车朝校园大门骑去。

一名"警卫"中士负责安全检查。他看了看我的身份证件,然后让我等在一边,他去打电话确认证件的有效性。两个跟在他身边的士兵靠在他们的武器上,一脸的坏笑。一些"警卫"特别讨厌机械师,因为我们并不从事"真实的"战斗。他们忘记了我们服役的时间更长、死亡率更高这一事实;忘记了正是因为我们的存在,才使他们免于从事那些真正危险的工作。

当然,对于他们中的一些人来说,这正是他们所愤愤不平的:我们也挡住了他们成为英雄的道路。"参差百态的人们共同构成了一个世界。"我母亲经常这样说。而其中的一部分人组成了军队。

他最终还是承认了我身份的真实性。"你带武器了吗?"他一边填写通行证一边问道。

"没有,"我说,"白天我不带。"

"悉听尊便。"他把通行证整齐地折成两折,递了过来。事实上,我身上带着武器——一把刮刀和一个小型贝瑞塔带扣式激光器。如果他看不出来一个人是否装备了武器,那么总有一天他会倒霉。我把一根指头竖在双眼之间向士兵们敬了个礼,我们这些服兵役的人都这样打招呼,然后朝着外面混乱的世界走了出去。

校园门口游荡着十来个妓女,其中一个是个吉尔(提供接驳性服务的女性),她的头发被剃过。这使人不禁要想,从她的年龄来看,她以前应该是当过机械师的。

很显然,她注意到了我。"嗨,杰克!"她挡住了我的去路,我停下了自行车,"我有你想要骑的东西。"

"以后再说吧,"我说,"你看起来不错。"实际上并非如此。从她的脸色和姿势来看,她很紧张;眼睛里浅红色的血丝让人一眼就可以看出她是樱桃炸弹(女性性用品)的使用者。

"给你打半价,亲爱的。"我摇了摇头。她抓住了我的车把,"二点五折。好长时间没有接驳做爱了。"

"我不能接驳做爱。"不知道为什么我变得诚实起来,至少带着几分诚实,"不能和一个陌生人这样做。"

"那么我还要做多长时间的陌生人呢?"她掩饰不住恳求的语调。

"对不起。"我推着自行车走到了草地上。如果我还不赶紧离开的话,她可能会倒给我钱呢。

其他的妓女对我们之间的这场交易持不同的态度:或好奇,或惋惜,或轻蔑——仿佛她们自己并不是对某方面上瘾的人一样。在全民福利国家中,没有人需要为了谋生而出卖色相。人们不用为了柴米油盐而去做任何事情,只要别惹麻烦就行。这一切运作得很好。

当我还是个小孩子的时候,佛罗里达州有几年时间还存在着合法的色情交易,但是还没有等到我情窦初开,赌场就替代了这一切。

在德克萨斯州，拉客属于违法行为，但是我想，只有当你惹出真正的麻烦时他们才会把你铐走。刚才看着吉尔向我调情的那两个警察就没有来抓她，也许等他们有了买手铐的钱才会来找她吧。

妓女们通常经验丰富。她们知道作为一个男性有什么样的感觉。

我骑着车子经过提供特价商品的大学城商店，来到了城里面。南休斯敦并不十分安全，但是我带了武器。此外，我想那些坏家伙总是熬到很晚才睡，此刻应该还在床上呢——很可惜，有一个不是。

我把自行车停靠在酒铺外面的摊子边上，胡乱拨弄着古怪的车锁，可能需要我的磁卡才能锁住。

"嗨，兄弟，"我身后一个低沉的声音说道，"有没有十美元给我？或者二十美元？"

我慢慢地转过身去。站在我身后的家伙比我高出一头，四十岁左右，身材瘦削，肌肉匀称；穿着及膝的锃亮的长靴，梳着亡命徒们偏好的那种紧凑的马尾辫：也许过了不多久，他就会希望上帝用那根辫子把他吊上天堂。

"我认为你们这些家伙并不需要钱。"

"我需要点儿，现在就要。"

"那么你有什么瘾？"我把右手放在屁股上。这动作既不自然又不舒服，但是这样手就可以离刮刀很近，"也许我有你需要的。"

"你没有我想要的。我得买点自己想要的。"他从长靴里抽出一把细长的波形刀。

"把它扔掉,我有十块。"这把可怜的匕首根本不是刮刀的对手,但是,我不想在人行道上做现场解剖。

"噢,也许你有五十。"他朝我迈近一步。

我拔出刮刀,打开了开关,它开始嗡嗡作响并发出光芒。"你已经失去那十块了,你还想失去些什么?"

他盯着震动的刀锋。刀锋的前面三分之一处发出雾状的微光,那里的温度与太阳表面的温度相当。"你是当兵的。你是个机械师。"

"也许我是个机械师,也许是我杀了个机械师,拿走了他的刀。不管怎样,你还想跟我瞎胡闹吗?"

"机械师没有这么强壮。我也当过兵。"

"那么,你什么都知道了。"他向右迈了半步,我想那是个假动作,所以没有动,"你不想等到升上极乐世界那天了?你想现在就死?"

他盯着我看了好一会儿,从他眼神里什么也看不出来。"噢,去你妈的吧。"他把匕首放回靴子里,转过身头也不回地走远了。

我关闭了刮刀,对着它吹着气。当它冷却下来后,我把它放回原处,然后走进酒铺。

店员拿着一个镀铬的雷明顿防身喷雾罐,"该死的亡命徒们。我应该抓住他。"

"多谢。"我说,就凭那个喷雾罐,他会把我也吓跑的,"你有半打装的啤酒吗?"

"当然有。"他打开了身后的箱子,"定量供应卡?"

"军人。"我说。我并不因为自己的身份而感到丝毫不安。

"猜得出来。"他四处翻找着,"你知道法律有规定我不能禁止那些该死的亡命徒进来吗?他们从来不买任何东西。"

"他们为什么要买?"我说,"世界很快就要走到尽头了,也许就在明天。"

"没错。可此刻他们还在肆无忌惮地偷窃。我只有听装的了。"

"什么都行。"我开始有些不安了。处在那个亡命徒和这个好斗的店员中间,我也许会比在波特贝洛时更接近死亡。

他把半打装的啤酒放在我的面前,"你不想卖掉那把刀子?"

"不,我随时会需要它。用它打开战争迷们的来信。"

我真不应该说这话。

"我得承认我并不认识你。我最喜欢的是第四排和第十六排。"

"我在第九排。远没有那么令人兴奋。"

"执行阻断拦截任务。"他点着头说。第四排和第十六排是猎手/杀手排,所以他们的追随者众多。我们把他们的狂热追随者们称为战争男孩。

尽管我只属于进行拦截与心理战的部队,他还是有点兴奋。"上个星期三你没看有关第四排的新闻吧?"

"嗨,我甚至还没看我们排的新闻。不管怎么说,那时我还待在操作室里。"

他手里拿着我的信用卡,过了好一会儿都不说话。一个人可以连续九天与兵孩接驳在一起,而出来后却不直接去找电视观看战场进展,这让他万分惊讶。

当然,有些人不是这样的。有一次,在休斯敦的一个战争男孩"集会"上,我遇到了完成战斗任务的斯科维勒。在德克萨斯州,每星期都要不定地点地举行一次这样的集会——一群小混混没完没了地喝着烈酒,不停地嚎叫着,直喝得整个周末脸上都呈现出一副斗鸡眼的样子。他们还付钱请几个机械师给他们讲述真正的战场感受——被锁在一间操作室中,看着自己利用遥控装置谋杀别人。他们还会重放伟大的战争场面,对那些战争策略的细微环节争论不休。

我只参加过一次,那次他们在举行"武士节",在场的所有人——除了我们这些局外人——都打扮得像是过去的武士。那种场面有点让人惊恐。我猜那些冲锋枪和火药枪可能并不能使用;即使是罪犯们也不愿意冒险使用它们。但是,那些刀剑、长矛和弓箭看起来就真实得多了,它们被那些根本不应该手持尖棍子的人握在手中,至少我认为是这样的。

"你刚才想杀了那家伙?"这个店员聊天似的问道。

"没有必要。他们总会退却的。"我这样说,其实我没这么有把握。

"但是假如他不呢?"

"不成问题,"我脱口而出,"把他握刀子的手齐腕割下,然后给'911'打电话。也许他们会再把它胡乱粘回去。"事实上,他们也许会优哉游哉地迟迟不作反应,让他失血至死,给他一个升入极乐世界的机会。

他点了点头,"昨天在商店外有两个家伙,他们玩起了手绢游戏,有点女人气。"这种游戏的规则是两个人各咬住手绢的一角,然后用刀子或剃刀互捅对方,先松开手绢的一方为败,"警察赶来之前一个家伙已经死了。另一个丢了一只耳朵——但他们根本不愿意找回那只耳朵,"他做了个手势,"我就暂时先把它放到冰箱里去了。"

"是你叫的警察?"

"噢,是的,"他说,"等到游戏一结束,我就叫了警察。"真是个好市民。

我把啤酒捆在后车架上,往回朝校门口的方向骑去。

世风日下。我讨厌自己说的话听起来像老头子一样,但当我还是个孩子时,世界真的没有这么糟糕。当时没有遍地的亡命徒们。人们不会决斗,也不会站在一边看着别人决斗,事后再由警察捡起决斗者的耳朵。

并非所有的亡命徒都留着马尾辫,并且很容易被辨认出来。我所在的物理系就有这样两个人,一个是秘书,另一个就是迈克·罗曼本人。

人们会觉得奇怪,一个不知从哪儿冒出来的平庸的科学家怎么就能凭借着马屁功夫爬到如此的学术高位上来?他们没有意识到,为了装作相信物理学要求遵循的宇宙有序却不可知的观点,他需要付出智力上的努力。不过,一切皆由天命,那仔细伪造出来的文件刚好能使他有资格获得主席身份。在校董事会中,还有另外两名亡命徒为他推波助澜。

迈克·罗曼(跟董事会中的一位亡命徒成员一样)是一个好战而绝密的派别中的一名成员,这个派别属于上帝之锤教派。就像所有的亡命徒一样,他们都相信上帝将要毁灭人类。

但与大多数亡命徒不同的是,"上帝之锤"教派认为上帝正在发出号召,他们有义务去毁灭人类。

在返回校园的路上,我走错了一个路口,当我绕回去的时候,路过了一个以前从没见过的低消费接驳俱乐部——他们提供关于群交、高山滑雪、撞车之类的多感觉媒体接驳服务,更不用说所有那些关于战斗内容的接驳了。

事实上,我还从来没有玩过撞车。我不知道玩游戏的人会不会死掉。有时候亡命徒们会玩这样的游戏,尽管接驳对于他们来说是一种罪孽。有时候人们之所以这么做,只是为了体验在几分钟里出尽风头的良好感觉。我从来没有和他们那样的人接驳过，但是拉尔夫喜欢，所以当我和他接驳在一起的时候，我可以得到些二手体验。我想，可能我永远也理解不了名声是个什么东西。

大学门口换了一个新的中士值班，所以我们还得耽误点时间再讲一通废话。

我漫无目的地骑着自行车在校园里逛了一个小时。在这个漫长的星期天下午，校园里几乎看不见人影。我走进了物理系大楼，想去看看我的学生是否往我的门缝里塞了纸条。确实有学生塞了一张——是以前布置的习题，这简直是奇迹中的奇迹。还有一段留言写道：因为他的姐姐要在摩纳哥举行一个女生初入社交界的派对，所以他可能不得不缺课了。可怜的孩子。

阿米莉亚的办公室比我的高一层，但我没有去打扰她。我真的应该预先解出这些课后习题。不，我应该回到阿米莉亚的家里消磨掉今天剩下的时间。

我真的回到了阿米莉亚的家中，不过心里满怀着科学探索的欲望。她有一件新家电，人们把它叫作"反微波炉"，即把某个东西放进去，设定好你要的温度，它就可以使那个东西降到该温度。当然，这件家电的工作原理和微波原理根本沾不上边。

这东西对于一听啤酒的作用效果很好。当我打开反微波炉盖子时，里面冒出了丝丝凉气。啤酒的温度是华氏四十度（约相当于摄氏四点五度），但是，机器内部的环境温度应该更低。为了看看会发生些什么，我把一片奶酪放在反微波炉里，并且把温度调节到最低，华氏负四十度。当我再次把它拿出来并扔到地板上后，它变成了一堆碎片。我想我找到了所有的碎片。

在阿米莉亚家的壁炉后面，有一间小小的凹室，她称之为

"图书馆"。其实,那里只有一个古旧的蒲团和一张小桌子。这个小屋的其余三面墙是镶有玻璃的书架,摆满了上百本古老的书籍。我和她在这里待过,但不是为了阅读。

我把啤酒放下,开始查看这些书名。大部分是小说和诗歌。与很多男人和女人不同的是,尽管我仍然是为了消遣而读书,但我喜欢阅读一些真实的故事。

在大学的头两年里,我的主修科目是历史,副修科目是物理学,但是以后却又颠倒了过来。过去我总认为我是因为自己的物理学位而被征入伍的,但是,大多数机械师的主修学位都普普通通——体操、时事、思想交流技巧之类的。躺在操作室里不时地抽搐几下腿脚,并不需要拥有太高的智商。

总之,我喜欢阅读历史书籍,而阿米莉亚的图书馆里十分缺少此类图书。这儿只有几本通俗的插图版教科书,且大部分都是21世纪的。我打算在本世纪结束之后再去翻阅。

我记得她想让我读一部美国内战题材小说《铁血雄师》,所以我就找到这本书读了起来——用掉了两个小时的时间,还喝掉了两听啤酒。

他们当时的战争与我们现在的战争截然不同,就像一场不幸的事故与一场噩梦之间的差别一样。

他们的军队在武器装备方面旗鼓相当;双方都有一种松散、混乱的指挥结构,这样的结构从根本上导致了一大群乌合之众与另一大群乌合之众之间的战争,他们挥舞着原始的枪支、匕首和木棒作战,直到其中一方逃跑。

小说中,惶恐不安的主角亨利陷入战事太深,以至于看不到如此简单的事实,但是,他详尽地叙述了战争的场面。

我不知道可怜的亨利会对我们现在的这种战争作何感想。

我不知道在他所处的时代里,人们是否知道对战争最为准确的比喻:消灭害虫。我也不知道在自己所卷入的这场战争中,我无法看出的简单的事实是什么。

朱利安并不知道,《铁血雄师》作者的优势在于,他本人并非是他所描述的那场战争中的一分子。当局者迷,旁观者清。

相对来说,那场战争显然是由经济和意识形态两大问题引发的,而朱利安参与的这场战争却不同。敌方恩古米是由几十个"反叛"力量组成的松散联盟,今年的数量是五十四个。在每个敌对国家里都有一个合法政府与盟军合作,但是众所周知,这些政府没有几个受到他们本国的大多数民众的支持。

这场战争在一定程度上是一场经济战——一方是由自动化机械推动经济的"富国",另一方是并非天生享有自动化带来的繁荣的"穷国"。从另一方面来说,这也是一场种族战争,黑人、棕色人种和部分黄种人对抗白人种和另外一部分黄种人。在某种程度上,朱利安对此感到有些不安,但他并没有感觉到自己与非洲兄弟血脉相连。毕竟那是很久以前的事了,他们相距如此遥远,况且他们又是如此的疯狂。

当然对于某些人来说,这也是一场意识形态之战——民主政治的捍卫者对抗崇尚暴力、极具人格魅力的叛军领袖;或者说,是资本主义的陆地掠夺者对抗人民的保卫者。究竟怎么样说,就看你站在哪一边。

但是,与阿波麦托克斯的南部联军投降[①],或者是向日本广岛投下的致命原子弹不同的是,这并非是一场最终将会决出胜

[①] 1856年,美国内战中,南部联军的李将军在弗吉尼亚州阿波麦托克斯向北部联邦军队的格兰特将军投降。

负的战争。要么是盟军的缓慢侵蚀使战争陷入一片混乱,要么是各地的恩古米武装受到重创,最终将变成一群区域性的犯罪分子而非一支统一的军队。

战争的根源要追溯到20世纪,甚至更早。许多恩古米武装将他们的政治出身回溯到白人第一次带着船只和火药来到他们的土地之时,但盟军对此不予理睬,认为那不过是好战分子的花言巧语——不过这种说法确实有其逻辑性。

如同本世纪初期酝酿的毒品战争一样,很多国家的叛军都牵涉到有组织的犯罪,这一事实使得目前的形势更加复杂化。某些国家除了犯罪之外一无所有,要么是有组织的犯罪,要么是无组织的犯罪,犯罪成为全国上下的普遍现象。在某些这样的地区里,盟军的力量代表了唯一残存的法律——经常得不到当地居民的赏识,这些地区没有合法的商业,当地民众只能在库存充裕的黑市与盟军施舍的生活必需品之间徘徊选择。

朱利安所在的哥斯达黎加是个态度模棱两可的国家。在战争初期,这个国家曾设法不参与进去,想保持使之免于遭受20世纪战争灾难的中立态度。但是,它的地理位置处于盟军在中美洲唯一要塞巴拿马和北半球最有影响力的恩古米国家尼加拉瓜之间,所以最终还是被拖入了战争的泥沼。起初,大部分爱国主义叛乱者都操着可疑的尼加拉瓜口音,但之后这里就出现了一个很有感召力的领袖,并发生了一场暗杀。盟军宣称,这一切均为恩古米所策划。不久之后,森林中和田野间就到处都是年轻的男人和女人,时刻准备牺牲自己的生命去捍卫他们的国土免受那些玩世不恭的资本主义者和他们的傀儡政权的侵略,去抵抗那些像猫一样安静地在丛林中寻觅猎物、可以在几分钟内夷平一座城镇的庞大而又刀枪不入的巨人。

朱利安认为自己是个政治现实主义者。他不轻信自己一方浅薄的宣传,但是,对方的命运已经是显而易见了。他们的领导人应该与盟军谈判而不应该惹恼盟军。当他们用核武器摧毁了亚特兰大之后,就已经在自己的棺材板上钉下了最后一颗钉子。

此事是否真是恩古米所为尚无定论,没有任何反叛组织宣称对此事负责,奈洛比①宣称:已经几乎可以证明摧毁亚特兰大的核弹是由盟军发射的。他们牺牲了五百万美国民众的生命,为发动全面的战争和灭绝人类的杀戮铺平了道路。

朱利安对证言的性质持怀疑态度,他们可以"几乎"证明此事,却不能给出任何明确的细节。他不排除在自己的一方确实有可能存在着一些疯狂的家伙,会炸掉自己的一座城市;但是他也怀疑这样一件大事能否长久保密。肯定有很多人会卷入此事。

当然,这样的问题也可以解决。一个可以杀掉五百万条陌生人生命的人,也可以牺牲掉几十个朋友、几百个共谋者。

因此,这样的流言传来传去,在亚特兰大、圣保罗和曼德拉维勒事件后的数月里,所有人的大脑里都有了这样的想法。会不会有些真实的证据被发现?明天会不会有另一座城市被消灭,作为报复,然后又是下一座城市?

对于那些在乡村拥有房地产的人士来说,现在是个大好机会。有能力搬家的人们,渐渐都发现了乡村生活的魅力所在。

在我回来之后的头几天里,生活是愉快而紧张的。回家的愉快心情激发了我们之间的爱情,为了赶上进度,不和她待在一起的所有时间里,我都深深地沉浸在木星工程中。但是,这一切

---

①肯尼亚首都。

主要取决于我返回的那天是星期几,因为星期五总是独特的。星期五是"周六特别夜"之夜。

这是城里伊达尔戈区一家饭店的名字,这家饭店比我通常光顾的那些餐馆的消费要高出很多,装饰风格也更加做作。饭店的格调采用的是浪漫的加州帮派时代风格——屋里布满了与亚麻餐布不太协调的油脂、涂鸦和灰垢。据我所知,那些加州帮派成员无异于当今的杀手——如果真有什么不同的话,只能是更糟,因为他们无须担心因使用枪支而面临联邦死刑制度的惩罚。饭店里的侍者们穿着皮夹克、过分精心地涂上了油脂的T恤、黑色的牛仔裤和长统靴子。他们说,这里的酒单是休斯敦最全最好的。

我是周六特别夜顾客里面最年轻的,比他们那些人至少要年轻十岁;而且是唯一一个非全职学者。我是"布雷兹的宝贝儿"。我不知道他们中的哪一位确实知道或者怀疑过我真是她的宝贝,我是以她的朋友和同事的身份在这里出现的,每个人看来都接受这一关系。

对于这些人来说,我的首要价值体现在机械师这个新奇身份上。这使他们倍感兴趣,因为这群人里的一名老资格成员,马蒂·拉林,是人机结合链路的设计者之一,这项技术使得接驳技术以及进而利用兵孩成为可能。

马蒂负责设计系统的安全性。一旦接驳插件安装完成,就在分子层形成故障保险系统,即使是那些最初的制造商也不可能再次做出修改;甚至就连像马蒂这样的研究者也无能为力。如果这个复杂装置的任一部分遭到篡改的话,其内部的纳米电路系统都会在瞬间造成自身的紊乱;然后被植入插件的人就要再一次进行创伤型手术,承受着十分之一的死亡率和失效率的压力，取出紊乱的接驳插件，再安装上新的插件。

马蒂六十岁左右，他头部的前半部分头发被剃得光光的，像老一代人的风格，除了插件周围被剃光的圆形区域外，其余的白发都蓄得很长。按传统眼光来看，他依然是一个英俊的男人，就像电影中的男主角。从他对待阿米莉亚的态度，可以一目了然地看出他们曾经是一对儿。我问过她一次那段感情发生在多久以前，那也是我唯一一次问她类似的问题，她想了一会儿，说："我猜那时你应该小学毕业了。"

参加周六特别夜活动的人员每周都有变化，但马蒂几乎每周都会来，和他同来的还有他一贯的对手——富兰克林·阿舍，一个在哲学系占有一席之地的数学家。从他们同为研究生的时代起，他们就经常拿对方开玩笑，直到现在也是如此。阿米莉亚认识富兰克林的时间几乎和认识马蒂的时间同样久。

贝尔达·马加尔也经常来这里，虽然她是一个古怪的家伙，但显然属于圈子中的核心成员。她通常一边品着红酒，一边带着严肃而颇不赞同的表情坐在那里听别人谈话；一晚上她也会发表上一两次绝妙的评论，但脸上的表情却丝毫不变。她是这里岁数最大的一位，年过九十，艺术系荣誉退休教授。她自称很小的时候曾经见过理查德·尼克松[①]，说他块头很大，有些吓人，他送过她一盒火柴，毫无疑问那是白宫的纪念品，但被她的母亲拿走了。

我喜欢雷萨·帕克，他是一名刚过四十的生性腼腆的化学家，也是除了阿米莉亚之外，不在俱乐部活动时我依然与之交往的唯一一个人。我们偶尔会在一起打打桌球和乒乓球。他从来

[①] 美国第三十七届总统（任期：1969～1974）。

永远的和平

不当着我的面提起阿米莉亚,而我也从来没有提到过他那个总是特别准时开车来接他的男友。

雷萨也住在校园里,经常开车捎我和阿米莉亚去俱乐部,因为这个周五他已经提前进城了,所以我们叫了辆计程车(跟大多数人一样,阿米莉亚自己没有轿车,而我除了在基础军事训练时练过几次外,甚至从来都没开过车,只是和那些知道怎么开车的人接驳过)。白天,我们可以骑自行车到伊达尔戈,但如果天黑后再骑车回来,那无异于自取灭亡。

日落时分下起了雨,等我们到达俱乐部的时候,天空已经是雷电交加,看起来像是会有大雷雨。俱乐部门口有遮雨篷,但暴雨几乎是横扫着落下来的,从计程车到门口,我们就已经被浇成落汤鸡了。

雷萨和贝尔达已经等候在油脂区内我们常坐的那张桌子旁了。我们边和他们说话,边挪到饭店聚会室里,那里温暖的仿造壁炉正噼啪作响。

当我们重新找到地方坐下时,另一名半正式成员——雷·布克走了进来,他也是浑身湿透了。雷是一名工程师,与马蒂·拉林一起参与兵孩技术的研究工作,他还是一个不错的蓝草[1]音乐家,每年夏天他都要到全州各地演奏班卓琴。

"朱利安,你应该看看今天播的关于第十排的节目。"雷有一些战争男孩倾向,"重播了多兵种协同作战进攻蓬塔·帕图卡的场景。我们来了,我们看了,我们干得漂亮。"他把自己的湿外套和帽子递给跟在他身后的滑轮架,"几乎没有伤亡。"

"什么叫'几乎'?"阿米莉亚说。

---

[1] 20世纪40年代,美国肯塔基州的山区出现了乡村音乐的一个分支,叫"蓝草音乐"。这是一种节奏轻快、令人愉悦的音乐形式。

"是这样的,他们陷入了一个粉碎场。"他费劲地坐了下来,"三个作战单位失去了全部的下肢,但在那些人接近它们之前,我们就把它们全部撤离了出来。有一个姑娘精神失常了,这是她第二或第三次执行任务。"

"等一下。"我说,"他们在城市里使用粉碎场?"

他们确实使用了,毁灭了整整一条街区的贫民窟,简直就是城市重建。当然,他们说这是我们干的。

"死了多少人?"

"肯定有上百个。"雷摇了摇头,"也许,正是因为这样才吓坏了那个女孩。她在粉碎场的中心位置,失去了两条腿,所以没法移动。她与营救者争吵,想让他们将市民撤离,后来他们不得不关掉了她的接驳,使她离开现场。"

他要了一份苏格兰威士忌和一份苏打水,我们也都点了自己的酒水。在这片区域里,没有满身油腻的服务员。

"也许她会没事的。也许她会学会接受现实。"

"我们没有使用粉碎场。"雷萨说。

"为什么我们要么么干?在军事上没有好处,舆论也会对我们不利。在一座城市里,粉碎场属于恐怖主义武器。"

"我怀疑有没有人能够幸存下来。"我说。

"地面上没有人幸存,他们都在瞬间变成了西班牙香肠。但是,那些住在四到五层建筑上的人有可能幸存。住在高层的人们,只要逃脱坍塌的厄运就能生还。"

第十排使用联合国的标记,设置了一个显眼的周界,将围合起来的区域命名为停火区,当我们把所有的兵孩撤离后,那里就被用来安置误伤人员,红十字会医疗车辆受命前去救治。

"粉碎场是他们拥有的真正唯一的技术力量,其余的都过时了,对于像第十排这样融为一体的队伍来说,阻断集中战术起不了作用。第十排的协调合作能力是一流的。朱利安,你一定会很欣赏那个场面。从空中来看,它们简直就像是一出舞蹈。"

"也许我会找来看看。"我不会的,永远也不会,除非这场战斗中有我认识的人。

"随时都可以,"雷说,"我有两部液晶显示器可以看到战事消息,一个是通过协调员埃米莉·韦尔连接的,另一个是通过接收商务转播。"当然,当战争正在进行时,当局并不播放战争场面,因为敌军也可以连接到网络上。商业转播已经被编辑成最大程度地体现战争戏剧性场面,同时最小程度地透露细节的节目。一般人无法接收到单个机械师未经编辑的转播信号,因此,很多战争男孩都会因为得到未经编辑的转播信号而欣喜若狂。雷拥有最高机密知情权和一个未经过滤的接驳通道。如果一个市民或者一个间谍得到了埃米莉·韦尔的液晶显示图像,他们将会看到许多商业版本所没有的消息,只是机械师的某些感受和思想然会被过滤掉,除非你拥有和雷一样的接驳通道。

一个活泼的、穿着洁净晚礼服的侍者给我们端来了饮品。我和雷萨分享一罐窖藏红酒。

雷举起了杯子,"为和平干杯。"他竟然不带一丝讽刺的语气。"欢迎归来,朱利安。"阿米莉亚用桌子下的膝盖碰了碰我。

红酒口味比较纯正,只是稍有些涩口,正好让你考虑再要上一份昂贵点的。"上次的任务很轻松。"我说,雷点了点头。他经常查看我的记录。

又有几个人来了,我们开始分散融入通常习惯的各自的小圈子里。阿米莉亚走过去与贝尔达和另外一个美术系的男人坐在一起,讨论着他们读过的书籍。我俩通常都单独行动,这样显得比较自然。

我留下来与雷萨和雷待在一起。马蒂走过来匆匆吻了一下阿米莉亚后,就和我们坐在了一起。他们之间的感情依然很好。

马蒂从里到外都湿透了,他长长的白发已经粘成一缕缕的了。"只能把车停在楼下。"说着,他把湿透的外套扔到滑轮架上。

"还以为你要工作到很晚呢。"雷说。

"这还不算晚?"他点了咖啡和一个三明治,"过一会儿我还要回去,你也一样。啊,再喝上几杯威士忌。"

"怎么了?"雷象征性地把面前的威士忌往旁边推了一英寸。

"别谈工作了。咱们有一整夜的时间呢。不过,其实是关于那个你说在韦尔的液晶显示屏幕上看到的姑娘。"

"精神崩溃的那个?"我问。

"嗯。为什么你不崩溃呢,朱利安?让军队把你解雇了。我们喜欢你陪在身边。"

"还有你的排,"雷开玩笑说,"一群不错的家伙。"

"她跟你的交叉链接实验有什么关系呢?"我问,"她甚至都很难链接上。"

"你走之后,我们签了新合同。"雷说,"我们现在研究情感障碍,也就是人们因为同情敌人的遭遇而导致精神崩溃的病例。"

"你们可以拿朱利安做实验,"雷萨说,"他最喜欢叛军了。"

"这与政治立场没有多大的联系。"马蒂说,"这种情况通常发生在执行兵役任务的头一两年内,而且女性要比男性发病的概率大很多。朱利安不是个合适的人选。"咖啡端过来了,他拿起咖啡杯对着它吹气,"你觉得这里的气候如何?晴朗而凉爽——他们这样说。"

"我倒更喜欢尼克斯队。"我说。

雷萨点了点头,"玩'负一的平方根'①。"那天晚上再也没有讨论过情感障碍的问题。

朱利安并不知道,为了找到适合特种机械师职位的人,征兵工作到底挑剔到什么程度。军队中,有一些猎手/杀手排在许多方面都很难控制。作为排级单位,他们不愿服从命令,而且他们与连队里其他平级的排也很难结合为一个整体。在一个猎手/杀手排里的每个机械师,与排里的其他成员也很难获得强有力的连接。

这些毫不奇怪。他们是由早期的军队挑选出来承担"湿活"任务的人,挑选他们的本意——就是希望他们独立并且要有些疯狂。

据朱利安观察,大部分排里最少都有一个人看起来并不属于合适的人选。他所在的排里,这个并不合适的人选就是坎迪,她总是极度厌恶战争,并且不愿意去伤害敌人。坎迪这样的人被叫作稳定剂。

朱利安觉得,坎迪在全排里扮演了一种良知的角色,但可能叫她"调节器"更为贴切,就像发动机上的调节器一样。如果一个排里没有一个像坎迪这样的成员存在,这个排就容易失去控制,变成"狂暴战士"。有时候,这种情况会发生在猎手/杀手排里,他们那些起稳定作用的人不可能过于爱好和平,而这就变成了战术上的灾难。按照冯·克劳塞维茨②的说法,战争就是有控制地利用军事力量,以达到政治上的目的。不受控制的力量则是一把双刃剑,既有利,也有害。

---

① 一种脑力游戏。
② 卡尔·冯·克劳塞维茨(1780~1831),普鲁士将军,军事理论家。

（还有一种虚构的理论。有人通过观察断定,从长远的角度来看,这样的狂暴战士事件起到了良好的效果,因为它们使得恩古米武装更加畏惧兵孩。事实上,按照研究敌军心理学的专家们的说法,结论正好相反。当兵孩们通过遥控像一部真正的机器一样行动时,它们显得最为可怕。但是,当它们生起气或者索性发起疯来的时候——其行动就像一个穿着机器人套装的人类一样——并非那么不可战胜了。）

超过半数的起稳定作用的人会在兵役结束前崩溃。在大多数情况下,崩溃并不是突然发生的事情,在此之前就会出现一段时间的注意力不集中或优柔寡断的状态。马蒂和雷将观察这些稳定器在崩溃之前的表现,寻找是否存在一些不变的指标,从而提醒指挥员及时更换人员或者做出一些修改。

从表面上看来,牢不可破的接驳故障防护系统是为了使人们无法伤害到自己或他人,然而人人都知道,那只是为了保障政府的垄断地位。就像大家都知道的很多事情一样,这是个谎言。关于不能对接驳做出适当修改的这一说法也并不完全是真的,但是,改变仅仅限于记忆——通常这种改变发生在一名士兵看到了一些军队希望他或她忘掉的事情时。周六特别夜的成员里,只有两个人知道这件事。

有时候为了保密,他们会从士兵的头脑中抹去对于某个事件的记忆。偶尔,他们也会出于人道主义而抹去士兵头脑中的恐怖回忆。

马蒂现在所有的工作都几乎与军事联系在了一起,这让他感到心神不安。三十年前,当他刚开始涉足该领域时,接驳技术还很不完善,费用异常昂贵,仅仅应用于医疗和科学研究领域。

那时候,大多数人还在为生存而工作。十年之后,至少在

"第一世界"国家里,大部分与生产和配给产品相关的工作已经不复存在,或者说变得很古怪。纳米技术给我们带来了纳米炉:问它要一个房子,然后把它放在一堆沙子和水附近,明天就可以开着你的卡车把家搬过来了。或者也可以问它要一辆汽车、一本书、一个指甲锉。当然,没过多久,你就再也不需要问它要什么了。它知道人们需要什么,也知道一共要给多少人提供物品。

当然,利用一个纳米炉也可以制造更多的纳米炉。但是这些可不是随随便便为哪个人造的。只能为政府制造纳米炉。你也不能卷起袖子说干就干,给自己造一台纳米炉,因为政府还掌握了热聚变的奥秘,没有该过程释放出的巨大的自由能,纳米炉也就无从谈起了。

在发展纳米炉的过程中,上千条生命做了殉葬品,北达科他州还留下了一个巨大的弹坑,但是,等到朱利安开始上学的时候,当时的政府就已经可以满足所有人的一切物质需求了。当然,政府不可能供给人们想要的所有东西。酒精和一些麻醉药物受到严格控制,同时,另外一些危险的东西,比如枪支和汽车也受到了严格控制。但是,如果你是个好公民的话,你可以在舒适安逸中度过一生而无须动上一根指头,除非你想工作。三年服役的时间另当别论。

大多数人在三年的服役期中自始至终从事资源管理工作,一天只需要干几个小时,这样的工作主要是为了确保纳米炉可以获得制造物品的原材料。大约百分之五的入伍者穿上蓝色制服,从事家庭护理工作,这些人的测试结果表明,他们善于从事照顾伤残人士和老年人的工作;另有百分之五的人员穿上绿色制服,成为了军人——他们中在测试里表现得更为敏捷、聪明的一小部分人,则成了机械师。

服兵役的人员允许延长服役时间，大多数人都愿意延长服役。他们中的一些人不想一生中的每一天都过着可以自由选择但又毫无价值的生活；另一些人则喜欢穿上制服后能获得的额外津贴——这些钱可以用在满足个人嗜好上。服役会使你受到人们的尊重；同时，服役也可以提供一种特别的感觉，那种由别人告诉你该做什么的舒适感；还有些人甚至因为可以携带枪支而喜欢去服兵役。

不操作兵孩、水兵孩和空兵孩的那部分军人——机械师称他们为"警卫"——同样可以得到所有这些津贴，但是，他们却经常受命外出去争夺一块有争议的土地。通常情况下，他们不需要参与战斗，因为兵孩更加骁勇善战，而且不会被杀害，但毫无疑问的是，警卫们扮演了一个有价值的角色：人质；或者甚至可以说他们是诱饵，是恩古米武装远程武器攻击的替罪羊。即使机械师救下他们的生命，他们也不可能喜欢机械师们。如果一个兵孩被炸成碎片，机械师们只需换上一个新的就行了。他们大概就是这么想的。他们不知道在接驳中被炸飞是什么感觉。

我喜欢与兵孩接驳时的那种睡眠。有些人认为那感觉令人毛骨悚然，仿佛昏迷不醒、死过去了一样。当排里一半的兵孩站岗时，另一半就可以关闭两个小时。你进入睡眠状态，就像灯光被关闭一样，然后你会突然间醒来，分不清方向，但是实际上你已经得到了充分的休息，就和你平时经历了八小时睡眠后的状态一样——更准确点说，如果你充分利用了这两个小时的话。

我们隐蔽在一个废弃村庄的一间烧坏了的校舍里。我被安排在第二班睡觉，所以此刻我坐在一扇破碎的窗户旁，闻着丛林和残旧灰烬的味道，在一成不变的黑暗中耐心地等待着，准备打发掉这值班的两个小时。当然,从我的观察点来看,天空并非是一团漆黑、一成不变的。

星光像单色的日光一样铺洒在丛林中,每过十秒钟,我就切换到红外线模式一次。红外线帮助我追踪到了一只黑色的大猫,它潜伏在我们的上方,悄无声息地走过操场上扭曲变形的设施残骸。它是一只虎猫之类的动物,察觉到了校舍里的动静,便出来觅食。当它走到十米范围内时,突然停下来待了好长时间,使劲用鼻子嗅着——周围什么味儿也没有,或者说只有些机器润滑油的味道,然后便突然飞快地跑远了。

再没有什么事情发生了。两小时后,第一班睡觉的兵孩醒了。我们给了他们几分钟时间,让他们恢复方向感,然后向他们传递"战事"情况报告:一切正常。

我进入了梦乡,瞬间之后却因为一阵剧痛而惊醒。除了一片炫目的光线、一阵巨大的噪声和灼热的温度外,我无法通过传感器捕捉到另外的感觉——只有彻底的孤立感!我排里的所有人都被切断了链接或者被毁灭了。

我知道这并非实情,我知道自己正安全地躺在波特贝洛的操作室中。但是,这疼痛仍像全身的每一平方厘米肌肉都遭到了三度烧伤似的,眼球在眼眶中被烧灼,人就像是吸入了熔铅或是灌肠剂一样:完全的反馈超载。

整个过程仿佛持续了很长时间——长到足以让我认为这一切都是真实的:敌人已经重创了波特贝洛,或者用核武器攻击了这里,是我要死掉了,而不是我的机器。实际上,事发3.03秒之后,我们都被切断了链接。本来可以更快一点的,但尽管是间接获得的这些信息,德尔塔排那个作为排与排之间水平联络员的机械师——在我死掉的情况下,他就将成为我们排与连指挥员的连接通道——还是被这突如其来的一切搅乱了思绪。

后来的卫星分析显示：有两架飞行器从五公里之外被弹射出来。这是一次偷袭行动，因为没有使用推进燃料，所以没有留下热信号。在飞机撞到校舍的前一刻，一个飞行员从飞机中弹射了出去。另一架飞机如果不是自动导航的，就是飞行员与之同归于尽了——也许这个飞行员是个神风突击队[①]队员式的人物，否则就是飞机的弹射系统发生了故障。

两架飞机上都满载着燃烧弹。大约在坎迪察觉到事情不对劲儿的百分之一秒后，我们所有的兵孩都已经开始在熔化的金属洪流中苦苦挣扎了。

他们知道我们必须得睡觉，也知道我们的运作方式，所以他们密谋了类似这样的一个计划：设置一个隐蔽的飞机弹射器，瞄准一栋我们迟早可能会使用的建筑，两名飞行员几个月或几年以来一直等待着机会。

他们不可能在建筑物周围安置炸药陷阱，因为我们可以预先探测到那些燃烧弹或者其他的爆炸物。

在波特贝洛，我们排有三个人心脏停止跳动；拉尔夫死了。他们用气垫担架将我们抬到了医院侧楼，但我们在移动过程中仍然感到十分疼痛，难以呼吸。

物理治疗无法探察到疼痛的实质，神经系统对于暴毙身亡的记忆才是那如幻影般疼痛的原因。幻想中的疼痛必须通过幻想来医治。

他们把我接驳到一个加勒比海岛屿的幻象中，在温暖的海水中畅游，身边是可爱的黑人女子。还有许多虚拟的果汁和朗

[①] 第二次世界大战期间日本空军敢死队，队员驾驶飞机撞击目标，与之同归于尽。

姆酒,然后是虚拟的性爱、虚拟的睡眠。

当我醒来后,疼痛仍然未消,他们让我尝试相反的场景———一处滑雪胜地,稀薄、干燥而又凉爽的空气;陡峭的山坡,快速滑过的女人,相同情节的奢华色情场面;然后在一个宁静的高山湖里划着独木舟;最后再回到波特贝洛的医院病床上。

医生是个矮小的家伙,肤色比我要黑。"你醒了吗,中士?"

我摸了摸后脑勺,"当然了。"我坐起来,紧紧地抓住床垫,直到眩晕感平息下来。

"坎迪和卡伦怎么样了?"

"她们会好起来的。你还记得……"

"拉尔夫死了,是的。"我模模糊糊记起当时他们停止了对他的救治工作,把另外两个人移出了心脏病房,"今天是星期几?"

"星期三。"值班是从星期一开始的,"你感觉怎么样?只要你感到恢复了体力,随时都可以离开。"

"医疗休假?"他点了点头,"表面的疼痛已经消失了,我还是感到很不习惯。以前,我从来没有花上整整两天时间接驳到幻象中。"我双脚踩在冰凉的瓷砖地面上站起来,摇摇晃晃地穿过房间,走到一个衣柜前,那里有一套军礼服,还有一个装着我的便服的袋子。

"估计我要待上一会儿,看看排里的人,然后回家或者随便去什么地方。"

"好的。我是呼吸重症监护室的塔尔大夫,如果你有任何问题,可以来找我。"他跟我握了握手,然后离开了。握手?是的,难道你还要向医生行军礼吗?

我决定穿上军服。我穿得很慢,随后又坐了一会儿,抿了几口冰水。以前我曾有过两次失去兵孩的遭遇,但每次都是先出现方向感的迷失，然后就被切断了链接。我以前听说过这种全反馈的情况，还知道一个排在被切断链接之前全部死亡的实例。我以为这样的事情再也不会发生了。

这次事件会给我们排的工作造成什么样的影响呢？斯科维勒排去年也经历过这样的事情。我们得重新训练替换的兵孩，但是他们排看起来好像没受影响，只是因为无法参加战斗而变得不耐烦起来。不过，他们那次只经历了短短的一瞬间，而不是在火海当中活活地被煎熬了三秒钟。

我下去探望坎迪和卡伦。她们已经脱离接驳治疗半天时间了，脸色苍白，身体无力，但是除此之外，一切还好。她们让我看两乳之间的一对红色印记，那是为了让她们脱离危险进行电击留下的痕迹。除了她俩和梅尔以外，所有人都已经出院回家了。趁着等候梅尔的时间，我去操作室重放了遭到袭击的录像。

当然，我没有重放那三秒，只是播放了在那之前的一分钟录像。所有站岗的人都听到了微弱的"砰"一声，那其实是敌军飞行员弹出机舱的声音。然后是坎迪，她用眼角的余光在百分之一秒的时间里看到了一架飞机，当时，飞机正穿过停车场周围的树木猛扎下来。她开始转动，用她的激光抢瞄准目标，然后录像就结束了。

梅尔出来后，我们在飞机场喝了几瓶啤酒，还吃了一盘玉米粉蒸肉。之后，他去了加州，而我返回医院又待了几个小时。我贿赂了一个技师，让他将我与坎迪和卡伦三个人在一起接驳五分钟——严格地说，并没有违规；从某种程度来看，现在我们依然在岗——五分钟的时间已经足以使我们确认彼此安然无恙，并且共同分担失去拉尔夫的忧伤。对于这件事情，坎迪尤为难过。我还感受到了她们对自己心脏的担忧。没人愿意看到自己身体的中心被机械替代,而现在,这种手术成为可能。

当我们断开接驳后,坎迪紧紧地握住我的手,非常用力,实际上只握住了食指,她凝视着我,"你比任何人都更能隐藏心底的秘密。"她轻声说。

"我不想谈论这件事。"

"我知道你不想。"

"谈论什么?"卡伦说。

坎迪摇了摇头。"谢谢。"我说,然后她放开了我的手指。

我退出了这间小屋子。"一定要……"坎迪说,她并没有说完这句话。也许这就是她要说的。

她已经看出了在我的内心深处,我是多么不希望醒来。

我在机场给阿米莉亚打了一个电话,告诉她我会在几个小时后回家,稍后再跟她解释。等我到家时应该已经过午夜了,但是,她让我一下飞机就直接去她的住处。这对我来说是一种安慰。我们之间的关系并没有任何的约束,但我总是希望在我离开的十天里,她能独守空房,等我回来。

很显然,她知道肯定发生了什么重大的事情。当我走下飞机时,她已经在机场了,还叫了一辆计程车等在外面。

计程车的程序固执地选择了高峰时段模式,经过的那些街道我只在骑自行车时见过,所以我们花了二十分钟的时间才回到家里。当计程车行驶在为了避免根本不存在的交通堵塞而选择的曲折如迷宫般的道路上时,我向阿米莉亚讲述了事情的大致经过。

到达校园时,那个警卫看了看我的制服就挥挥手放行了,真是奇迹中的奇迹。

我让阿米莉亚一边跟我说话,一边为我加热一些炒菜。我不是真的饿了,但我知道她喜欢给我做饭。

"我很难想象出那样的情景,"她说,然后趁着食物加热的空当,翻箱倒柜地寻找着碗和筷子,"这是当然的了。"她站到我的身后,揉捏着我的脖子,"我只是说,告诉我你会好起来的。"

"我很好。"

"哦,胡说。"她边吃边说,"你呆板得像块木头。你的心思还沉浸在……那个不知道是哪儿的地方呢。"

她用微波炉加热了一些日本米酒。我又倒了一杯。"也许吧。我……他们让我回去,在心脏康复室里,我和坎迪、卡伦接驳在了一起。坎迪的精神状况相当糟糕。"

"害怕她的心脏破裂吗?"

"那更像是卡伦的问题。坎迪的脑子里全是拉尔夫。她无法面对失去他的事实。"

她从我身旁伸过手,给自己倒了一杯米酒,"在脱去军服的时候,她不是个心理咨询师吗?"

"是的。但为什么有些人总要提到这点呢?在她十二岁的时候,因为一次车祸失去了父亲,当时她就在车里。那件事从来都没有隐藏得太深,他始终在她的大脑里,就像每一个她……她所亲近的男人一样。"

"她爱的男人?就像你?"

"那不是爱。是不由自主的。我们已经讨论过这个问题了。"

她穿过厨房,背对着我搅起了锅里的食物,"也许我们应该再讨论一次。也许应该每六个月左右就讨论上一次。"

我几乎要朝她发火了,但终于忍住了。我们两人都很疲惫,而且都很恼火,"这一点也不像我跟卡罗琳的关系。你一定要相信我。坎迪更像是个妹妹——"

"噢,当然了。"

"不像是我的妹妹,行了吧?"她已经有一年多没主动联系过我了,"我和她很亲近,很亲密,我想你可以把它称为一种爱。但是,这种爱不像是你我之间的这种爱。"

她点点头,把食物分到碗里,"我很抱歉。你在那里经历了太多的痛苦,又要在这里经受更多。"

"痛苦还有炒菜。"我拿起了碗,"大概是月经来了。"

她稍稍用力地放下了自己的碗,"那又是另外一件该死的事情。分享她们的经期。那不亚于'亲密'。绝对算得上怪异。"

"算了,感谢上帝吧,你已经好几年不来月经了。"一个排里的女人很快就会月经周期同步,排里的男人当然也会受到影响。在为期三十天的轮班周期中就会遇到这样的问题:去年的上半年里,每个月我回家后都会因为受到经期综合症的影响而变得暴躁起来,此事可以证明——大脑比腺体更具影响力。

"拉尔夫是个什么样的人?你很少提到。"

"这仅仅是他的第三次轮班。"我说,"他是个新手,从来没有见过任何真正的战斗场面。"

"而这次却足以杀掉他了。"

"是的。他是一个神经质的家伙,也许太过敏感了。两个月前,当我们并行接驳时,斯科维勒排比以往更加恶劣,他为此挣扎了好几天,以至我们全都得密切注意他,帮他一点点脱离困境。当然,坎迪在这方面最拿手。"

她拨弄着自己的食物,"这么说,关于他的隐私你什么都不知道。"

"隐私,是的,我知道些,但不像知道其他人那么深。在青春期前,他一直在尿床,因为童年时杀死了一只海龟而感到极度内疚。他把所有的钱都花在了与游荡在波特贝洛的妓女们接驳做爱上。直到结婚前,他从来没有过真正的性生活,但他的婚姻并没能维持多久。这些算是隐私吗?"

"他最喜欢的食物是什么?"

"蟹饼。他母亲给他做的那种。"

"最喜欢的书?"

"他不常读书,他根本享受不到读书的乐趣。上中学时,他喜欢《金银岛》,写了一篇关于吉姆①的报告,到了大学又改写了它。"

"他可爱吗?"

"是个不错的家伙。现实生活中,我们从来没有交往过——我是说没有人和他交往过。他总是一出操作室就跑进酒吧里,色迷迷地寻找那些妓女。"

"坎迪,不……排里没有一个女人愿意……帮助他脱离那种习惯吗?"

"上帝啊,不。为什么要那么做?"

"这就是我不明白的地方了。为什么不那么做呢?我是说,所有的女人都知道他和那些妓女在一起。"

"因为那是他想做的,而且他做得很开心,"我把碗推到一边,倒了一些米酒,"而且,这完全是侵犯隐私的行为:当卡罗琳和我在一起的时候,每次当我们回到排里后,只要我们刚一接驳上,另外八个人就会知道我俩做过的任何事情,而且还分别从我们两个人的角度来接受这些信息。他们知道卡罗琳对我的表现有什么样的感觉,反之亦然,以及所有由那种性关系引起的反

---

① 小说的主人公名。

应。人们不会随随便便讨论这种私事。"

她仍然固执己见,"我还是不明白为什么不。你们已经习惯了知道所有人的所有事。你们彼此之间都了解对方的内心。看在上帝的份上,一点点友好的性爱不会导致世界末日的。"

我知道自己的愤怒是毫无道理的,这愤怒并非是冲着她的问题的,"好吧,你愿不愿意把周五晚上活动的那帮人全都带到卧室里和咱俩在一起,分享你的所有感觉?"

她笑了起来,"我不会介意的。难道这就是男人和女人或者是你和我之间的区别所在吗?"

"我认为这是你和精神健全的人之间的区别。"我的笑容可能并不那么令人信服,"其实关键并不是身体上的感觉。细节上的确会有变化,但男人感觉还是像男人,而女人感觉仍然像是女人。当刚开始的新鲜劲儿过去后,分享那些感觉并不是件什么大不了的事情。关键是你感觉到了别人的隐私,还有因此带来的尴尬。"

她把我俩的碗拿到水槽里,"这和广告没什么区别。"她的声音降了下来,"'感受一下她的感觉。'"

"是的,你知道那些花钱安装接驳插件的人往往都是出于对性爱的好奇心,或者一些更深层的原因:他们感觉自己陷入了一个错误的身体里,但是却不愿意接受变性手术。"我打了个冷战,"这是可以理解的。"

"人们一直都在做着变性手术,"她洞悉了我的感受,取笑我说,"那比接驳手术更安全,而且过程是可逆的。"

"噢,是可逆的。你得到了别人的生殖器。"

"男人们和他们的生殖器。对你们来说,那就是身体的大部分组织。"

"以前都是不可分离的一部分。"

卡伦在十八岁之前一直是男身,到了十八岁上她就向国家卫生局提交了变性申请。在她接受了一些测试后,他们一致认为她有变性的必要。

第一次变性手术是免费的。如果她想再次恢复男身的话,就必须为此付钱。拉尔夫喜欢的两个妓女以前就是男身,现在她们却想要赚上足够的钱买回自己的男根。多么奇妙的世界。

不服兵役的人也有合法的赚钱渠道,尽管他们中的大部分没妓女挣得多。学者们只拿微薄的薪水,那些搞教学的人拿得多一些,搞研究的人则只是象征性地拿到一点点。马蒂是系里的主管,并且在人/机接口以及人/人接口研究领域是享誉世界的权威人士,但是,他的薪水却比朱利安那样的助教还少——就连那些在周六特别夜里端盘子的满身油脂的孩子,都比他挣得多。和大多数处在他那样位置上的人一样,马蒂对于自己始终身无分文的状态有一种荒唐的自豪感——他实在太忙了,根本顾不上赚钱。况且不管怎么说,他很少需要那些花钱才能买来的东西。

用钱可以买到一些商品,比如手工艺品和艺术收藏品,或者一些服务:按摩师、男管家、妓女。但是,大多数人把钱花在定量配给的东西上——那些政府允许你拥有,但又限制了数量的东西。举例来说,每个人每天都拥有三个娱乐点数。你可以用一个点数看一场电影,坐一次过山车,在赛车跑道上亲自驾驶一个小时,或者换取一张进入像周六特别夜这种场所的门票。

一旦进到这种场所,你可以在这里免费地坐一个晚上,除非你想要些吃的或者酒水。饭店菜单上的东西根据需要支出的劳动量计算,需要支付的金额从一点到三十点不等,但是,万一你用光了所有的娱乐点数而又恰巧还有些钱的话,这些东西也可以用美元买单。

不过,光凭钱是买不到酒的,除非你是一名军人。每个人每天定量供应一盎司酒,你可以选择每天晚上都来上两小杯,或者每个月用积攒起来的定量弄上两瓶伏特加狂欢一次,反正对于政府来说都一样。对酒的限量供应使得某些小圈子里的戒酒者和军人同伴备受欢迎——而且几乎可以肯定的是,这样的限量供应根本不可能减少酗酒者的数量。需要酒的人们总有方法能找到酒喝,或者索性自己酿酒。

用钱可以买来非法的服务,事实上,非法服务是美元经济最活跃的部分。政府人员对于像家庭酿酒或自由卖淫之类的小本生意行为通常采取视而不见的态度,甚至还会因为定期收受些小恩小惠而颇为照顾。但是,也有些靠出售烈性毒品或提供谋杀一类服务的大商家赚走了大量的现金。

像植入插件、整形手术和变性手术一类的医疗服务,从理论上讲可以通过国家卫生局办理,但却没有多少人能够获准进行手术。战争之前,在尼加拉瓜和哥斯达黎加都可以购买到"黑医"服务。现在地点变成了墨西哥,不过那里的很多大夫依然带着尼加拉瓜或哥斯达黎加口音。

在接下来那个周五的晚间聚会上,人们谈到了黑医。雷正在墨西哥休一个短假,大家都知道他去那里是为了减掉几十磅的脂肪。

"我想医疗上的便利一定值得他去冒险。"马蒂说。

"你是不得已才批准他请假的?"朱利安问。

"走走形式,"马蒂说,"可惜他不能把这次请假算成病假。我想他可能一天病假也没请过。"

"是啊,这就是虚荣,"贝尔达颤颤巍巍地说,"男人们的虚荣。我挺喜欢他的,很丰满。"

"他可不想跟你上床,亲爱的。"马蒂说。

"那是他的损失。"老太太轻轻地抚了抚自己的头发。

侍者是一个不苟言笑的英俊的年轻人,看上去就像刚从电影海报中走出来的男主角,"最后一杯?"

"才十一点。"马蒂说。

"那么看来你要再来一杯。"

"大家都一样吗?"朱利安问。除了贝尔达之外大家都说好,老太太看了看手表,匆匆忙忙地离开了。

马上就要到月底了,所以大家把所有的酒水都算在朱利安的账上,以保留自己的定量分额,在私下里再付给他钱。每次他也都愿意让他们这么干。但是严格说来,这样的交易属于违法行为,所以大多数人总是有些犹豫。雷萨除外,除了私底下付给朱利安的酒钱外,他在这家俱乐部里从没花过一角钱。

"我不知道一个人得胖到什么程度,才能去国家卫生局申请手术。"雷萨说。

"你必须胖到连散步都需要一部铲车帮助才行,"朱利安说,"你的质量必须能够改变附近行星的运行轨道。"

"他确实申请过,"马蒂说,"但他的血压和胆固醇还不够高。"

"你很担心他。"阿米莉亚说。

"我当然担心了,布雷兹。个人感情暂且不提,如果他出了什么事的话,我就会在三个不同的研究方案中停滞不前。尤其是最新的一个,情感障碍实验。他参与的部分很多。"

"那实验进展得怎么样?"朱利安问。马蒂举起一只手掌,摇了摇头。"对不起,我不想——"

"哦,嗯,你还是知道这件事的好——我们一直在研究你们排里的一名成员。等到下次你与她接驳就知道一切了。"

雷萨起身去洗手间,现在只剩下他们三个人了:朱利安、阿米莉亚和马蒂。

"我为你们两个走在一起感到高兴。"马蒂用一种平淡的语气说,仿佛他现在正在谈论天气情况一样。

阿米莉亚吃了一惊。"你……你接入了我的思维。"朱利安说。

"并非是直接接入,也不是有意要侵犯你的隐私。我们一直在研究你们排中的一员,所以很自然地通过二手信息知道了有关你的很多事情,雷也一样。当然,只要你们希望保守这个秘密,不管多长时间,我们都会为你们保密的。"

"谢谢你能告诉我们。"阿米莉亚说。

"我不想让你们尴尬。当然,下次朱利安与她接驳的时候就会知道了。很高兴有机会在这之前和你俩单独待一会儿。"

"她是谁?"

"士兵德芙莱特。"

"坎迪。嗯,这就对了。"

"她就是那个因为上个月战友的死讯而倍感痛苦的人?"阿米莉亚说。

朱利安点了点头,"你们预期她会崩溃?"

"我们没有预期任何事情。我们只是在每个排里都调查一个人罢了。"

"随机选择的?"朱利安说。

马蒂扬起自己的一道眉毛,大笑起来,"我们不是正在谈论皮下脂肪吸出术吗?"

我不指望下周会有太多的行动,因为我们必须重新训练磨合一组全新的兵孩,而且还有一个新的机械师加入我们——也差不多可以说是两位新人,因为阿莉的替补罗斯除了经历过上个月的大灾难外,还没有一点战斗的经验。

新来的机械师并不是个新手。出于某种原因,他们拆散了印度排,用他们中的一员来补充我们排的人员。因此,我们都或多或少地认识这个新来的男人,帕克,在发散式的排级互连当中,他与我们通过拉尔夫以及他的前任理查德相链接。

我不太喜欢帕克。印度排一直是个猎手/杀手排。他杀过的人比我们排其余所有人杀过的总和还要多,而且还恬不知耻地乐在其中。他搜集了自己杀人的录像片段,在值班结束后反复观赏。

我们与新的兵孩接驳,进行训练,工作三小时,休息一小时,摧毁伪造的城镇"佩德罗维勒",这是为了达到训练目的而专门建在波特贝洛基地建的一座城镇。

等闲下来的时候,我与连协调员卡罗琳联系了一下,问她到底发生了什么事——为什么我要和一个像帕克这样的人联系在一起?他永远也不可能跟我们合得来。

她答复时显得暴躁而激动,语气里带着疑惑和愤怒。"解散"印度排的命令是从高于营级的某个机构下达的,而这道命令引发了各处人员组织上的问题。印度排的机械师们是一群各行其是的人,他们甚至彼此之间也合不来。

她估计这是一次故意安排的实验。就她所知,以前还没有发生过这样的事;她只听说过一次解散一个排的事,那是因为排中的四个人突然死亡,而其他六个人因为共同的忧伤不能继续合作。从另一方面来说,印度排在执行杀戮任务方面是最成功的排之一,将他们分开确实匪夷所思。

她说,拥有帕克是我的幸运。他以前是水平联络员,所以在过去的三年里,他一直与其他排的机械师们直接相连。除了排长之外,他的军团里成员之间彼此关系甚密,他们是一群不同寻常的家伙。与他们相比,斯科维勒倒像是个对敌军满怀爱意的人了。

除了杀人以外,帕克还喜欢屠杀其他的东西。训练演习时,他偶尔会用激光枪将一只空中欢叫的小鸟射下来,这可不太容易。当他射杀了一只游荡的狗之后,萨曼莎和罗斯都提出了抗议。他带着讽刺的口吻说那条狗并不属于作战区,也许是敌人设置的间谍或陷阱,想以此为自己狡辩。但是,因为我们全部是接驳在一起的,所以当他瞄准那条敌人的杂种狗之时,我们都能体察到他的感受:完全是一种猥亵的欢乐。他将瞄准镜的放大倍数调到最大,观察那条狗的身体如何爆裂。

最后三天,周界警戒任务与训练同时进行,我居然看到帕克正拿孩子作为练习标靶。一群孩子经常在安全距离外观看兵孩,无疑其中有些孩子会把他们的发现告诉自己的父亲,而他们的父亲又会把这些发现报告给哥斯达黎加反叛武装。但是,他们中的大多数只是一些对机器和战争着迷的单纯的孩子。我可能也曾经历过他们那样的阶段。我对于自己十一二岁之前的记忆异常模糊,几乎什么也想不起来,大约有三分之一植入接驳插件的人都会受到这种副作用的影响。当下如此刺激时,谁还需要童年的回忆呢？

最后一夜，排里的每个人都异常兴奋。三颗导弹同时袭来，其中两颗是从海里发射的；另一颗是伪装弹，自位于城镇边缘的一个高层建筑的平台上发射，掠过树梢袭来。

那两颗从海里发射的导弹瞄准的是我们的地盘。我们拥有对付这种袭击的自动防御系统，但我们给它们来了个双重保险。

刚一听到爆炸声——阿尔法击落了营地另一侧的那颗导弹——我们就努力控制住了观望爆炸的本能冲动，而是转身观察相反的方向，直面营地另一侧。两颗导弹转瞬即至，虽然是一次偷袭，但在红外线的照射中显得异常明亮。拦截的高射炮火在它们前面组成了一道屏障，而我们密集的弹药几乎与高射炮火同时击中导弹。随即，天空中出现了两个深红色的火球——当一对空兵孩呼啸着冲向海面寻找发射平台时，还可以清晰地看到它们在夜空中发出的光芒。

我们的反应时间已经很快了，但是却没有创下任何纪录。毫无疑问，是帕克发射出的第一颗子弹，比克劳德快了0.02秒，他为此而沾沾自喜。我们每个人身后都有一个等在热身座椅上准备接班的人，今天是我们班的最后一天，也是他们的第一天；我通过我的接班人从帕克的接班人那里收到了他迷惑不解的询问：这个家伙是不是有毛病？

他是一位真正的士兵，我说，我知道他们会理解我这话的真实含义的。我的接班人是吴，和我一样不喜欢杀戮。

我把五个兵孩留在周界站岗，派另外五个去海滩察看被击落的导弹残骸。不出所料，它们是中国台湾产的RPB-4s导弹。我们会向他们发出抗议声明，而他们的回复将是对这种显而易见的失误扼腕叹息。

但是,这几颗导弹不过是为了转移我们的注意力。

真正的攻击选择的时间非常之好,就发生在距离我们这一班结束还不到一小时的时间里。

根据我们的推测,是耐心和孤注一掷的突击成全了这个计划。实施突袭行动的两个反叛分子已经在波特贝洛基地从事饮食服务业多年了。他们推着手推车进入与更衣室相邻的休息室供应自助餐,我们中的大多数人都会在换班之后大吃一顿。但是,他们携带了猎枪,也可以称之为两部扫路机,就绑在小餐车的下面。还有第三个人,此人切断了指挥部用来监视休息室和更衣室画面的光缆线路,但到现在为止他还没被抓获。

线路切断为他们提供了大约三十秒钟的时间,指挥部的人在这段时间会以为是"有人绊到了电缆"。此时,那两个人拔出他们的武器,通过休息室与更衣室之间未上锁的房门,又通过更衣室与作战部之间的房门闯了进来。他们进入作战部之后,立即就开始扫射。

录像带显示自房门打开后,他们两个人存活了2.02秒,在这段时间内,他们发射了七十八颗二十口径的大号铅弹,操作室的我们没有一个人受到伤害,因为打破操作室需要使用穿甲弹或更厉害的武器。不过,他们将十位热身的机械师全部杀死了,另外还杀死了两名站在所谓的防弹玻璃后面的技师。那个穿着装甲服负责保护我们的武装警卫当时正在打瞌睡,被喧闹声惊醒后,干掉了那两个家伙。事实证明,我们也是侥幸脱险,因为武装警卫的装甲服上中了四弹。他们没有伤害到他,但如果他们击落他的激光枪,他就只得笨重地走向前去近身攻击他们了——如果那样,就有可能给他们留下毁掉操作室外壳的时间——他们每个人的衬衫里面都绑了五颗聚能炸弹。

他们使用的所有武器都是盟军生产的全自动猎枪，发射的是贫铀弹（穿透性极强）。

宣传机构会大肆渲染其自取灭亡的一面——草菅人命的疯狂叛乱分子，好像他们只是突然发狂才杀掉了十二个年轻的男女。而现实是令人恐惧的，不仅仅是因为他们军事渗透和突袭取得的成功，还因为由此显现出来的敌人的无所畏惧和拼死一搏的献身精神。

我们并不是在街上随随便便地雇用了那两个人。在基地工作的每个人都必须接受详尽的背景调查和心理测试，以证明他们的可靠性。还会有多少这样的定时炸弹埋伏在波特贝洛周围呢？

从某种无情的角度来说，我和坎迪还算幸运的，因为我们两个的接班人都是在瞬间死去的。吴甚至都没有来得及转过身去——他听到开门的喀嗒声，紧接着猎枪的子弹就掀掉了他的头盖骨。坎迪的接班人玛勒也是这样死去的。他们中的有些人死得相当惨。罗斯的接班人还有时间站起来并转过半个身子，结果被射中了胸部和腹部。她活了很长时间，直到流淌的鲜血浸透了她的身体。克劳德的接班人则因为面对敌人而被射中胯部，他在刀割般的疼痛中度过了漫长的几秒，直到第二颗子弹撕裂他的脊椎下部和肾。

虽然只是轻度接驳，但这场袭击仍然带来了强烈的干扰，尤其是我们之中那些自己的接班人死于疼痛的人。在救援人员打开操作室将我们移到创伤病房之前，我们全被自动注射了镇静剂。

我扫了一眼周围的尸体，大型的白色器械正试图通过电击使那些头脑尚完整的人恢复生命——第二天我们才知道，这种努力没能挽留住任何一个人的生命。他们的身体已经是千疮百孔了。

没有换班的人了。我们的兵孩摆出固定的警戒姿势,而云集在它们周围的大群武装步兵则被暂时派遣执行警戒任务。按照以往的猜测,在另一个兵孩排赶来前,敌人会紧随攻击接班人的行动之后对基地发动地面攻击。如果刚才发射的一两颗导弹能够找到它们的目标,敌人可能早就发动进攻了。但是,这次一切都静悄悄的,而该区域的福克斯排在一小时内就赶到了。

几小时后,他们准许我们离开创伤病房,然后告诫我们不要把发生过的事情告诉任何人。但是,恩古米武装肯定不会对此次事件保持沉默的。

自动摄像机记录下了大屠杀的全过程,其中的一份副本落到了恩古米武装手中。在这个不再因为死亡和暴力而震惊的世界里,这依然是强有力的宣传资料。在录像里,朱利安的十位战友不再是暴露在无情的枪林弹雨中的年轻男人和女人,他们是弱者的代名词,是盟军面对恩古米的献身精神不堪一击的铁证。

盟军则声称,这是两个杀人狂采取的变态的神风敢死队式的攻击,这种情况永远也不会再发生了。他们没有公布的一个事实是,波特贝洛基地的本国员工在事发后的第二个星期都遭到了解雇,取而代之的是美国本土的入伍者。

这对波特贝洛特有的经济造成了严重打击,因为基地是其最大的一项收入来源。巴拿马是一个"最惠国",但并不是联盟国的正式成员,用实际的话来说,巴拿马可以有限地利用美国的纳米炉,但在其国界之内却没有一只纳米炉。

大约有二十个小国也处于同样动荡的局势中。在休斯敦有两只纳米炉是为巴拿马准备的,由巴拿马进出口委员会负责掌控其用途。休斯敦方面提供给他们一本"百宝书",里面罗列了制造某种东西需要多长时间,运河区①需要提供什么样的原材料。休斯敦方面可以提供空气、水和泥土。如果制造某种东西需要一盎司的白金或是一点点的镝,巴拿马就不得不去某处开采或者想其他办法弄到这些原材料。

纳米炉也有其局限性。你提供一桶煤,它会回报给你一个厄运之星②的完美复制品,可以做成一块奢华的镇纸。当然,如果你想要一顶绚丽的纯金王冠,就必须提供给它黄金。如果你想要一颗原子弹,就得提供给它几公斤的钚。但是,原子弹却不在百宝书所列的物品名单之列;兵孩和其他先进的军事技术产品也不在其列。飞机和坦克以及大部分已普及的物品,则是允许制造的。

事态是这样发展的:波特贝洛基地解雇了当地员工后的第二天,巴拿马进出口委员会向盟国提交了一份收入损失影响报告(显然已经有人预料到了有可能发生这样的不测)。

经过几天的讨价还价,盟国同意将他们的纳米炉使用时间分配定额增加,同时免除以前用于赊购特殊物资的五亿美元债务。这样一来,如果他们的总理想要一部坚固的由纯金底盘和车身制成的劳斯莱斯,那他是可以得到的,不过不是防弹的。

盟国官方并不关心客户国对纳米炉的施舍提出什么样的要求。在巴拿马最少还有表面上的民主,进出口委员会听从选民代表的建议,而所谓选民代表其实就是些买办③,每个省和辖区

---

①中美洲巴拿马运河两侧。
②产自印度的天蓝色宝石,是已知最大的蓝色钻石,据说它给每位拥有者带去死亡和绝望。
③指殖民地半殖民地国家中替外国资本家在本国市场上服务的中间人和经理人。

各出一名。因此,政府有时候会专门为穷人进口一些物品,并对此大肆宣扬。

就像美国一样,严格说来,巴拿马属于半社会主义电子货币经济体系。名义上政府负责人民的基本需求,市民们工作赚来的钱用以购买奢侈品,这些奢侈品既可以通过电子信用卡转账,也可以直接使用现金购买。

但是在美国,奢侈品仅仅是指娱乐消费或者艺术品。而在运河区,奢侈品则被定义为药物和肉食一类的物品,这些物品更多的时候是用现金购买的,而非信用卡。

人民对于他们自己的政府以及北方的弟奥黎各①政权颇多怨言,这导致了大多数附属国普遍面临的荒唐局面:在波特贝洛发生的大屠杀事件无疑使巴拿马在很长一段时间内无望拥有自己的纳米炉,但是,造成大屠杀惨案的不安定局面则可以直接归根于缺乏魔盒(纳米炉)。

大屠杀过后的第一个星期里,我们没有丝毫的安宁。煽动战争男孩狂热情绪的强大的宣传机构,以往经常将焦点对准那些更为有趣的排,这次则将矛头直指我们;大众媒体也不放过我们。在一种依靠新闻存活的文明中,此次事件成为今年最热门的报道:类似波特贝洛这样的基地时常遭受攻击,但这次是机械师们藏身的密室第一次遭到侵犯。政府反复强调被屠杀的机械师们当时并没有操纵那些兵孩的事实,但是对这一事实媒体方面却是轻描淡写,完全不予重视。

他们甚至还就我的"反应"采访了德克萨斯大学我的一些学生,当然,为我辩护的学生们都会机敏地告诉他们,我在课堂中

---

①作者虚构的政权。

的行为一如往常。这种回答或者表明了我是一个铁石心肠的家伙，或者是我有多么的坚强和开朗，再或者是我受到了多大的精神创伤，这些结论要视记者们的观点而定。

实际上，也许这回答表明了以上所说的各种可能性都是存在的，或者也许表明粒子物理学课堂并不是一处适合讨论个人感情的地点。

当他们试图带着一部摄像机走进我的教室时，我召来一个警卫将他们赶了出去。这是在教学生涯中，我第一次表现得更像是一名军人而非教师，尽管我只是一名中士。

同样地，在我外出时，我也可以征用两名警卫，使那些记者与我保持一定的距离。但是，几乎整整一个星期里，他们都设法至少用一部摄像机监视我的一举一动，这使我无法接近阿米莉亚。当然，她可以装成好像要拜访其他人那样走进我的公寓楼里，但总有些人会把我们联系在一起，或者碰巧看见她走进我的公寓——这样的可能性实在太大了，不值得冒险。在德克萨斯州，仍然有一些人会因为一个白种女人跟一个比自己年轻十五岁的黑种男人成为情人而倍感不快，甚至在大学里也有一些人持同样观点。

到了星期五，记者们看起来已经对此事失去了兴趣，但阿米莉亚和我还是分头去的俱乐部，我还带来了警卫在门外站岗。

去洗手间的路上我们俩相遇了，在没人注意的情况下，我们匆匆拥抱了一下。此后，我把大部分注意力集中在了马蒂和富兰克林身上。

马蒂证实了我的猜测，"验尸结果表明，杀死你那位接班者的同一颗子弹也断开了他的接驳，所以你的感觉应该只是连接被切断。"

"起初,我甚至没有意识到他已经死了,"我已经不是第一次这样讲了,"在我的排里,有些人的接班人受伤后没有立即死去,跟这些接班人接驳的人的信息就特别强烈和混乱。"

"但是对于他们来说,这种情况不会像与死去的人完全接驳那么糟糕,"富兰克林说,"你们中的大多数都挺过来了。"

"我不知道。如果有人死在操作室里,通常都是因为心脏病或者中风,而不是被猎枪铅弹撕裂的。轻度接驳只能反馈回模糊的信号,比方说,死难者感觉的百分之十,但也是不小的痛苦。当卡罗琳死去的时候……"我不得不清理了一下喉咙,"当时只是感觉到一阵突然的头痛,然后她就走了——就像接驳被切断一样。"

"我很抱歉。"富兰克林说着,给我俩都加上了酒。这是罗斯柴尔德拉菲堡①1928年产葡萄酒的复制品,也是迄今为止最好的葡萄酒。

"谢谢,已经过去几年了。"我呷了一口葡萄酒,味道不错,但是应该已经超出了我的鉴赏能力,"糟糕的是……一个糟糕的事实是我并没有意识到她已经死去了。排里的其他人也都没意识到。我们当时就站在一个小山上,等候着直升机来接我们。大家以为那只是一次通信故障。"

"连级的人都知道。"马蒂说。

"他们当然知道。他们当然也不会冒着让我们搞乱接走兵孩计划的风险告诉我们实情。但是当我们从操作室中出来时,她已经不在那里了。我找到了一个医生,她告诉我他们对她做了脑部扫描,她已经无法被抢救回来了;他们已经把她带去做尸体解剖了。马蒂,以前我就不止一次跟你提起过这事。对不起。"

①法国顶级葡萄酒庄园。

马蒂同情地摇了摇头,"没有见最后一面,也没有告别仪式。"

"他们应该在你们都到了山顶时就让你们从操作室中出来,"富兰克林说,"他们接走未被接驳的机械师就像接走接驳中的机械师一样容易。那样的话,在他们带走她的时候,你们至少还会知道。"

"我不知道。"我对于整件事的回忆总是模模糊糊的。他们当然知道我俩是情侣,所以在我离开操作室前给我用了镇静药。很多心理咨询都是使用药物疗法和谈话相结合的方式,过了一阵,我不再服用那些药物了,阿米莉亚取代了卡罗琳的位置——在某些方面。

我突然感到一阵受挫的悲痛和一种渴望——一部分是经过这愚蠢的一周分离后对阿米莉亚的想念,一部分是因为无法改变的过去。在这个世界里,再也不会有另一个卡罗琳了,而这不仅仅是因为她的去世。与她紧密相联的那一部分的我也已经死去了。

谈话转移到了更加平和的话题上来,关于一部除了富兰克林外所有人都不喜欢的电影。我装着在听他们谈话,与此同时,满脑子里想来想去的都是自杀的念头。

在我接驳的时候,这念头似乎从来没有明显地显露出来过。也许军队对此了如指掌,并且运用某种方法压制住了这个念头;我知道其实是我自己在抑制自杀的念头,即使坎迪对此也只是模模糊糊有一点了解。

但是,面对整日的杀戮和死亡,我无法再坚持五年了。而战争似乎永无尽头。

当我有了自杀的想法时,并不感到悲伤。自杀不是一种损失,而是一种解脱——这不是自杀与否的问题,而是什么时候、采用什么方式的问题。

我想,等到我失去阿米莉亚的那天就应该是"时候"了。对我来说,唯一吸引我的"方式"就是在接驳的时候自杀。也许应该找几个将军做垫背的。现在我可以暂时不做具体计划,但我确实知道波特贝洛的将军们住在三十一号大楼,凭借多年的接驳经验,我可以轻而易举地接入负责该楼警戒任务的兵孩的通讯线路。有好几种方法都可以在一瞬间转移他们的注意力,我会尽量在闯进那里时不杀害任何一名警卫。

"哟嗬。朱利安?你还好吗?"是雷萨在另一张桌子上跟我打招呼。

"对不起,走神了。"

"嗯,到这儿来想一想。有一个布雷兹回答不出来的物理问题。"

我拿起自己的酒杯走了过去,"那么肯定不会是粒子学方面的。"

"不是,比那要简单。为什么从浴缸里的水在北半球向一个方向流动,而在南半球则向相反的方向流动?"

我看了看阿米莉亚,她一本正经地点了点头。她知道问题的答案,或许雷萨也知道。他们是想把我从战争话题中拉出来。

"这很简单。水分子都是被磁化的,它们总是指向北方或南方。"

"胡说八道,"贝尔达说,"就连我也知道水不是被磁化的。"

"事实上这只是一个老婆子的谣言。你得原谅我这种说法。"

"没什么,我确实是个老婆子。"贝尔达说。

"水是向这一边流还是向那一边流,取决于浴缸的大小和形状,还取决于出水口附近表面的特征。一生中都相信南北半球水流方向有差异的人,并没有注意到他们家里一些浴盆的水流方向正好与结论相反。"

"我必须回家查看一下。"贝尔达说。她喝光杯子里的酒,慢慢地从椅子里站了起来,"你们这些孩子要乖一点。"说完,她跟众人一一道别。

雷萨看着她的背影笑了起来,"她认为你在那里很孤单。"

"是悲伤,"阿米莉亚说,"我也这样想。如此可怕的经历,而我们却在这里反复讨论。"

"他们并没有接受过这样的训练。我是说,在某种程度上他们确实需要这样的训练。与那些记录人们死亡过程的片段接驳在一起,起初是轻度接驳,然后就会越来越深入。"

"有些接驳狂人以此为乐。"雷萨说。

"是啊,那么,他们可以从事我的工作。"

"我曾经看过那个广告,"阿米莉亚用手抱住自己,"提供因赛车事故而送命的人的垂死感觉的片段。还有死刑的。"

"那些私下出售的片段更可怕。"拉尔夫曾浏览过几个,所以我可以间接地感觉到,"我们的接班者死去后,他们的死亡片段也许现在已经在市场上出售了呢。"

"政府不能——"

"噢,政府喜欢这样,"雷萨插嘴说,"他们或许还有几个新兵征募部门专门负责确保商店里的死亡片段货源充足。"

"我不知道,"我说,"军队对于那些已经植入接驳插件的人并没有太大的兴趣。"

"拉尔夫就是。"阿米莉亚说。

"他还有其他的优点。如果你有接驳方面的才能,他们会希望你用在军事上。"

"听起来真的很特别,"雷萨说,"某个人死去,而你却能感受到他的痛苦?我宁可——"

"你还不明白,雷萨。当某人死去时,从某种意义上来说你就得到了升华。你分担了他的死亡,而且——"关于卡罗琳的回忆突然给了我重重一击,"——是的,那使得你自己的死亡显得并不那么重要了。总有一天你也会买上一个死亡片段。没什么大不了的。"

"你仍然活着?我是说,他们仍活在你心中?"

"有一些是这样,有一些不是。你一定曾经遇到过一些人,这些人你再也不愿意想起。这些家伙从他们死的那天起就被忘却了。"

"但是你却永远也忘不了卡罗琳。"阿米莉亚说。

我停顿的时间有点太长了,"当然,而且在我死后,那些曾经与我接驳过的人也会记住她,将她一直传递下去。"

"我希望你不要那么说。"阿米莉亚说。雷萨知道我们两人已经待在一起好几年了,他也点了点头。"就像是你不断在揭一个伤疤,就像是你已经随时做好了死去的准备。"

我几乎要发作了。我一个数字一个数字地数到十。雷萨张开了嘴,但我打断了他要说的话,"你难道觉得我应该看着人们死去,感觉到他们的痛苦,然后回到家里问上一句'晚饭吃什么'吗?"我压低了声音,"如果我对别人的死亡无动于衷的话,你会觉得我是什么样的人呢?"

"我很抱歉。"

"不用。我很抱歉你错过了生个孩子的机会,但那也不是你的全部。我们经历了这些事情,然后我们或多或少地承受了这些事情,这些经历改变了我们,让我们成为现在的样子。"

"朱利安,"雷萨用一种警告的语气说,"也许这事应该以后再说?"

"是个好主意,"阿米莉亚说着站了起来,"不管怎样,我现在该回家了。"她向滑轮架发了个信号,它就去找她的衣服和手提包了。

"一起坐计程车吗?"我问。

"不用了,"她不冷不热地说,"现在是月底。"她可以使用剩下来的娱乐点数打车回去。

其他人都已经花光了娱乐点数,所以我买了很多葡萄酒、啤酒和威士忌,喝了超过我的份额的酒。雷萨也一样。他的汽车不允许他酒后驾驶,于是,我带着两个保镖警卫和他一起回去。

到达校园门口我下了车,在冰冷的蒙蒙细雨中步行两公里去阿米莉亚的家。没有任何记者的踪影。

所有的灯光都熄灭了;现在已经快到凌晨两点了。从后门进到房里时,我才想起来应该事先给她打个电话。如果她并非独自一人该怎么办?

我打开厨房的灯,从冰箱里找出一些奶酪和葡萄汁。她听到我四处走动的声音后,拖着脚步、揉着眼睛走了进来。"没有记者?"我问。

"他们全在我床底下呢。"

她站在我的身后,把两手放在我的肩膀上。"给他们提供些写作素材?"我在椅子上转过身来,把自己的脸埋进她的乳房之间。她的皮肤有一股温暖的、令人昏昏欲睡的味道。

"之前说过的话我很抱歉。"

"你已经经历得太多了。来吧。"我任由她领着我进了卧室,她像对待一个孩子一样脱掉了我的衣服。我仍然还有些醉醺醺的。她有很多方法使我清醒起来,大部分是耐心的动作,但也有其他的动作。

我像一个被打晕的动物一样睡着了,醒来时房间空无一人。她在微波炉上留了一张纸条,说她在八点四十五分有个系列课程,我们午餐会上再见。现在已经十点多了。

这是一次周六的会议;科学家们从来不休息。我在"我的"抽屉里找到一些干净的衣服,随后匆匆地冲了一个澡。

在返回波特贝洛的前一天,我与位于达拉斯的奢侈品分配委员会有个预约会面,那里的人负责处理别人对纳米炉的特殊请求。我选择了单轨铁路,所以可以在快速行进的同时,瞥上一眼沃思堡的风景。我以前还从没去过那里。

到达拉斯用了半个小时,但其后在交通堵塞的状况中又缓慢行驶了一个小时,才到达奢侈品分配委员会。该委员会占据了城区外的大片土地。他们拥有十六只纳米炉,还有成百上千的大桶、罐子和箱子装着原材料和各种各样的纳米原料,这些原材料可以用上百万种不同的方式组合在一起。

我没有时间去四处闲逛,但前一年,我曾经在雷萨和他朋友的引导下走马观花地参观了一下这里,那时候我就有了送给阿米莉亚一些特别的东西的想法。我们不在一起庆祝生日或各种宗教节日,但下周是我们第一次亲密接触的两周年纪念日。(我不写日记,但是可以通过查看实验室报告查找出这个日子;我们两人都错过了第二天的系列课程。)

被派来答复我的申请的评估者是个愁眉不展的男人,五十岁左右。他用一成不变的阴郁表情阅读了一下表格,"你不是为自己申请这件珠宝。这是送给某个女人的,是情人?"

"是的,当然。"

"那么,我得知道她的姓名。"

我犹豫了一下,"她其实并不是我的——"

"我不关心你们之间的关系问题。我只是必须知道谁最终会拥有这件物品,才能决定是否可以批准此事。"

我并不希望我们两人的关系被载入官方记录。当然,任何与我进行深度接驳的人都会知道此事,所以,这事的隐密程度只能像我生命中的其他秘密一样。

"是送给阿米莉亚·布雷兹·哈丁的,"我说,"一个同事。"

他记下了她的名字,"她也住在大学里?"

"没错。"

"相同的地址?"

"不。我不清楚她的具体地址。"

"我们会查到的。"他笑了笑,这笑容就像一个人吸了一口柠檬后试图露出微笑的样子。

"我找不出有什么理由拒绝你的申请。"桌面上的一台打印机发出嘶嘶的声响,一页纸从里面跳出来,出现在我的面前。

"这需要消费五十三个有效信用点数。"他说,"如果你在这儿签字的话,你就可以在半小时内从第六区取到成品。"

我签了字。一个多月的娱乐点数换来的是让一捧沙子被纳米炉转变形态,你可以这样去想问题。或者也可以想,五十三个毫无用处的政府发放的筹码,换来了一件在一代人之前还属于无价之宝的美丽的物品。

我出门走到通道上,顺着指引我从一区到八区的紫色传送带前行。到了分岔处,我继续顺着从五区到八区的红色传送带前进。路过一扇又一扇的房门,房里有人坐在桌子旁慢条斯理地干着那些用机器可以完成得更好更快的活计。但是,机器们却不会得到额外的有效点数和娱乐点数。

我通过一扇旋转门,进入了一个环绕假山花园建造的舒适的圆形大厅中。银色的涓涓细流冲刷着假山,四溅的水花落在奇异的热带植物上,这些植物生长在由红宝石、钻石、翡翠以及数十种不知其名的闪光宝石铺成的小路上。

我查问了一下六区柜台,它告诉我还需要再等半个小时。不过这里有一间咖啡馆,桌子环绕着半个假山花园排开。我出示了自己的军人身份证,得到了一瓶冰镇啤酒。在我就座的桌子上,有人落下了一册折叠起来的墨西哥杂志《性爱》,于是,我花了半个小时的时间提高了一下自己的外语技能。

桌子上的一张卡片解释说,地上的那些宝石都是因为感觉不好或者结构上的瑕疵而被丢弃的样品。

尽管如此,它们仍是稀世珍宝。

前台广播了我的姓名,我走过去得到了一个白色的小包裹。我小心翼翼地打开了它。

里面的东西正是我所订购的,但看起来好像比在图片中更加引人注目。一条纯金的项链,在一圈小红宝石的光环中镶嵌着一颗暗绿色的夜明石。夜明石是最近几个月才发明出来的珠宝。这颗夜明石看起来像一小颗不知何故内部散射着绿光的卵形缟玛瑙[①]。当你转变它的角度时,那团绿光也随之改变着本身的形状,从方形到菱形再变成一个十字。

这件珠宝搭配上她细腻的皮肤应该很美,红与绿辉映着她

[①] 一种带有条纹和多种颜色的玛瑙,常被用来制作饰物。

的秀发和明眸。我希望宝石在她身上不会显得过于奇异。

在返程的火车上,我把它拿给一个坐在身边的女人看。她说这珠宝十分美丽,但是按照她的观点,这珠宝搭配在一个黑人女子的皮肤上显得太暗了。我对她说,我真应该事先考虑到这点。

我把项链留在阿米莉亚的梳妆台上,顺便附了一张纸条提醒她关于两周年纪念,然后就前往波特贝洛了。

朱利安出生在一座大学城里,在一个没有明显种族主义倾向的白人环境里长大。在类似底特律和迈阿密那样的地方发生过种族暴乱,但是,人们把这些暴乱当成是与他们舒适的现实生活相去甚远的城市问题。这接近于实情。

但是,恩古米战争正在改变白种美国人对于种族的看法——或者是那些玩世不恭的家伙一直存在着这样的想法,而恩古米战争让他们得以表达出来。仅有一半的敌人是黑人,但是,大多数出现在新闻里的反叛领导者都是在这一半黑人中产生的。他们在屏幕上高声呐喊——要让白人付出血的代价。

这种讽刺也体现在朱利安身上,他是这场战争中的积极分子,而这场战争正在使美国白人转而反对黑人。但是,那种白人在他的个人天地里,在他的日常生活中只能算是异类;火车上的那个女人肯定来自另一个国度。他在大学生活里接触的大多数是白种人,但是都没有种族主义歧视;而与他接驳的人也许起初会有种族歧视思想,但都不会维持太久:如果每个月有十天的时间生活在黑色皮肤中间,你就不会认为黑人是低人一等的。

我们的第一项任务很有可能成为一桩傻事。我们不得不

"押解以便质询"——也就是绑架——一个被怀疑为叛军首领的女人。她也是位于雨林地带高处的一座小城——圣伊格纳西奥市的市长。

这座城市实在太小了,我们中的任何两个人都可以在几分钟内将其摧毁。我们操控着悄无声息的空兵孩环绕着城市,研究其红外特征,把它与地图及低空轨道照片相比较。很明显,这座城镇的防御并不严密,伏兵就设在进入城镇的主要公路上。当然,这里也可能具有自动化防御系统,它们不会因为散发热量而暴露自己。不过,这样的防御系统在一座城镇里面不会太多。

"我们试试悄悄地完成这项任务,"我说,"在这里的咖啡种植园降落。"我脑海中的思维指向一个从城镇顺着山坡向下大约两公里的地点。"坎迪和我穿过种植园逐步靠近马德罗太太家的屋后,看看我们是否可以在不引起任何骚动的情况下绑架她。"

"朱利安,你应该至少再带上两个人。"克劳德说,"那地方有可能被监控并设有陷阱。"

我给了他一个无声的反驳:你知道我考虑过这点。"如果发生了什么事情,你们几个随时准备好启动。一旦我们发出信号,我要你们十个人以紧凑队形全部跑上山顶,并将坎迪和我围在中间。我们得保证马德罗太太的人身安全。释放烟雾弹后,我们直接朝这里的山谷跑,然后跑上这座小山等候运输直升机。"我感觉到空兵孩那边也收到了这条信息,瞬间之后,认可我们可以在适当的地点得到活人搭载服务。

"行动。"我说。我们十二个兵孩全部在夜晚寒冷的空气中快速降落,每人彼此间相隔五十米距离。过了一会儿,黑色的降落伞发出飒飒声打开了,我们神不知鬼不觉地降落在种植着低矮咖啡树的土地上——实际上是一片灌木丛;即使是一个普通身高的人想在这里藏身,也不会太好过。这是一次精心策划的冒险行动。如果我们在离城镇较近的森林里降落的话,将会引发很多的噪音。

藏在这些整齐的小树之间,很容易被发现。我弯曲膝盖跪在松软潮湿的泥土中。降落伞从身上分离,折叠在一起并自动卷成紧密的柱形,悄无声息地融合成坚固的砖形物体。它们最后很可能形成一部分屏障,或是围墙。

每个人都静静地朝林木边缘方向移动并隐藏起来。与此同时,坎迪与我小心翼翼地朝山上行进,悄无声息地在树木之间迂回前进,同时避免接触到它们。

"狗。"她说,我们都停了下来,一动不动。我紧跟在她的身后,从我所处的角度看不到狗,但是,通过她的传感器我可以闻到皮毛和呼吸的气味,看到红外线模式下的斑块。狗醒了过来,我听到它开始咆哮,然后是一支麻醉飞镖"嗖"的一声中断了狗的咆哮。飞镖上的镇静剂是给一个人的剂量,我希望那不会杀了这条狗。

在狗的后面,就是马德罗家房后修剪整齐的草坪。厨房里的一盏灯开着——运气不好。当我们从空中跳落的时候,这间房子还是全黑的。

通过关闭的窗户,坎迪和我只能听到两个人的声音。他们之间的谈话语速太快,口音也太重,我们两个人谁也听不太懂,但显然那声音是——马德罗太太和一个男人正焦虑不安地、急切地耳语着什么。

他们正在等待同伴,坎迪想。

行动,我想。坎迪只用了四步就来到窗口,而我刚到了后门。她用一只手打碎了窗户,用另一只手发射了两支飞镖。我把门从铰链处扯下来,举步进入了枪林弹雨之中。

屋内的两个人拿着突击步枪。我给了他们每人一枪麻醉弹,然后朝厨房走去。在我还没有追踪到继电器①发出咔嗒声的方位之前,报警信号响了三次,随后我把它从墙里拽了出来。

先是两个人,然后有三个人从楼梯上冲了下来。烟雾弹和催吐剂,我心想,坎迪立刻获悉了我的想法,我在大厅里丢下了两颗榴弹。利用催吐剂是一个小花招,因为我们的绑架行动还没被发现。我们不能让马德罗太太吸到催吐剂气体,她有可能因为自己的呕吐物而窒息。但是无论如何,我们必须速战速决。

厨房里的两个人突然瘫倒在桌子上。墙上有一个电路保护器;我砸碎了它,屋子里突然一片漆黑,不过,坎迪和我仍然可以看到在暗红色的厨房里那个鲜红色的人形。

我抓起马德罗和她的同伴,开始返回大厅。伴随着呕吐声,我听到了一件武器打开保险装置时,涂了润滑油的金属发出的"咔嗒"声,以及保险开关发出的"噼啪"声。我迅速传给坎迪一幅图像,她把一只手臂伸出窗外,把半面墙敲落下来。屋顶吱吱嘎嘎地开始下陷,然后裂为碎片坠落下来——那时我已经带着两位客人到了后院。我把那个男人扔在地上,然后把马德罗像婴儿一样紧紧抱在怀中。

"等一下其他人。"我这句话完全是多余的。我们可以听到城镇里的居民沿着碎石路朝房子方向跑来,但是我们的人移动得更快。

在我俩身后,十个黑色的巨人从森林中跑了出来。烟雾弹,那儿那儿那儿,我想。开灯。涌现出的白色烟雾围绕着我们形

---

① 继电器是一种电子控制器件,在电路中起着自动调节、安全保护,转换电路等作用。

成了一个半圆,在太阳灯的照射下成为一堵不透明的炫目围墙。我转身背对着这堵围墙,保护马德罗免受漫无目标的炮火、激光和扫射的伤害。所有人发射催吐剂,然后迅速撤离!十一个催吐剂罐爆裂开来的时候,我已经进入了林地并开始奔跑。子弹发出沙沙和嗡嗡的声音掠过头顶,没对我造成任何伤害。奔跑的过程中,我检查了一下马德罗的脉搏和呼吸,在这种情况下尚属正常。我还察看了她脖子后面中镖的一侧。飞镖已经掉落了,她也已经止住了流血。

留下文件了?

坎迪想,是的,留在房子里面某处的桌子上。这次扣押马德罗太太我们有一张所谓的合法逮捕证。这个证件加上一百比索可以换来一杯咖啡,前提是咖啡出口后还有剩余的话。

出了森林后,我可以跑得更快一些。跃过一排排的低矮咖啡树丛,这感觉令人兴奋不已,尽管在思维的一隅我一直知道自己正懒洋洋地躺在距此上百公里外的装甲塑料外壳里。我能听到其他人都跟在我身后奔跑着,当我沿着山坡朝搭载点跑去的时候,我听到直升机和空兵孩接近我们时发出微弱的"嘶嘶"声和"噼啪"声。

如果等待搭载的仅仅是我们这些兵孩,他们就会以高速方式抓举我们:我们举起自己的手臂,当直升机飞过头顶时抓住它的横梁。不过,如果要搭载活人的话,他们必须真正地使直升机着陆,这也是她需要两名空兵孩护送的原因。

我到达了小山顶部,发出哔哔声,直升机对我的信号做出了响应。排里剩余的人都三两成群地大步跑了上来——这让我想起我应该叫上两架直升机,其中一架用来对其他十一名兵孩做常规抓举。我们所有人都站在如此空旷的地面上,再加上直升机发出的引人注目的噪声,随时都可能遇到危险。

仿佛是对我的顾虑做出的回答,一发迫击炮弹落在我左侧五十米处,闪着橙黄色的光芒并发出沉闷的重击声。我与直升机里的空兵孩链接在一起,了解到了她与指挥部短暂的争论。有人想让我们丢下马德罗做常规抓举。当飞行员出现在地平线上时,另一发迫击炮弹袭来,也许就打在我身后十米的地方。我们收到了修改后的命令:整队准备常规抓举,她会根据实际情况尽可能降低飞行速度。

我们排成一排,左臂高高举起,我有一秒钟的时间来决定应该将马德罗抱得紧点还是松点。我选择了前者,排里的大多数人都同意我的想法,不过这个决定也许是错误的。

直升机抓举起我们带来的冲击力有15G或者20G。对于兵孩来说这算不了什么,但是过后我们发现,这次抓举折断了那个女人的四根肋骨。她大声尖叫着醒来,两发迫击炮弹在非常近的距离内爆炸了,近到几乎可以把直升机穿一个孔,并且对克劳德和卡伦造成伤害的程度。马德罗没有被弹片击中,但是,她发觉自己处在距离地面数十米的高空并且正在快速地飞升,于是拼命地挣扎,拍打我并且发出尖叫,身体不断地扭动。我所能做的只是把她抱得更紧,但是,我的手臂正好牢牢地扣在她的胸部下方,我生怕自己用力过度。

突然,她的身体松弛了下来,也许是晕倒或是死了。我无法察看她的脉搏或呼吸,两只手都被占用着,但是除了不扔下她以外,无论如何我都不知道我还能做点儿什么了。

几分钟后,我们降落在一个光秃秃的小山上,确认了她还有呼吸。我把她放进直升机里面,然后把她绑在夹在墙上的担架上。指挥部询问我们这里是否还有手铐,这让我觉得有点可笑;

但是随后她进一步详细说明了情况:这个女人是一名真正的信徒,如果她醒来后发现自己在敌人的直升机里,她会直接跳出去或者用另外的方式结束自己的生命。

造反者们彼此间流传着我们为了得到情报如何对待战俘的各种各样的恐怖故事。这些故事全是一派胡言。如果你所要做的只是让她躺下,在她头盖骨上钻一个洞然后接驳她的话,为什么还要劳神费力地折磨她呢?更何况,在这种情况下她不可能撒谎。

当然,国际法对于这种惯常的做法是含糊其辞的。恩古米武装称之为对基本人权的侵犯;我们则称之为人道主义审问方式。事实上,十分之一的死亡或脑死亡率使我十分清楚这种做法的是不道德的。但是,我们只用这种方法对付那些拒绝合作的犯人。

我找到一卷防水胶带将她的腕子绑在一起,然后用胶带绕过她的胸部和膝盖,将她固定在担架上。

我正在绑定她的两膝时,她醒了过来。"你们是妖怪。"她用清晰的英语说道。

"我们已经完成了那段进化,夫人。我们也是由男人和女人赐予生命的。"

"一个强词夺理的妖怪。"

直升机咆哮着发动起来,我们越过了这座小山。我获得了瞬间的预警,所以可以稳定住自己。这件事难以想象,但是也不足为奇:我坐在飞机里面或者吊在飞机外面会有什么区别呢?

一分钟后,飞机进入了安静、平稳的状态。

"要我给你拿些水吗?"

"好的。再来一片止痛药。"

永远的和平

在直升机尾部有一个洗手间,里面有饮用水和小纸杯。我给她倒了两杯水,把杯子放在她的嘴唇边。

"恐怕在降落之前没有止痛药。"我可以再给她来一针镇静剂让她睡去,但是,那会使她的健康情况变得更复杂,"你伤在哪里了?"

"胸口,胸口和脖子。你能把这个该死的胶带取掉吗?我哪儿也不会去。"

我获得了指挥部的批准,一个一英尺长的带有剃刀般锋芒的刺刀咔嗒一声从我的手掌中伸了出来。她尽最大可能地向后退缩着,直到胶带约束了她的行动。"只是一把刀。"我切断了绑在她胸部和膝盖处的胶带,扶着她坐起来。我询问了一下空兵孩,她确定这个女人没有携带武器,所以我又松开了她的手和脚。

"我可以去趟厕所吗?"

"当然。"当她站起来的时候,疼痛使她蜷起了身子,抓着自己的肋部。

"这边。"在七英尺高的载货区内我也无法直立身体,所以我们只能拖着脚步慢吞吞地朝机尾挪去,一个弓着身子的巨人搀扶着一个弯着腰的侏儒。我帮她解开裤带,拉下了裤子。

"请转过去吧,"她说,"做个绅士。"

我转过身去背朝着她,当然,尽管这样我依然能看到她。"我做不成一个绅士,"我说,"我是在一起工作的五个女人和五个男人的总和。"

"这么说那些是真的了?你们让女人们参加战斗?"

"你不战斗吗,夫人?"

"我是在保卫我的国家和人民。"如果我没有一直监视着她的话,一定会曲解她语气中的强烈情绪。我看见她的手迅速地伸进一个上衣口袋中,在她还没来得及把拿到的东西塞进嘴里前,我抓住了她的手腕。

我迫使她伸开手指,从她的手掌中取出一粒白色的药丸。这药丸有一股苦杏仁的味道,低科技产物。

"这样做对你不会有任何好处。"我说,"我们可以救活你,但你却会因此而备受煎熬。"

"你们屠杀人民,当你们高兴的时候,你们又让他们死而复生。但你们不是妖怪。"

我把这粒药丸装进腿部的一个口袋里,然后密切地监视着她。"如果我们是妖怪,我们可以将他们复活,榨取出我们需要的信息,再把他们杀死。"

"你们没有那么做。"

"我们把你们超过八千名的犯人关在监狱里,等待战争结束后将他们遣送回国。杀掉他们会让事情更加简单,不是吗?"

"集中营。"她站起来拉上裤子,然后重新坐了下去。

"这是个颇有含义的术语。我们那里确实有集中关押哥斯达黎加战俘的营地。在联合国和红十字会观察员的监督下,确保他们没有受到虐待。你会用自己的双眼亲自见证这一切的。"我不经常为盟军的政策辩护,但是,监视一个有着狂热信仰的人相当有趣。

"我得活到那时候。"

"如果你想活下去的话,你会的。我不知道你还有多少药丸。"我通过空兵孩与指挥部链接上,在线使用一台语音分析器。

"刚才那是唯一的一粒。"她说。和我预想的一样,分析程序证明她说的是实话。我稍微放松了些警惕。"这么说,我将成为你们的其中一名战俘。"

"大概如此。除非我们弄错了你的身份。"

"我从来没用过一件武器,也从来没有杀过任何人。"

"我的指挥官也没有。她取得了军事理论和通信控制论的学位,但是,她从来不曾做过士兵。"

"但她事实上杀了人,杀了我们很多人。"

"而你不也帮助策划了袭击波特贝洛的计划吗?按照这种推理,你也杀害了我的朋友们。"

"不,我没有。"她说。语速很快,语气强烈,她在撒谎。

"当我与他们的思维紧密链接时,你杀害了他们。他们中的一部分死得非常恐怖。"

"不。没有。"

"不要费工夫欺骗我了。我可以使死人复活,还记得吗?我可以在一念之间就摧毁你们的村庄。当你说谎的时候,我能分辨出来。"

她沉默了一会儿,琢磨着我的话。她肯定曾经听说过有关语音分析器的事。"我是圣伊格纳西奥市的市长。我的人民会对此做出反应的。"

"不会是合法的。我们有扣押你的许可证,是你们省长签发的。"

她吐了一口唾沫,发出很响的声音。"佩普·阿诺。"省长的原名叫作佩利皮阿诺其奥,意大利人,但她的西班牙语发音将其变成了"无耻的蠢货"。

"我知道他不受造反者们的欢迎,但他是你们的一员。"

"他从他的叔叔那里继承了一个咖啡种植园,他是个糟糕透顶的农夫,甚至连萝卜都种不出来。你们买下了他的土地,你们买通了他。"

她认为那是实情,也许真是如此吧。"我们没有强迫他。"我说,这是我的猜测。关于这个城镇或者这个省的历史我知道得不太多,"难道他不是找上门的? 宣称他自己——"

"噢,是的,就像一只饥饿的狗会跟着任何丢出食物的人一样。你不能自以为他能代表我们。"

"事实上,夫人,我们没有商量的余地。你们的士兵会在接受命令以前还要商量商量吗?"

"我们……我对这样的事一无所知。"这句话使她的谎言暴露无遗。因为她知道,他们的士兵参与决策过程,这样就削弱了他们的效率,但是,这确实使他们自封的人民民主军这一称谓符合一些逻辑。

直升机突然左右摇晃起来——进入加速状态了。我伸出一只手扶住她,防止她摔倒。

"导弹。"我说,这是通过与空兵孩的链接知道的。

"很可惜没有击中。"

"在这架飞机中你是唯一一个活人,夫人。我们其余这些人都安全地躲在波特贝洛呢。"

她听到这句话露出了微笑,"我想,也不是那么安全。难道这次小小的绑架行动不正是因为这一点吗?"

这个女人是经过接驳操作后完好无损地活下来的百分之九十的幸运者之一,而且她确实为盟军审问者提供了曾经参与波特贝洛大屠杀计划的另外三名少尉的名字。她因为参与此次大屠杀计划被判处死刑,但后来死刑被减为了终身监禁。她被送到运河区的大战俘营中,她脑后的接驳插件确保她在里面再也无法参与到任何阴谋之中。

不出所料的是,在把她押回波特贝洛安装接驳插件的四个小时里,另外三名少尉和他们的家属全都分散逃到了野外,消失得无影无踪——也许还会回来。他们的指纹和视网膜认定可以暴露他们的造反者身份,但并不能保证存档的那些指纹和视网膜就真是他们自己的——此前他们有好几年时间可以实施"掉包计"。他们中的任何一个人,都可能手持求职表出现在波特贝洛基地的大门口。

当然,盟军已经解雇了波特贝洛基地每一个来自西班牙语国家的雇工,还可以在该城的任何其他单位采取这样的做法,甚至可以在全国推广。但是从长远来看,这样的行动也许会令事态更加糟糕。在巴拿马,每三份工作中就有一份是盟国提供的。让这些人全部失业,就意味着可能使恩古米阵线再增加一个盟友。

马克思和另外一些人认为,战争的本质是建立在经济基础之上的,并大力宣传他们的主张。不过,在19世纪还没有人可以预见到21世纪的世界。在这个时代,一半人需要为大米和面包而辛勤劳作,另一半人则只需在慷慨的机器前面排好队就可以衣食无忧。

在即将要破晓之前,兵孩排又回到了镇子里,同时带着另外三个造反者头目的逮捕许可证。他们三个一组地闯入民宅,在房间里释放成团的烟雾和令人作呕的气体,损坏财物,但一个人也没找到。没有遇到任何有效的抵抗,他们分散开顺利地朝着十个方向加速撤离。

他们在山坡下二十公里处集合在一起,那里有一间饲料商店兼小酒店。酒店已经打烊好几个小时了,但是还有一个顾客醉倒在一张桌子下面。他们没有叫醒他。

剩下的任务是一次蓄意破坏式的演习,这是某些头脑处于半梦半醒之间的天才对于那晚没能抓获更多的战俘愤然下达的命令。该命令要求他们重新返回山上,系统地毁灭属于那三个在逃造反者的庄稼。

其中两个造反者是咖啡种植者,所以朱利安命令他的人把咖啡树连根拔起,放在原地——也许第二天它们会被重新种上。

第三个人的"庄稼"是镇子里唯一的一间五金商店。如果朱利安请示指挥部的话,他们一定会命令将其一把火烧掉,所以他并没有请示。他和另外三个兵孩仅仅是砸碎店门,将所有的货物扔到大街上。让镇子里的人们去决定这家伙财产的归属吧。

到如今,大多数市民已疲于跟兵孩们打交道了,他们已经知道如果不去招惹这些机器,它们不会杀害任何一个人的。不过,还是有两个拿着激光枪的野心勃勃的狙击手出现了,兵孩们不得不对他们开火,但使用的是麻醉镖。

排里新增加的杀人狂帕克给朱利安添了些乱。他先是对使用麻醉镖相当不满——他的行为实际上属于不服从战斗命令,是一项可以送交军事法庭处理的罪名——然后当他不得不使用飞镖瞄准时,他竟然瞄准到一个狙击手的眼睛上,那将会是致命的一击。朱利安监视到了他的举动,恰好能在心中及时地向他发出呐喊,"停止射击!"随即把那个狙击手交给克劳德处理,克劳德将麻醉镖射入了他的肩膀。

作为一场武力展示,此次行动无疑是成功的,不过朱利安颇怀疑其意义所在。镇子里的人也许会将此看成是以强凌弱的蓄意破坏。也许他本该一把火将五金商店烧个干净,并将那两个农夫的土地变成不毛之地。但是,他希望克制的做法会起到更好的效果:他用自己的激光在五金商店外面的白石灰墙上留下了焦痕,那是被心理战术组翻译成西班牙文的一段信息:——按理说,为了被你们杀害的十二名同胞,你们应该付出十二条生命的代价。希望没有下一次了。

星期二晚上我回到家里时,见门缝下面有张纸条:

亲爱的:

礼物非常漂亮。昨天晚上我去听了音乐会,仅仅是为了可以佩戴上它炫耀一下。有两个人问我是谁送给我这样的礼物,而我故作神秘地说:一个朋友。

哦,朋友,我已经下了一个很大的决心,这个决定也是送给你的礼物的一部分。你看到这张纸条时,我已经到瓜达拉哈拉去安装接驳插件了。

我不想等你回来与你讨论此事,因为如果出现什么意外的话,我不想让你分担责任。实际上,我是看了一则新闻之后下定决心的,我已经把那条新闻放到你的新闻列表里,标题是《接驳争端诉诸法律》。

简要来说,一位居住在奥斯汀的男士做了植入接驳插件手术后被从管理岗位上解雇了,然后利用德克萨斯州的《劳工歧视法》来对反接驳条款提出质疑,法庭判他胜诉。因此至少从目前来说,我去做这样的手术还不会丢掉我的工作。

我清楚所有身体上可能发生的危险,我也知道对于一个像我这样年纪和这样地位的女人来说,因为所谓的嫉妒,冒着那样的危险去做手术是多么的不合时宜。我无法和你记忆中的卡罗琳相比,我也不能像坎迪和其他那些人一样分享你的生活——那些你发誓不爱她们的女人。

就这样,不要再争了。我会在周一或周二回来。到时候你会来接我吧?

爱你的阿米莉

我把纸条读了好几遍,然后匆匆忙忙地去给她打电话。她的寓所里没人接电话。于是,我回放了其他的电话录音,然后听到了一段最令我担心的信息:

"克莱斯先生,您的姓名和电话号码是一位名叫阿米莉亚·哈丁的女士告诉我们的,以便在出现紧急情况下可以与您联系。我们同时也联系了海斯教授。

"哈丁教授(西班牙语)前来瓜达拉哈拉诊所进行精神桥接手术,你们称之为接驳安装。手术进行得不顺利,她现在完全瘫痪了。她可以在没有外界帮助的情况下呼吸,可以对视觉和听觉刺激做出反应,但是不能讲话。

"我们想和您讨论一下多种选择性。哈丁夫人用您的名字替代了亲属。我的名字叫罗得里格·斯潘塞——脑部植入物移植及移除科主任。"

他留下了他的电话号码和地址。

这条信息是星期日晚上记录的。下一条留言来自海斯,星期一打来的,说他已经查过了我的日程表,在我回来之前不会采取任何行动。我抓紧时间匆匆地刮了脸,就往他家里打电话。

现在是早晨十点钟,但是,他在应答电话时没有开启视频画面——当他听出是我的时候才打开了视频,一边还在揉着脸。

很显然,是我把他叫起床的。

"朱利安,对不起……最近我的作息时间一直很混乱,因为我们正在为一次大行动做测试。昨天晚上,我和那些工程师一直熬到三点。

"好吧,听着,关于布雷兹。你们两人的交情已经不再是秘密了。我理解为什么她如此谨慎,并且很重视这一点,但那不应该是你我之间的障碍。"他的微笑中饱含着痛苦,"好吗?"

"当然。我以为……"

"那么瓜达拉哈拉的事情怎么办?"

"我……我还没有完全缓过来。我会进城搭乘第一班火车;两个小时,或者四个小时,取决于列车的时刻……不,我要先给基地打电话,看看是否能搭乘上飞机。"

"等你到达那里之后呢?"

"我得跟他们谈谈。我安装了接驳插件,但是并不太了解关于安装方面的知识——我是说,我是被征入伍的;没有人给我一个选择的机会。看看我是否能够跟她对话。"

"孩子,他们说她不能讲话。她完全瘫痪了。"

"我知道,我明白,但那仅仅是运动神经功能受损。如果我们可以接驳在一起,我们就可以交流,查明她希望做出的选择。"

"好吧。"他摇了摇头,"好吧。但是,告诉她我的想法,我想让她今天就回来工作,甚至是昨天。迈克·罗曼就要拿她开刀了。"他试图使自己的声音显得愤怒一些,"这个该死的蠢货,就像布雷兹一样。到了墨西哥给我打电话。"

"我会的。"

他点了点头,放下了电话。

我联系了基地,那里没有直飞瓜达拉哈拉的安排。我可以返回波特贝洛搭乘早晨的飞机去墨西哥城。谢谢,但不用了(西班牙语),我查了一下火车时刻表,叫了一辆计程车。

到达瓜达拉哈拉只用了三个小时的时间,但却是糟糕透顶的三小时。一点半左右我到达了医院,但是前台不允许我进去。七点以前都不行——即使到了七点,如果斯潘塞医生没有赶到,我也不能见到阿米莉亚,因此也许要等到八点,也许九点。

我在街对面的汽车旅馆开了一间当地特有的"半间房",里面只有一个蒲团和一盏灯。睡不着觉,我又找到一处通宵营业的地方要了一瓶阿尔曼卓达龙舌兰酒和一本新闻杂志。我喝掉了大约半瓶酒,费劲地一篇接一篇地阅读着这本杂志。我的西班牙日常对话还可以,但要想理解一篇复杂的议论文对于我来说就有些望尘莫及了,因为在学校时我从来没有学习过这种语言。杂志里有一个关于老年人安乐死的长篇大论,即使是只看懂了一半也已经够吓人的了。

在战争新闻中,有一段关于我们这次绑架行动的报道,在这里它被描述为一次被叛军伏击的维和警察行动。我想,这本杂志不会在哥斯达黎加卖出很多。也许他们在那儿出版了不同的版本。

这是一本有趣的杂志,里面的广告在美国的某些州会被视为非法色情。如果晃动纸页,可以看到纸间有六种不同的影像在急速地闪动。像大多数的男性读者一样,我猜我找到了一种有趣的晃动纸页的方法,这种方法最终使我沉沉睡去。

七点钟时我到了候诊室,在里面看了一个半小时的无趣杂志后,斯潘塞医生终于来了。他一头金发,个子很高,说的英语带有如墨西哥式蘸酱般浓重的西班牙口音。

"先到我的办公室来。"他拉起我的手臂带我穿过大厅。他的办公室很简陋,屋里没有窗户,只有一张桌子和两把椅子;其中一把椅子上已经坐了人。

"马蒂!"

他点了点头,"海斯跟你通话之后,又给我打了电话。布雷兹也提到了我。"

"很荣幸您能来这里,拉林博士。"斯潘塞在桌子后面坐了下来。

我坐在另一把硬椅上,"那么我们都有什么样的选择呢?"

"定向纳米手术,"斯潘塞说,"除此之外别无选择。"

"但是还有选择,"马蒂说,"从技术上讲。"

"不是合法的。"

"我们可以钻空子。"

"谁能告诉我你们在谈论些什么吗?"

"自主的角度来说,"马蒂说,"墨西哥的法律比美国的缺乏自由性。"

"在你们的国家里,"斯潘塞说,"她拥有的是选择继续做植物人的权利。"

"这个表达不错,斯潘塞医生。另一种表达方式则是,她拥有选择不必去冒失去生命或者心智变得不健全的危险的权利。"

"我不懂你们说的话。"我说。

"你不需要明白。她已经接受了接驳植入术,朱利安!不动一块肌肉她也可以过上充实的生活。"

"那是有违道德的。"

"那是一种选择。纳米手术要担很大风险。"

"不是很大。没有太大的风险。或者说和接驳手术的风险差不多。我们有百分之九十二的康复率。"

"你指的是百分之九十二的存活率。"马蒂说,"完全康复率又是多少呢?"

他耸了两下肩膀,"这些数字不代表任何事情。她很健康而且还算年轻,手术不会要她命的。"

"她是个才华横溢的物理学家。如果她醒来之后脑部受到损伤,那跟没有恢复没什么两样。"

"在没有安装接驳插件之前,我已经跟她解释过这一点。"他挥了挥一份五六页纸的文件,"在她签订这份免责文件之前。"

"你为什么不与她接驳起来问问她?"我说。

"没那么简单。"斯潘塞说,"她被接驳上的第一个瞬间,一切都是全新的,新的神经通路逐步形成,神经网络增长……"他用一只手做了个手势,"神经网络的增长速度不是一般地快。"

"它以指数速率增长,"马蒂说,"她被接驳的时间越长,她获得的经验越多,要想逆操作的难度也就越大。"

"那么这就是为什么我们不去询问她的意见的原因。"

"在美国你必须要询问,"马蒂说,"病人有完全的知情权。"

"美国是一个很奇怪的国家。你不介意我这么说吧?"

"如果我与她接驳起来,"我说,"我可以迅速地与她接驳,再迅速地断开(西班牙语)。拉林博士比我接受接驳的时间要长,但并不像我们机械师那样天天使用。"

斯潘塞听完之后,皱了皱眉头,"一个军人。"

"是的……我确实是军人。"

他向后靠了靠,犹豫了一下,"不过,这仍然是违法的。"

马蒂看了他一眼,"这从来就不算是违法的。"

"我以为你会说'通融'。对某些外国人,法律可以网开一面。"马蒂用大拇指和食指、中指做了一个完全明白的手势,"嗯……倒不是贿赂之类的。有些官僚机构需要打理,还要交税。你们两人谁有……"他打开了一个抽屉说,"poder。"

抽屉里传出了翻译后的声音,"委托书。"

"你们有她的委托书吗?"

我们彼此对望了一下,然后一起摇了摇头,"对于我俩来说这事来得很突然。"

"她没有得到很好的法律建议。这本应该是她要做到的。你们两人中有哪位是她的未婚夫吗?"

"可以说有。"我说。

"好。"他从一个抽屉里取出一张卡片递了过来,"九点以后去这个办公室,这个女人会签发给你一张临时的责任指派书(西班牙语)。"他把这话对着抽屉重复了一遍,"哈利斯科①法律后果临时指派声明。"抽屉将他的话翻译了过来。

"等等,"我说,"这样就允许一个人的未婚夫授权医生对她进行有生命危险的手术了?"

他耸了耸肩,"兄弟、姐妹也可以。叔叔、阿姨、外甥都可以。只有当事人无法自己决定命运的时候才这么做。每天都会有像哈丁教授这样的情况发生。如果算上墨西哥城和阿卡普尔科②,每天有好几个。"

现在我明白了:选择性外科手术肯定是瓜达拉哈拉外汇收入的最重要来源之一,也许整个墨西哥均是如此。我把卡片翻过来,英语的这一面写着:"遵照墨西哥法律体系。"

"要花多少钱?"

"也许是一万比索。"折合五百美元。

---

①墨西哥州名。

②墨西哥城市名。

"我可以支付这笔钱。"马蒂说。

"不,让我来。我是她的未婚夫。"我的薪水也是他的三倍。

"谁都可以。"斯潘塞说,"你们把许可文件带回来找我,我建立接驳。但是,事先要准备好要问的问题,找到答案后立刻断开接驳。那样一切都会变得更简单、更安全。"

但是,如果她要我逗留的话,我该怎么办呢?

找到律师花费的时间几乎与我从德克萨斯到瓜达拉哈拉一样长,他们更换地址了。他们的新寓所平淡无奇,里面有一张桌子和一个破旧的沙发,但他们确实拥有各种各样的文书文件。我最后拿到了一张有限授权委托书,授权我可以做出医疗决定。这多少令我有些惶恐不安——多么简单的过程啊。

我回来后,直接到了B号手术室,这是一个白色的小房间。斯潘塞医生已经同时为阿米莉亚准备好了接驳操作和外科手术。阿米莉亚躺在一张轮床①上面,两只手臂上各连有一根输液管。一根细缆从她的脑后引到桌子上的一个灰色盒子中,另一个插座缠绕在细缆的顶端。马蒂正坐在门旁边的椅子上打瞌睡。我一进去,他就醒了。

"医生呢?"我说。

"后面(西班牙语)。"

他就站在我的身后。"你拿到文件了?"我把委托书递给了他。他匆匆地扫了一眼,把文件折起来,放进了他的口袋里。

他轻触着阿米莉亚的肩膀,然后把他的手背放在她的脸颊上,然后再移到前额,古怪得就像一位母亲才会做出的动作。

"对于你,你知道……这事不会那么简单。"

"简单?我把三分之一的生命用在——"

---

① 一种不同于轮椅的装置,可以调整高低和体位,但不能移动。

"接驳,我知道(西班牙语)。但是,不是跟某个以前从没有接受过接驳的人,也不是跟某个你所爱的人。"他指了一下,"把那把椅子拿过来坐下。"

我照着他话做的时候,他在几个抽屉里翻箱倒柜地寻找着什么。"卷起你的袖子。"

我卷起了衣袖,他用一把剃刀刮掉了我手臂上的一小块汗毛,然后揭开一个东西的表皮,将其贴在了我的手臂上。

"这是什么,镇静剂?"

"不完全是。但在某种程度上,它确实有镇静作用,使你安定下来。它能缓解刺激,即第一次接触时的冲击。"

"但是,我已经经历过几十次第一次接触了。"

"是的,但都是在你的军队已经控制了你的……应该叫什么?循环系统。那时候你已经被麻醉了,现在你也同样需要被麻醉。"

这话就像软软的一巴掌打在我脸上一样。他听到我突然倒吸一口凉气的声音。

"准备好了吗(西班牙语)?"

"继续吧。"他展开缠绕着的电缆将插件塞入我脑部的插槽中,我听到金属碰撞发出的"咔嗒"声。什么也没发生。然后他打开了开关。

阿米莉亚突然转过身来看着我,我又体验到了熟悉的双视觉感受,我一边看着她,同时也看到了我自己。当然,这感觉对于她来说是陌生的,我通过她的感觉间接地捕捉到了她的疑惑和惊慌。亲爱的,这会变得很容易,坚持一下!我努力向她展示如何区分开两个图像,这种精神上的转变比使眼睛散焦更容易一些。过了一会儿,她熟悉了情况安静下来,试着开口说话。

你不需要用语言陈述,我用感觉向她传递信息,只需要想着你要说的话就可以了。

她请求我触摸自己的脸,然后让我的手一路缓慢下滑到胸部再到大腿的上部,最后落到我的生殖器上。

"九十秒了,"医生说,"快一点(西班牙语)。"

我享受着奇妙的探索之旅。这感觉不像是失明与可视之间的区别,真的,它就好像你一辈子都戴着厚重的有色眼镜,其中一只镜片还是不透明的,而突然间它们都不见了,一个光明、奇妙和多彩的世界呈现在你的眼前。

我想你已经习惯了,我向她传递感觉。这就像另一种看世界的方法,另一种存在方式,她回答。

我在一瞬间释放出我的格式塔①,告诉她她可以做出的选择,以及接驳时间过长的危险性。她沉默了一下,然后她一个字一个字地答复了我。我像一个机器人一样缓慢地将她提出的问题说给斯潘塞医生听。

"如果我把接驳插件移除之后,脑损伤到了使我无法工作的地步,我是否还能重新安装上插件?"

"如果有人为此付钱的话,可以。不过你的知觉会萎缩。"

"我可以付钱。"

"你俩之中的哪一位?"

"朱利安。"

仿佛沉默了很长的时间后,她才通过我说道:"那么,我现在可以移除它。但是有一个条件。首先我俩要用这种方式做爱,接驳情况下发生性关系。"

"绝对不行。你们交流的时间每多出一秒,就会增加一分风

---

①心理影像、意念集合。

险。如果你们那样做的话,你可能永远也恢复不了正常了。"

我看见他伸出手去关开关,忙一把抓住他的手腕。"一秒钟。"我站起来吻着阿米莉亚,一只手放在她的胸脯上。刹那间,共享的喜悦之情汹涌而至,然后,随着开关发出一记"咔嗒"声,她的影像消失了,而我正满面泪痕地亲吻着一动不动的她。我像一条瘪下去的空袋子一样坐了回去。医生中断了我们的接驳,什么话也没说,只是严厉地瞪了我一眼,摇了摇头。

那股突如其来的情感中包含着"无论有什么样的风险,这值得去做",但是,这感觉到底是来自于她还是我或者同时来自于我们俩,我不得而知。

身穿绿色制服的一男一女推着满满一推车的设备走进屋里。"你们两个人现在得离开了。十点再回来,还有十二个小时。"医生说。

"我想在手臂消毒后留下来观看手术。"马蒂说。

"很好。"他用西班牙语让那个女人给马蒂找一件手术服并带他去清洁室。

我顺着走廊走出了诊所。天空因为污染而呈橘黄色;我用最后一点墨西哥币从自动贩卖机上买了一只防护面罩。

我想我应该一路走下去,直到找到一个货币兑换商和一本城市地图。我以前从没来过瓜达拉哈拉,甚至都不知道市中心的方向是哪边——在一座比纽约大上两倍的城市里,知道或不知道这一点可能也不会有什么区别。我离开被阳光照射的地带。

医院附近挤满了乞丐,他们声称自己需要钱来买药接受治疗——这些人把他们患病的孩子推到你的面前,或者向你展示他们的伤口和残肢,其中有些男人颇具侵略性。我用笨拙的西班牙语大声地呵斥着吓退他们,同时也有些沾沾自喜,因为我贿赂了边境守卫十美元,被允许携带刮刀入境。

那些孩子看起来虚弱而又绝望。生活在墨西哥北部毗邻国家美国,我本应该更多地了解一些它的情况,可是却没有,不过,我确信,这里应该存在着某种形式的公费医疗制度。很显然,该制度并不针对所有人。就像我们通情达理地按计划分配给他们的那些纳米炉的施舍一样,我想,站在供应队伍前列那些人并不是靠抓阄来确定他们的位置的。

一些乞丐公然无视我的存在,甚至用他们自以为我听不懂的语言低声说着带种族歧视的词语。世界已经改变了很多。当我还是个小学生的时候曾经游览过墨西哥,我的父亲,他在美国南方长大,曾因为这里没有种族歧视而感到高兴。那时,当地人对待我们就像对待其他外国佬一样。我们把墨西哥人的种族偏见(西班牙语)归罪于恩古米,但美国方面也应该担负部分责任。对于墨西哥的现状,美国应当引以为戒。

我来到一条八车道的大街上,慢吞吞的车辆堵塞了交通,我转向右边的路口。这里的每个街区上甚至连一名乞丐都没有。经过一片满是尘土、喧声震天的低收入住宅区后,我来到一个大型的停车场,车场下是一个地下商业中心。我通过了安检入口,又花掉了五美元留住我的刀子,然后顺着人行道朝主层走去。

这里有三家货币兑换亭,提供的汇率彼此略有不同,佣金比例也各不一样。我在脑子里算了一下,结果不出所料,对于平常的小额货币兑换来说,提供最低汇率的商家实际上能够提供最好的交易。

我饿得要死,找到一家酸橙汁腌海鲜店[①]点了一份章鱼——

[①]墨西哥美食。

是一些带有一英寸长触角的小章鱼，顺便要了几张玉米饼和一壶茶。吃完后，我离开饭店想去找些乐子。

在一排房子中有六家接驳店，提供与美国略有不同的冒险类接驳服务：被一头公牛顶撞——还是不必了（西班牙语）；在接驳中体验或接受变性手术，两者均可；在分娩时死亡；重新体验耶稣的受难。提供该种体验的地方排起了一条长队，今天一定是个神圣的日子——也许这里的每一天都是神圣日。

这里还有些总可以吸引那些娘娘腔男人的东西，其中有一家提供在"你自己"的消化道里的时间加速之旅！千万别让我去。

这里充斥着各种各样的商铺和货棚，就像把波特贝洛扩大了一百倍一样。那些自动分配给普通美国人的日常用品，在这里必须用货币购买——而且价格也不固定。

这种场面就像绕着波特贝洛转悠看到的一样熟悉。家庭主妇们——也有几个男人——每天早晨来到市场（西班牙语），围绕着一天的供应品讨价还价。在这里，到了下午两点还有很多这样的人。在外人看来，好像一半的货摊都发生了相当激烈的冲突，人们提高嗓门，挥舞着手臂。但是，对于商贩和顾客这样的人来说，这其实只不过是社会日常生活的一部分。"你是什么意思，这些一文不值的豆子卖十个比索？上星期还只卖五个比索，而且质量都是上乘的！""你的记性越来越差了，老太太。上星期卖的是八个比索，而且是因为都蔫了才不得不处理掉的！现在这些豆子是豆子中的极品！""我可以给你六个比索。我需要豆子做晚饭，我母亲知道怎么样用苏打水泡软这些豆子。""你母亲？把你母亲叫过来，她会付给我九个比索的。"等等诸如此类的争辩。这只是开头的寒暄，真正的战争会在七个比索与八个比索之间展开。

　　海鲜市场是个有趣的地方。这里的海产品种类比在德克萨斯商店里能找到的多得多——原产于寒冷的北大西洋和太平洋的大鳕鱼和鲑鱼,色彩亮丽、造型奇特的珊瑚鱼,蜿蜒游动的鲜活的鳗鱼,还有一箱箱的日本虾——所有这些水产品都是在城市里各种各样的容器中通过克隆和强制培育而生产出来的。当然,市场中也有一些稀少的本土鲜鱼——大多是产自查帕拉湖[①]的银鱼——比大多数的外来海鲜要贵上十倍。

　　我买了一小盘海鲜——小银鱼,太阳晒干后用卤汁浸泡好的,配上酸橙和呛辣椒——即使我不是黑人,也没有打扮成美国人的样子,别人也可以从中看出我是一名游客。

　　我数了数剩下的比索,开始为阿米莉亚寻找一件礼物。我因为给她买珠宝使我们陷入了这样的烂摊子里,可不能再给她买民族服饰了。

　　一个现实而恐怖的想法蹿进了我的脑海,告诉我应该等到手术结束后再做决定。但我还是决定要买件礼物,不管怎样,这件礼物虽然是买给她的,却更像是买给我自己的。这也算是用一种商业的手段来替代祈祷吧。

　　这里有一个很大的旧书摊,里面有纸张印刷书籍和早期版本的电子书,其中的大多数还带有已经过时几十年的电源和格式。这些是为电子古董收藏者准备的,而不是为读者们准备的。

　　这里确实还拥有两架子的英文版书籍,大多数是小说类的。或许她会喜欢上某一本的,但是这又给我出了个难题:如果一本书出名到我都可以认出书名的话,那么她很可能已经拥有此书,或者至少已经读过此书了。

[①]墨西哥最大的湖泊。

我浪费了大约一个小时去做决定,阅读这里摆着的每一本我没有听说过的书的前几页。

最后,我选择了雷蒙德·钱德勒所著的《漫长的告别》,这是一本好书,况且还是皮革封面(上面印着"午夜谜团俱乐部"的浮雕图案)。

我坐在一处喷泉边读了一会儿。这是一本引人入胜的书,是一次时光之旅,不仅仅因为书中的内容和写作的手法,还因为书本的外观形象——厚重发黄的纸张,皮革封面触摸时给人的感觉,以及书中淡淡的霉味。如果这封面上的皮革是真的话,那就应该是某只已死去百年的动物皮了。

不过,大理石台阶并不是那么舒服——我的两腿从屁股到膝盖之间都麻木了,所以我又起身游荡了一会儿。在地下二层里有很多更加昂贵的商铺,但其中也有一组提供接驳服务的摊位,便宜得几乎像是免费服务,它们是由旅游社与不同的国家共同赞助的。只用了二十个比索,我就在法国待了半个小时。

那是一种奇特的体验。语音提示用的全部是快节奏的墨西哥式西班牙语,我很难听得懂,不过除声音之外的部分没有什么两样,这是理所当然的。我绕着蒙马特区[①]转了一会儿,然后懒洋洋地躺在一艘慢悠悠的游船上,从波尔多区漂流而过,最后坐在勃艮弟的一家酒馆里,享受着醇厚的奶酪和各种各样的美酒。当接驳结束后,我又开始饿得要命了。

在接驳摊位的正对面就有一家法国餐厅,但是,我甚至连菜单都不用看,就知道那里的饭菜对于我来说太昂贵了。我重新回到上一层,找到了一处有很多小桌子、音乐也不太吵的地方,狼吞虎咽地吃了一盘子墨西哥卷饼。之后我洗了手,在那里喝

[①]巴黎的一个区。

了一瓶啤酒和一杯咖啡,看完了手里的书。

看完这本书的时候才八点,还有两个小时才能探望阿米莉亚。我不想在诊所附近待着,但随着时间从傍晚推移到夜色深沉,商业中心的吵闹声越来越让人不堪忍受。六个马里亚奇乐团[①]演奏着音乐,夜总会里发出的刺耳的叫喊声和隆隆的现代歌舞声,竞相吸引着人们的注意力。一些非常具有诱惑力的女人坐在一家伴游服务的窗口处,其中三人戴着调节按钮,这意味着她们都安装了接驳插件。这将是消磨掉剩余两小时时间的最佳方法——接驳做爱并为此内疚。

我最后还是选择了在住宅区附近闲逛,尽管这片地区破旧不堪且有一些恐怖,因为身上携带了刮刀,所以我仍然相当自信。

我在医院商店里挑选了一束鲜花,因为要关门了,所以打了半价,然后直接去候诊室等待。马蒂在那里,与一个便携式终端接驳在一起。我进去的时候他抬头看了一眼,朝着一个拾音器默念了些什么,然后断开了接驳。

"看起来情况很好,"他说,"比我预料的要好。当然,在她醒来之前我们还不能完全确定,但她的多相位脑电图看起来不错,对于她来说是正常的。"

他的语气透露出了某种担忧。我把鲜花和书放在一个散落着杂志的低矮塑料桌上。"还有多长时间她才能醒来?"

他看了看自己的手表,"半个小时,十二点。"

"医生在吗?"

"斯潘塞? 不在,手术结束后他就回家了。我要了他的电话

---

①墨西哥传统音乐乐团,主要使用的乐器有小号、曼陀铃、吉他、竖琴以及小提琴等,所演绎的曲目通常较为热烈。

号码,如果……以防万一。"

我坐得离他非常近,"马蒂,你跟我隐瞒了些什么?"

"你想知道些什么?"他的目光平和,但他的嗓音还是暴露了些什么,"你想看拆掉接驳插件的录像吗?我敢保证你会吐出来的。"

"我只是想知道你还有什么没告诉我。"

他耸耸肩,将目光移向了别处,"我不知道你到底知道多少。从最基本的角度来说……她不会死去,她可以行走和交谈。但她会不会还是那个你爱的女人呢?我不知道。脑电图无法告诉我们她是否能进行数学运算,更不要提代数、微积分,以及你们这些人从事的那些东西了。"

"上帝啊。"

"但是听着,昨天的这个时候她还濒临死亡的边缘。如果她的情况再糟糕一点的话,那么你接到电话时要讨论的就是该不该摘掉她的呼吸器的问题了。"

我点了点头,接待处的护士也说过相同的话。"她可能甚至都认不出我来了。"

"她也可能还是那个和以前一模一样的女人。"

"因为我的缘故脑袋上多了一个洞。"

"听着,那只是一个无用的插件,并不是一个洞。拆掉接驳插件后我们又把它重新放了回去,以最大程度减轻她周围脑组织受到的压力。"

"但是它并没有接通。我们不能——"

"我很抱歉。"

一个脸都没刮的护士走了进来,因为疲劳而显得很消沉,"克莱斯先生?"我举起了一只手,"201房间的病人要见你。"

我朝走廊走去。"别待太长时间。她需要睡眠。"

"好的。"她的门是开着的,在房间里还有另外两张床,但都是空着的。她的头上缠着一圈纱布,眼睛紧闭着,被单拉到了肩膀的位置。身上没有输液管和电线,这倒让我感到吃惊。在床的上方有一个监视器显示了她的心跳的波动,那些线条就像锯齿形的钟乳石。

她睁开了双眼,"朱利安。"她从被单里面抽出一只手握住我的手。我们轻轻地互吻了一下。

"我很抱歉它没有起作用。"她说,"但是,我永远也不会对这次的尝试感到后悔。永远也不。"

我什么也说不出来,只能用我的双手揉搓着她的手。

"我想我……没有损伤。问我一个问题,一个科学问题。"

"嗯……阿伏伽德罗常数是多少?"

"噢,去问化学家。它是1摩尔的物质所含的分子数。如果你想知道一只犰狳的所有分子数嘛,那叫作犰狳常数。"

很好,如果她还可以开荒唐玩笑的话,大体上就已经恢复了正常。"介子激发质子的δ共振波峰的周期是多少?"

"大约在10到-23之间。来个猛烈点的?"

"你对每个男人都那么说?"

她虚弱地笑了笑。

"听着,你先睡上一觉。我去外面。"

"我会没事的。你现在就回休斯敦吧。"

"不行。"

"那么,再待一天。今天星期几,星期二?"

"星期三。"

"你明天晚上必须回去替我参加研究课。高级研究课。"

"我们明天早晨再谈。"很多人都比我更有资格指导研究课。

"答应我?"

"我答应你我会把事情办好的。"最少我会打个电话解决此事,"你现在先睡一会儿。"

马蒂和我去了地下室的酒吧。他要了一杯浓布斯特洛[①]——为自己提神,等待凌晨一点半的火车;我要了一瓶啤酒,结果发现啤酒里不含酒精,是为医院和学校特别酿制的。我跟他讲了关于"犰狳常数"和所有的事情。

"看起来她完全恢复正常了。"他品尝着他的咖啡,又加了两块糖,"有时候人们会失去一些记忆,暂时不会察觉到。当然并不是全部丢失。"

"是的。"一个吻,一次触摸,"她还记得接驳的那几分钟吗?三分钟?"

"可能还有一些别的事情。"他谨慎地说,从衬衣口袋里拿出两盒录像带放在桌子上。

"这些是她住院记录的完整拷贝。我本不应该拥有它们的;它们花掉了比手术本身更多的钱。"

"我可以帮你支付——"

"不用,用的是批下来的钱。问题在于,她的手术失败必有其原因。肯定不是因为斯潘塞医生方面缺乏技巧或者疏忽所致,但是确实存在一个原因。"

"可以逆转?"

他摇了摇头然后又耸了耸肩,"已经发生了。"

"你是说可以重新安装? 我从来也没听说过这样的事。"

[①] 古巴咖啡。

"因为很少执行这种操作。通常情况下不值得冒险。如果取出插件后病人仍然处于植物人状态的话,他们就会尝试这种方法。这也是重新建立他们与世界的联系的机会。"

"以目前的技术发展水平来看,无论是从技术上还是从科学上来说,布雷兹如果用这种方式都太危险了。但是,科技始终不停地进步着,也许有一天,如果我们发现了错在哪里……"他呷了一口咖啡,"也许不会有这么一天,最少在此后的二十年里。几乎所有的研究基金都是军队提供的,而他们对这一领域的研究并不热衷。如果一个机械师的插件安装失败了,他们只需征募别人就可以了。"

我又喝了一口啤酒,决定不再为此而冒险了,"她现在已经完全断开连接了吗?如果我们接驳在一起,她什么也感觉不到吗?"

"你可以试一试。可能仍然存在着与一些低级神经中枢的链接。各处的神经元——当我们把插件的金属芯子重新放回原处时,其中的一些神经元会重新建立链接。"

"值得一试。"

"不要期望什么。跟她情况类似的人可以去一家接驳商店租一份极端的体验,比如说死亡之旅,但是,他们能感觉到的只是如梦幻般微弱的信号,并不能感觉到任何有形的事物。如果他们不通过媒介直接与一个人相接驳的话,不会有任何真实的效果。如果他们期待发生点什么的话,或许会有些安慰剂的效果。"

"帮我一个忙,"我说,"别告诉她这些。"

朱利安还是妥协了,他坐火车返回休斯敦,在粒子研究课上代替阿米莉亚待了足够长的时间——学生们对于这样一位意料之外的年轻博士后代替布雷兹博士出席研究课一事倒并不关心——会议之后,他又赶午夜的火车回到了瓜达拉哈拉。

结果阿米莉亚第二天就被准许出院了,用救护车送往校园内的一个疗养所。诊所不希望一个处于观察期休息的病人在星期五占用一个颇有价值的床位;他们的大部分出高价的主顾们都在那天登记入住。

他们允许朱利安与她一道返回,主要是为了看护她的睡眠。当距离休斯敦还有半个小时车程的时候,镇静剂的药性开始逐渐减弱,他们聊起了手术的话题。在关于如果他们以后接驳可能会发生什么样的情况这一话题上,朱利安尽量设法不去骗她。他知道她会很快明白一切,到那时,他们就得处理他们的希望与失望之间的落差了。他不想让她仅仅基于那美妙的瞬间接驳便在头脑中构造出一些超凡的画面。可能发生的最好情况也要比那瞬间的接驳差很多,甚至很可能什么效果也没有。

这个疗养院是个金玉其外、败絮其中的地方。在一个有四张床位的"套间"里,阿米莉亚占用了最后一张可用的床。屋里剩下的女人们岁数要比她大上一倍,都是这里的长期或永久性病号。朱利安帮助她搬了进来,当看出他显然不仅仅是为她工作的人之后,屋里的两个老女人对于他们之间的种族和年龄差别露出了夸张的惊恐表情。第三个女人是个瞎子。

现在,他们的恋情已经公开了。这也是这次麻烦带来的好事,如果说对于他们的职业生涯来说不算是好事的话,至少对于他们的私生活来说还算不错。

钱德勒的书让阿米莉亚非常开心,她原来还没有读过那本书。看起来她更愿意静静地待着,并不想花太多的时间聊天。

当然,星期五的晚上朱利安依旧去了他们的茶话会。他决定最少推迟一个小时才在俱乐部露面,这样马蒂就可以告诉其他人有关手术的消息,并揭开他与阿米莉亚之间那并不纯洁的真实关系——如果他们之间的关系对于那里的所有人来说还确实算得上秘密的话。固执的海斯就知道此事,但从来也没表露出来。

在赴周六特别夜之前,他还有很多事情要做,因为自从那天从波特贝洛回来看完门缝下面的纸条后,他甚至还没来得及查看自己的邮件。海斯的一个助手详细地写了一份他与阿米莉亚错过的事务清单,那需要花几个小时来研究。还有一些表示关心的留言,大部分是他当晚即将见到的人留下的。这种事情一向传播得很快。

他还收到了父亲的留言,这为他的生活增添了一些乐趣。父亲在留言中说,他打算从夏威夷返家的路上顺便来看看儿子,这样朱利安就可以更好地了解"苏茜",他的新婚妻子。意料之中的是,朱利安的母亲也在电话中留了信息,说想知道他在哪里,是否介意她来这里躲避最后一段时间的坏天气。当然了,妈妈,你和苏茜会相处甚欢的;想想你们之间有多少共同点吧。

这种情况下,最简单的做法就是实话实说。他接通了母亲的电话,告诉她如果她想来就来吧,但他的父亲和苏茜会在同一时间前来拜访。当她从这个消息中镇定下来后,他简短地总结了一下过去四天的混乱经历。

在他说话的时候,电话屏幕上母亲的表情显得异常古怪。她是在有声无影的电话时代里成长起来的,从来不会像大多数人那样下意识地装出一副不动声色的表情。

"这么说,你对那个老女人是非常认真的。"

"白色人种的老女人,妈妈。"朱利安对他母亲的愤怒一笑了之,"在这一年半的时间里,我一直在告诉你我们之间的感情是多么的认真。"

"白色、紫色、绿色,对于我来说没有什么不同。孩子,可她才仅仅比我年轻十岁。"

"十二岁。"

"噢,谢天谢地,十二岁!难道你不明白周围的人会认为你是多么的愚蠢吗?"

"我只为现在我们之间的恋情不再是个秘密而感到高兴。如果在周围人的眼里我们显得愚蠢的话,那么好,那是他们的问题,不是我们的。"

她的目光移开了屏幕,"我就是那个傻子,也是个伪君子。做母亲的不得不担心啊。"

"如果你来见她一次,你就不会再担心了。"

"我会的。好的。你的父亲和他的玩伴离开你那里回阿克伦后,你就给我打电话——"

"是哥伦布,妈妈。"

"管它是哪儿呢。你给我打电话我们商量一个时间。"

他看着她的图像慢慢消失,摇了摇头。她都这样说了一年多了,但总是被各种原因耽搁。无可否认,她的生活确实很忙碌,现在还在匹兹堡的一所大专院校担任全职讲师。但是,显然这一切并非忙碌所致。实际上她一点也不愿意失去她的小宝贝,而且被一个老到足可以做她妹妹的女人夺走他简直是荒唐可笑的。

他曾经跟阿米莉亚谈过一起去匹兹堡拜访母亲的事情,但她说她不想强人所难。有些事情想说服她同样不容易。

这两个女人对于他的机械师工作也持完全不同的态度。他在波特贝洛工作的日子里,阿米莉亚始终表现出一种病态的担忧情绪,自从大屠杀事件过后就更糟糕了;而他的母亲则只把它当成一种他不得不做的愚蠢的第二职业,即使这份工作已经妨碍了他真实生活中的事业。他的母亲好像从来不会对战场上发生的任何事情感到好奇,而阿米莉亚则以一个战争男孩般的执着一点不漏地跟踪着他所在单元行动的每一次报道。(她从来也没有承认过这点,朱利安认为这是为了减轻他的顾虑,但她常常无意中问到一些仅凭观看新闻报道无法发现的问题。)

朱利安恍然大悟般地想到海斯,或许系里的每一个人都从他服役的日子里阿米莉亚的反常表现看出或猜测到他们之间必有隐情。当他俩在一起工作的时候,会非常努力(同时又自得其乐)地扮演"只是好朋友"的角色。但也许他们的观众早已经看过了剧本。

现在这些都已经成为过去了,他急于赶到俱乐部看看人们对于这条新闻会有什么样的反应。但是,如果要给马蒂留下足够的时间挑明一切的话,他还得再等上几个小时。他并不想利用这段时间来工作,甚至都懒得回复邮件,所以他一屁股坐在沙发上,让电视机自动搜索起频道来。

这台电视内置了学习程序,对他做出的每一次选择进行分析,从那些他喜欢的内容中建立一个优先选择目录,用来对一千八百多个可用频道进行搜索。这东西有一个缺陷,即你无法与学习程序进行沟通,它唯一的输入信号就是你做出的选择。大概在朱利安应征入伍的第一个年头,也许是想逃离现实,进入一个黑白对立、是非分明的世界里,他不由自主地观看了一些一个世纪前的电影,所以现在这个东西自动搜索时,总会尽职尽责地找出一堆吉米·斯图尔特[1]和约翰·韦恩[2]的片子,朱利安通过观察作出客观的判断:对着它大喊大叫也无济于事。

亨弗莱·鲍嘉主演的《人人都上里克酒店》。重新搜索。吉米·斯图尔特的《史密斯到华盛顿》。重新搜索。《月球登陆车眼中的南极之旅》。在几年前他就看过很多遍这个节目了,但是再看一遍仍然其乐无穷。这也有助于对这台机器重新进行编程设置。

当我走进屋里时,每个人都抬起头来。但是我想,在任何情况下他们都会这么做的。也许这次他们盯着我看的时间比以往要长上一点。

在马蒂、雷萨和富兰克林落座的桌子旁还有一个空位。

"你将她安置妥当了?"马蒂问。

我点了点头,"只要他们一允许她走动,她就可以离开那个地方了。和她住在同一间房子里的那三个女人,简直就是哈姆雷特时代的产物。"

"麦克白,"雷萨纠正我说,"如果你指的是那些干瘪的老太婆。或者说她们是些想要自杀的年轻美貌的疯子?"

"老太婆。阿米莉亚看起来不错。从瓜达拉哈拉回程的旅途也不算糟糕,就是漫长了些。"服务生穿着煞有介事地染上污迹的T恤,闷闷不乐地走了过来。"咖啡,"我说,然后看见了雷萨装出一副恐惧的表情,"再来一桶里奥哈[3]。"又快到月底了。服务生开始问我要定量供应卡,然后他认出我之后悻悻地走开了。

---

[1] 20世纪初美国的银幕偶像。
[2] 20世纪初美国好莱坞巨星。
[3] 西班牙红葡萄酒名。

"希望你能继续服兵役。"雷萨说。他在我的账号里打进了整桶红酒的价钱。

"等到波特贝洛彻底冰封的时候吧。"

"他们说她什么时候可以出来了吗?"马蒂问。

"没有。神经科医生早晨会去看她。她会给我打电话的。"

"最好叫她也给海斯打个电话。我告诉他一切都会好起来的,但他还是很焦虑。"

"他确实很焦虑。"

"他认识她的时间比你长。"富兰克林平静地说。他和马蒂也是如此。

"那么你有没有见到真正的瓜达拉哈拉人?"雷萨问,"还有那些寻欢作乐的地方?"

"没有,就在附近转了转。我没进到旧城或者去T城,他们管T城叫什么?"

"特拉克帕克。"雷萨说,"我上次在那里度过了忙碌的一周。"

"你和布雷兹在一起多久了?"富兰克林问,"如果你不介意我这么问的话。"

"一起"可能并不是他想要使用的词汇。"我们之间的亲密关系已经持续三年了,此前还做了几年的朋友。"

"布雷兹是他的导师。"马蒂说。

"博士生?"

"博士后。"我说。

"对了,"富兰克林的脸上浮现出一丝笑意,"你是从哈佛毕业的。"只有艾利[1]才会这样带着些许的遗憾说话,我默默地想着。

---

[1]《圣经》中的以色列法官。

"现在估计你们要问我的打算。答案是,我们还没有结婚的想法。在我服完兵役之前不会考虑此事。"

"那要多长时间?"

"如果战争没有结束的话,大约五年的时间。"

"到时候布雷兹都五十岁了。"

"准确地说是五十二岁。那时我三十七岁。也许你们比我俩更操心年龄差距的问题。"

"不,"他说,"也许马蒂会为此感到心烦。"

马蒂恶狠狠地瞪了他一眼,"你都喝了些什么?"

"就是平时喝的。"富兰克林给他看了看空茶杯的杯底,"你们在一起多长时间了?"

"我只想祝福你们两个美满幸福,"马蒂对我说,"你知道的。"

"八年,九年?"

"老天啊,富兰克林,你别一个劲儿打探了行吗?"马蒂像拨浪鼓一样摇晃着自己的脑袋,"那是早在朱利安来到系里之前的事情了。"

服务生拿着葡萄酒和三个杯子侧着身子走了过来,因为感觉到了这里紧张的气氛,于是尽可能地慢慢地倒着酒。我们全都一言不发地看着他。

"那么,"雷萨说,"那些墨西哥佬怎么样?"

第二天早晨前来探望阿米莉亚的"神经科专家"实在太年轻了,不像具备任何高级资格的样子。此人留着山羊胡子,皮肤粗糙。整整半个小时的时间里,他反反复复地问着她几个相同的简单问题。

"你的出生日期和出生地点?"

"1996年8月12日。马萨诸塞州的史德桥市。"

"你母亲的名字叫什么?"

"简·奥巴尼安·哈丁。"

"你在哪儿上的小学?"

"内森·黑尔小学,罗克斯伯里区。"

他顿了一下,"上次你说的是布里斯伍德,在史德桥。"

她深深地吸了口气,再把它吐出来。"我们在2004年搬到了罗克斯伯里。也许是2005年。"

"噢。那么中学呢?"

"还是奥布赖恩特。约翰·D.奥布赖恩特数理中学。"

"那学校在史德桥?"

"不,是在罗克斯伯里!我也是在罗克斯伯里上的中学。你没有——"

"你母亲的娘家姓是?"

"奥巴尼安。"

他在记事本上写下了一长段记录,"很好。站起来。"

"什么?"

"请下床。站起来。"

阿米莉亚坐起来,小心翼翼地把她的双脚落在地板上。她摇摇晃晃地走了几步,手探到身后把睡衣合拢。

"你头晕吗?"

"有一点。当然啦。"

"请举起你的手臂。"她照着做了,睡衣的背面敞开了。

"臀部很美,甜心儿。"邻床的老女人沙哑着嗓子说。

"现在我要你闭上眼睛,慢慢地将你的手指尖对在一起。"她试了一次,但是错过了;她睁开眼睛发现两手交错了一英寸还多。

"再试一次。"他说。

这次两手的手指相擦而过。

他又在记事本上写了几个字,"好了。你现在可以走了。"

"什么?"

"你可以出院了。出去的时候到付款台拿上你的定量供应卡。"

"可是……难道我不需要看看医生吗?"

他的脸红了起来,"你认为我不是个医生?"

"是啊。你是吗?"

"我有资格准许你出院。你可以出院了。"他转身走开了。

"我的衣服怎么办?我的衣服在哪里?"

他耸耸肩膀,走出了房门。

"在那边的橱柜找找看,甜心。"

阿米莉亚动作迟缓地翻遍了所有的橱柜。橱柜里整齐地摆放着一堆床单和睡衣,但是找不到她带到瓜达拉哈拉的皮质手提箱。

"好像有人拿走了,"另一个老女人说,"好像是那个黑人男孩。"

当然啦,她突然想了起来:她让朱利安把手提箱带回家去了。那个手提箱是手工制作的,价格不菲,把它放在这里的任何地方都不安全。

她还忘记了什么别的小事情?约翰·D.奥布赖恩特数理中学是在新达德利。她在实验室的办公室是12-344号。朱利安的电话号码是多少?八。

她从浴室中取回自己的化妆盒,从里面拿出迷你电话。电话的按键盘上有一块牙膏的污渍。她用被单的一角将它擦拭干净,坐在床上按动按键"#-08"。

"克莱斯先生正在上课。"电话里传来了声音,"是紧急事情吗?"

"不。留言。"她停了一下,"亲爱的,给我带点穿的东西来。我获准出院了。"她放下电话,手摸向脑后,感觉到了头骨底部冰凉的金属圆片。她擦去悄然滑落的泪水,低声说道:"该死。"

一个古板的大块头女人推着一辆轮床走了进来,轮床上面躺着一个干瘪瘦小的中国女人。"这里是怎么回事?"她说,"这张床应该是空的啊。"

阿米莉亚一下大笑起来。她把化妆盒和钱德勒的书夹在胳膊底下,用另一只手拉紧睡衣,走出房间来到了走廊上。

我花了好一阵子才找到阿米莉亚。她的房子里全是一些脾气古怪的老太婆,要么一言不发,要么就告诉我错误的消息。结果她在结账处。除了为她提供的两顿难以下咽的餐饭之外,她无须支付任何药物治疗和房间入住的费用,因为她没有提出别的要求。

她的忍耐可能已经到达极限了。当我带着她的衣服走过来的时候,她转身直接脱掉了淡蓝色的医院睡袍。睡衣里面什么也没穿。在等候室里还有八九个人。

我被惊呆了。这是我那尊贵的阿米莉亚的所为吗?

接待员是个头上留着鬈发的小伙子。他站了起来,"等等!你……你不能那么做!"

"看着我。"她先穿上罩衫,不慌不忙地扣着纽扣,"我被赶出了我的房间。我没有任何地方可以——"

"阿米莉亚——"她没有理我。

"去女洗手间!赶紧!"

"谢谢,我不。"她试着一只脚站立,将袜子套到另一只脚上,但是摇摇晃晃地几乎跌倒。我扶了她一把。周围的人鸦雀无声。

"我要叫警卫了。"

"不,你不会的。"她大步流星地向他走过去,虽然穿着短袜,但从脚踝到腰部之间仍然一丝不挂。她比接待员高出一到两英寸,低着头盯着他看。他也低着头看。看起来好像以前从来没有阴毛三角区当众触碰过他的桌面。"我会当面大吵大叫的,"她平静地说,"相信我。"

他坐下来,嘴唇哆嗦着,但是什么话也没说出来。她穿上了自己的裤子和拖鞋,捡起地上的睡衣,把它扔到垃圾箱里。

"朱利安,我不喜欢这个地方。"她伸过手来,"我们还是去打搅其他人吧。"在我们离开房间之前屋里一直保持安静,当我们刚一走到走廊上,房间里突然爆发出喋喋不休的议论声。阿米莉亚的眼睛平视正前方,面带笑容。

"糟糕的一天?"

"糟糕的地方。"她皱起了眉头,"我是不是真的那样做了。"

我看了看四周,低声对她说:"这里是德克萨斯州。你不知道在黑人面前展示你的屁股是违法行为吗?"

"我总是忘记这事。"她紧张地笑了笑,抱紧了我的胳膊,"我会在监狱里每天给你写信的。"

有辆计程车等在外面,我们迅速钻进了车里,阿米莉亚把我的地址告诉了它。"我的箱子在那儿呢,对不对?"

127

"是的……但我可以把它带过来。"我的住处一团糟,"我还没有完全准备好迎接高贵客人的到访。"

"我不完全是客人。"她揉了揉双眼,"当然也不高贵。"

事实上,当我两星期前去波特贝洛时,我的住处就已经是一团糟了,除了继续添乱之外,我抽不出任何时间来打理。我们进入了一间单身公寓大小的"灾区",整个长十米、宽五米的房间里混乱不堪:在每一个水平的表面上都有成堆的报纸和读物,包括床上;一堆衣服放在一个角落里,在另一边的水槽里按照美学上的对称逻辑堆着一摞盘子。我去学校的时候忘记关掉咖啡壶的开关了,所以在发霉的空气中又添加了一些焦咖啡的苦涩味道。

她笑了起来,"你知道吗?这甚至比我想象的还要糟糕。"她仅仅来过这里两次,而每一次我都预先警告过她。

"我知道。我的住处需要一个女人了。"

"不,你需要一加仑汽油和一根火柴。"她环顾四周摇晃着脑袋,"听着,我们的关系已经公开了。我们搬到一起住吧。"

我还在努力地使自己从她刚才的脱衣秀表演里缓过劲儿来,"嗯……这里真的没有足够的房间……"

"不在这里。"她笑了起来,"去我的住处。我们可以申请一个双卧室的公寓。"

我清理干净一把椅子,把她领到旁边。她小心翼翼地坐了下来。

"听着。你知道我是多么渴望和你住在一起。我们以前并不是没有谈论过此事。"

"所以我们就这么干吧!"

"不……让我们现在不要做任何决定。几天之内不要做决定。"

她的目光越过我的身体,望向水槽上方的窗外,"我……你认为我疯了。"

"是冲动。"我坐在地板上,抚摸着她的胳膊。

"我的行为很奇怪,是不是?"她合上双眼,揉捏着脑门,"也许我仍然有药物反应。"

我希望事实如此,"我敢肯定完全是这个原因。你需要几天时间多多休息一下。"

"要是他们的手术搞砸了怎么办?"

"他们没有搞砸。否则,现在你就不会行走和交谈了。"

她拍着我的手,看起来依然是一副心不在焉的样子,"是的,当然。有没有果汁什么的?"

我在冰箱里找到一些白葡萄汁,给我们俩每人倒了一小杯。我听到拉链的声响,忙转过身去,那不过是她拉开了她的皮质手提箱。

我把她的饮料拿了过去。她正专心致志地盯着箱子,从手提箱的物品中慢慢地挑拣着。"你觉得有可能丢了什么东西吗?"

她接过饮料,把它放下来,"噢,不。或者也许吧。我主要是在检查自己的记忆。我确实记得打包的过程。去瓜达拉哈拉的旅程。和——嗯,斯潘塞医生的交谈。"她后退两步,用手探了探身后,然后慢慢地坐在床上。

"然后就是一片模糊——你知道的,他们做手术的时候我在某种程度上是清醒着的。我可以看到很多的灯。我的下巴和脸放在一个有衬垫的托架上。"

我和她坐在了一起,"我自己安装插件的时候也记着这些呢。还有钻头的声音。"

"还有那味道。要知道,你是在闻着自己头颅被锯开的味道,但是你却并不在意。"

"因为有麻醉药。"我说。

"那是部分原因。同时也期待着它能安装成功。"唔,我当时可没这么想,"我能听到他们的谈话,那个医生还有一个女人。"

"谈些什么?"

"说的是西班牙语。他们在谈论着她的男友以及……鞋和其他一些事情,然后一切变成漆黑一片。我想可能是先变白,再变黑的。"

"我想知道,这事发生在他们安装进插件之前还是之后。"

"是之后,绝对是安装之后。他们把这叫做桥接,对吗?"

"从法语过来的,没错:精神桥接(西班牙语)。"

"我听到他说——现在,桥接(西班牙语)——然后他们非常用力地按下来。我可以通过垫在托架垫上的下巴的压力感觉出来。"

"你记住的事情比我多得多。"

"不过,大概也就这么多了。男友和鞋的话题以及之后的'咔嗒'声。我知道的下一件事就是我躺在了床上,既不能动弹,也不能说话。"

"那一定非常恐怖。"

她皱了皱眉头,回忆着:"不是太恐怖。那感觉就像一种巨大的……疲乏、麻木。好像真有必要的话,我是可以移动自己的四肢或开口说话的,但是,那需要付出极大的努力。那感觉也有可能是某些情绪类药物引起的,以免我惊慌。

"他们不停地挪动着我的胳膊和大腿,并对着我大喊了一通毫无意义的话——可能他们说的是英语,但我在当时的情况下,怎么也辨别不出他们的口音。"

她对我做了个手势,我把葡萄汁递给她,她啜了一口,"如果我没记错的话……当时我真的非常恼火。他们干吗不走开,让我一个人安静地躺一会儿呢?但是我什么也不说,我不会让他们因为听到我的抱怨而感到心满意足。这件事很古怪,所以我记住了。我真的很幼稚。"

"他们没有尝试接驳?"

她的眼神变得恍惚起来,"没有……斯潘塞医生后来告诉我的。以我的情况而言,最好还是等到与我熟悉的人进行第一次接驳。那种情况下需要分秒必争,他跟你解释过吗?"

我点了点头,"神经系统的链接数目以指数级数增长。"

"因此那时候我躺在一个黑暗的房间里,待了很久;我想,已经失去时间的概念了。然后在我们……我们接驳之前的一切事情,我想那都是一场梦。所有的东西突然间被覆满了光芒,两个人抬起了我,刺痛了我的手腕——是静脉注射——然后,我们从一间房子飘到另一间房子。"

"躺在轮床上。"

她点了点头,"不过,那感觉真像飘浮在半空中——我记得当时我在想,我在做梦,并决定好好享受一下梦境。马蒂的影像飘了过来,他在一张椅子里打瞌睡,我把这也看成是梦境中的一部分。然后你和斯潘塞医生出现了——没错,你也是我的梦境。

"然后一切突然变得真实起来。"她前后摇晃着身子,回忆着我们接驳的短暂瞬间,"不,不真实。那是强烈的、混乱的。"

"我记得,"我说,"双视觉,看到你自己。起初你并没有认出那是你自己。"

"而你告诉我大多数人都如此。我是说不知怎么回事,你用一句话告诉了我,或许根本就没说话。然后一切迅速清晰起来,我们两个……"她有节奏地点着头,咬着自己的下唇,"我们两个完全一样。我们是一个……人。"

她把我的右手握在她的两手之间,"然后我们不得不跟医生讲话。他说我们不能,他不会让我们……"她把我的手抬起来放在她的胸脯上,就像接驳的最后一刻我们做的那样,身体向我靠来——但是她没有亲吻我。她把下巴放在我的肩头,用悲伤的嗓音轻声地说:"我们再也不能接驳了吗?"

我下意识地试着向她传送一个格式塔,就像人们接驳时做的那样。格式塔的内容是关于她怎样才可能在几年之内重新尝试,关于马蒂要到了她的数据,关于为我们提供尝试的可能性的神经链接的局部重建,我们应该试试;但是瞬间过后,我意识到了:不对,我们并没有链接;如果我不说出声来,她什么也听不见。

"大多数人甚至从来没有体验过接驳的感觉。"

"也许像他们那样会更好。"她哑着嗓子说着,同时不出声地抽泣起来。她的一只手移上来压紧了我的脖子,抚摸着我的插件。

我必须得说些什么了,"听着……有可能你并没有失去全部的链接,还存着一小部分的功能。"

"你说的是什么意思?"我跟她解释说,一些神经元可能会在插件感受器区域里重新复位。

"会有多少?"

"我一点概念也没有。两天之前我甚至从来都没听说过这样的事情。"不过我突然明白有些妓女肯定是这样的——不能建立真正的深度链接。拉尔夫曾经带回来一些几乎根本没有接驳上的人的回忆。

"我们必须得试一下。我们在哪里可以……你能从波特贝洛带设备回来吗？"

"不行，我永远都不能把设备带离基地。"如果我那么干的话，就会被送到军事法庭了。

"嗯……也许我们可以找到一个方法溜进医院里——"

我笑了起来，"你用不着溜到任何地方去，只需要去随便哪个接驳娱乐场花钱买时间就行了。"

"但我不想那么做，我想和你接驳。"

"那正是我所要说的！他们有双向链接单元——二人世界。两个人同时接驳进去，并且一同游览某个地方。"那也是妓女们带着她们的顾客去的地方。你可以在巴黎的街头做爱，在外太空中飘浮，乘坐着独木舟顺流直下。拉尔夫曾经为我们带回过许多极其怪异的回忆。

"我们现在就去。"

"听着，你刚刚出院，还没缓过劲来。干吗不先休息上一两天再——"

"不行！"她站了起来，"因为咱们都知道，当我们坐在这里聊着它的时候，接驳功能也许正在慢慢消退呢。"她从桌子上拿起电话按了两个数字；她知道我的计程车代码，"校园外面？"

我也站起来跟着她走到门口，暗暗担心着自己犯下了大错，"听着，不要有太高期望。"

"噢，我没有期望任何事。只是必须要试一下，弄明白真相。"她实在是太过焦急了，根本不像一个无所期待的人。

这种感觉是有传染性的。当我们等计程车的时候，我不停地在想着，好吧，起码我们会找到这样或那样的方法去确定至少还有一些残留。马蒂说过，如果真的什么也没有的话，最不济还有安慰效果。

我无法告诉计程车准确的地址,因为以前我只去过那里一次。不过,当我问它是否能找到大学校外面那一整条街区的接驳娱乐场所时,它说可以。

我们本可以骑自行车去那里,但是,那地方离上次有个家伙拿刀冲我比划的地方不远——那地方的地势相当低,在山坡下面——我想等到我们完成试验的时候,天应该已经黑下来了。

当我们通过保安时,计程车关掉了仪表,这是件好事。负责保安的警卫看见了我们的目的地,折腾了我们十来分钟。我想他们要么是想看到阿米莉亚不舒服的表情,要么是想激怒我。我不会让他们的如意算盘得逞的。

我们让计程车把我们带到那个街区附近,这样我们就可以步行走过这条街,挨家查看他们提供的服务。价钱很重要,我们两个人都还有两天才会发工资。我挣的钱是她的三倍,但是墨西哥的短暂之旅已使我穷得只剩下不到一百块钱了;而阿米莉亚更是囊中羞涩。

街道里的吉尔比游人还多。她们中有人提议加入我俩玩三人游戏,我以前从不知道这样也可行。即便是在正常情况下,这事听起来给人带来的迷惑也更大于诱惑。而如果与吉尔的链接比与阿米莉亚的链接更密切的话,将会是场灾难。

提供最好的双向接驳服务的地方也是其中条件最好的一家,或者说还不算太简陋。这家的名字叫作"你们的世界"。这里没有汽车撞击和死刑,取而代之的是一系列的探险活动——就像我在墨西哥体验的法国之旅,但是这里的还更加奇异。

我提议体验大堡礁[①]水下游。

[①]世界上现存最大的珊瑚礁群。

"我不太会游泳。"阿米莉亚说,"这要紧吗?"

"我也一样。不用担心,那感觉就像你是一条鱼。"我以前曾经做过这个体验,"你甚至都不会想到自己是在游泳。"

用现金支付的价格是一分钟一美元,如果用信用卡付账的话,每两分钟三美元。预付十分钟的费用,我付了现金;信用卡里的钱用来应急。

一个表情严厉的胖女人,长着深色的皮肤和如森林般茂密的富有弹性的白色头发,她把我们领到屋子里。这是一个小小的卧室,只有一米多高,地板上垫着一块蓝色的席子,两条接驳电缆吊在低矮的屋顶上。

"从第一个人接入开始计时。我想,你们两人首先需要脱掉你们的衣服。这里消过毒了。现在,祝你们玩得开心。"

她突然转过身去匆匆忙忙地离开了。"她以为你是个吉尔呢。"我说。

"我可以把它作为第二职业。"我们膝手并用地爬进小屋里,当我关上房门后,空调开始发出嗡嗡的声音。接着,一个白噪音①发生器发出持续不变的嘶嘶声。

"灯光有什么用吗?"

"它会自动熄灭的。"我们彼此帮助对方脱下了衣服,她侧身朝右躺下,腹部对着门的方向。

她的身体有些僵硬并且轻微地颤抖着。"放松。"我一边说,一边揉捏着她的肩膀。

"我害怕什么也不会发生。"

"如果什么也没有发生,我们会再试一次。"我记起了马蒂说

---

①许多声音同时存在的混噪音,声音中的频率分量的功率在整个可听范围内都是均匀的。

过的话——她真的应该先体验一些比如跳崖之类的服务。我可以迟些再告诉她。

"给你。"我递过一个菱形的枕垫,可以支撑下巴、颧骨和前额,"这个东西能让你的脖子放松。"我抚摸着她的背部,一分钟后,当她看起来放松一些的时候,我把接驳插件接口插到她脑部的金属插槽中。屋里发出一声轻微的咔嗒声,接着灯就灭了。

当然,经历过了数千个小时的接驳之后,已完全不需要枕垫的帮助了;我在站立甚至倒挂着的时候也可以接驳。我摸索到了电缆,伸展开身体,让我们的胳膊和臀部可以接触在一起——然后我接驳了进来。

水像血液一样温暖,味道也不错,当我呼吸的时候,盐和水草落在我的嘴唇上。我在水下不到两米深的地方,周围到处都是明亮的珊瑚礁,色彩绚丽的小鱼们对我不理不睬,直到我游得足够近,被它们视为威胁后才四散开来。一条绿色的小海鳗从珊瑚中的一个洞穴里盯着我看,它的脸就像卡通片里的坏家伙。

当你处在这样的接驳情况下时,你的想法会变得很古怪。尽管左侧没有任何显眼的东西,不过是一片白色的沙滩,我仍然"决定"向那边游去。事实上,录制这段游程的人很有必要做些调整,但是,消费者们在这方面又没有和他(或是她)进行过交流,只剩下被夸大了的感觉中枢。

透过水面涟漪折射下来的阳光在海底的沙滩上发出悦目的微光,但那可不是我们来到这里的原因。我盘旋在两个探出沙滩的眼柄①上方,抽动着身体,激动不安。突然,我身体下面的沙子爆裂开来向左右散去,一只虎斑鳗鲡②从沙下几厘米的藏匿处

---

①无脊椎动物的视觉器官。
②一种海鱼,藏匿在沙面下。

蹿了出来。它个头巨大,至少有三米之宽。还没等它来得及加快速度的时候,我向前游过去,抓住了它的一翼。

它鼓动了一次两翼,我们向前冲了过去;它再扇动一次两翼,我们的速度已经比任何人类游泳健将还要快了,平滑的水流在我的身下翻滚着……

还有她。阿米莉亚也在这里,这点确定无疑,但是的确很模糊,就像在我体内的一道阴影。快速的水流搅动使得我的生殖器勃动了起来,但另一部分的我没有那样的感觉,因为对于另一部分的我来说,平稳的水流正令人发痒地流过她的两腿之间。

仔细想想,我知道他们必须得融合两方面的信息才能创造出现在这样的环境,我惊叹于要找到这样一条可以让一个男人和一个女人趴在上面的大鳗鲡是多么困难的一件事,也想知道他们是如何驯服它的。但是,我终于把精力集中在那种特殊的双重感觉里,试图通过它与阿米莉亚建立联系。

我不能,完全不能。没有言语,没有迹象;只有一个拐弯抹角感觉到的模糊不清的"这难道不是很恐怖吗"的格式塔,阿米莉亚的特征。还有一种微弱而又不同寻常的兴奋,那一定是她意识到了我们链接在一起而产生的。

沙滩延伸到一座海底峭壁,鳗鲡猛地向下潜去,海水突然变得冰凉,压力不断增加。我们松开了抓住鳗鲡的手,在黑暗的海水中孤独地翻滚着。

当我们向上缓慢地滑行时,我感到有小蝴蝶在我身体上扇动着翅膀,我知道那是在我们的那间小卧室中——阿米莉亚的手搭在了我的身上。当我勃起之后,那湿润的感觉不像是虚幻中的海洋包裹着我,然后她鬼影一般的双腿紧紧地夹住我,我模模糊糊地感觉到她有节奏的起伏运动。

这种情况并不像我与卡罗琳之间那种我中有她、她中有我的感觉，倒更像是在半梦半醒之际占据你心灵的一场春梦。

上层的水像银箔一样光亮，当我们向上浮起时，三条鲨鱼正在迅疾地游动着。因为这一接驳体验并没有被评为D级或I级，即死亡或伤害级，所以我知道它们是不会伤人的，不过还是因为恐慌而略微有些颤抖。我试着向阿米莉亚传送不要害怕的信息，但是，我在她身上没有感觉到任何的恐惧。她已经沉迷其中了。她的身体形象在我的体内越来越强，此刻，她不仅仅是在游泳了。

她的高潮虽然模糊，但却持久，用那种既陌生又熟悉的方式辐射与律动着，自从失去卡罗琳后，我已经有三年没有体验过这样的感觉了。当我们朝着鲨鱼浮上去的时候，她那幽灵般的胳膊和大腿左右摇晃着我的身体。

那是一条巨大的护士鲨和两条角鲨，没有危险。但是，当我们经过它们身边时，我感觉自己的男根软了下去，从她的身体里滑了出来——看来不会起作用了，对于我们两个人来说，这次不会再继续了。

她的两手还在我的身上，就像轻柔的羽毛，甜蜜而愉快，但是还不够。突然间，我模糊地感觉到失去了什么，似乎是某个维度不见了，这意味着她已经中断了接驳，然后她用她的嘴去爱抚它，先是凉凉的，但很快就温暖起来，但是仍然不起作用。我的一大部分意识还在珊瑚礁中畅游。

我摸索到电缆，自己中断了接驳。灯光亮了，我立即对阿米莉亚的抚慰有了反应。我用双臂环抱住了她光滑的躯体，把头枕在她的臀部上，不再去想卡罗琳，用两根手指从后面拨弄着她的两腿之间，一会儿我们俩都进入了高潮。

我们只有大约五秒钟的休息时间,然后那个女人就开始使劲敲打着小卧室的房门,告诉我们必须现在就离开,否则的话就需要交租金;她得为接下来的客人清理干净房间。

"我猜计时器是在我们一起断开接驳的时候停下来的。"阿米莉亚说。她用鼻子轻轻地蹭着我,"不过,我还可以为留在这里的每分钟支付一美元。你要跟她说吗?"

"不用了。"我伸手去拿我们的衣服,"让我们回家免费享受一番吧。"

"你的住处还是我的?"

"家,"我说,"你的住处。"

第二天,朱利安和阿米莉亚花了一整天时间搬家和打扫房间。因为是星期天,他们不能递交书面材料,但是,他们并不认为会有什么问题。有一堆符合资格的单身汉等着申请朱利安的公寓,而阿米莉亚的公寓是需要两个人,或者甚至是两个成年人和一个孩子才可以申请的。

(已经永远不可能再要孩子了。二十四年前,在一次流产过后,阿米莉亚自愿做了绝育手术,政府为此会在她五十岁前每月为她额外补发一笔包括现金和定量供应券在内的奖金。而朱利安则对这个世界持有相当悲观的看法,他也不想将一个新的小生命带到这个世界上来。)

当他们把所有的东西打包好,并且把朱利安的房间清理得能够让房东满意之后,他们给雷萨打电话说要用他的车。雷萨抱怨朱利安没有早些通知他,让他过来帮忙,朱利安则老实地回答说,他也没有想到这一点。

阿米莉亚饶有兴趣地听着他们的对话。一周之后她会告诉他,他们独自完成这些事情是有理由的,这就像一种神圣的劳动——或者更简要地说,共筑爱巢。但是当朱利安挂断电话后她说的却是:"他需要十分钟才能赶来。"她急促地把他引向沙发,要在这个地方来一次最后的速战速决。

只用了两趟就把所有的箱子都搬走了。第二趟时只有雷萨和朱利安两人,当雷萨提议帮忙卸货时,朱利安推脱道:"嗯,你知道,也许布雷兹想要好好地休息一下。"

事实如此。他们筋疲力尽地倒在床上,一觉睡到黎明。

每年都有一到两次,他们在换班时并不把兵孩带回来进行调整;他们仅仅是将我们一个接一个地固定在原地,然后让接班的机械师们直接从热身椅转移进操作室中,这叫"紧急轮换"。这通常意味着某些有趣的事情将要发生,因为一般情况下,我们的作战区与斯科威勒的猎手/杀手排并不相同。

但是,斯科维勒却因为什么也没发生而感到闷闷不乐。他们在九天的当班时间里去了三处不同的埋伏地点,除了虫子和鸟之外,什么也没发现。这显然是一次无事生非的任务,浪费时间。

他从操作室中爬了出来,操作室重新密封起来进行九十秒钟的清洁工作。"玩得开心,"斯科维勒说,"带点东西去读吧。"

"噢,我想他们会交代我们去做一些杂务活的。"他愁眉苦脸地点了点头,一瘸一拐地走开了。如果还有别的选择的话,他们绝不会进行紧急轮换的,所以说一定有什么不应该让猎手/杀手排知道的重要事情。

操作室的门弹开了,我飞快地钻进去,迅速地调整肌肉传感器,插上矫正器和血液吻合分流装置;然后,我关闭外甲,进入了接驳状态。

开始总是会有一阵失去方向的感觉,但是,在紧急轮换过程中需要承受得更多,因为作为一排之长,总是我第一个接驳进去,突然间与一群相对陌生的人接驳在一起。我确实多多少少对斯科维勒排的成员有一点模糊的印象,因为每个月我都有一天时间和斯科维勒轻度接驳。但是,我并不知道关于他们私生活所有的隐密细节,而且也根本不想去了解。我扑通一声掉进这个错踪复杂的肥皂剧中,变成了一个突然间洞察了这个大家庭所有秘密的闯入者。

我们排里的人两个两个地接替了他们的位置。我尽量把注意力集中到手头的问题上来,即在这一对对的兵孩固定不动易受攻击的几分钟里守护着它们——这很容易。我还试着接通与连指挥官的垂直通信链接,查清真正发生的事情。我们到底要去做些什么秘密的事情,而又必须要将斯科维勒蒙在鼓中?

在我的人全部替换上来之前,指挥官没有回答我的问题。然后当我下意识地审视着早晨的丛林,寻找着危险的迹象时,传来了格式塔意识流:斯科维勒排里有一个间谍。不是一个自愿的间谍,而是某个接驳插件被实时监听的人。

甚至间谍有可能就是斯科维勒本人,所以也不能告诉他。旅部精心设计了一个圈套,将一个错误的通知传达到了排里的每一个人。当一支敌军武装出现在某处并不存在伏兵的地点时,他们就会找出是谁泄露了秘密。

我的疑问要比连指挥官的答案多得多。他们怎么能够控制所有的反馈状态?如果排里有九个人认为他们在A点而另一个人认为他们在B点,不是很容易造成混乱吗?另外,敌人怎么能够监听到一个插件呢?受到监听的那个机械师的命运又会如何呢?

最后一个问题,她可以回答。他们会对他进行检查,取出他的接驳插件,在剩下的服役期里,他会充当一名技师还是一个武装警卫,视情况而定。我想,这要看他是否能够在不看自己脚趾的情况下数到二十了。军队的神经外科医生能做的还远远赶不上斯潘塞医生。

我切断了与指挥官的链接,不过,她仍然可以在需要的时候监听到我的对话。网络通信中隐含了很多信息,而大家并不是非得要有一定的级别才能了解这些情况。斯科维勒排的所有成员,都在一个精心策划、严密维护的虚拟现实中度过了刚刚过去的九天。其中,每个人看到和感觉到的任何一件事情都在指挥部的监视之中,并以一种变化的意识状态被即时反馈回去。这种状态中还包含了精心编制的排里其他九人的虚幻情节。这样,就总共有一百个不同的虚拟现实场面被持续不断地创造并维护着。

遍布我周围的丛林的真实程度,与我和阿米莉亚曾经游览过的珊瑚礁并没有什么区别。如果这里根本就不是我的兵孩的实际藏身之地,又会怎么样?

每位机械师都抱有过一种幻想,在幻想里并不存在着战争,整个事件不过是政府为了自身的目的而维持的一种模拟结构。当你回到家里时你可以打开电视,看着你自己参与的行动,重放这些新闻——这些甚至会比那些链接兵孩与机械师的输入/反馈状态更容易伪造出来。是否曾有人真正去过哥斯达黎加?哪个机械师去过?军队里没有人可以合法地拜访恩古米的领地。

当然,那仅仅是个幻想罢了。操作室里一堆堆支离破碎的尸体才是真实的。他们也不可能伪造出核武器夷平三座城市的事实。

那只是个可以使你从大屠杀的责任中逃脱出来的心理空间。突然间我感到非常愉悦,我意识到自己血液里的化学成分正在接受着调整。我试着继续保持自己的思维:你怎么可以,你怎么可以为自己辩护……好吧,是他们要自讨苦吃的。如此多的恩古米武装要为他们领导人的精神错乱付出生命,这确实很悲惨。但我不能这么想,不能这么想……

"朱利安,"连指挥官的思维下传了过来,"带领你的排向西北方向移动三公里,准备接受搭载。当你们接近集结地时,你们要追踪二十四兆赫遥控信号。"

我收到了信息。"我们去哪里?"

"镇子里。我们将与福克斯排及查理排联合参与日间的行动。详情在途中传达。"

我们有九十分钟的时间赶到集结地,丛林并不很深,所以我们就分散开排成梯队,每名兵孩之间保持着二十米的距离,小心谨慎地朝着西北方向前进。

在维持队伍协调一致的前进过程中,我的不安逐渐退去。我意识到我思维的惯性被某些事情打断了,但又不能确定这是不是什么要紧的事情,也没办法把这种感觉记录下来。我已经快第一百次意识到这点了,当你走出操作室时,你所经历的事情会在某种程度上褪色消逝。

卡伦看见了什么,我让大家停止前进。过了一会儿她说是一场虚惊——只不过是一只吼猴带着它的孩子。"不在树枝上?"我问。得到了一个点头的信号。我把不安的情绪传递给每一个人,这样做其实是没有必要的。我们分成两组列队前进,每组相隔二百米。周围一片静谧。

"动物行为"是一条有趣的术语。当一只动物行为失常时,总是有它的原因的。吼猴在地面上时更容易受到攻击。

帕克发现了一个狙击手。"在十点钟方向发现一个敌人,射程一百一十米,隐蔽在一棵树上大约十米高度处,请求开火。"

"不予批准。所有人停止前进,察看四周情况。"克劳德和萨拉也发现了那个人,除此之外,周围就没有其他什么显而易见的目标了。

我把他们三人的视像叠加在一起。"她在睡觉。"我从帕克的嗅觉感受器中判断出她的性别。在红外线模式中,我几乎捕获不到任何信息,但是她的呼吸均匀,声音沉稳。

"我们退后大约一百米,绕过她。"我收到连指挥官的批准信息,以及从帕克那里传来的带有愤怒情绪的"?"。

我另有所图——人们不会漫无目的地溜达进林子里然后找棵树爬上去;她应该在保卫着什么。

"也许她知道我们要来?"卡伦问道。

我停顿了一下……除此之外,她还有什么理由要待在这里?"如果真是这样的话,她对此表现得相当镇静,还能睡得着觉。不,这只是巧合,她一定在守卫着什么。不过,我们没有时间去查清楚了。"

"我们收到了你们的坐标,"指挥官说,"空兵孩会在大约两分钟内赶到。别的地方需要你们。"

我把这条命令传达给排里的人,命令他们快速行动。我们并没有弄出太大的响动,但这已经足够让那个狙击手醒过来,她朝着路易斯连发射击,他是左侧队列中殿后的兵孩。

攻击使用的是一种相当精良的反兵孩武器,或许是夹杂着贫铀穿孔弹的霰弹。

两到三发子弹击中了路易斯的腰际,摧毁了他的腿部控制装置。当他向后倒下时,另一发子弹轰掉了他的右臂。

伴随着震耳欲聋的撞击声,他倒在了地面上,有那么一会儿,一切都安静了下来,位于他身体上方高高的枝叶在晨风中飒飒地响着。又一发子弹擦过他的脑袋击中了地面,他的眼前扬起一片尘土。他晃动着脑袋抖落尘埃。

"路易斯,我们不能进行搭载了。除了视觉和听觉传感器外,断开所有器件。"

"谢谢你,朱利安。"路易斯断开了接驳,从他背部和手臂上传来的疼痛警报信号消失了。现在他仅仅是一部直指天空的摄像头了。

当空兵孩呼啸着掠过头顶时,我们中的大多数人都已经跑出了一公里远。我通过指挥部与她链接在一起,得到了一幅复杂的双重视景:从森林茂密的枝叶冠盖上方向下看,发射的凝固汽油弹闪动着火光穿过树冠,像鲜花一样在空中绽放,无数支钢矛从天而降。从地面上看,头顶上方突如其来的一片火海穿过枝丫倾泻下来,小钢矛穿过森林时发出"噼噼啪啪"的碎裂的巨大声响。音爆过后,一切又归于宁静。

然后是一个男人的叫喊声,另一个人则轻声地对他说着什么,接着一声枪响结束了这叫喊声。一个男人跑了过去,距离很近,但我们却无法看到他,他向路易斯的兵孩投掷了一颗手榴弹——手榴弹击中胸部弹了开来,这样的爆炸对兵孩丝毫无损。

固体汽油弹落了下来,丛林中的火焰舔着路易斯的兵孩。猴子们对着烈火嘶吼。路易斯的双眼眨动了两下,然后闭上了。当我们撤离这人间地狱时,另外两个空兵孩从低空飞过来,投下了阻燃剂。毕竟,这里是一个生态保护区,汽油弹已经完成了我们全部的预期目标。

145

当我们靠近集结地时,指挥部通知我们,他们已经完成了人员伤亡的评估,一共四人——女狙击手、那两个男人加上在那里的另外一个不明身份的男人——他们中的三人算在空兵孩名下,另外一人算在我们名下。帕克对此异常不满,因为如果他没有发现那个狙击手的话,就不会有这次出击行动;而且如果不是我下达那样的命令的话,那个女人很容易就会被他干掉的。我建议他克制一下自己的情绪。他已经濒临公然发火的边缘了,这样的情绪一旦被指挥部察觉,就会促使他们动用第十五条款——对于不服从命令的轻微反抗行为做出例行的连级惩罚。

当我向他传达这样的警告时,我不由自主地想到当一名武装警卫是多么的不容易,你可以痛恨你的长官但同时还要对着他微笑。

这个集结地显然没有无线电波发射塔。这是一处最近被有计划地炸平烧毁、清理得草木皆无的圆形小山包。

当我们沿着满是泥泞灰烬的山坡小心翼翼地行进时,两个空兵孩飞过来在我们头顶上空盘旋,以便保护我们。这不是一次普通的快速搭载。

货运直升机降落了下来,或者说是在离地面大约一英尺①处盘旋,同时后门"砰"的一声放了下来,形成了一道摇摇晃晃的舷梯。我们爬进飞机,加入到另外二十名兵孩中。

福克斯排里与我地位对等的人是巴布·西吾斯,我们以前曾经共过事。通过指挥部以及替代拉尔夫担任水平联络员的罗斯,我与她之间建立过双向弱链接。作为问候的一种方式,巴布传来了一幅墨西哥腌牛排多感觉图像,那是几个月前我们在机场共同分享过的美味。

---

① 1英尺=0.3048米。

"有谁告诉你什么事情没有?"我问。

"我不过是个蘑菇。"这个军队里的笑话在我父亲那个年代就已经很古老了,意思是:我被蒙在鼓里,他们都告诉我些废话。

当最后一个兵孩从舷梯上跳进机舱,直升机立即倾斜着升了起来。我们在机舱里四处走动,彼此相互介绍着。

我并不太了解查理排的排长大卫·格兰特。在过去的一年里,他排里的一半人都被替换了下去——两个死掉了,其余的被"临时性指派",以便进行"心理调整"。大卫刚刚从事指挥工作两个班次。我跟他打了声招呼,他正忙于处理自己排内的事务,试图使两个担心我们就要执行杀戮任务的新手镇定下来。

幸运的是,我们不用那么做。当机舱门"砰"的一声关上后,我获悉了通令的纲要,这次行动基本上算是一次阅兵,或者说是武力的炫耀,地点是一座城区,目的是提醒人们我们看到了一切、了解了一切。那里是利比里亚北部的一座城镇,异常古怪的是,那里既是游击队力量活跃的区域,又是白种盎格鲁人的高密度聚居地——他们都是退休后来到哥斯达黎加以及更早的退休者的子孙们。那些敌人认为如此众多的外国佬将会保护他们的安全,而我们要证明,他们的这种想法是不现实的。

但是,如果敌人老老实实地待在我们视野之外的话,就不会有什么问题了。我们接收到的命令是"仅仅防御性"地使用武力。

因此我们将既是诱饵,又是鱼钩。这种形势似乎并不好。一直以来,在瓜纳卡斯特省的叛军处境颇为不利,他们也需要展示一下自己的力量。我想指挥部一定也考虑到了这点。

我们获得了一些防暴配件——额外的烟雾弹和两个粘胶喷射器。它们可以喷射出一团有黏性的线网,使人无法移动;十分钟后,便会突然蒸发。我们同时还额外装备了震荡手榴弹,不过我怀疑对市民使用这个是不是个好主意。震破别人的耳膜还指望他感激你?没有一样防暴武器是讨人喜欢的,但是,震荡手榴弹是唯一能够造成永久性伤害的武器——除非你被催泪瓦斯迷住了双眼,摇摇晃晃地走来走去时,又被一辆卡车辗了过去;或者吸入了催吐剂,被自己的呕吐物窒息而死。

我们以树梢般的高度在建筑物中间穿行,飞越这座城市,直升机和两个空兵孩以紧凑的编队缓慢前进,噪声震天,就像三个女妖精①。我想这算是一场绝妙的心理战,既显示我们毫无畏惧,同时还可以震得他们的窗户吱吱作响。但是,我再一次怀疑我们此行的目的并非是为了做诱饵。如果有人朝我们开火的话,我毫不怀疑天空中会在几秒钟内遍布空兵孩。敌人一定也已经想到了这一点。

一旦到达地面并走出直升机,这二十九个兵孩无须空中支援,仅仅凭借自己的力量便能轻而易举地摧毁这座城市。作为我们炫耀的一部分,将会是一场"公众服务"展示:将一条街区的废弃住宅夷为平地。我们既可以挽救这座城市的诸多建筑,也能够摧毁它们:只需走进里面,将它们拖倒。

直升机轻轻地着陆在城镇广场上,空兵孩们在空中盘旋着。我们从飞机中走出来排成阅兵的队形,三人一排,总共十排,其中一排少一个人。只有零散的一些人观看着我们,没有人感到吃惊。他们是一些好奇的孩子和目中无人的少年,以及住在公园里的老人。除此之外,只有几个警察;后来我们才发现,大部分的警力都等候在我们的展示区域边缘。

环绕着广场的楼宇是些晚期殖民地风格的建筑,在盘旋于

---

①指爱尔兰民间传说中的女鬼,其哀号预示家庭中将有人死亡。

它们上方的那些玻璃与金属的几何体的阴影下显得很优美。那些现代化建筑里令人眩晕的反射窗口可以隐藏住一个城市里所有的看客——或者狙击手。当我们按照机器人的步伐整齐一致地行军前进时,我比以往更加清晰地意识到这样一个事实,我不过是一个在数百公里以外安全地出演木偶戏的人——如果真的从每个窗口都伸出了枪支并且朝我们开火的话,在我们采取报复行动之前,仍然没有真正的人类会被杀死。

当我们跨过一座古老的桥梁时,为了不至于震断桥梁掉进下面臭气熏天的水渠里,我们特意将步伐打乱,显得随意而松散,然后再调整回本应表现出威胁气势的咔咔作响的步伐。我确实看到一条狗跑开了。如果沿着我们的行进路线还有任何人类被吓倒的话,他们也躲在屋子里面。

经过没有名字的后现代主义风格的市区中心后,我们又路过了几条住宅街区。估计这里是上流社会的居所,因为所有的房屋都隐藏在高高的白色石灰墙后面。看门狗们用号叫回应着我们的脚步声,还有几处监视器一直在追踪着我们。

然后,我们进入了本地人聚居区。对于生活在这些环境下的人我总会生出一种同情,这里和德克萨斯、和美国黑人贫民窟太相像了,幸好我出生的家庭并不在这样的区域内。我也知道待在这样的环境中有时也会得到些补偿,那就是我从来没有体验过的家庭和四邻的亲情。但是,我可能永远也不会多愁善感到考虑用我更长久的预期寿命和更高质量的生活与之交换。

我将我的嗅觉感受器的灵敏度调低了一格。凝滞不前的污水和尿液的臭气开始在早晨的阳光下蒸发。这里也有一些好闻的烤爆米花的味道,强烈诱人的胡椒的气味。在某处正有人用慢火烧烤着一只鸡,也许是在庆祝着什么。在这里,鸡可不是每日都上得了餐桌的。

距离我们的展示地还有几个街区时,就可以听到人群的声音了。二十四名骑警迎上了我们——骑在马背上——他们围着我们形成了一个保护性的"V"或"U"字队形。

这不禁令人迷惑不解。是谁在示威,为什么示威?没有人再伴称执政党代表着人民的真实意愿,这是一个极权国家,而在这个国家中我们站在哪一边是显而易见的。我想,不时地强调这一点也没有什么坏处。

在展示地附近四处转悠的人数肯定超过了两千。很明显,我们即将进入一个相当复杂的政治环境中。到处都是横幅和旗帜,上面书写着诸如"这里是真人的家园""有钱人的机器傀儡"之类的标语——更多的标语用英语写成,而非西班牙语,这是为摄像机准备的。但是,在人群里也有很多盎格鲁人,他们在支持着当地人的举动,他们是被当地人同化的盎格鲁人。

我请求巴布和大卫让他们排里的人原地待命一分钟,随后向指挥部发送一个质询:"我们在这里正被别人利用,而且看起来这里潜藏着骚乱的迹象。"

"那就是为什么要发给你们所有那些额外的防暴装备的原因,"她说,"这群人自从昨天开始就一直聚集在这里。"

"但这并不属于我们的工作。"我说,"这就像用一把大锤去拍一只苍蝇。"

"是有原因的,"她说,"而且你们要接受命令。只是要小心些。"

我把这话传给了其他人。

"小心些?"大卫说,"小心我们伤害他们,还是小心他们伤害我们?"

"只要小心别踩着任何人。"巴布说。

"我再补充一点,"我说,"不要为了挽救兵孩而伤害或者杀害任何人。"

巴布同意我的意见,"也许叛军正是要逼迫我们在人命和机器之间做选择,一定要控制好局势。"

指挥部一直在监听着我们的对话,"不要太过保守。这是一次力量的展示。"

开始形势还不错。一名一直站在一只箱子上大声疾呼的年轻亡命徒突然跳下来,跑过来挡住了我们的前进道路。一名骑警用电棒在他赤裸的后背上点了一下,这一下就将他击倒在地,并把他抛到大卫的脚边一阵阵地抽搐着。大卫猛地停了下来,而在他身后的兵孩被什么事吸引了注意力,猛地和他撞在了一起。如果大卫摔倒在地把这个无助的狂热者压成肉泥的话,事情就完美了,但我们逃过了这一劫。人群中的一些人或大笑或揶揄——在这种环境下倒不算是一种糟糕的反应,他们悄悄地把这个失去知觉的男人抬走了。

那样做或许能保证他一天的安全,但是,我可以肯定警察知道他的姓名、住址以及血型。

"整理队列。"巴布说,"我们继续前进,快点结束这件事吧。"

我们要毁掉的那条街区被一条橙色的喷漆带隔离开来。无论如何,想错过它也很难,因为一支坚实可靠的警察方队和一些锯木架形成的屏障将四面的人群整齐有序地隔离在百米开外。

我们不想使用比两英寸[①]手榴弹更具威力的爆炸物,比如说用导弹,那样的话个别碎砖块会像子弹一样飞到一百米之外的地方。最后,我请求指挥层进行计算,获准使用榴弹松动建筑地

---

①1英寸=2.54厘米。

基。

那是一些六层混凝土结构的建筑物,表层的砖块已经破碎不堪了。虽然还不到五十年的历史,但由于这些建筑是用劣质的混凝土建成的——在混合物中的沙子含量过高——其中一栋建筑已经坍塌,死了几十个人。

因此,要把它们弄倒听起来并不算什么难事。先依靠榴弹的冲击松动建筑的地基,然后在每个角指派一名兵孩推动和拉扯,将力量集中作用于建筑骨架上,当它倒塌的时候立即撤离回来;或者无须撤离,就站在原地在混凝土和钢筋雨中展示一下兵孩的坚不可摧。

第一栋楼放倒得很完美。如果有一本专门教人奇怪的毁坏技术的教科书,那么这次简直就像是教科书的演示教材。人群异常地安静。

第二栋建筑颇为顽固。大楼的正面虽然倒塌了下来,但是,钢筋骨架并没有扭曲到足够折断的程度。因此,我们使用激光切断了一些暴露在外面的主梁,然后它才按照预想中的情况坍塌下去。

下一栋建筑则是一场灾难。它像第一栋建筑一样轻易地倒了下去,但像雨点一样掉落下来的却是孩子们。

二百多个孩子被塞进六楼的一个房间里,手脚被绑住,嘴里堵上了东西,并且还被麻醉了。原来,他们都是郊外一所私立学校的学生。一支游击队于早晨八点进入学校,杀死了所有的教师,绑架了所有的孩子,并把他们装在标示着"联合国"字样的柳条箱中,就在我们到达这里的一小时前,他们被转移到这所宣布报废的建筑里。

当然,从六十英尺的高空摔落下来并被碎石掩埋住的那些孩子没有一个幸存。拥有理智思维的人绝对想不出这样一种政治示威方式,因为这显示出了他们的残暴要比我们更甚——但是,这种行为却直接刺激了那些失去理智的暴徒。

当我们看到孩子时,理所当然地停止了所有的行动,立即呼叫大型救援直升机。随即我们开始清理碎石,麻木地寻找着幸存者,一支当地的紧急救援团也加入进来帮助我们。

巴布和我将我们的排组织起来投入到搜寻团队中,覆盖了整栋建筑三分之二的区域。大卫所在排本应该负责剩下的三分之一,但是,这场意外严重地扰乱了他们的军心。他们中的大多数人还从来没有看到过杀戮的场面。所有那些孩子粉身碎骨、尸体残缺不全的场面——混凝土尘块将血液变成了泥泞,把那些幼小的身躯变成了没有姓名的白色团状物——严重地打击了他们的精神。他们中的两个兵孩站在那里一动不动,因为他们的机械师已经晕倒了。其余大多数人也在漫无目的地游荡着,对大卫的命令不理不睬,总之,他们的行动几乎无法统一。

我也在缓慢地移动着,这样的暴行也令我目瞪口呆。在战场上死去的士兵已经够悲惨的了——死去一名士兵就很糟糕了,而这样的情景几乎令人难以置信,更何况这场残杀才刚刚开始。

无论一架大型直升机的实际功能是什么,它的声音听起来都颇具侵略性。当这架救援直升机赶来搜寻时,人群中有人开始朝它射击。后来经我们查明,弹回来的不过是些铅弹头,但是,直升机的防御系统自动地找到了攻击目标并将其击毙,那是一个躲在标牌后面射击的男人。

那场面实在让人难忘,他的身体被一束巨大的破碎激光击中爆裂开来,就像是掉在地上的熟透的水果。"杀人犯!杀人犯!"的叫喊声响了起来,在不到一分钟的时间里,人群就冲破警察的防线开始袭击我们。

巴布和我让我们的人绕着周界迅速地移动,喷射粘胶,蜷曲的彩色线条迅速膨胀到手指般粗细,然后再继续膨胀到绳索般粗细。这东西起初还颇有效果,像超强力胶水一样富有黏性——它将前几排的人全部粘住无法动弹,这些人或跪在地上或趴倒在地上;但是它并没有止住他们身后的人,那些人拼命地拥挤着踏过他们同伴的后背,过来攻击我们。

在几秒钟之内,我们就知道自己犯下了明显的错误,有上百个被粘住的人在那些尖叫着冲向我们的暴徒的身体重压下被压成了肉泥。我们四处投放催吐剂和催泪瓦斯,但是这只能放慢他们的脚步,更多的人因为摔倒而惨遭践踏。

一颗燃烧弹在巴布排的一名成员身上爆炸,将他变成了一团燃烧的火焰,他无助地扭动着身躯——在现实中,他只不过会因此而暂时失明一会儿,然后便是各种武器从四面袭来,机关枪"突突"地响着,两束激光划开尘埃和烟雾。我看到一排男人和女人同时倒了下去,他们是被自己人的机关枪误伤的,我向大家传达了指挥部的命令,"射击一切持有武器者!"

激光发射者很容易被发现、放倒,但是,人们很快就会捡起他们的激光枪继续开火。我有生以来杀死的第一个人,实际上只是个孩子,他抓起激光枪,站在那里胡乱地开始射击,我刚瞄准他的膝盖,就有人从后面将他撞倒了,子弹正好穿透他的胸膛,将他的心脏从背后轰了出来。这超出了我的承受能力,使我一下彻底崩溃瘫痪在原地。

这种景象同样也超过了帕克的承受能力,不过他走向了另一个极端,他变成了一个狂暴战士。一个男人拿着匕首接近他,试图爬到他身上捅出他的眼珠子来,而且好像马上就能得逞了。帕克抓住那个男人的一只脚脖子,像挥动洋娃娃一样将他挥舞起来,任他的脑髓溅到混凝土路面上,把他抽搐的身体扔回到暴徒中间。然后,帕克就像一个发了疯的机械怪物一样奋力闯进人群里,拳打脚踢地让不少人送了命。这幕情景使我从震惊中清醒过来。当帕克对我喊出的命令不做任何反应时,我请求指挥部断开了他的接驳。在他们批准之前,他杀掉了超过一打的人。随后,他那突然无法活动的兵孩在人群中倒了下去,被激怒的人们用石块敲打着。

这是一幕真实的但丁式的场景,到处都是支离破碎、满身鲜血的尸体,上千失去视觉的人摇摇晃晃地或行走或蹲在地上,当毒气包围了他们的时候不停地呕吐。我因为恐惧而眩晕——真想就此晕倒离开这个地方,把这部机器留给那些人。但是,我的同事们的情况也都很糟糕,我不能抛开他们不管。

粘胶突然间化成彩色的烟雾消散在空中,但是这不会带来任何差别。每一个被粘胶粘住的人都还躺在地上,不是死了就是瘫痪了。

指挥部命令我们撤离,尽可能以最快的速度退回到广场上。我们本来可以等到人群安静下来后在原地执行搭载任务,但指挥部不想冒险让更多的直升机和空兵孩前来再次激怒人群,所以我们带上四个无法动弹的兵孩胜利完成任务后,就匆匆地离开了。

在路上,我告诉指挥部我将要提交一份建议书,建议让帕克因为心理原因而退伍。当然,她能够看得出我的真实想法,"你是想让他作为杀人犯、战争罪犯而接受审问?那是不可能的。"

当然,我知道,但是我说,我们排再也不会接纳他了,即使我的拒绝将会受到行政上的处罚。排里的其他人也都早已经受够他了。不管当初是出于一种什么样的考虑使他们将他安插进我们这个大家庭中,今天的行动都已经证明了这种做法是错误的。

指挥部说他们会考虑到每一个因素,包括我自己困惑的感情状态。随后,我被命令断开接驳直接去接受心理咨询。困惑?当你突然陷入大屠杀后,你会有什么样的感觉呢?

对于巨大的死亡数字,我可以为自己寻找借口,避免受到良心的谴责。我们已经尝试过利用我们在训练中所学到的一切来使损失减到最小,但是对于那个我亲手射死的人——我无法阻止自己的大脑不再浮现那一刻:当男孩瞄准并射击时那坚定的眼神;瞄准并射击;我自己的瞄准环从他的头部滑到他的膝盖上;然后就在我扣动扳机时,他因为被人推搡而懊恼地皱起了眉头;他的双膝碰在了路面上,与此同时,我的子弹撕裂他的胸膛,掏出了他的心脏,而就在那一瞬间,他还是那副懊恼的表情;接着他倾斜地向前倒下,在脸接触到地面之前就死去了。

当时,我的一部分也死去了,尽管过后我服用了稳定情绪的药物。我知道要想除掉这段记忆,只有一种方法。

朱利安错了。咨询师告诉他的第一件事就是:"你知道,抹去特定的记忆是可以做得到的。我们可以使你忘掉杀死那个孩子的事。"杰弗森医生是一位黑人,也许要比朱利安大上二十岁左右。他揉搓着灰色的胡须末端,"但是这并不简单,也不彻底。有些情感联结我们无法抹去,因为要捕捉到每一个在此次经历中受到影响的神经元是不可能的。"

"我认为我不想忘记,"朱利安说,"无论好坏,这件事已经成为现在的我内心的一部分了。"

"不会是好的,你知道这一点。如果你是那种可以杀完人后抹抹屁股就走人的家伙,军队早把你安排进猎手/杀手排里了。"

他们现在待在波特贝洛的一间木板房办公室里,墙上挂着明亮的本土油画和手工编织的挂毯。一种莫名其妙的冲动怂恿着朱利安走上前去触摸着挂毯上的粗羊毛。"即使是我忘记了,他还是死了。这样做好像不对。"

"你这么说是什么意思?"

"我应该为他的死而感到悲伤和内疚。他仅仅是个孩子,沉浸在——"

"朱利安,他手里有枪,而且当时还在四处乱射。你杀死他很可能挽救了更多的生命。"

"不是我们的生命。我们全都安全地待在这里。"

"平民的生命。把他当成一个无助的小男孩来考虑此事,对你自己来说没有任何好处。他是全副武装的,而且已经失去了控制。"

"我也是全副武装,但是尚能控制自己。我本来瞄准他只是想使他负伤的。"

"这又是一条使你不必谴责自己的理由啊。"

"你有没有杀过人?"杰弗森轻轻地摇了摇头,"那么你就不知道。这感觉就像一个人不再是处女了一样。你可以抹掉关于那件事情的回忆,是的,但是那样也不会使我再次成为一个处女。就像你说过的'情感联结'。如果我无法找到这些感觉的来源,那我岂不是会更糟?"

"我只能告诉你,这种方法对别人奏过效。"

"啊哈。但并非对人人有效。"

"是的。这不是一门精密科学。"

"那么请允许我拒绝。"

杰弗森翻阅着他办公桌上的文件,"你可能没有拒绝的权利。"

"我可以不服从命令。这不是在战场上。在军事监狱里待上几个月又要不了我的命。"

"事情没有那么简单。"杰弗森伸出手指一一列举着,"首先,通往军事监狱的途中你就可能丢了命。那些挑选出来的武装警卫都颇具攻击性,而且他们不喜欢机械师。

"其次,刑期对于你的职业生涯将是个灾难。你以为德克萨斯州大学会为一个曾被判过刑的黑人保留职位吗?

"最后,实际上,你可能没有任何选择的余地。你拥有明显的自杀倾向。因此,我能——"

"我什么时候说过自杀的事?"

"也许从来没说过。"这位医生从档案中拿出最上面的一页递给朱利安,"这是你的整体人格图表。虚线部分代表着在你应征入伍时和你同龄的男人人格评测的平均值。看看在'Su'①上面的那条线。"

"这是根据我五年前参加的笔试得出的结论?"

"不,它整合了许多因素。军队测试是其一,但还有当你还是个孩子时就做的各种各样的临床观察和评估。"

"而根据这些材料,你就可以违背我的意愿,强迫我接受治疗?"

"不。依据是——'我是一名上校,而你是一名中士。'"

朱利安向前探了探身,"你是一名发过希波克拉底誓言②的

---

①即自杀倾向。

②所谓希波克拉底誓言,是指在两千四百年以前,由被西方尊为"医学之父"的古希腊著名医生希波克拉底写下的"警诫人类的古希腊职业道德圣典"。

上校,而我是一名拥有物理学博士头衔的中士。我们能不能像两个曾在学校中度过大部分时光的男人一样谈上哪怕一分钟呢?"

"可以。请说。"

"你要求我同意接受一项将会彻底影响我的记忆的医学治疗。我是否可以相信这种治疗不存在对我从事物理研究的能力造成损害的可能性?"

杰弗森沉默了一会儿,"确实有可能造成损害,但可能性非常小。而如果你选择了自杀的话,你当然更不能从事任何物理学工作了。"

"噢,看在上帝的份儿上,我没准备杀掉我自己。"

"是的,有自杀倾向的人都会这么说。"

朱利安努力不让自己的嗓门提高,"你明白自己在说什么吗?你的意思是,如果我说,'当然了,我想我会自杀的',你就可以断言我很安全,然后让我回家?"

这位从事精神病治疗的医生笑了,"好吧,这是个不错的回答。但是你得明白,那有可能是由潜在的自杀意识操控说出的假话。"

"当然了。如果你打心眼里认为我有病的话,我所说的任何话都可以成为我有精神病的证明。"

杰弗森仔细端详着自己的手掌,"听着,朱利安。你知道我已经通过接驳,链接过记录着你杀死那个男孩时心理感受的录像。在某种程度上,我也曾经参与其中。我曾经作为你而存在。"

"我知道。"

他把朱利安的档案放在一边,拿出了一个装着药丸的白色小广口瓶,"这是一种中性的抗抑郁药。让我们试验上两周,早餐后一粒,晚餐后再一粒。它不会影响到你的智力水平的。"

"好吧。"

"我需要与你订个约会——"他查了一下桌面日历,"7月9日的上午十点,我要与你接驳起来,检查你对各种各样情况的反应。我们将采用双向接驳,我不会对你隐瞒任何事。"

"如果你认为我发疯了,你就会送我去做记忆抹除。"

"到时候再说吧。我能说的就是这些了。"

朱利安点点头,拿起白色瓶子离开了。

我会对阿米莉亚撒谎,告诉她这只是一次常规的身体检查。我吃了其中的一粒药,它确实帮助我进入了睡眠状态,无梦的睡眠。因此,如果这种药不会影响到我的智力敏锐度的话,或许我应该坚持服用。

早晨的时候,我感觉不那么悲伤了,我的心里展开了一场关于自杀的争论,也许是为抵抗日后杰弗森医生对我的入侵做准备。在接驳状态下,我无法对他撒谎,但我也许我可以找到一个临时的"对策"。很容易就能找到许多不去自杀的理由——不仅仅是这件事对阿米莉亚、我的父母和朋友们的影响,还有关于最终自杀时采用何种姿势这样的细节,以及军队方面的反应。他们会找到一个和我同样身材的人,然后把拥有新主人的兵孩派遣出去。如果我在临死之前确实成功地杀掉了几个将军做垫背的话,他们同样也只会再提升一些上校。军队里从来都不缺人。

但是,我怀疑所有这些符合逻辑的反对自杀的想法是否会对隐瞒在我内心深处的决定起到丝毫作用。早在那个男孩死去之前,我就知道我只会在拥有阿米莉亚的日子里坚持活下去。

我们在一起相处的时间已经比大多数人都要长了。

当我回到家时,她已经走了。她给我留言说,她去华盛顿见一位朋友。我给基地打了电话,得知如果我能在九十分钟内赶到那里的话,就可以作为额外编制乘坐飞机飞往爱德华兹。置身于密西西比州上空的时候,我意识到自己还没有给实验室打电话安排其他人来监视计划进度。是不是因为药物的原因?也许不是。无论如何,从一架军事飞机上是没法打出电话的,所以等到我可以致电实验室时,时间已经是德克萨斯州的上午十点了。吉恩·高迪代替了我的工作,不过那纯粹是因为运气:她去判卷子时,发现我不在实验室里,于是帮我查看了运行计划。她很是恼火,因为我不能提供给她一个真正令人信服的旷工理由。"听着,我必须得搭乘第一班赶往华盛顿的班机,以决定是否应该干掉自己。"

我从爱德华兹乘坐单轨铁路进入古老的联合车站。车厢中有台地图查询仪,按照上面的显示,我距离她朋友的住址只有两英里之遥了。我非常想直接前往那里敲开他们的门,最后决定还是文明些,事先打个电话。是一个男人接的电话。

"我得跟布雷兹谈谈。"

他盯着屏幕看了一会儿,"噢,你是朱利安。请稍等。"

阿米莉亚出现在屏幕上,看起来有些困惑,"朱利安?我说过我明天会回去的。"

"我们得谈谈。我现在在华盛顿。"

"那就过来吧。我正要准备午饭呢。"

多么顾家啊。"我宁愿……我们得单独谈谈。"

她离开了镜头一会儿,然后又回来了,一脸担心的表情,"你在哪儿?"

"联合车站。"

那个男人说了些什么,我听不太清楚。"皮特说在二楼有个叫作'大团圆'的酒吧。我可以在三十到四十分钟内赶到那里见你。"

"先去做完你的午饭吧,"我说,"我可以——"

"不。我会尽快赶到的。"

"谢谢,亲爱的。"我挂断了电话,看着屏幕上自己的影像。尽管昨天睡了一整晚,我看起来仍然相当地憔悴。我早就应该刮一下脸并换下我的制服了。

我急急忙忙地闪进一间男士洗手间,迅速地刮了脸,梳了下头,然后向第二层走去。联合车站是个运输中心,但同时也是一座铁路工艺的博物馆。我步行经过了一些上一个世纪使用的地铁,它们的防弹车身上都是坑坑洼洼的。接下来是一个19世纪的蒸汽机火车头,看起来居然还保养得不错。

阿米莉亚正在酒吧的门口等着。"我坐计程车来的。"当我们相互拥抱时,她解释道。

她把我引进昏暗的酒吧间,里面放着古怪的音乐。"皮特是谁?一个朋友,你说的?"

"他叫皮特·布兰肯希普。"我摇了摇头,这个名字有些模糊的印象,"一个宇宙学家。"一个机器人服务生给我们拿来了冰茶,告诉我们还得为我们的餐座隔间支付十美元。我要了一杯威士忌。

"这么说你们是老朋友了。"

"不,我们只是相识。我们碰头这件事我想保密。"

我们拿着自己的饮料走到一个空座位隔间里坐了下来。她看起来很紧张,"我来试着——"

"我杀了人。"

"什么?"

"我杀了一个男孩,一个平民。用我的兵孩射杀的他。"

"但是你怎么可能?我认为你甚至都不应该去杀士兵。"

"那是一场意外。"

"怎么回事?你是踩着他了还是其他什么?"

"不是,是因为激光枪——"

"你'意外地'用激光枪射杀了他?"

"是子弹。我当时瞄准的是他的膝盖。"

"一个手无寸铁的平民?"

"他有武器——激光枪就是他拿着的!当时的场面十分混乱,一伙暴徒失去了控制。上面命令我们射击一切持有武器的人。"

"但是他根本不可能伤到你。那只不过是你的兵孩。"

"他在疯狂地扫射,"我撒谎了,这话半真半假,"他可能会杀死几十个人的。"

"你就不能射击他正在使用的武器?"

"不行,那是一件重型的日本制武器,有一层防弹和防破碎涂层。听着,我瞄准了他的膝盖,然后有人从后面推倒了他。他向前倒下时,子弹击中了他的胸部。"

"这么说那倒算是某种工伤事故了。他本不应该玩弄那些大孩子的玩具的。"

"如果你非要这么解释的话。"

"你会怎么解释?是你扣动了扳机。"

"这真不可思议。你不知道昨天利比里亚发生的事情?"

"非洲?我们一直都太忙了——"

"在哥斯达黎加也有个地方叫利比里亚。"

"我明白了。那也就是那个男孩所在的地方。"

"还有上千个其他人。也都成为过去时了。"我狠狠地喝了一口威士忌,开始咳嗽起来,"一些极端分子杀了两百多名孩子,然后制造了假象,让这件事的凶手看起来好像是我们。这件事本来已经足够恐怖的了,接着一伙暴徒攻击我们,而且……而且……防暴的手段造成了意想不到的后果。它们本应该起到正面的作用,但是却导致上百人惨遭践踏而死亡。然后他们开始开枪,射击他们的自己人,所以我们,我们……"

"噢,我的天哪。我很抱歉。"她说,她的嗓音在发抖,"你需要真正的支持,而我却因为疲劳和心不在焉而显得这么急躁。你这可怜的……你去见过咨询师了吗?"

"是的。他帮了大忙。"我从冰茶中扒拉出一小块方冰,把它投进我的威士忌中,"他说我会好起来的。"

"你会吗?"

"当然了。他给了我一些药片。"

"好吧,你要注意药物和烈酒对你的影响。"

"遵命,医生。"我呷了一口冰凉的威士忌。

"说真的,我很担心。"

"是的,我也一样。"担心,疲倦。"那么你和这个皮特在做些什么?"

"但是你——"

"就让我们换个话题吧。他需要你做些什么?"

"木星。他正在向某些宇宙学假说发起挑战。"

"那么为什么选你?迈克·罗曼研究队里的每个人都对宇宙学了解甚多——该死,我大概也知道不少。"

"我肯定你知道不少。不过,他选择我的原因是——每一个比我资格老的人都参与了这项方案的策划,而且他们得出了这样一个一致的意见,是关于……它的某些方面。"

"哪些方面?"

"我不能告诉你。"

"噢,得了吧。"

她拿起茶杯,但没有喝,只是朝里面看去,"因为你不能真正地保守住一个秘密。只要你一接驳上,你们排里的所有人就都会知道这个秘密了。"

"他们狗屁也不会知道。我们排里的其他人没有一个能弄明白哈密尔敦函数与汉堡包的区别,任何技术上的事他们都不懂。他们或许可以知道我的情感反应,但仅止于此。他们不会了解任何技术细节的;那对他们来说简直是天方夜谭。"

"你的情感反应正是我所担心的。我不能再多说了。不要问我了。"

"好吧,好吧。"我又喝了一口威士忌,然后按下点菜按钮,"我们要点什么吃吧。"她要了一份鲑鱼三明治,我点了一个汉堡包,又点了双份的威士忌。

"这么说你们之间完全是陌生的,以前从来没有见过面。"

"你说这话有什么意思?"

"我只是问问。"

"大约十五年前,我曾在丹佛市的一个学术研讨会上见过他。如果你一定要知道的话,那时候我正与马蒂住在一起。他去丹佛,我就跟着他一起去了。"

"啊。"我喝掉了第一份威士忌。

"朱利安,不要对此感到不安。什么也不会发生的。他又老又胖,而且比你还神经质。"

"谢谢。那么你会回家的,什么时候?"

"我明天得讲课,所以我明天早晨会回去。然后如果我们还有工作要做的话,再在星期三回到这里。"

"我知道了。"

"听着,不要告诉任何人我来这里的事,尤其是迈克·罗曼。"

"他会嫉妒吗?"

"这和嫉妒有什么关系?我告诉过你我们之间没什么……"她坐了回去,"只不过是因为皮特一直在和他作对,在《物理评论通讯》中。我可能处在一个不得不支持皮特而反对自己老板的位置上。"

"很好的事业上的突破啊。"

"这事要比事业重大得多。这是……唉,我不能告诉你。"

"因为我太过神经质了。"

"不,不是因为这一点。事实根本就不是这样的。我只是——"我们点的食物送到了餐桌上,她把三明治包在一张餐巾纸中,站了起来,"听着,我面临着比你所知道的还要大的压力。你能不能正常一些?我必须回去了。"

"当然。我明白那些工作上的事。"

"这不仅仅是工作。以后你会谅解我的。"她从座位中滑出来,给了我长长的一吻。她的双眼噙着泪水,"我们必须得多谈谈那个男孩。还有剩下的事。在此之前,按时吃药;放轻松些。"我目送着她匆匆地离开了。

汉堡包闻起来不错,但吃上去就像是一堆烂肉。我咬了一口,但无法下咽。我小心翼翼地把满嘴的东西吐到一张餐巾纸上,迅速地分三口喝掉了第二份威士忌。然后我按下按钮想再要一份,但是餐桌说在其后的一小时内它不能再为我供应酒精饮料了。

我乘坐地铁到了飞机场,等待返程的航班时,我分别在两个地方喝了一点,在飞机上又喝了一杯,然后愁眉不展地在机舱中打了会儿盹儿。

回到家后,我找到半瓶伏特加,把它倒进一大杯冰块中。我不停地搅拌着,直到杯子结了一层霜,看起来很令人满意。然后,我把瓶子里的药片全部倒出来,将它们分成七小堆,每堆五粒。

我吞下了其中的六堆,每一堆就着一大口冰伏特加吞下。在吞下第七堆药片之前,我意识到自己应该留一张纸条,我欠阿米莉亚的太多。我试着站起来找张纸,但是我的双腿却不听使唤了,它们已经成了两摊肉泥。我考虑了一会儿,决定还是吃掉剩下的药片,但我只能使自己的胳膊像个钟摆一样乱晃。总之,我已经看不清那些药片了。我向后倒下去,这种感觉很平和、放松,就像飘浮在太空中。我想起这是我能感受到的最后一件事了,不过那也没关系,这比临死前还要去追杀那些将军要好得多。

八个小时之后,当阿米莉亚打开房门时,她闻到了一股尿味。她从一间屋子跑到另一间屋子,结果,在看书的凹室里发现他斜坐在她最喜欢的椅子里,还有最后一堆五粒药片整齐地摆放在他面前,旁边是空的小药瓶和大半杯温的伏特加。

她哭泣着,抱着一丝希望伸手在他脖子上测试脉搏。她歇斯底里地扇了他两巴掌,扇得非常重,可他还是没有反应。

她打了"911",他们说所有的单元都已经派出去了,可能需要一个小时才能过来。于是,她转而给学校的急救室打电话,描述了一下情况,说她马上带他过去。然后她叫了一辆计程车。

她吃力地把他从椅子里拖出来,试着用两臂架起他来,摇摇晃晃地从凹室中向外退去。她用那种方式架着他支持不了多久,最后她也顾不上好看不好看,拽着他的脚穿过了公寓。往门外走的时候,她差点撞在一个高大的男学生身上,那个学生帮着她把他抬进计程车里,并跟她一起去了医院,途中不停地对她问这问那,她哼哼哈哈地应付着。

结果医院那边并不需要他帮忙:有两个护理员和一名医生已等在急诊室的门口。他们把他移到担架床上,医生给他注射了两针,一针扎在胳膊上,另一针扎在了胸口上。当在他胸口扎针时,朱利安呻吟着颤抖起来,他的两眼睁开了,但是只露出了眼白。医生说那是一种良好的反应。可能得需要一天时间来诊断他是否能够康复,她可以等在这里,也可以回家去。

两件事她都做了。她和那个帮了忙的学生乘坐一辆计程车回到公寓楼,拿上了为下堂课准备的课堂笔记和试卷,然后重新回到医院里。

等候室中没有别人。她从饮料机中倒了一杯咖啡,在一张长椅的一端坐了下来。

试卷都已经打过分了。她看着自己的讲义,但是无法把心思集中在那上面。即使她回到家后面对着一个正常的朱利安,她也很难再像往常一样安心地教书任课了。如果皮特是正确的话,那么木星工程就可以宣告破产了,而她相信他是正确的。这项工程必须中止。十一年,她作为一名粒子物理学家的大部分职业生涯,就这么付诸东流了。

而现在看看这里,这古怪的交替发生的危机。几个月前,他也曾这样坐在她身边看着奄奄一息的她。但是,两次危机全是由她引起的。如果她那时可以把和皮特之间的工作放在一边——把她的事业放在一边——给他所需要的那种爱情上的支持,帮他渡过内疚和痛苦的难关,他也不会躺在这里等死了。

也许他仍会选择自杀,但那就不会是她的错误了。一个穿着上校制服的黑人坐在了她的旁边。他的青柠味古龙水盖过了医院的味道。过了一会儿,他说:"你是阿米莉亚。"

"人们叫我布雷兹,或者哈丁教授。"

他点了点头,并没有伸过手来,"我是朱利安的咨询师,泽马特·杰弗森。"

"我有消息要告诉你。你的咨询没有起到作用。"

他还像刚才一样点了点头,"是的,我知道他有自杀倾向。我与他接驳过。这也就是为什么我要给他那些药片的原因。"

"什么?"阿米莉亚盯着他说,"我不明白。"

"他可以一次吃掉一整瓶的药片但还能存活下来,陷入只有呼吸的昏迷状态。"

"这么说他没有什么危险了?"

上校把一张粉红色的化验单放在他们面前的桌子上,用两只手抚平它,"看看写着'ALC'[①]字样的地方,他血液里的酒精含量是百分之零点三五。光这一条就几乎可以使他达成自杀的目的了。"

"你知道他是喝酒的。你曾经与他接驳过。"

"确实如此。但一般情况下,他并不是一个酗酒者。而他想象的自杀情景中……嗯,那里面没有出现酒精和药片。"

"真的吗?那有什么?"

"我不能说,里面有违法的情节。"他拿起化验单,把它重新

———
[①] 即"alcohol"(酒精)的缩写。

整整齐齐地折了起来,"有件事……有件事你也许能帮得上忙。"

"帮助他还是帮助军队?"

"两者都帮得上。如果他醒来,我几乎可以肯定他能够醒来,他将再也不能做机械师了。你可以帮助他渡过这个难关。"

阿米莉亚的脸拉了下来,"你是什么意思?他本来就痛恨当兵。"

"也许是吧,但他不仅不痛恨与他的排接驳在一起的状态,而且截然相反的是,和大多数人一样,他多多少少地还对此上了瘾,沉溺在那种亲密状态中。也许你可以将他的注意力从失落中转移过来。"

"通过亲密接触。性。"

"那么,"他把那张纸又折叠了一下,用拇指指甲压平折痕,"阿米莉亚·布雷兹,我不清楚你是否知道他到底有多爱你,多么依赖你。"

"我当然知道。感情是相互的。"

"好吧,我从来也没有进入过你的大脑。但从朱利安的观点来看,你们之间的感情付出有失平衡。"

阿米莉亚重新坐回长椅上。"那么他想从我这里得到什么?"她面无表情地说,"他知道我只有那么多的时间,只有这一生。"

"他知道你与你的工作情同夫妇。你所从事的工作比你本人更为重要。"

"说得太过分了。"当另一个房间有人把一盘器械掉到地上时,他们都吓了一跳,"但是,对于我们认识的大多数人来说,这是实情。这个世界到处都是无产者和闲人,如果朱利安是其中一员的话,我甚至也许永远都不会和他相识了。"

"也不完全对。很显然,我和你也是同类人,整天无所事事、大吃大喝的生活会让我们发疯的。"他看着墙面,寻找着合适的词汇,"我想我是在请求你除了作为一名全职的物理学家外,再从事一份临床医师的兼职工作。一直到他好起来。"

她用一种有时用来看学生的眼神盯着他,"谢谢你没有指出来他曾经为我做过同样的事。"她突然站起身来,走到咖啡机跟前,"要喝一杯吗?"

"不用,谢谢你。"

她回来的时候从旁边拉了一把椅子过来,这样他们就隔着桌子面对面地坐在了一起。"要是一周前,我会放弃一切去做他的临床医师。我比你或者他自己所想象的更爱他,我是这么想的,当然我也欠他很多。"

她停了一下,向前倾了倾身体,"但是在过去的几天里,这个世界已然变得太复杂了。你知道他去华盛顿的事吗?"

"不知道。政府的事务?"

"不完全是。当时我在那里参与工作。现在我才明白,他去找我完全是为了寻求我的帮助。"

"关于杀死那个孩子的事?"

"还有所有其他人的死亡,关于践踏。甚至在我还没有看到新闻时,我就完全惊呆了。但是我……我……"她伸手拿起咖啡杯,但是又把它放下,随即开始呜咽起来,发出令人吃惊的痛苦的声音。眼泪终于忍不住夺眶而出了。

"没关系的。"

"有关系的,而且这事比他或者我都重要,比我们是否活着或死去也重要。"

"什么? 等等。慢点说。你的工作?"

"我已经说得太多了。但是是的。"

"是关于什么方面的,国防部的某种工作?"

"也可以那么说。是的。"

他向后靠了靠,用手按着他的胡须,仿佛粘在了上面一般,"国防部。布雷兹·哈丁博士……我每天都观察人们如何对我撒谎。我并非全能专家,但在对付撒谎方面我可是个专家。"

"然后呢?"

"没什么然后。你的事就是你的事,我对它的兴趣仅仅限于它是如何影响我的病人的。我不关心你现在的工作是否正在拯救这个国家,拯救这个世界。我所请求的仅仅是当你没有从事那项工作时,把他照顾好。"

"我当然会这么做了。"

"你确实欠他的。"

"杰弗森大夫,我已经有一个犹太人母亲了。我不想再要一个像你这样留胡子、穿制服的。"

"我明白你的意思。我不是有意要冒犯的。"他站起身来,"我正在把我自己的责任感错误地引导到你身上。在我们接驳之后,我本不应该放他走的。如果我把他留下来进行观察的话,这事也就不会发生了。"

阿米莉亚握住了他伸过来的手,"好吧。你因为这件事而自责,我也会因为我的过错而自责,这样我们的病人因为同化作用也会得到改善的。"

他笑了,"保重。你自己多保重。这种事相当累的。"

这种事!她看着他离去,听到外面的门关上的声音。她感到自己的脸变红了,开始还努力抑制住眼眶中的泪水,然后终于任其自由地流淌下来。

当我走向死亡的时候,那感觉就像我正在飘过一条充满白光的走廊。最终我来到一个大房间里,房间里有阿米莉亚、我的父母和十来个朋友、亲属。我的父亲还是我小学时记忆中的样子,身材瘦弱,不蓄胡须。李楠,我初恋的女孩,就站在我的旁边,她的手伸进我的口袋里抚摸着我。阿米莉亚傻兮兮地咧嘴笑着,注视着我们。

谁也没有说话。我们只是彼此相互打量着。然后一切又渐渐消失了。我在医院里醒了过来,脸上戴着氧气面罩,鼻子深处散发着一股呕吐物的气息。我的下巴很痛,好像被人用拳头打过一样。

我的胳膊仿佛已经不属于自己了,但我设法抬起一只手,拉下了氧气面罩。屋子里还有别人,不过看不清,我要了一张面巾纸,她递给了我。我试着擤了一下鼻涕,结果引发了一阵干呕,她把我扶起来,将一个金属碗状物垫在我的下巴下面,我咳嗽了起来,嘴角流出大量的口水。然后她递给我一杯水让我漱口,我意识到她就是阿米莉亚,而不是护士。我说了一些诸如"噢,该死"之类故作轻松的话,眼前又开始发黑了,她小心翼翼地将我的头放到枕头上,把面罩重新戴在我的脸上。我听到她叫了护士,然后我又晕了过去。

奇怪的是,在这样的经历中,人们能回忆起某一部分的大量细节,而另外一些部分却很少记得。他们后来告诉我,经过那场小小的呕吐"典礼"后,我又整整昏睡了十五个小时——而我感觉就像是只经历了十五秒。朦朦胧胧中好像有人打了我一巴掌,我醒了过来,发现杰弗森大夫正从我的胳膊上抽出一个注射器。

我脸上已经没戴氧气面罩了。"别坐起来,"杰弗森说,"先找一下感觉。"

"好的。"我刚刚能够看清楚他的样子,"第一感觉,我没有死,对吗?我没有吃掉足够多的药片。"

"阿米莉亚发现了你,她救了你。"

"看来我还得谢谢她了。"

"你这么说意思是还想再尝试自杀?"

"又有多少人不会那么做呢?"

"很多人。"他递过一个带着塑料吸管的水杯,"人们出于各种各样的原因尝试自杀。"

我呷了一口凉水,"你以为我并非是认真的。"

"我认为你是认真的。你做任何事情都相当在行。如果阿米莉亚没有回家的话,你已经死了。"

"我会谢谢她的。"我重申道。

"她这会儿正在睡觉。她一直陪在你身边,直到眼睛无法睁开为止。"

"然后你来了。"

"她给我打的电话。她不希望让你一个人孤独地醒来。"他掂量着手里的皮下注射器,"我决定用轻刺激剂帮你醒来。"

我点点头,略微坐起来了一点,"事实上,感觉相当好。它是不是中和了那毒药的药性?"

"不,你已经接受过那样的治疗了。你想谈一谈吗?"

"不。"我伸手去拿水,他帮我递了过来,"不想和你谈。"

"跟阿米莉亚?"

"现在不想。"我喝了口水,已经可以自己把杯子放回原处了,"我首先希望与我的排里人接驳。他们会理解我的。"

房间里沉默了很久。"你将再也不能那么做了。"

我不明白,"我当然可以。那是自动的。"

"你出局了,朱利安。你再也不能当一名机械师了。"

"等等。你以为我排里的哪个人会为此而感到意外吗?你以为他们有那么傻吗?"

"那不是关键。只是这件事他们承受不了!我是为此经过培训的,而就算如此,我也不愿意和你再次接驳。你想杀了你的朋友们吗?"

"杀了他们?"

"是的!完全正确。你难道不认为你有可能使他们中的某个人尝试采取同样的举动吗?就拿坎迪当个例子。不管怎么说,她在大部分时间里已经接近临床抑郁症的症状了。"

事实上,我能明白其中的道理。"但要是我痊愈了呢?"

"那也不行。你永远也不能再当一名机械师了。你会被重新分配一些——"

"一名警卫?我会成为一名警卫?"

"他们不会让你待在步兵队伍中的。他们会根据你的受教育程度,将你安排在某处的技术性职位上。"

"在波特贝洛?"

"也许不是。那样你会找机会与你的排进行接驳,你以前的排。"他慢慢地摇着头,"你难道不明白吗?那样对你或者对他们都没有好处。"

"噢,我知道了,我懂了。不管怎么说,从你的观点来看都是不好的。"

"我是这方面的专家。"他谨慎地说,"我不想让你受到伤害,我也不想因为玩忽职守而上军事法庭——如果我允许你回到排里,而他们中的某些人如果无法妥善地处理跟你共享的回忆,我就会面临这样的处治。"

"我们曾经共同分担过当人们死去时的感觉,有些时候极为痛苦。"

"但是他们并没有死而复生,没有重新活过来后继续讨论死亡可能是一件多么令人向往的事情。"

"我可以治好这一点。"虽然我这么说,但我知道这话听起来有多么的虚假。

"会有这么一天的,我相信你会好起来的。"他这话听起来也并不那么令人信服。

朱利安继续忍受了一天的卧床休息后被转移到一个"观察病房"中,那儿就像是旅馆里的房间,与之不同的只是房间的门是从外面上了锁的,而且一直锁着。一周以来,杰弗森大夫每隔一天过来一次,还有一个叫作莫娜·皮尔斯的年轻友善的民间治疗师每天与他聊天。一周之后(当时,朱利安相信自己马上就要发疯了),杰弗森与他进行了接驳,第二天,他被释放了。

公寓里面显得过于整洁了。朱利安在房子里一间间地转着,想找出到底哪里不对劲,然后他突然想到了——一定是阿米莉亚雇用别人进来收拾过。他们两人谁也不擅长做家务活,一定是她知道他什么时候可以出院后,挥霍了一笔钱请人来做家务。床整理得就像军队中要求的一样——完全一样,床上面有一张便笺,在一颗红心里写着今天的日期。

他煮了一壶咖啡(咖啡和水溅了一地,但他小心翼翼地清理了),坐在了电脑桌前。上面有他的很多邮件,大多数都很令人尴尬。一封来自军队的信给了他一个月的降薪休假,接着是一个安排在校园里面执行的任务,头衔是"高级助理研究员",办公地点离他的公寓不到一英里。这是一份临时工作,所以他可以住在家里,"具体时间等候通知"。如果他正确地理解了字里行间的意思的话,军队其实已经抛弃了他,只不过知道按照原则没有解雇他而已。这将成为一个糟糕的例子,让人们只有通过自杀才能够从部队中解脱出来。

与他聊天的莫娜·皮尔斯,既是一个很好的倾听者,又能提出恰当的问题。她并没有因为朱利安的所作所为而谴责他——只是对于军方没有看出这一点,没有在不可避免的悲剧发生之前将他解雇这件事感到气愤——而且也并不完全反对他的自杀行为,甚至默许朱利安再次尝试自杀。但是,他的自杀与那男孩无关。那个男孩的死亡是由很多因素导致的,而朱利安违心地最终成全了这件事,在这件事中,他的行为是恰当的、出于本能的。

如果说这些私人信件写起来令人尴尬的话,那么回复它则会让人感到加倍的尴尬。他最后写下了两条简要的回复:一是简单的"谢谢你的关心,我现在很好",但他随手就抹掉了;另一条则多了一些解释,这是为那些值得他这样做,同时不会感到厌烦的人准备的。当阿米莉亚提着一个手提箱进来的时候他还在忙着写后一条回复。

自他被禁闭在观察室以后,她就没能见到他。他一出院就给她打了电话,但是她不在家。办公室里的人说她出城了。

他们相互拥抱,说了些客套话。他没有问她想喝什么,就径自给她倒了一杯咖啡。"我从来没有看见你这么疲劳过。还是在这里和华盛顿之间跑来跑去?"

她点点头,接过了咖啡,"还有日内瓦和东京。我必须与欧洲粒子物理研究所和京都的某些人谈谈。"她看了看她的表,"还要赶午夜的班机飞往华盛顿。"

"老天。什么事值得你如此卖命?"她盯着他看了一会儿,他们都笑了起来,是那种局促不安的傻笑。

她把咖啡放在一边,"我们把闹钟设到十点三十分,然后休息一会儿。你觉得你能去华盛顿吗?"

"去见神秘的皮特?"

"还要做些数学运算。我需要动用所有能够得到的帮助,说服迈克·罗曼。"

"说服他什么?什么事这么……"

她匆匆地脱掉衣服,站了起来,"先上床,然后睡觉,最后再解释。"

当阿米莉亚和我在睡意矇眬中穿上衣服,胡乱为旅途准备了几件衣服时,她粗略地给我讲了华盛顿之行的目的。我的睡意很快便消失了。

如果阿米莉亚对皮特·布兰肯希普理论做出的推论是正确的话,木星工程就必须被废弃了。它事实上可以毁掉一切:地球,太阳系;最终将毁掉宇宙本身。它将再现大分散,即万物起源的"宇宙大爆炸"。

木星和它的卫星群将在瞬间被毁灭,地球和太阳也只有几十分钟的生存时间。然后,不断扩大的粒子和能量泡沫将会强行毁掉银河系的每一颗星球,接着继续吞噬主菜——剩下的一切。

有待于木星工程去测试的宇宙学领域的其中一个方面,就是"加速宇宙"理论。这个理论的提出已有将近百年的历史了,尽管面临着论证不够精确及对其"特殊"性的普遍疑问,它还是流传至今,因为经过一次次的模拟,似乎该理论是用来解释创世最初的极为微小的瞬间——即创世之初的 10^{-35} 秒——发生了什么所必不可少的。

简单地说,在那极短的一瞬间里,要么会出现短时间的光速提升,要么就会出现时间坍缩。对于各种推论来说,时间坍缩总是最有可能性的解释。

所有这一切都发生在宇宙还非常微小——从一粒气枪子弹大小膨胀到一颗小豌豆大小的时候。

在去往机场以及随后飞行的旅途中,阿米莉亚一直在睡觉,而我则浏览着那些场方程式,试图用伪算子理论攻击她的程序。伪算子理论是一门很新的理论,我还从来没有把它应用到一个实际问题当中;阿米莉亚也只是曾经听说过这个理论而已。我需要找人谈谈它的应用问题,而要用好它,所需要的计算能力远非我的笔记本所能提供的。

(但是设想一下,假如我真的证明出他们是错误的,而事实却是我和这种新算法出了错误,木星工程就将继续进行。一个连杀掉一个人都活不下去的家伙最终却会毁掉所有的生命、所有的地方……)

木星工程的危险性在于,木星工程将把超乎想象的狂暴能量聚集在一个比气枪子弹还小得多的体积内。皮特和阿米莉亚认为这会重现当宇宙如此大小时所具有的环境特征,并且在无穷小的瞬间之后,形成一个微型的加速宇宙,然后就是一次新的大分散(宇宙大爆炸)。想到在一块草履虫大小的区域上发生的事情将会引发世界的末日,以至宇宙的末日,这真是一件古怪的事情。

当然,检验它的唯一方法就是去做实验。这有点像将枪里装上子弹,然后把枪口放进你的嘴里扣动扳机,以此测试枪支的性能一样。

我一边在飞机上打着字,设定着算子的条件,一边想起了这个比喻,但是并没有把它告诉给阿米莉亚。我想,一个最近一心想要自杀的男人或许并不是这次特别的冒险之旅的理想伙伴,因为不论你的死是什么原因引起的,当你死去的时候,你的宇宙当然也就随之消失了。

阿米莉亚仍在沉睡,她的头顶在玻璃上,当我们在华盛顿降落时,飞机的颠簸也没能使她醒过来。我碰了碰她,把她叫醒,把我们俩的包都拿了下来。她没有反对就任由我拿起了她的行囊,足以说明她有多么的疲劳。

我在机场的报摊亭买了一包"速必醒",她则打电话过去看看皮特是否醒来了。就像她所猜测的一样,皮特已经醒来并正在忙碌地工作着。当我们把药膏贴在耳朵后面并赶到地铁站的时候,我们已经完全清醒了。如果不是严禁过度使用的话,这倒是个非常不错的东西。我询问皮特的使用情况,她的回答证实,皮特几乎是靠"速必醒"活着的。

是啊,如果你的任务是拯救宇宙,剥夺一点点睡眠的时间又算得了什么呢?阿米莉亚也用了不少的"速必醒",但是每天都强制(使用睡宁)自己睡上三到四个小时——如果不那么做的话,她迟早会像个陨石一样崩溃的。皮特每次允许自己休息之前都要在心里做一番激烈的斗争,他知道自己会为此付出代价的。

阿米莉亚曾经对他提过我"病了",但是没有细说。我建议把这种病称为食物中毒——酒精也算是食物的一种。

他根本就没有再问这个问题。他对人们的兴趣仅限于他们对于解决"问题"是否有帮助。而之所以允许我加入,则是因为我是信得过的、可以保证不走漏风声的人,同时还因为我一直在研究这种新型的分析法。

在门口迎接我们的皮特,一边冷冰冰地跟我握手,一边用针尖大小的瞳孔打量着我,明显是服用"速必醒"过量的症状。把我们引进办公室后,他指着一个没动过的凉盘和几块干酪招呼我们,这些东西看起来陈旧得倒真正像是毒药了。

这间办公室是我熟悉的那种类型,房间里到处都是纸张、读物和书籍。他有一张操作台,上面有一个巨大的双屏幕:一个屏幕上显示的是一目了然的哈密尔敦函数解析,另一个屏幕上显示的则是一个满是数字的矩阵(实际上可以看出来是个超矩阵)。熟悉宇宙学的任何一个人都可以破解这个矩阵:它主要就是一个显示初始宇宙自零点起到一万秒之间所呈现出的不同面貌的图表。

他指着那个屏幕,"识别……你能识别出前三行吗?"

"可以。"我说,然后停顿了很长一段时间,这段时间足够去判断他的幽默感——一点也没有,"第一行是以十的幂为单位的宇宙年龄。第二行是温度。第三行是半径。你没有考虑第零行。"

"那行不重要。"

"只要你知道它存在就行。皮特……我是否能叫你——"

"就叫皮特。"他揉搓着两三天没修整的胡须短茬,"布雷兹,在你告诉我京都的事之前,我先得梳洗一番。朱利安,熟悉一下这个矩阵。如果你对变量有任何疑问的话,点击左边那一排。"

"你究竟睡过觉没有?"阿米莉亚问。

他看了看手表,"你什么时候离开的?三天前?那时我睡过一会儿。我不需要睡眠。"

他大步地走出了房间。

"就算他睡上一小时,"我说,"他仍然会垮下来的。"

她摇了摇头,"这是可以理解的。你准备好过这样的生活了吗?他是个真正的奴隶监工。"

我向她展示了一片黑色的肌肤,"我天生就是这块料。"

我解决问题的方法几乎与自然哲学的起源一样古老,即后亚里士多德哲学体系。首先,我会采用他的初始条件,而不去管他的那些哈密尔敦函数,看看用伪算子理论是否也能得出相同的结论。如果确实如此的话,那么就该进行下一件事,也许是唯一值得注意的事——我们不得不担心的是初始条件本身,没有关于接近于"加速宇宙"模式条件的实验数据,我们可以通过指挥木星加速器聚集能量,使之越来越接近临界点来取得这些数据;但是,在一个机器人对接收到命令做出回应的过程就可能长达四十八分钟的情况下,你还愿意多大限度去冒接近临界点的危险呢?肯定不敢让它太接近了。

在接下来两个不眠的日夜里,我们展开了一场数学运算的马拉松。我们听到外面的爆炸声后跑到了屋顶上,花掉了半个小时观看七月四日绽放在华盛顿纪念碑上空的国庆焰火。

看着烟花"砰砰"地在空中爆开,闻着火药的味道,我感到这就像即将发生的某种大事件的小规模预演。我们还有九个星期多一点点的时间——如果按照时间表进行的话,木星工程将在9月14日引发临界能量。

我想我们都会有同样的联想。我们静静地看完焰火,回到屋里继续工作。

皮特对于伪算子解析法略有所知,而我也多少了解一点微观宇宙论;我们花了很多时间用来确定我是否理解了那些问题,和他是否明白了我的那些答案。但是到了最后两天,我就像他和布雷兹一样也完全相信了:木星工程必须中止,要不然我们所有人都得死去。

当我正在摆弄"速必醒"和黑咖啡时,一个可怕的念头窜进了脑子:我可以出其不意地杀死他们两个人,然后我就可以毁掉所有这些资料并且自杀。

我将会成为湿婆神①,世界的毁灭者,以我自己的行为来阐述核先锋的意义。只需简简单单的一次暴力行为,我就可以毁灭整个宇宙。

幸好我还没有发疯。

对于那些参与木星工程的工程师来说,阻止这场大灾难不会很困难,随意改动一些加速环上元件的位置就可以了。系统为了运行必须排成一列,来自于木星众多卫星的引力将使周长上百万公里的圆形加速轨道在一分钟内土崩瓦解。当然,这一分钟与其模拟出的微小瞬间相比几乎就像是永世那么长,这点时间足够加速粒子流形成一条轨道,产生可以结束这一切的超能量点。

慢慢地,我开始不由自主地喜欢上了皮特。他是一个"奴隶监工",但是,他对自己的奴役要比对阿米莉亚和我的奴役更加厉害。他就像老忠诚喷泉②一样很有规律地变换着喜怒,时而冷

---

① 印度教的主神之一,作为世界的毁灭者和重建者而被崇拜。湿婆经常被当作是包括大梵天和毗湿奴在内的三大神中的一员。
② 黄石公园内最大的间歇喷泉,自1870年发现至今,其喷发的高度、时间及间歇均很有规律。

嘲热讽,时而勃然大怒——我还从来没有见过任何人能够像他一样如此绝对全身心地献身于科学。他像一个疯癫的僧侣,迷失在自己的信仰中。

至少我是这么认为的。

无论是否使用"速必醒",我的军人体格都会给我带来种种好处和坏处。在控制兵孩期间,我有规律地经常锻炼身体,以防手脚抽筋;在大学的时候我每天都要锻炼,交替进行一小时的跑步锻炼和一小时的健身器材训练。因此,我可以不睡觉,但是不能不锻炼身体。于是,每天清晨天刚拂晓,我就从工作中抽身去外面跑步。

通过每天早晨的慢跑,我正在系统地认识华盛顿的市区——顺着地铁下去,每天都朝一个不同的方向跑。我已经见到了市区内大多数的纪念碑(对于那些真正决心当兵入伍的人来说,看到那些纪念碑也许更加令人感动);当我希望多跑上几英里时,我的足迹便延伸到了华盛顿动物园和亚历山大大帝雕像旁。

皮特接受了我必须得每天锻炼身体以防抽筋的这样一个事实。我同时还向他辩称锻炼可以让我的头脑保持清醒,但他说他的头脑已经足够清醒了,而他唯一的锻炼便是与宇宙学玩摔跤游戏。

我的辩称也并不完全属实。在第五天,我几乎一直跑到地铁站才想起自己的信用卡落在家里了。我一路慢跑回公寓,径直进了房间。

我上街穿的那套衣服在卧室中阿米莉亚和我共享的折叠床旁边。我把信用卡从皮夹中取出来,然后回头朝前门走去,但接着就听到从书房传来一种声音。门是半开着的,我朝里面看了进去。阿米莉亚正坐在桌子的边缘,腰部以下完全赤裸着,她的双腿像剪刀一样夹着皮特的秃头。她的手用力地抓住桌边,指关节已经露出白骨的颜色了。她的脸对着天花板,微张着嘴享受着高潮。

我轻轻地咔嗒一声把门关上,然后跑了出去。

我拼命地跑了几个小时,中间停下来几次,买了水大口咽下去。当我跑到哥伦比亚特区与马里兰州边界门时,因为没有州际通行证才没能继续越界跑下去了。我停了下来,下意识地钻进一家叫作"边界吧"的低级酒吧里,冰冷刺骨的空气中混杂着烟草的气息——贩卖烟草在哥伦比亚特区是合法的。我借酒浇愁地先喝下了一升啤酒,然后混着一小杯威士忌又慢慢地喝下了一升。

"速必醒"与酒精结合在一起产生的效果并不怎么令人愉快,它使你的思维向各个方向扩散开去。

当我与阿米莉亚刚开始走到一起时,我们彼此间谈论过忠诚和嫉妒的话题。这里面存在着一种代沟问题:当我一二十岁的时候,身边到处都是性实验和性交换行为,人们普遍为这种生活方式辩护,认为性是生理上的需要,而爱是另外一回事,因此一对夫妇可以将这两件事情分开处理。再早上十五年的时间,当阿米莉亚也是这种年纪的时候,人们的态度则更倾向于保守主义——没有爱就不应该有性,有了性就要实现一夫一妻制的婚姻。

当时她认同了我的原则——或者说是我们之间共性的缺乏,她的同龄人会这样认为——尽管我们两人都认为要想行使绝对自由是不太可能的。

现在她已经那么做了,出于某种原因,这件事对我来说却痛苦异常。在不到一年之前,我会欣然接受每一次和萨拉做爱的机会,不管是接驳状态下还是不接驳的时候,所以现在我有什么权利因为她做了同样的事情而感到受伤害了呢?很长一段时间以来,她都与皮特生活在一起,比大多数已婚夫妇的关系还要紧密,而且她非常尊重他,如果他向她示爱的话,她为什么不能接受呢?

我有一种感觉,是她先向他示爱的。她当然是乐在其中了。

我喝完了这些酒,换了一杯冰咖啡。虽然加了三块糖,但这咖啡的味道尝起来还真像是冰冷的蓄电池的酸液。

她是否知道我看到了他们呢?我下意识地关上了房门,但是,他们也许不会记得那房门是微敞着的,有时候空调净化器中一进一出的气流也可以使房门关闭。

"你看起来很孤独,大兵。"我每天都穿着军服跑步,以防哪天万一想喝点不需要配给券的啤酒,"而且还很伤心。"她是个金发美女,二十岁左右。

"谢谢,"我说,"但我没事。"

她在我旁边的凳子上坐了下来,给我看了她的身份证,她的职业名叫作佐伊,刚刚做完药检才一天时间。只有一位客人登记在上面。"我不仅仅是个妓女,我还是个研究男人的职业专家。你现在并非'没事',你的样子看起来就像要跳河似的。"

"那么就别管我了。"

"哈哈。不能再浪费周围的男人们了。"她掀起了头后的假发。"不管怎么说,带有插件的男人不多了。"

她的白色宽松裤是生丝材料的,松散地吊在她健美的运动型身体上,什么也没露出来,又仿佛露出了全部:这件商品实在太好了,不需要再做广告了。

"我已经用光了大部分的娱乐点数，"我说，"付不起你的钱了。"

"嗨，我没在做什么生意。对你免费。有十美元接驳的钱吗？"

我确实还有十美元。"有，但是听着，我已经喝得太多了。"

"跟我在一起没有事的。"她笑了，露出一排完美而饥渴的牙齿，"退款保证。我会还你十美元的。"

"你就是想接驳做爱。"

"而且我喜欢当兵的。我曾经也当过。"

"算了吧。你还不够岁数。"

"我的样子看起来比实际年龄小，而且我在部队里没待多久。"

"发生了什么事情？"

她朝我趴了过来，这样我就看到了她的双峰，"只有一种方法才能找到答案。"她轻声地对我说。

顺着酒吧朝南再过两间房子，就有一个接驳娱乐点。几分钟后，我和这个亲密的陌生人待在这间阴暗潮湿的小屋子里，彼此间的记忆和感情相互碰撞并且结合。我感觉我们的手指轻松自如地滑进了我们的阴道，品尝到了带着咸味的汗水和我们的阴茎散发出的麝香味道，吮吸使得阴茎刚硬无比，乳房胀热了起来。我们转换了一下体位，这样我们的两张嘴就可以同时工作了。从她的两颗白齿传来轻微的疼痛——她对牙医感到恐惧，她那些美丽的前牙全部是经过整形的。

她曾经想到过自杀，但是从来也没有尝试，当她重新体验我的记忆时，我们的性节奏慢了下来——但是她理解了我！她曾经当过一天的机械师，因为办事员的错误而被分配到一个猎手/

杀手排。她看到了两个人的死去,导致了神经的崩溃,她的兵孩瘫痪了。

学习体育专业的她对于自然科学或者数学一无所知,尽管她感受到了我对于世界末日的焦虑,但她仅仅是把这种感觉与我的自杀尝试联系在了一起。有好几分钟的时间,我们停下了做爱,就么静静地待着,分担着彼此间无法言表的忧伤,这样的感觉独立于真实的记忆之外,我猜想那是彼此间肉体的对白。

两分钟剩余警报钟响了起来,我们重新结合在一起,几乎不怎么运动,体内轻轻的收缩将我们带入了一个缓慢而平滑的高潮。

过后,我们站在柠檬色天空下试着找话说,午后灼热的阳光烘烤着我们。

她挤捏着我的手,"你不会再那么做了吧——自杀?"

"我想不会了。"

"我知道你想的是什么。但是,他和她之间的事仍然在困扰着你。"

"是你帮助了我——拥有你;成为你。"

"噢。"她把卡递了过来,我在背后签了字。

"即使你不收费时也要这么做?"我说。

"除了那些有妇之夫外,"她说,"也就是你这样的人。"她的额头皱了起来,"有件事我感到有些诡异。"

我感到新的汗珠子突然间冒了出来,"哪件事?"

"你和她接驳过。只有一次? 一次,还有一……另一次的时候,那次并不是真实的?"

"是的。她植入过一个插件,但是并不起作用。"

"噢,我很抱歉。"她靠近我,拉了拉我的衬衫。她抬头看着我,对我轻轻地说,"关于我对你是个黑人的想法,你知道我不是一个种族主义分子之类的。"

"我知道。"在某种程度上,她算得上是,但是并非心怀恶意,而且这也是她无法控制的。

"另外两个……"

"别担心那一点。"除了我以外,她只接触过两个黑人客户,都是接驳做爱,满怀着愤怒情绪和强烈的占有欲,"我们什么样的人都遇到过。"

"你真棒,那么体贴。一点也不冷漠。她应该牢牢地抓住你。"

"我能把你的电话告诉她吗?让她做个比较?"

她咯咯地笑了起来,"让她提出来。让她先说。"

"我不敢肯定她是否知道我看见了他们。"

"如果她现在不知道,将来也会知道的。你得给她点时间,让她找出要说的话。"

"好的。我会等她的。"

"保证?"

"我保证。"

她把脚尖跷起来亲吻了我的面颊,"你需要我,你知道怎么能够找到我。"

"是的。"我重复了一遍她的号码,"希望你度过愉快的一天。"

"啊,男人们。太阳下山前永远不要动真格的。"她举起两根手指挥了挥,走开了,身上的肌肤巧妙地随着每一步动作而若隐若现——一个人体节拍器。我突然感到欲火上升,有那么一会儿,我感觉自己重新回到了她的身体里,温暖却又想得到更多。

她是一个享受工作的女人。

现在是三点钟,我已经出来六个小时了,皮特要大发雷霆了。我乘坐地铁返回,从车站的商店里抱回一堆食物。

皮特什么也没有说,阿米莉亚也一样。他们要不就是知道我看见了他们感到尴尬,要不就是太忙了,根本没注意到我的缺席。不管是哪一种情况,本周的数据包已经从木星上传回来了,这就意味着需要进行数小时的辛勤分类和冗余校验。

我把食物放在一边,告诉他们今天晚上吃炖鸡。我们几个轮流做饭——更准确地说是我和阿米莉亚轮流做饭,而皮特总是叫些比萨饼或者泰国饭的外卖。他有些个人收入来源,并且因为在海岸警卫队设法弄到了储备委员会的职位任命而无需限量供应。他甚至还有一套挂在前厅衣橱里的上尉制服,但他连那衣服是否合身都不知道。

新来的数据也让我有了很多事去做:在使用伪算子解析法真正分析数据之前,需要一些仔细的规划。我试着把白天烦扰我的事情抛在脑后,精力集中在物理学上。我只成功了一部分。无论何时我偷眼去瞧阿米莉亚,我的脑海里都会闪现出她那张处于兴奋中的扭曲的脸;我为此而做出的背叛刺痛着我的心,对于佐伊的内疚感也折磨着我。

七点的时候,我把鸡放进一锅水中,把速冻蔬菜倒在上面,将一颗葱头切成片和大蒜一起加进去。先用大火快速将水煮沸,然后再用文火慢炖上四十五分钟。在此期间,我戴上耳机,收听一些埃塞俄比亚的新歌。虽然是敌国,但他们的音乐要比我们的有趣得多。

我们的习惯是晚上八点开饭,最少要观看哈罗德·伯利时光节目的第一部分,这是一个华盛顿新闻摘要节目。

今天哥斯达黎加方面特别安静;战争集中在拉多斯[1]、厄瓜多尔、仰光[2]和马格里布[3]。日内瓦和谈继续进行着他们长篇大论的文字游戏。

德克萨斯下起了蛙雨,有一组业余摄影者拍到了镜头。一名动物学家解释说,这不过是由当地一场突发的洪水引起的错觉。不对。这是恩古米的秘密武器;它们会蹦蹦跳跳地蹿到全国各处,然后突然爆炸,释放出毒蛙气体。我是个科学家,我了解这些。

在墨西哥城,有一场消费者"示威活动"——如果这样的事发生在敌人的领地上,那就会叫做骚乱了。有人已经得到了一份三百页的货物清单,上面详细地罗列出上个月用他们的"最惠国"纳米熔炉实际创造出来的物品清单。出乎所有人的意料,其中的大部分用在了为富人制造奢侈品上面,而这些并不是公开资料里所承诺的。

离家乡更近的地方,"大赦国际"正试图索取记录了被控在玻利维亚农村的一次行动中,折磨囚犯的第十二师的一个猎手/杀手排的行动录像。当然这不过是走走形式而已;这个请求将被各种各样的技术性细节挡回去,直到宇宙热寂的时候也要不回来。每一个人,包括"大赦国际"在内,都知道确实存在着甚至在师级单位中都没有记录的"秘密"行动。

一个隐蔽的恐怖分子在布鲁克林大桥海关点被扣留,然后被立即处死。和往常一样,他们没有提供任何细节。

迪斯尼披露了将在近地轨道建造一个迪斯尼乐园的计划,

---

[1]尼日利亚首都。
[2]缅甸首都。
[3]北非的广大西部地区古代称为马格里布。

首次发射预定在十二个月内。皮特指出,因为它所暗示的内在信息,使得这件事意义重大。半完工的钦博腊索山太空中心的周围区域已经被"平定"了一年多了,如果迪斯尼得不到消费者们有办法登上太空的保证,他们就不会着手建设了。因此我们就要再次拥有常规的民间太空飞行了。

阿米莉亚和我在晚餐时分享了一瓶葡萄酒。我对他们说,我想在贴下一贴"速必醒"之前先睡上几个小时,阿米莉亚说她也要和我一起睡。

我躺在床罩下面,头脑很清醒,阿米莉亚从浴室中出来后钻了进来,躺在我旁边。她静静地待了一会儿,没有碰我。

"我很抱歉让你看到了我们。"她说。

"嗯,这一直属于我们协议里的一部分——自由。"

"我没有说我很抱歉我这么做了。"她侧过身来,在黑暗中面对着我,"尽管也许我确实很抱歉。我是说我很抱歉让你看到了我们。"

这倒也说得过去。"那么,你是不是一直都这样呢?还有其他的男人吗?"

"你真的想让我回答这些吗?你也得回答同样的问题。"

"那很容易。一个女人,一次,在今天。"

她把她的手掌放在了我的胸口上,"我很抱歉。现在我感觉自己像个真正的垃圾了。"

她用拇指在我的心脏上方轻抚着我的皮肤,"只有皮特一人,而且只是自从你⋯⋯你吞服那些药片之后。我只是,我不知道⋯⋯我只是不能忍受罢了。"

"你没有告诉他为什么。"

"没有,就像我所说的。他仅仅以为你病了。他不是那种刨根问底的人。"

"但他却是那种迫切要求……其他事情的人。"

"得了吧。"她蜷缩起身体,贴在我的侧面,"大多数独身的男人总会给出明确的暗示,他无需开口。我想我所做的全部就是把一只手放在他的肩膀上。"

"然后顺其自然。"

"我想是的。如果你想让我请求你的原谅,我正在请求。"

"不用。你爱他吗?"

"什么?皮特?不。"

"那么,事情结束了。"我翻了一下身,侧过来搂住了她,然后用手触摸着她的后背,轻轻地把她拥紧,"我们来制造点噪音吧。"

开始我还可以,但是没能结束:我在她的体内萎缩了。当我试着用手继续的时候,她说不要了,我们就这么睡吧。我无法入睡。

当然,事情并没有就这样了结。和佐伊的相遇以及对于死去三年多的卡罗琳的复杂情感不停地浮现在朱利安的脑海中。接驳做爱与和阿米莉亚之间的性爱就好像一顿盛宴与一份快餐一样有着天壤之别。如果他每天都想要盛宴,在波特贝洛和德克萨斯有成千上万的吉尔。但他还没有那么饥渴。

而且尽管他很欣赏阿米莉亚直来直去的性格,但还是不能确定自己是否能够完全信任她。如果她确实对皮特有些爱意,在那种情况下为了不伤害到朱利安的感情,撒谎是正确的手段。不过当时她看来并非信口开河,他的脸埋在她的身体里面。

但是,以后会有时间处理这一切的。朱利安最终在铃声响

193

起前睡了一会儿,他四处摸索着寻找"速必醒"贴布的盒子,他们每人都贴了一块。等到他们穿好衣服的时候,头脑里的混乱无序状态已经消失殆尽了,朱利安只需一杯咖啡就可以继续他的数学分析了。

当他们分别利用朱利安的现代方法和皮特的陈旧但正确的方法仔细分析了这些新数据后,他们三个人都对结果深信不疑了。阿米莉亚一直在记录着这些结果;他们花了半天的时间对它进行删减并做出精细的调整,然后将其发送到《天文物理期刊》进行同级评审。

"很多人会想要我们的脑袋的。"皮特说,"我打算离开十天左右,不带电话,睡上一个星期。"

"去哪里?"阿米莉亚问道。

"维尔京群岛。想一起来吗?"

"不,我会感到不自在的。"他们全都不安地笑出声来,"不管怎样,我们还得教课。"

围绕着这句话,他俩展开了一场小小的争论,皮特持乐观态度,而阿米莉亚则有些不耐烦。皮特认为,她最近每周都会耽误一到两节课,那么为什么不索性再多误几节呢?阿米莉亚则坚持认为,正因为她已经耽误太多的课了,所以不能再耽误下去。

朱利安和阿米莉亚耗尽了最后一丝精力飞回了德克萨斯,他们仍然使用着"速必醒",因为在周末之前他们不敢松懈下来。他们履行着教书、评分的职责,等待着他们的世界土崩瓦解。目前,他们的同事没有一个在《天文物理期刊》评审委员会工作,很显然,他们找不到一个可以磋商一下的人。

星期五早晨,阿米莉亚从皮特那里收到一张简洁的留言:"同级评审汇报预计今天下午开始。形势乐观。"

朱利安还在楼下。她打电话把他叫上来，给他看了这条消息。"我想也许我们应该缺席，"他说，"如果迈克·罗曼在离开办公室之前发现了这件事，他就会把我们叫过去。我情愿等到星期一。"

"胆小鬼，"她说，"不过我也这样想。我们为什么不早点出门去周六特别夜呢？我们可以在基因动物园闲逛上一会儿。"

基因动物园就是一座遗传实验的博物馆，一个有规律地被动物权利保护组织关闭、不久之后再被律师们重新开张的地方。表面上看，这座私人的博物馆是一个关于基因操作的里程碑性技术的陈列馆；实际上，它是一个怪物展览馆，是德克萨斯最受欢迎的娱乐项目之一。

这里距离周六特别夜俱乐部步行只有十分钟，但是自从上次重新开张以来，他们就没有来过。现在，这里又添加了许多新的展品。

这里保存的一些标本非常有趣，但是真正吸引人的是那些活着的生物，是这个动物园。他们不知道通过什么方法制造出一条长了十二条腿的蛇，不过，他们无法教会它怎么走路。它会用六双腿同时向前蹿，然后落在地上再继续下一个动作——并没有对蛇滑动的前进方式做出明显的改善。阿米莉亚指出，那些连接在这个生物神经系统上的腿一定与普通蛇的腹部功能相同，是通过身体的波动来实现移动的。

一条更加灵活的蛇的价值也许值得费脑筋，而这个可怜的动物只是因为好奇心而被制造出来；不过，另一个新品种除了可以恐吓住孩子们之外，还确实有其实用价值：一个枕头般大小的蜘蛛在一个架子上前前后后地吐丝，织出一张粗壮结实的大网，就像一间客厅——由蜘蛛丝制成的衣服或席子，可以应用在外科手术中。

动物园里还有一头矮种奶牛,不到一米高,没有任何实用价值可值得吹捧。朱利安提议,可以用它来满足像他们一样喜欢往咖啡里加奶的人的需求,不过你得先想出来怎么挤这家伙的奶。但是,它运动起来并不像是牛。它带着强烈的好奇心,像鸭子一样在周围摇摇摆摆地走着,或许是小猎犬由于基因突变而形成的。

为了节省些信用点数和钱,我们去动物园的快餐机上取了些面包和干酪。快餐机的后面有一个隐蔽的地方摆了一些野餐桌,上次我们来这里时还没有这些餐桌。在午后的热浪下,我们给自己找了一个桌子。

"那么我们要跟那帮家伙透露多少呢?"我边说着,边用塑料刀具把切达干酪①切成不规则的碎片。我身上虽然带着激光刮刀,但它的热量会使奶酪融化,从夹层中流出来或者炸开。

"关于你,还是关于木星工程?"

"自从我住进医院你就没去过那里?"她摇了摇头,"我们不要提这件事了。我的意思是说,我们是否应该告诉他们皮特的发现——我们的发现。"

"没有理由不说。到了明天那就会成为众所周知的话题了。"

我把一叠表面凹凸不平的干酪堆在一张黑面包片上,把它放在一张餐巾纸上递给了她。

"最好谈论这件事而不是谈论我。"

"人们总会知道的。马蒂肯定知道。"

---

① 英国的一种干酪。

"如果找到机会,我会跟马蒂谈的。"

"我认为不管怎么样,或许宇宙的末日这一话题可能会转移开人们对你的注意力。"

"确实有可能。"

尽管已是日落时分,但步行去周六特别夜的这半英里路上仍是尘土飞扬、酷热难当——是那种像白垩一样的尘土。我们满心欢喜地走进了有空调的俱乐部。马蒂和贝尔达正在共同品尝着一盘开胃菜。"朱利安,你好吗?"马蒂用一种小心翼翼的中性语气说。

"现在很好。以后再谈这件事?"他点了点头。贝尔达什么也没说,径自专心致志地解剖一只小虾。

"你和雷的那个项目有什么新进展吗? 就是移情作用那个实验。"

"事实上,新数据不多。不过,雷一直坚持进行这项研究。关于那些孩子发生的可怕的事情,在伊比利亚?"

"利比里亚。"我说。

"我们现在的三个研究对象目击了当时的场面。这对他们来说很残酷。"

"对每个人来说都一样。尤其是那些孩子。"

"这些妖怪,"贝尔达抬起头说道,"你们知道我不喜欢政治,也不是母性泛滥。但是,他们的脑子里到底藏着些什么,竟然认为如此恐怖的行为能够帮助他们实现目标?"

"这可不仅仅是战争狂的心态,"阿米莉亚说,"竟然对自己人下此毒手。"

"大多数恩古米认为是我们干的,"马蒂说,"只是我们造成了他们杀害那些儿童的假象……就像你们所说,没有人会对自己的人民那么干的。这样的论证已经足以让恩古米那边的人信服了。"

"你认为这整件事是一场玩世不恭的闹剧?"阿米莉亚说,"真不敢想象。"

"不,我们得到的消息——这属于机密并且未经证实——称整个事件是由一个疯狂的军官和一些追随者策划的。他们现在虽然都被除掉了,但还有一些像他们一样的疯子制造了许多的假象,用以证明出于某种原因,我们希望毁掉一个挤满了无辜孩子的学校。当几乎所有人都理所当然地以为他们是人民的军队和为人民服务的军队时,这件事恰恰展示了恩古米有多么的残忍。"

"他们都接受这样的说法吗?"我问。

"中美洲和南美洲的许多人都信了。你没有看新闻?"

"断断续续地看过一点。大赦国际的事怎么样了?"

"噢,军队允许他们的一个律师接驳进任何他想要接驳的录像,条件是要保密。他最终证明盟军在场的每个人都被这场暴行真正地震撼了,很多人甚至异常惊恐。这在相当大的程度上使我们在欧洲——甚至是非洲和亚洲摆脱了困境,没有使这个消息继续向南方扩散。"

阿舍和雷萨一起进来了。

"嗨,欢迎归来,你们两个。私奔去结婚了?"

"是私奔,"阿米莉亚立即说,"但却是去工作。我们一直待在华盛顿。"

"政府的事?"阿舍问。

"不是。但过完这个周末后,就是了。"

"我们能从你们嘴里套出什么来吗?这件事的专业性很强吗?"

"不是太强,这并不是最重要的部分。"她转向马蒂,"雷来了吗?"

"没有。他家里有事。"

"好吧。我们点酒吧。朱利安和我要告诉你们点事。"

一等招待放下葡萄酒、咖啡、威士忌离开后,阿米莉亚就开始讲述这个故事,这个绝对的银河系末日的凶兆。我不时地插进一些细节。没有人打断我们。

接下来很长一段时间里,大家都陷入寂静之中。所有这些年来,这组人的聚会里似乎还从来没有经历过如此长时间的沉默。

阿舍清了清喉咙,"当然,准确地说,评审团还没有给出最终定论。"

"确实如此,"阿米莉亚说,"但是事实上,朱利安和皮特得出了相同的结论——精确到八位有效数字!他们分别从两个不同的点出发,并且使用了两套独立的方法……嗯,我并不担心评审团方面。我只担心关闭一个如此巨大的工程而带来的政治冲击,另外还有点担心下一年或者下一周我将去哪里工作。"

"啊,"贝尔达说,"你不仅要着眼于自己的研究,还要看到这项研究带来的巨大影响。"

"你是说,它可以变成一件武器?"我说。

贝尔达慢慢地点了点头,"是的。那是最终的末日审判的武器,它必须被拆除。但是,影响要比想象的更严重。"贝尔达呷了一口咖啡,"假设你不仅仅是拆除它——你把它销毁得不留一点痕迹;你翻阅各种文献,抹掉与木星工程相关联的每一行记载;然后,你派遣那些政府雇用的暴徒杀掉每一个曾经听说过此事的人。然后会发生什么?"

"这一点,"我说,"你得告诉我。"

"很显然,在十年或一百年或一百万年里,更多的人会想到这一点,他们也会被镇压下去。但是,在另一个十年或是一百万年里,还会有别人再次想出这样的事来——迟早会有人威胁着要使用它,或者甚至不再是威胁,而是直接去做。因为他们憎恨这个世界,他们希望一切都灭亡。"

人们再一次长时间地沉默了。"好吧,"我说,"这解开了一个谜。人们对自然规律从何而来感到奇怪。我是说,按理说,所有支配物质和能量的规律都是在大分散初期,宇宙还只有针孔大小时被创造出来的。这似乎是不可能的,或者说是不必要的。"

"因此,如果贝尔达说对了的话,"阿米莉亚说,"自然规律就是早已存在的。二百亿年前,有人按动了'重启'按钮。"

"而在那之前的几百亿年前,"贝尔达说,"另外还有人也这么做过。宇宙只能持续到演化出我们这样的生物之时。"她瘦骨嶙峋的手指呈V字形指向阿米莉亚和我,"像你们这样的人类。"

这并没有真正解决第一因①的谜题;无论迟早,宇宙的第一次都是实际存在的。

"我在想,"雷萨说,"在所有这些数以百万计的星系中,当然还会存在其他已经发现这个秘密的种族。他们显然都没做好心理准备,无法做出这样的事情来毁灭我们所有的一切。"

"他们已经进化得更加高级了,"阿舍说,"遗憾的是我们并没有。"他搅动着威士忌里的冰块,"如果希特勒在他的地堡中拥有这个按钮……或者是卡利古拉②、成吉思汗……"

"希特勒仅仅错过了一个世纪,"雷萨说,"我想我们还没有

---

① 即宇宙的起源。
② 罗马帝王,暴君。

进化到不再产生另一个希特勒的阶段。"

"我们也不会那么进化的。"贝尔达说,"攻击性让我们得以生存,是它把我们推向了食物链的顶端。"

"应该是合作,"阿米莉亚纠正道,"攻击性对付不了满口利牙的老虎。"

"如果你说的是联合,我同意你的看法。"贝尔达说。

"合作性和攻击性。"马蒂说,"因此,兵孩是人类优越于野兽的基本表现形式。"

"对于某些人来说,你不能这样下断语,"我说,"有些人看起来仿佛是退化了。"

"请允许我继续说下去。"马蒂将两手的指尖相对,"这样来想,与时间的赛跑已经开始。在下一个十年或者是一百万年里,我们必须得指导人类的进化方向,使之远离攻击性行为。从理论上来说,这并非是不可能的,我们已经指导过很多其他物种的进化。"

"有些甚至是在一代之内就完成了。"阿米莉亚说,"顺着路往南走,就有一个满是这样物种的动物园。"

"令人愉快的地方。"贝尔达说。

"我们可以在一代之内完成,"马蒂平静地说,"甚至更短。"所有的人都看向他。

"朱利安,"他说,"为什么机械师们待在兵孩里的时间不会超过九天?"

我耸了耸肩膀,"疲劳吧。待在里面的时间太长你会很邋遢。"

"那是他们告诉你的。他们也是这样告诉所有人的。他们认为这是实情。"他不安地环视了一下四周。我们是这个房间里唯一的一群顾客,但他还是压低了声音,"这是个秘密,高度机密。如果朱利安还要回到他的排里的话,我不会说出来的,因为那样就会有太多的人知道此事。但是现在,我可以信任这里的每一个人。"

"是军事机密?"雷萨问。

"甚至连军方也不知道。雷和我对他们也保守着秘密,这么做可并不容易。

"在北达科他州的北面有一个居住着十六个人的疗养院。里面的患者其实并没有任何真正的问题,他们之所以要留在那里,是因为他们知道只能如此。"

"是你和雷做研究的对象?"我问道。

"正是。已经二十多年了。他们现在已经步入中年了,而且也知道他们或许不得不在隔离中度过他们的余生。"

"你到底对他们做了些什么?"雷萨说。

"他们中的八个人与兵孩持续接驳了三周,另外八个人持续接驳了十六天。"

"就这些?"我说。

"就这些。"

"这令他们发疯了?"阿米莉亚问。

贝尔达大笑起来,这是一种很少听到的并不高兴的笑声,"我打赌结果不是这样。我敢说这实验令他们更加健全。"

"贝尔达的说法比较接近于真实,"马蒂说,"她具有这种不通过电流就可以看透你思维的恼人的能力。

"在兵孩里待上两周后,发生的真正荒谬的事情是,你再也不能成为一名士兵了。"

"不能杀人了?"我说。

"甚至都不能故意伤害任何人,除非是为了保住自己的性命或者别人的生命。它永久地改变了你思考和感觉问题的方式——即使当你断开接驳后也会如此。你待在别人身体里的时间太长了,分享着他们的身份,伤害别人带来的痛苦就有如伤害自己。"

"不过,也不是完美的和平主义者,"雷萨说,"如果他们在自我防卫时可以杀人的话就不算。"

"人与人之间互不相同。有的人宁肯自己死去也不愿意杀人,即使是自我保护也不愿意。"

"是不是像坎迪那样的人就会是这样的?"我问。

"也不一定。像她那样的人,会是移情实验或温顺实验的人选。可想而知,他们经过接驳后只能增强他们这些固有的品性。"

"难道在这个实验里你用的是随机的人选?"雷萨问。

他点了点头,"第一批人是随便找来的付费志愿者,都是以前的士兵。但第二批人就不是了。"他向前探了探身子,"第二批中的一半人是特种部队的杀手,另一半人是犯下谋杀罪行的平民。"

"而他们全都变得……文明了?"阿米莉亚说。

"我们使用的词汇是'人性化'。"马蒂说。

"如果一个猎手/杀手排连续接驳上两个星期,"我说,"他们会变成彬彬有礼的君子?"

"我们是这样设想的。当然,这实验是在猎手/杀手排出现之前完成的,在兵孩还没有应用在战场上之前。"

一直默默听着这些对话的阿舍说:"在我看来,军方很可能重复了你们的实验,并且找出了一种解决这种和平主义或者说人性化弊端的方法。"

"并非不可能,阿舍,但是可能性不大。我与上百名军方人员进行过单向接驳,从普通士兵到将军。如果有谁曾经参与过这样的实验,或者甚至曾经听说过这样的传言的话,我都会知道的。"

"除非是当权的每一个人也都是单向接驳,而且他们的实验对象也像你们的实验对象一样被隔离起来,或者被除掉了。"

这句话带来了一阵沉默。军方的科学家会把那些碍眼的研究对象杀死吗?

"我得承认有这样的可能性,"马蒂说,"但是可能性极小。雷和我配合军方进行所有有关兵孩方面的研究。如果有人获得了批准的研究立项、资金和工具而没有引起我们的注意……有可能,但是这种可能性和连续投掷一枚硬币一百次,而次次都是正面的概率相当。"

"从你嘴里提出的数字很有趣,马蒂。"雷萨说。他一直在一张餐巾纸上划拉着什么,"想象一下最好的情况,你最终使每个人都同意接受人性化转变,他们排起队来接受接驳。

"首先,十到十二个人里就有一个人死亡或者发疯。我已经开始想要逃跑了。"

"嗯,我们不知道——"

"让我再说一小会儿。如果十二个人里面死一个的话,为了使其余的人不再相互杀戮,你已经杀掉了六亿人。这已经高出希特勒杀人数量两个数量级,使他看起来倒像是个业余选手了。"

"我相信你肯定还有话说。"马蒂说。

"是的。我们拥有什么?六千个兵孩?就算我们制造了十万个。每个人都得花费两个星期进行接驳——而这还得在他们花掉五天时间将脑袋钻开并且康复之后。就算是每人二十天吧。假设七十亿人从手术中活下来,也就是每七千人使用一个机器。按照我的计算,好像要花掉十四万天的时间,那几乎是四百年的时间。然后,所有活着的人从此都会过上快乐的生活。"

"让我看看。"雷萨把餐巾纸递给了马蒂。他用手指指着一列列的数字,逐一核对,"这里没有考虑到的一个事实是,我们并不需要完整的兵孩,只需要基础的脑对脑连线,以及静脉营养注射液就可以了。我们可以建造一百万个甚至一千万个基站,而不是十万个。那将使时间尺度缩短为四年。"

"但是没算死去的六亿人。"贝尔达说,"对我来说无所谓,因为我原本就计划再活几年就可以了。但是,这似乎确实是极高的代价。"

阿舍按下按钮叫服务员。"这想法并不是突然窜到你脑子里的,马蒂。你想这个问题有多长时间了,二十年?"

"差不多吧。"他耸了耸肩膀承认了,"想要世界末日并不需要等到宇宙的毁灭。事实上,自从在广岛投下原子弹,不,实际上,自从第一次世界大战之后,情况就越来越糟糕了。"

"这么说,你是一名为军方工作的隐秘的和平主义者?"贝尔达说。

"并非隐秘的。军队对理论上的和平主义持宽容态度——看看朱利安——只要这思想不干涉正常的工作就可以。我认识的大多数将军都自称是和平主义者。"

服务员迈着拖沓的步伐拿来了点菜单。当他离开后,我说:"马蒂说到了点子上。这不仅仅是木星工程的事。有很多研究都可以最终导致这个星球变成不毛之地,或者是毁灭这个星球。即使宇宙的其他星球不受影响,地球毕竟也完蛋了。"

"你已经接受过接驳手术了,"雷萨说完喝掉了他的葡萄酒,"你没有表决权。"

"那么像我这样的人呢?"阿米莉亚说,"那些试着接受接驳但是失败的人?也许你可以把我们放在一个不错的集中营里,在那里我们不能伤害任何人。"

阿舍大笑了起来,"得了吧,这不过是个想象中的实验。马蒂不会真的打算——"

马蒂用手掌使劲地拍了下桌子,"该死,阿舍!我这一生中从来没有这么认真过。"

"那么你就是疯了。这事永远也不会发生的。"

马蒂转向阿米莉亚,"在过去,从来没有哪个人被强迫接受接驳。如果这事涉及你们的木星工程——针对整个宇宙的曼哈顿计划——所有需要去做的工作都是一定要完成的!"他又对雷萨说,"你的五亿死亡人数也一样。这并不是一件可以在一夜之间做成的事情,需要非常小心,通过谨慎地进行研究、改进技术,伤亡率会逐渐减小,甚至可能变为零。"

"那么简单来说就是,"阿舍说,"你正在控诉军队的谋杀行为。诚然,那正是军队的功能所在,但他们杀戮的是敌人。"

马蒂看起来一脸的疑惑,"我是说,如果你一直认为接驳安装可以改进得更加安全,为什么军队不推迟招募机械师,一直等到接驳插件植入术更加安全的时候再进行招募呢?"

"你是说军队并不是谋杀者,而是我,像我和雷这样这样的研究者?!"

"噢,别那么激动。我相信你已经尽了最大的努力。但是,我总觉得在这方面牺牲的人类的代价实在太高了。"

"我同意，"马蒂说，"而且不仅仅是十二分之一的安装伤亡率。机械师们因为中风和心脏病带来的死亡率也高到令人无法接受的地步。"他把眼光从我身上移开，"还有自杀，无论是在任时还是退伍后都有。"

"士兵们的死亡率是很高，"我说，"这已经不是什么新闻了。但我们现在争论的一部分内容就是，是否应该取消士兵这种职业。"

"假设我们可以寻找到一种方法，使得接驳操作百分之百地成功，绝对没有伤亡，但还是没办法让所有人接受接驳。我可以想象到恩古米武装分子排成长队，等待着盟军的魔鬼科学家们在他们的脑袋上钻洞的情景！该死的，你甚至不能转化我们自己的军队。一旦将军们发现你在做些什么的话，你就会成为历史了。你将变成一堆混合肥料！"

"也许如此。也许是吧。"服务员端上了我们的酒水。马蒂看着我，抚摸着他的下巴，"你觉得自己可以接受接驳吗？"

"我想可以。"

"明天十点有空吗？"

"有空，一直到两点都有空。"

"去我那里，我需要你的信息。"

"你们两个家伙想连在一起改变世界？"阿米莉亚说，"拯救宇宙？"

马蒂笑了起来，"我可没那么想。"但他就是那么想的，一点没错。

朱利安不得不骑着自行车在雨中穿行一英里赶往马蒂的实验室，所以当他到达的时候，有些闷闷不乐。

马蒂为他找了一条毛巾和一件大衣用来抵御风寒。他们坐在实验台旁边的两张直背椅子上——实际上这应该算是两张床,上面装备着可以盖住整张脸的面罩。十层楼下面,被雨水打湿的校园风景异常美丽。

"今天我给我的助手放了一天假,"马蒂说,"并把我所有的来电呼叫都转移到家中的办公室里了。我们不会受到打扰。"

"要做什么?"朱利安说,"你的打算是什么?"

"在我们链接之前我还不太肯定。就让我暂时在咱俩之间保留这个想法吧。"他指向房间另外一边的数据控制台,"如果我的任意一个助手在这儿的话,她都可以临时单向接入并进行窃听。"

朱利安站起来审视着这个实验台,"中断按钮在哪儿?"

"根本不需要。你想退出的话,只要想着'退出',链接就会自动中断。"朱利安看起来有些怀疑,"这是新技术。你以前没有见过这项技术是在我的意料之中的。"

"还有,你有控制权。"

"名义上说是这样。我控制着感觉中枢,但是,这对于谈话来说不算什么。我可以将模式更改成任何你想要的方式。"

"单向?"

"我们可以从单向开始,中间在双方许可的范围内进行有限的双向'交谈流'传送。"正如朱利安所知,马蒂不能与任何人进行深度接驳,出于安全原因他已经被去除了进行深度接驳的能力,"与你和你的排之间的交流完全不同。我们不能真正解读到彼此的思想,只是利用这种方式进行更快更清晰的交流罢了。"

"好吧。"朱利安跳到实验台上,长长地出了一口气,"我们开始吧。"他们两人都躺下来,将他们的脖子伸进柔软的颈圈中,去掉管子上的塑料套,左右晃动着脑袋,直到插件接驳在一起。接着,面罩前半部分的铰链合在一起,盖住了他们的脸。

一个小时之后,面罩"嘶"的一声打开了。朱利安的脸上浮着一层汗珠。

马蒂坐了起来,看起来精神焕发,"我错了吗?"

"我不那么想。但是不管怎样,我最好还是先去一趟北达科他州。"

"每年的这个时候,那里天气宜人,气候干爽。"

当我离开马蒂的实验室时,外面已经不再下雨了。但那只是暂时的,我看到暴风雨正沿着街道向我袭来,幸运的是学生中心就在眼前。我锁上自行车,在风暴袭来之际进了门。

这栋建筑顶楼的圆形屋顶下面是一处明亮吵闹的咖啡厅,坐在那儿的感觉很好。我已经把自己关在两颗大脑中冥思苦想了太长时间了。

今天是星期六,这里人满为患,我猜是因为天气的原因。我花了十分钟的时间穿过人群,买了一杯咖啡和一张卷饼,然后就发现已经没地方可坐了。但是,在这圆屋顶内部有一处窗台高矮正好合适,可以倚靠在上面。

我回顾着从马蒂的大脑中得到的信息:

接驳带来的百分之十的伤亡数字并没有说清全部的事实。真实的数据是百分之七点五的人死亡,百分之二点三的人脑瘫,百分之二点五的人受到轻度的损伤,还有百分之二的人则像阿米莉亚一样——虽然没有受到伤害,但是再也不能进行接驳。

而不为人知的部分是,超过半数的死者都是那些被选为机械师的应征入伍者,他们是被兵孩的复杂接口程序害死的。剩下的大多数人死亡的原因,则应归咎于墨西哥和中美洲恶劣的手术环境和没有经过严格训练的大夫们。按照马蒂的说法,大体说来,除了照顾病人以外,根本不需要人类外科医生的参与,全部采用自动化的脑部手术,老天。

但是马蒂声称如果不必与兵孩相链接的话,事情要简单上几百倍;而且即使死亡率真有百分之十的话,人类也只有唯一的一个选择可以免遭劫难。

不过,怎么能够让普通人接受这一点呢?接受接驳的市民范围面相当窄,都是些感情脆弱的、寻找刺激的、长期生活孤独的以及性取向含混不清的人。还有很多人和阿米莉亚情况类似:他们爱的人接受了接驳,而他们希望与爱人结合在一起。

基本策略如下。首先,不能免费为人们做接驳手术。我们从社会普遍福利制度中学到的一件事情就是,人们会贬低那些无需付钱而得到的东西的价值。可以宣传接驳手术需要花费一个月的娱乐点数——但是事实上,在那一个月的大部分时间里,接受接驳的人都会处于一种无意识的状态之中。

短短几年之后,人性化操作所赋予人们的能力会变得越来越引人注目,而没有接受人性化改造的人们很少会获得成功,也许还少了许多快乐,尽管这样的结果难以证实。

另外一个小问题是,对于与阿米莉亚情况类似的人该如何处理?他们无法接受接驳,所以他们也不能接受人性化改造。他们会变成有缺陷的人,并且因此愤怒起来——而且有能力实施暴力。六十亿的百分之二是一亿两千万人。用另一种方式看待这个问题就是,每四十九只绵羊中会有一条狼。马蒂建议,初期我们可以将所有这些人迁移到岛屿上,动员所有已经人性化的岛民永久性迁离岛屿。

一旦我们利用纳米炉去制造出更多的纳米炉,并把它们免费分发给包括恩古米和盟军在内的每一个人的话,所有的人,不论住在什么地方,都可以过上舒适的生活。

但是,首要的任务是对兵孩和他们的领导者们进行人性化改造——这就意味着必须打入三十一号大楼内部,并将最高指挥部隔离上两个星期。马蒂对此有所计划,他将从位于华盛顿的军事学院下达一条需要隔离进行的军事模拟演习命令。

我将要充当一个"卧底":马蒂已经修改了我的个人档案,所以我就拥有了一段合情合理的神经衰弱史。"克莱斯中士胜任自己的职务,但是,我们建议波特贝洛基地充分利用他的教育水平和经验,将他调至指挥中心。"在此之前,他会对我做一些选择性的记忆转移和存储工作:我会暂时忘掉心里自杀的企图、这次打入三十一号大楼的密谋以及木星工程将会造成的世界末日性的后果。我只需打入三十一号大楼内部,像往常一样就可以了。

我以前的那个排作为另一个"实验"的一部分,将接驳足够长的时间从而获得人性化;而我可以待在三十一号大楼里面为他们打开大门,以取代大楼内部的安全排。

指挥部里的将军们将会受到良好的待遇。届时,马蒂将从巴拿马的一个基地调来一名神经外科医生和她的麻醉学家老公;他们三人在一起,可以使接驳插件安装的成功率显著提高到百分之九十八。

今天是三十一号大楼;明天,就将是全世界。我们可以从波特贝洛向外,从马蒂的五角大楼关系网向下不断扩展,迅速地将所有的武装力量人性化。这场战争会随之而停止。但是,更大的战役才将刚刚开始。

我一边吃着甜山楂卷饼,一边透过朦胧的雨帘凝视着外面的校园。然后我回到现实中来,靠在玻璃上观察起这个咖啡厅来。

这里的大部分人都只比我年轻十到十二岁。虽然这看起来似乎不可能,但我们之间确实已经存在着难以逾越的鸿沟了。或许我从来也未曾完全融入过那个世界——喋喋不休地聊天,嘻嘻哈哈地傻笑,彼此卖弄风情——即使当我还在他们这个年龄的时候。所有的时间我都埋头于图书中或控制台上。那时候,和我有过性关系的女孩子也都是些自愿隐居的少数派,她们乐于共享迅捷的肉体上的慰藉,然后重新回到她们的书本中。我本应该像每个人一样,在上大学之前就体验过惊天地、泣鬼神的爱情故事,但是当我十八九岁之后,我满足于性爱之中——在我们那个年代,到处都可以找到性爱。如今,时间的钟摆重新荡回到了阿米莉亚那代人的保守主义时代。

如果马蒂按照他的想法去做——即我们按照自己的想法去做,是否一切都将改变？没有任何一种性爱会像接驳中的状态,很多青少年的性行为都是受到好奇心的趋使,而接驳会在第一分钟内满足这种好奇心。与异性分享体验和思想仍然是件有趣的事情,但是,作为男性或女性的完整格式塔就在其间,人们接驳后的几分钟内就会对此熟悉起来。我拥有对生孩子、流产、月经来潮以及乳房妨碍行动这些如亲身经历般的回忆,我与排里的成员分担着月经疼痛和经前期综合征;所有的女人会因为男人下意识地阴茎勃起和射精而感到尴尬,她们知道阴囊如何限制了男人们的行走、坐姿以及交叉双腿的动作。

阿米莉亚对此颇为困扰,她曾经体验过这些,即我们在墨西哥接驳时的那两分钟或不到两分钟的时间里,虽然是浅尝辄止。也许我们现在的问题部分正是源于她只窥见冰山一角的挫败感。自从我发现她和皮特在一起,那天夜晚经过我的失败尝试后,我们至今只做过两次爱。公平一点说,也是在我和佐伊进行了接驳做爱的那天夜晚。而这期间发生了太多的事,世界末日以及所有的一切,以至于我们没有时间或者也不愿意去解决我们自己的问题。

这个地方的味道有些像体育馆,中间还混合着狗骚味,同时充满了咖啡的气味,但是,这里的男孩和女孩似乎并没有注意到这一点。他们相互搜寻着、打扮着、展示着自己——比他们在物理课上的表现更加赤裸裸地显示出作为灵长类动物的特征。

看着所有这些随随便便的混乱的交欢场面,我感到自己有一些悲伤和苍老,不禁怀疑阿米莉亚是否能够和我彻底重归于好。部分是因为我无法将她与皮特在一起的画面从脑海中删除,但是我得承认,还有部分原因在于佐伊,以及她那一类人。我们对于拉尔夫永无止境地追逐吉尔们寻欢作乐的行为都有些同情,但我们同时也感受到了他的狂喜,那种感觉永远也无法消退。

我为自己在思考是否也可以去过一种拉尔夫那样的生活而感到震惊,而在同一瞬间,又再一次为自己竟然有认可这样生活的想法而震惊。有限的感情沟通,临时的激情;然后回到现实生活中待上一会儿,直到遇到下一个。

这是一种不可否认的异度空间的诱惑——体会她对你的感觉,思想和感觉交织在一起——在我心中,我已经建立了一堵心墙将"卡罗琳"关在我的心房之内。但是现在我不得不承认,仅仅与一个陌生人接驳做爱也会留下难以磨灭的印记——虽然无论她如何富有技巧,无论我们之间多么富有共鸣,她依然是个陌生人,并没有藉着爱的借口。

无需借口:不止一种方法可以证明这是真实的。马蒂是正确的。像爱一样的东西是自然而然的。撇开性不说,她和我几分钟的时间内心照不宣的关系要比有些相处五十年的普通夫妇走得更近。确实,只要你一断开接驳,这感觉就开始消退,几天之后,就会变成回忆中的回忆——直到你再次接驳,这感觉又汹涌而至。因此,如果你持续接驳两个星期的话,就会永远地改变你自己——我愿意相信这点。

没商量好具体的时间表,我就告别了马蒂。其实我们已经达成了无言的约定,但我们需要时间将彼此的思想区分开来。

我也没有问他怎么能够篡改军队的病历档案,并且随心所欲地让那些相当高级的军官在他周围团团转。我们并没有接驳到足够交流这种信息的深度。不过,我还是从他脑子里看到了一个男人的形象,一个多年的朋友。我真希望自己不要知道那么多。

不管如何,我想等到自己与北达科他州的那些已经完成人性化改造的人接驳之后,再采取进一步的行动。我并非对马蒂的诚信有什么怀疑,而是想知道他的判断力正确与否。当与别人接驳时,"如意算盘"这个词汇就有了全新的意义——当你的愿望足够强烈时,你可以牵着别人的思想跟着你走。

朱利安盯着外面的雨看了大约二十分钟,他觉得这雨不会停下来,所以就冒着雨水往家骑去。结果,当他离家还有半条街远时,雨停住了。

他把车子靠着墙角锁上,在链条和齿轮上喷了些机油。阿米莉亚的车子也在那里,但这并不能说明她就一定会在家里。

她已经彻底地睡熟了。朱利安在拿手提箱时,故意弄出很大的动静吵醒了她。

"朱利安?"她坐起来揉着双眼,"事情办得怎么样——"她看见了手提箱,"去别处?"

"北达科他州,两天时间。"

她摇了摇头,"到底为什么……噢,马蒂的那些怪人。"

"我想与他们接驳,自己查看一下情况。他们也许是怪人,但是我们也许全都要加入他们的行列。"

"并非全部。"她表情平静地说。

他张开嘴,又合上了,然后在昏暗的光线下挑出了三双袜子,"我可以在星期二上课之前轻松赶回来。"

"星期一会接到很多电话。虽然星期三后期刊才会发行,但是他们会邀请所有人的。"

"别管他们好了,我会从北达科他州关注此事的。"

要去那个州比他想象的更困难。他找到了三个军事航班可以依次迂回地将他送到被水覆盖的弹坑之城锡赛德,但是,当他准备预订座位时被电脑告知,他已经没有了"战斗"标记,所以只好等待别人的退票了。这意味着,他只有百分之十五的机会登上那三架航班,想要在周二赶回来将会难上加难了。

他给马蒂打了电话,马蒂说他会看看能做些什么。一分钟后,马蒂给他回了电话,"再试一次。"

这次没有经过任何繁文缛节,他就预订到了所有六次航班的机票。代表战斗的标记"C"又重新出现在了他的序列号中。

朱利安抱起一堆东西,拎着他的手提箱到起居室里收拾打包。阿米莉亚缩在一件睡衣里面,跟在他身后。

"我也许要去华盛顿,"她说,"皮特将从加勒比海返回,以便参加明天的记者招待会。"

"他回心转意了。我还以为他之所以去那里,就是为了躲避媒体宣传呢。"他抬起头来打量着她,"也许他回来的主要目的是为了看你?"

"他没有那么说。"

"但他会为你支付机票钱,是吗?你这个月剩下的信用点数已经不够了。"

"当然是他支付的。"她把双臂交叉在胸口,"我是他的研究参与者。你也可以去呀。"

"我知道。不过,最好我还是调查一下眼前这方面的问题。"他装好小手提箱,看了看房间四周,走到一张茶几旁边拿了两本杂志,"如果我要你别去,你会留下来吗?"

"你永远也不会那么要求我的。"

"这可不算是一个答案。"

她坐在了沙发上,"好吧。如果你请求我不要去的话,我们可以斗一斗,而我会赢。"

"这就是我为什么不请求你的原因吗?"

"我不知道,朱利安。"她微微地提高了嗓门,"我不像某些人能看透别人的思想!"

他把杂志放进手提箱里,小心翼翼地合上,锁上指纹锁。"我真的不在乎你走不走的问题,"他平静地说,"无论如何,这是我们必须要经历的事情。"他在她旁边坐了下来,没有碰到她。

"无论如何。"她重复道。

"只要你答应我不会永远留在那里。"

"什么?"

"我们这些可以看透别人思想的人也可以预测未来,"他说,"到了下周,半数参与木星工程的人将会送出他们的履历表。我只是请求你,如果他为你提供了一份工作的话,请不要随便就接受。"

"好吧。我会告诉他我得先跟你商量一下。够公平了吗?"

"我所请求的就是这些。"他拉起她的手,用嘴唇擦过她的手指,"不要仓促地做任何决定。"

"这样如何……我不仓促决定,你也不要仓促决定。"

"什么?"

"拿起电话,订个晚一点的航班去北达科他州。"她抚摸着他的大腿上部,"在我向你证明你是我唯一的至爱之前,我不允许你走出这个门。"

他犹豫了一下,然后拿起了电话。她跪在地板上开始解开他的皮带,"快点。"

我的最后一段航程是从芝加哥起飞,但是,飞机要从距锡赛德几英里的地方飞越,所以可以大致浏览一下附近那个内陆海。说它是"海"有些夸大了,它的面积只有大盐湖的一半大小,但它留给人的印象颇为深刻——这是一个完美的蓝色圆盘,里面镶嵌着游艇驶过留下的道道白色浪花。

我要去的地方离机场只有六英里远。计程车要花费娱乐信用点数,而自行车是免费的,所以我办理手续得到一辆自行车,一路骑了过去。天气炎热,尘土飞扬,但是,在飞机和机场里待过了整整一个早晨之后,这样的锻炼倒也不错。

大楼还是五十年前的建筑风格,全部是由钢筋骨架和反光玻璃构成的。在卷曲的草坪中有一处标记,上面写着:圣巴塞罗缪之家。

一个穿着便服、带着牧师领圈的六十多岁的男人开了门,把我领了进去。

门厅是个白色的区域,除了在一面墙上有一个十字架,对面的墙上有一幅耶稣圣像之外,这里毫无其他装饰。房间里还有风格单调、毫不起眼的沙发和几把椅子,中间有张桌子,上面摆了些书籍。我们穿过双扇门,进入了一间同样简朴的大厅。

门德兹神父是美籍西班牙人,他的头发仍然是全黑的,布满皱纹的黑脸庞上有两条长长的旧疤。他看起来令人生畏,但是,他平静的嗓音和随和的笑容又会使你的畏惧烟消云散。

"请原谅我们没有出去迎接你。我们没有汽车,也不经常出去。这有助于维护我们是一群无害的老疯子的形象。"

"拉林博士说,你们那些掩人耳目的说法里面也有一点真实的情况。"

"是的,我们是第一批兵孩实验幸存下来的可怜的糊涂虫。当我们确实需要外出的时候,人们总要有意地回避我们。"

"那么,你并不是一个真正的牧师。"

"我确实是一名牧师,或者说相当于一个牧师。我是在犯下谋杀罪后被免除神职的。"他在一扇贴有我名字卡片的普通的门前停下来,把门打开,"强奸和谋杀罪。这是你的房间。休息一会儿后,请来走廊尽头的中庭。"

这个房间本身并没有太多修道院的风格,地板上铺着东方式的地毯,现代的悬浮床与一张古董拉盖书桌、一把古董椅子形成鲜明的对比。房间里有一个小冰箱,里面有一些不含酒精的饮料和啤酒,餐柜里有几瓶葡萄酒和水,还有一些玻璃杯。我脱掉制服,小心翼翼地把衣服叠好抚平,准备回去的时候再穿,与此同时我喝了一杯水,然后又喝了一杯葡萄酒。接着我又迅速地洗了一个澡,换上舒服的衣服,然后走出房门寻找中庭。

走廊的左边是毫无特色的墙壁,右边则是一扇扇和我房间一样的房门,挂着长久使用的名牌。当我走到走廊尽头伸手要开门时,一扇磨砂玻璃门自动地打开了。

我愣在了原地。中庭竟然是一片凉爽的松木林,散发着雪松的味道,不知何处传来溪水清晰的潺潺流动声。我抬头看去,对了,上方有一个天窗——我难道是被莫名其妙地接驳,看到了别人的记忆?

我顺着一条鹅卵石铺就的小径走下去,在一处水流湍急的小溪上方架设的木板桥上待了一会儿。我听到前方有笑声,就循着一股微弱的咖啡香气左拐右拐地来到了一小片空地。

大约有十二个五六十岁的人在空地周围或站或坐。这里有一些粗糙的木制设备,形态各异,散乱地放置着。门德兹从一小群谈话的人中间脱开身,朝我大步走过来。

"一般情况下,在晚餐之前我们会在这里聚上一个小时左右。"他说,"你要点什么饮料?"

"咖啡闻起来很香。"他把我领到一个放有几个分别盛着咖啡和茶的俄式茶壶以及各种各样瓶子的桌子旁边。啤酒和葡萄酒都放在一盆冰块中。没有一样东西是本地制造的,也没有一样东西是便宜货,很多都是进口货。

我指着一堆阿马尼亚克酒、纯麦芽威士忌和安乔龙舌兰酒说:"怎么,你们是不是有一台制造限量供应卡的印刷机?"

他笑笑摇了一下头,倒了两杯咖啡。"没有那么合法化。"他在我的杯子里加了牛奶和糖块,"马蒂说我们可以信任你,与你接驳,所以你总会明白的。"他审视着我的脸,"我们拥有自己的纳米炉。"

"当然了,我相信。"

"主人的宅邸拥有许多房间，"他说，"既然如此，当然少不了一个巨大的地下室。以后我们可以下去看看。"

"你没有开玩笑？"

他摇摇头，呷了一口咖啡，"没有。那是一台老机器，很小，很慢，效率低下，是本来应该拆除的早期的纳米炉原型。"

"你不怕再制造出一个大弹坑来？"

"根本不会。过来坐下。"他旁边有一张野餐桌，上面有两对黑色插件接口盒，"在这儿可以节省点时间。"他递给我一个绿色的插头，自己拿起一个红色的，"单向传送。"我接上插头，随即他也接上插头，然后把一个开关打开又迅速地关上了。

我断开了接驳，目瞪口呆地看着他。在一秒钟的时间里，我的整个世界观都被改变了。

北达科他州大爆炸是被暗中操作的。纳米炉已经秘密地进行了广泛的测试，测试过程也是安全的。开发纳米炉的联盟国希望封锁有潜在的成功可能的研究，因此，在仔细起草了几个文件之后——高级机密，也是折衷的结果——他们在北达科他州和蒙大拿州制造了大爆炸，并声称爆炸是由利用纳米炉将几公斤炭制造成一个巨大的钻石的实验引发的。

但是，纳米炉根本就没在那儿。那儿只有数量巨大的氘和氚，还有一个点火装置。巨型氢弹被埋在地下，而且其摆放位置可以将污染减少到最低程度。爆炸后的残余物质融化成了一片圆形的像玻璃一样的湖泊沉积矿堆，大到足以使其成为一个很好的、反对别人制造自己的纳米炉的工具。

"你怎么知道的？你能确定这是真实的吗？"

他的眉头蹙了起来，"也许……也许这只不过是个故事，因此已经无法通过询问去考证了。传出这个内幕的朱利奥·内格罗尼几周前在实验中死了;而那个告诉他此事的人,是他在雷福德监狱的一个室友,很早以前就被判处了死刑。"

"那个室友是个科学家?"

"他自己是那么说的。他冷血地谋杀了他的妻子和孩子,应该很容易查到新闻记录,我想应该是2022年或2023年。"

"是啊。我今天晚上可以查一查。"我回到餐桌前,往咖啡里倒了少许的朗姆酒。用这么好的朗姆酒实在是浪费,但是非常时期需用非常手段——我记起了这样一种说法,不过,我还不太清楚现在到底属于怎样一个非常时期。

"干杯。"当我坐回原位时,门德兹举起了他的杯子。我朝着他倾斜了一下我的杯子。

一个留着一头飘逸的灰白长发、身材矮小的女人拿着一个电话走了过来。"克莱斯博士?"我点点头,接过了电话,"哈丁博士打来的。"

"我的同事,"我向门德兹解释道,"只是确定一下我是否到达这里了。"

她在话机屏幕上的脸只有我拇指般大小,但是,我一眼就可以看出她的不安。"朱利安——发生了一些事情。"

"新鲜事?"我试着使我的声音听起来像是开玩笑,但实际上我的声音在颤抖。

"期刊评审团拒绝发表咱们的论文。"

"上帝啊。什么理由?"

"编辑说除了皮特以外,他们拒绝与任何人讨论此事。"

"那么皮特——"

"他不在家!"一只小手抬起来揉着额头,"他没在飞机上。

圣托马斯别墅的管理人员说,他昨天晚上结账离开了。但是,会不会在别墅和机场之间的某个地方他……我不知道……"

"你跟岛上的警方核实了吗?"

"没有……没有;当然,那是下一步要做的。我很惊惶。我就是想,希望他跟你谈过?"

"你想让我给他们打电话吗?你可以——"

"不,我自己来吧。还有航空公司,我也自己问吧;我再查一遍。过后我再联系你。"

"好的。我爱你。"

"我爱你。"她挂掉了电话。

门德兹走开去给自己加了些咖啡。"这是个什么样的评审团?她遇到麻烦了吗?"

"我们俩都遇到麻烦了。那是一个学术评审团,是那种决定一篇论文是否可以发表的评审团。"

"听起来好像这篇论文对你至关重要。对你们俩都重要。"

"对于我们两人以及全世界所有其他的人都是至关重要的。"我拿起了红色的插头,"这个是自动单向的吗?"

"没错。"他接上了插头,紧接着我也接了进去。

尽管我每月都要接驳上十天,但还是不像他那样能够自如地传送信息。这和前天与马蒂接驳时的情况一样:如果你已习惯于双向接驳,你就会傻等根本不会出现的反馈信号。所以经过瞎走乱撞并且走了不少回头路之后,我用了十分钟才把所有的信息传送给他。

有一会儿他只是盯着我看,也许是在审视着我的内心,"你的头脑中毫不怀疑地认为那是世界末日。"

"没错。"

"当然我无法判断你的逻辑的对错,关于这个伪算子理论,我猜想这种方法本身还没有得到普遍的认可。"

"是的。但是,皮特独立地得出了相同的结果。"

他慢慢地点了点头。

"这也解释了为什么当马蒂告诉我你要来访时,他的声音听起来非常奇怪。他使用了一些像'极端重要'这样不自然的语言。他不想说得太多,但是他想对我发出警告。"他向前探了探身,"那么现在让我们使用一下奥卡姆剃刀原理①。对于这些事件最简单的解释是,你和皮特以及阿米莉亚的结论是错误的。这个世界,这个宇宙不会因为木星工程而毁灭。"

"确实,但是——"

"让我沿着这个思路继续说上一会儿。从你的观点来看,最简单的解释是掌权的某个人想要禁止发表你们的警告。"

"没错。"

"请允许我假设,在这个评审团里没有人会从宇宙大毁灭中得到好处。那么,以上帝的名义,为什么有人认为你们的论点有其价值却还要压制它呢?"

"你曾是个耶稣会士?"

"圣芳济会修道士。"

"嗯……评审委员会的每一个人我都不认识,所以我只能推测一下他们的动机。当然他们并不希望宇宙走向毁灭,但是他们也许希望先掩盖一段时间,直到他们调整了自己的工作——假定他们中的所有人都参与了木星工程的话。如果我们的结论被接受,将会有许多科学家和工程师需要寻找新的工作。"

---

①大意为如果有两个理论,它们都可以解释所有事实,那么应当选择其中最简单的一个理论,除非有更多的事实出现。

"科学家们会有那么唯利是图？我很震惊。"

"当然。或者可能是有人与皮特有个人恩怨。他的敌人可能要比朋友还要多。"

"你能查出评审团的名单吗？"

"我不能，他们都是匿名的。也许皮特可以从别人那里套出来。"

"你对他的失踪有什么想法？有没有可能他发现了某些论证上的致命错误，决定在人们眼前消失？"

"不是没可能。"

"你希望有坏事发生在他身上。"

"哇，你简直就像是能读出我的思想一样。"我喝了点咖啡，现在的凉咖啡已经不太好喝了，"我是否曾无意中提起过？"

他耸了耸肩，"不是很多。"

"当我们双向接驳几分钟后，你就会知道一切的。我很想让你知道。"

"你掩饰得不是很好，但主要是你没有进行过太多的实践。"

"那么你都知道了些什么？"

"绿眼妖怪[①]。性嫉妒。一个特殊的影像，是个令人窘迫的影像。"

"让你感到窘迫？"

他把脑袋向一边偏了十度左右，做出讽刺的表情，"当然不是。我是按照传统看法来说的。"他笑了起来，"对不起，我并不想让你领情。我也认为任何肉体方面的事情都不会令你尴尬。"

"不会的。不过在心理上仍然还没有解决这个问题。"

"她没有安装接驳插件。"

[①]典出莎士比亚的剧本《奥赛罗》。剧中人物伊阿古说："啊，主帅，你要留心嫉妒啊；那是一个绿眼的妖魔，谁做了它的牺牲品，就要受它的玩弄……"

"不是的,她试过,但是没成功。"

"不久以前?"

"两个月了。5月20日。"

"而这个,嗯,事件是发生在那之后?"

"是的。事情很复杂。"

他明白了我的暗示,"让我们重新回到正题上来。我从你那里得到的信息——假设你对木星工程的看法是正确的话——就是你和马蒂相信我们必须立刻着手停止世界上的战争和侵犯,否则,一切就全完了。不过,马蒂比你更加急迫。"

"这正是马蒂会说的。"我站了起来,"我去加些热咖啡。你要点什么吗?"

"少来点那种朗姆酒。你没有他那么肯定?"

"是的……既是也不是。"我把注意力集中在那些饮料上,"作为交换,让我也来解读一下你的大脑。你认为一旦木星工程被解除,就没有必要那么匆匆忙忙。"

"你还有其他想法?"

"我不知道。"我把饮料放下来,门德兹呷了一口他的饮料,点了点头,"当我与马蒂接驳时,我能察觉到他本人有一种发自内心的紧迫感,他希望在他死前看到事情走上正轨。"

"他还没有那么老。"

"是的,六十几岁。但是,自从你们这些人被人性化后,也许是在此之前,这个想法就萦绕在他脑子里面了,而且他知道这需要一段时间才能开始实行。"我寻找着合适的词汇,符合逻辑的词汇,"先不提马蒂的感觉,事情的紧迫性也有其客观的根本原因。这是一个黑白分明的道理:如果世界毁灭这种事情有一点点发生的可能性,我们所做或没有做的任何其他事情都显得无关轻重了。"

他闻了闻朗姆酒的味道,"整个世界的毁灭。"

"是的。"

"不过,也许你对此有些太过紧张了,"他说,"我是说,你现在谈论的是项巨大的工程。这可不是什么一个希特勒或者博尔贾家族①在自家后院就能做到的事情。"

"在属于他们的那个时代,确实做不到。但是,现在他们可以做到了,"我说,"你们这些人都应该知道怎么做。"

"我们这些人?"

"在你们的地下室里有一个属于你们自己的纳米炉。当你想让它制造出某样东西时,你会怎么做?"

"向它提出要求。我们告诉它我们想要得到的东西,它就会搜索它的产品目录,然后告诉我们制造这种东西必须提供什么样的原材料。"

"不过,你们不能要求它制造一个自身的复制品。"

"他们说不行,如果那么做的话,它就会自动熔化掉。我可不愿意去尝试。"

"但那不过属于程序的一部分,对吗?理论上讲,你们可以将它短路。"

"啊。"他慢慢地点了点头,"我明白你的意思了。"

"没错。如果你可以避开那样的禁令,实际上你就可以说,'为我重建木星工程。'而如果它可以得到原材料和资料的话,它就可以完成这项任务。"

"按照个人的意愿制造的财产。"

---

①意大利家族,在14到16世纪间十分有影响力,包括教皇亚历山大六世的儿子和女儿凯撒。

"正是这样。"

"我的天哪。"他喝掉了朗姆酒,把杯子重重地放了下来,"我的上帝。"

"所有的一切,"我说,"只要一个疯子说出了正确的词序,上万亿个星系将消失于无形。"

"马蒂让我们了解到这样的事实,真是对我们这些他创造出来的疯子过于信任了。"门德兹说。

"信任或者是铤而走险。我猜我从他那里感觉到了这两点的共存。"

"你饿了吗?"

"什么?"

"现在你是想吃晚饭,还是我们全体先接驳一下?"

"后者才是我所渴望的。我们开始吧。"

他站起来,合起双手拍了两下巴掌。"大房间集合,"他喊道,"马克,你留在外面值班。"我们跟着大家向中庭另一侧的一个双扇门走去——我不知道正在把自己推向什么样的境地。

朱利安已经习惯了在刹那之间变成十个人的感觉,但即使是和那些你已经熟识的人在一起,有时仍会感到迷惑和压力。他真的不知道与十五个素未谋面的男人和女人接驳在一起会是什么样的感觉,更何况这十五个人已经在一起接驳了二十年。即使马蒂没有对他们进行和平主义改造,这也将会是一块完全陌生的版图。朱利安曾经利用他的横向联络员与其他的排进行过浅度接驳,那种感觉总像是私自闯入了别人的家庭讨论中。

何况这里面的八个人曾经也是机械师,或者说是第一任机械师。更令他感到不安的是另外那些人,那些曾经的刺客和杀人犯,同时,他对这些人也更加好奇。

也许他们可以教会他如何忍受不愉快的回忆。

这个"大房间"中有一张环绕着一个全息影像池的圆桌。"我们大部分人都聚在这里看新闻,"门德兹说,"电影、音乐会、戏剧。可以看到各种各样不同的观点是件很有趣的事。"

朱利安对此倒不敢苟同。他曾经在排里调解过太多的纷争,一个人提出一个坚定的观点,就会把排里的十个人分成两派,互相争论。往往不到一秒就可引起争论,有时却需要一个小时才能解决问题。

房间的墙壁铺着深色的红木,桌椅则是由具有细密纹理的云杉制成的。屋里尚存一丝亚麻油和家具上光剂的味道。在影像池中显示的是一小片林间空地,斑驳的阳光正照在野花儿上。

桌旁有二十个座位。门德兹示意朱利安坐在一个座位上,然后坐在了他的身旁。"也许你想第一个接入进去,"他说,"然后让大家每次接入一个,做一下自我介绍。"

"当然。"朱利安意识到这一切都已经是提前准备好的了。他凝视着野花,接上了插头。

门德兹是第一个接驳进来的人,无声地向他挥手问好。这个链接非常奇特,在某种程度上有一种他从来也未曾体验过的强大的感觉。这令人吃惊,就像第一次看到大海——真实的大海。门德兹的意识漂浮在一片看似无边无际的共享记忆和思想的海洋中,而他完全适应了这一切,就像海水中的鱼一样安逸。

朱利安开始感到了惊惶失措,他试着将这种反应传达给门德兹;他不知道自己是否能够处理得了这种两个人的世界,更不用说是十五个人的世界了。门德兹告诉他,事实上当更多人加入进来时,事情会变得更加容易,接着卡梅伦接驳进来证明了这一点。

卡梅伦是一个年纪更大的老人,曾经当了十一年的职业士兵,然后自愿地参加了这项实验研究。他曾经在乔治亚州的一所狙击兵学校接受利用多种武器远程屠杀的训练。通常情况下他使用费恩斯西瑟毛瑟枪,这种武器可以瞄准远处的人,其瞄准点甚至可以超越地平线。他杀了五十二个人,对每一个人的死亡都深感悲伤,并且对他开了杀人的第一枪后失去的人性感到莫大的悲痛。但与此同时,他还记得当时杀戮带给他的乐趣。他曾在哥伦比亚和危地马拉参加过战斗,自然而然地与朱利安在丛林中的经历建立起联系,几乎在瞬间就将彼此的体验吸收并结为一体。

门德兹也在,朱利安注意到他迅速地与卡梅伦建立了链接,及时了解这位士兵从他的新接触人那里汲取的信息。这一部分倒并不十分陌生,只是他们速度更快,做得更全面。现在,朱利安可以理解为什么当更多的人加入进来时,这个接驳的整体意识反而会显得更加清晰:所有的信息已经摆在眼前了,但是当卡梅伦和门德兹两人的观点结合在一起时,部分信息就更清晰地凸显了出来。

现在接入进来的是泰勒。她也是其中的一名谋杀犯,为了满足自己的毒瘾,在一年内残忍地杀害了三个人以谋取钱财。那还是发生在现金在美国成为废品之前,她在一次例行检查中被抓获,当时她试图移居到一个既有纸币比索又有违禁迷幻药的国家。她犯罪的时候,朱利安本人还没有出生。尽管她并不否认对那三个受害者负有法律上和道德上的责任,但实际上他们是被一个跟现在的她截然不同的人所杀。为了讨好毒贩的老板,这个曾经的迷幻药运送者将三个毒贩子引诱到床上,然后杀死了他们。这些现在已经成为了生动的戏剧性的回忆,就像在前几个小时前刚看过的一部电影一样。在她平和而安宁的日子里,泰勒是二十人中的一分子,尽管其中四人已经逝去,在他们的头脑里还是这么称呼他们自己的集体。其余的时间里,她的工作是做一名套汇商人,在数十个不同的国家之间交换和买卖商品,其中既有盟国,也有恩古米国家。利用他们自己的纳米炉,这个二十人集团可以无需财产而生存下来——但是假如纳米炉需要一杯锗的话,如果手头有几百万卢比还是不错的,这样泰勒就可以无需通过大量烦人的审批手续而直接用钱购买了。

其他人更加迅速地一个个接驳进来,或者说,一旦等到朱利安克服了刚开始的陌生感后,其他人接入的速度好像变得更快了。

当这十五个人都介绍完自己后,另一部分巨大但并非无穷的构架变得清晰起来。当他们全部接驳进来后,这片海洋变得更像一个内陆海了,巨大、复杂,但是有完整的地图,你可以畅顺无阻地在上面航行。

他们仿佛在这趟探询彼此的海洋之旅中一起航行了几个小时。在二十人集团外,唯一与他们进行过接驳的人就是马蒂,他在他们心中有一种教父的形象,因为他现在只与他们进行单向接驳,所以显得疏远。而朱利安是一个了解日常琐事的巨大宝库。他们如饥似渴地接收着纽约、华盛顿、达拉斯在他眼中的印象——这个国家里的每一处地方都随着社会和技术革命而发生了翻天覆地的变化,以及纳米炉的出现而带来的全民福利制度,更不用说无休无止的恩古米战争,所有这些对于他们来说都是新鲜的。

曾经当过士兵的那九个人,对于兵孩变成了什么样子很着迷。在他们接受的实验计划中,早期的兵孩几乎与装配有可以发射激光的手指的线条人形象毫无二致,它们可以行走、坐立或者躺下,如果门闩结构足够简单的话,它们还可以打开一扇门。通过新闻报道他们都知道目前的兵孩可以做些什么,事实上,他们中的三个人还可以勉强算是战争男孩。他们无法过正常人的生活,但是他们可以关注战斗单位的进展,接驳进兵孩的全息影像和录像中。不过,这种感觉和直接与一名真正的机械师进行双向接驳是完全不同的。

朱利安被他们的狂热态度弄得很尴尬,但是,他可以分享到众人对于他的尴尬而产生的有趣的反馈。在以前的排里,他已经相当熟悉这种感觉了。

当他逐渐习惯了这样的交流尺度后,感觉变得越来越熟悉了。这二十人集团不光是在一起相处了太长的时间,他们在这个世界待的时间也很长。朱利安三十二岁,但几年来在他的排里面一直是年龄最大的。把排里人的年龄加在一起,他们不过拥有不超过三百年的生活阅历;而这二十人集团的合计年龄加在一起已经超过了一千年,其中大部分的时间花在相互交流上,不能说他们已经完全结合为一个"精神集体",但他们要比朱利安所在的排更加接近那种状态。除了逗乐开心之外,他们从不争斗。他们温文尔雅、知足常乐。他们仁慈宽厚、富有人性……但是,他们还算是彻彻底底的人类吗?

自从马蒂第一次向他描述这二十人集团后,这个问题就一直隐藏在他的脑海中:也许战争是人类本性不可避免的产物,难道要消除战争,我们就必须演化得不像人类才行?

其余的人察觉到他的这种担心,对他说,不,无论从哪个角度来说,我们都仍然是人类。人类的本性确实改变了,事实上我们发展出各种各样的工具指导人类向完美进化。而在宇宙中，这种进化趋势一定是普遍现象，否则，宇宙也就不会存在了。朱利安补充道，除非我们是宇宙中唯一的科技智慧生物；到目前为止，还没有证据发现其他智慧生命。也许我们自身的存在也证明了我们是造物主创造的第一批发展到足可以按下宇宙重启按钮的生命。总有人要做第一个的。

但是，或许第一个也会是最后一个。

他们发现了隐藏在朱利安悲观主义情绪后面的希望。泰勒指出，你比我们都要理想主义得多，我们中的大多数曾杀过人，但是没有一个人因为自责过去的行为而企图去自杀。

当然这里面还包含许多其他的因素，朱利安没必要去做出解释。他被智慧和宽容包围住了——突然间他想要离开了！

他拔下插头，猛地被孤独感包围了，十五个人都在低头凝视着那些野花，凝视着他们集体的灵魂。

他看了看表，惊呆了。这次仿佛经历了数个小时的交流过程，实际上只用去了十二分钟。

剩下的人一个接一个地断开了接驳。门德兹揉着他的脸颊做了个鬼脸，"你感到要接受的东西太多了。"

"那是一部分原因……我觉得被击败了。你们所有人都非常擅长接驳，这是自发的。我觉得，我不知道，好像失去了控制。"

"我们并没有操纵控制你。"

朱利安摇了摇头，"我知道。你们做得够小心了。但是不管怎么样，我还是感到自己像是被吞没了。被……是我自己心甘情愿的。我不知道在变成你们其中的一员之前，我到底能坚持与你们接驳多长时间。"

"变得和我们一样难道是那么糟糕的事情吗?"埃莉·摩根问道。她是这十五人中最年轻的一个,几乎和阿米莉亚差不多年纪,美丽的头发过早地变成了白色。

"我想对我来说不是。对于我个人来说并不糟糕。"朱利安欣赏着她的安详宁静之美,他知道,连同其她的每个人在内,他们是多么渴望能够拥有他,"但是,我现在还不能成为你们中的一员。这个计划的下一步包括利用一系列伪造记忆返回波特贝洛,打入指挥部内部。我不能像……像你们那样明显地与众不同。"

"我们知道,"她说,"但你还是能够和我们多待——"

"埃莉,"门德兹温柔地说,"不要再诱导他了。朱利安知道他最应该干什么。"

"实际上,我不知道。谁又能知道呢?没有人以前曾经做过类似这样的事情。"

"你务必要小心。"埃莉说的话隐含着既令人安心又让人生气的意思:我们完全知道你在想些什么,尽管你是错误的,我们仍然会支持你。

马克·罗贝尔,那个留在外面值班的国际象棋大师和前妻谋杀者,跑过小桥,刹住脚步,刹停在了他们的面前。

"一个穿军服的家伙,"他上气不接下气地说,"找到这里要见克莱斯中士。"

"他叫什么?"朱利安问。

"一个医生,"他说,"泽马特·杰弗森上校。"

门德兹穿着代表他的神权的黑色制服与我一同出去会见杰弗森。当我们走进破旧的前厅时,杰弗森放下一本有他一半年纪那么长历史的《读者文摘》，慢慢地站了起来。

"门德兹神父，杰弗森上校。"我做了一下介绍，"为了找到我你费了一些周折吧？"

"不，"他说，"到这里来倒是费了些事。计算机在几秒钟内就追踪到了你的下落。"

"你是说到法戈[①]。"

"我知道你会用自行车的。机场里只有一个地方提供自行车，而你给他们留下了地址。"

"你滥用职权。"

"并没有针对市民。我向他们出示了我的身份证件，并且说我是你的医生。这话并不是虚假的。"

"我现在好了。你可以走了。"

他大笑了起来，"两句话都说错了。我们能不能坐下来谈？"

"我们有一个地方，"门德兹说，"跟我来。"

"什么叫'一个地方'？"杰弗森说。

"就是一个我们可以坐下来交谈的地方。"他们彼此对视了一会儿，杰弗森点了点头。

沿着走廊走过两道门，我们转进了一个没有门牌的房间。这里有一个红木会议桌、一些软椅和一个自动吧台。"喝点什么？"

杰弗森和我要了水和葡萄酒，门德兹要了苹果汁。当我们坐下来时，吧台机械侍者送来了我们所点的饮料。

"我们有什么可以彼此帮忙的事吗？"门德兹把双手叠在一起，放在他微微突起的肚子上。

[①] 北达科他州东部的一个城市，位于俾斯麦东部红河岸边。1871年随铁路的修建而建立，是该州的最大城市。

"有些事情需要克莱斯中士说清楚。"杰弗森盯着我看了一秒钟,"我突然晋升为上校,并且接到调任到鲍韦尔堡的命令。旅里没有人知道关于此事的任何消息,命令是从华盛顿下发的,叫什么'医疗人员再分配部'。"

"这是一件坏事吗?"门德兹说。

"不是。我非常高兴。我从来就没喜欢过在德克萨斯和波特贝洛的岗位,而且这次调任把我调回了我从小长大的地方。

"我现在还在一直忙着搬迁和落户。但是,我昨天查看了一下我的约会时间表,上面还有你的名字。我本来计划与你接驳,看看抗抑郁剂的效果如何的。"

"它的效果很好。难道你总是要跋涉上千英里查看你所有的老病人的情况吗?"

"当然不是。但是,出于好奇我点击了你的档案,几乎是下意识的——你知道我发现了什么?那里根本没有你曾经企图自杀的记录,而且好像你也有了新的调令,是由在华盛顿任命我的同一个少将授权的——不过,你的名字并不在'医疗人员再分配部'里面,而是在一个进入指挥层的培训项目中。一个因为杀了人企图自杀的士兵却要被调到指挥部,这样的事情听起来很有趣。

"于是,我一直追踪你到了这里—— 一个为一些并不很老的老兵准备的养老院,而且其中的一些人并不是士兵。"

"这么说你是想放弃你的上校军衔,"门德兹说,"再回到德克萨斯去,或者是波特贝洛?"

"当然不是。我冒险地告诉你们:我没有照章办事。我也不想捣什么乱。"他指着我说,"但是,这里有我的一个病人,还有一个我希望能够解开的谜。"

"病人很好，"我说，"这个谜是你不愿意卷入的。"

很长一段时间大家都沉默了。"别人知道我在哪里。"

"我们不是要威胁你，或者恐吓你，"门德兹说，"但是你对这件事绝对没有知情权。正因为这个原因，朱利安不能让你和他进行接驳。"

"我有最高机密知情权。"

"我知道。"门德兹向前探了探身子平静地说，"你前妻的名字叫尤朵拉，你有两个孩子——帕什在俄亥俄州一所学校学习医学，罗杰在新奥尔良的一家舞蹈团上班。你出生于1990年3月5日，你的血型是阴性O型。你还想不想知道你的宠物狗的名字？"

"凭这些你威胁不了我。"

"我只是试着与你交流。"

"但你甚至都算不上是军队里的人。这里除了克莱斯中士以外，没有人是军队里的。"

"这也应该让你明白了点什么。你虽然拥有最高机密知情权，但我的身份对你来说还是保密的。"

上校摇了摇头。他朝后靠了靠，喝了点葡萄酒，"某些人找到我的这些资料，一定花了不少时间吧。我无法判定你到底是某种超级间谍，还是只是我曾经遇到过的最爱胡说八道的骗子之一。"

"如果我只是虚张声势的话，我应该现在就威胁你。但是，你是知道实际情况的，而那也就是你之所以要这么说的原因。"

"所以你以不变应万变。"

门德兹笑了起来，"彼此彼此。我得承认我也是个精神病专家。"

"但你不在美国医学协会资料库中。"

"现在已经不是了。"

"牧师和精神病专家是个古怪的组合。我估计天主教堂里也不会有你的任何记录。"

"那更由不得我。你如果不去查证就是最好的合作了。"

"如果你不杀掉我或者把我投入地牢的话,我是没有任何理由与你合作的。"

"投入地牢太费事了。"门德兹说,"朱利安,你以前与他接驳过。你认为他怎么样?"

我记起了从那段接驳中感觉到的他的思想,"他非常珍视医生与病人之间的保密性。"

"谢谢你。"

"因此,如果你离开这个房间,他和我就可以像病人与医生一样交谈一下。但是肯定有条件。"

"确实如此。"门德兹说,他也想到了这条计策,"一笔你可能不愿意做的交易。"

"什么交易?"

"脑部手术。"门德兹说。

"我们可以告诉你我们在此的目的,"我说,"但是为了不让别人通过你获悉此事,我们必须这样做。"

"记忆擦除。"杰弗森说。

"那还不够,"门德兹说,"我们不光得抹掉这段旅途的记忆以及与之关联的一切事情,还要抹掉你治疗朱利安和他的熟人的记忆。这个范围太广了。"

"所以我们必须做的是,"我说,"取出你的接驳插件,销毁所有的神经链接。你愿意为了知道一个秘密而永远放弃这些吗?"

"接驳插件对于我的职业至关重要,"他说,"而且我已经习惯了它的存在,如果没有它我会感到不完整。如果是为了得到整个宇宙的秘密,也许我愿意放弃,但绝不会为了圣巴托罗缪修道院的一个秘密这么做。"

有人敲门,门德兹说了声"请进"。敲门的是马克·罗贝尔,他的胸前托着一个写字夹板。

"我能跟你说句话吗,门德兹神父?"

门德兹离开后,杰弗森朝我靠了过来,"你是自愿来这里的吗?"他说,"没有人强迫你?"

"没有。"

"想到过自杀吗?"

"在我脑子里压根儿没有自杀的念头。"自杀的可能性仍隐藏在我的脑子中,但是我想看看最后的结果。如果这个宇宙不再存在,不管怎么说,我也就不存在了。

我怀疑这可能是那些听任自杀的想法在头脑中发展的人应有的态度,而这种怀疑可能已经表现在我的脸上了。

"但是有事情在困扰着你。"杰弗森说。

"你最后一次碰到没有烦心事的人是在什么时候?"

门德兹独自一人回到房间里来,手里拿着一个写字夹板。门锁在他身后"咔嗒"一声锁上了。

"很有意思。"他向自动吧台要了一杯咖啡,然后坐了下来,"你已经请了一个月的假了,医生。"

"当然了,搬家需要。"

"人们指望你最近这几天就回去,是吗,一到两天内?"

"很快。"

"他们是些什么人?你没有结婚,也没有与任何人住在一起。"

"朋友和同事。"

"当然了。"他把写字夹板递给了杰弗森。

他看了一下最上面的一页和第二页,"你们不能这么做。你怎么做到的?"

我看不到两页纸上都写了些什么,但肯定是签署的某种军令。

"很显然,我可以这么做。至于说怎么做到的,"他耸了耸肩膀,"精诚所至,金石为开。"

"那里写了些什么?"

"我被临时借调到这里三周。假期取消。到底发生了什么事情?"

"当你还留在这个楼里时,我们就得做出决定。你已经获邀参与到我们小小的计划当中。"

"我拒绝接受这个邀请。"他把写字夹板摔在地上,然后站了起来,"让我出去。"

"一旦我们有机会聊过之后,你就可以自由决定自己的去留了。"门德兹打开一个嵌入桌子表面的盒子,拉出一个红色的插头和一个绿色的插头,"单向接驳。"

"没门!你不能强迫我与你接驳。"

"事实上,你说得对。"他意味深长地看了我一眼,"我无法做出那样的事情。"

"我可以。"我说着从自己的口袋里掏出刮刀。我按动按钮,刀锋猛地弹了出来,开始"嗡嗡"地发出光和热。

"你要用一件武器来威胁我吗,中士?"

"不,我不会的,上校。"我抬起刀锋架在自己的脖子上,看了看我的手表,"如果在三十秒之内你还没有接驳的话,你就只能看到我割断自己的喉咙了。"

他艰难地咽了一口唾沫,"你在吓唬我。"

"不,我没有。"我的手开始颤抖起来,"但我想你以前一定也曾失去过病人。"

"这件该死的事到底有多重要?"

"接驳之后你就会知道了。"我没有看他,"还有十五秒。"

"他会自杀的,你知道这一点,"门德兹说,"我曾经与他接驳过。他的死亡将会成为你的过错。"

杰弗森摇着头走回到桌子旁,"我对此不太确信,但你们似乎把我引入了圈套中。"他坐下来,把插头插了进去。

我关掉了刀锋。我想刚才自己确实是在吓唬他。

看着别人接驳就如同看着别人睡觉一样无趣。这个房间里没有什么可看的东西,但有一个掌上电脑和一支触控笔,于是我给阿米莉亚写了一封信,概述了发生的事情。大约过了十分钟后,他们开始有规律地点起头来,于是我草草地结束信件,加好密码之后发送了出去。

杰弗森断开接驳,把脸埋进自己的手里。同样断开了接驳的门德兹在一旁凝视着他。

"突然间要了解的东西太多了,"他说,"但是我真的不知道该在哪里停止。"

"你做得对,"杰弗森压低了声音说,"我必须知道事情的全部。"他坐回去大口大口地喘着粗气,"当然,现在就必须要和二十人集团接驳上。"

"你站在我们这一边?"我说。

"我认为你们的希望不大。但是,是的,我想成为你们的一员。"

"他比你还要有献身精神。"门德兹说。

"虽然有献身精神但并不确信?"

"朱利安,"杰弗森说,"尽管我对你多年来作为机械师的经历保持着应有的尊敬,尽管你承受了巨大的痛苦,因为你所看到的……因为杀死那个男孩……但是我知道,也许我比你更加清楚战争的本质和它的邪恶。不可否认的是,这些感知都来源于二手信息。"他用手掌侧面抹掉额头上的汗珠,"但是,我用在努力挽救士兵生命中的这十四年的时间,使我可以成为你们这支队伍里很好的一名新兵。"

对于他所说的话我并不感到惊讶。一个病人通常不会从他的医生那里得到太多的毫无戒备的反馈信息——这就像是与一些受到约束的思想和感情进行单向接驳一样——但我知道他是多么的痛恨杀戮,以及杀戮对杀人者产生了些什么样的影响。

阿米莉亚关掉工作了一天的机器,将纸张堆叠整齐,准备回家好好洗个澡,再小睡上一会儿。此时,一个身材矮小的秃顶男人敲响了她办公室的门,"哈丁教授吗?"

"我能为你做点什么?"

"合作。"他递给她一个已经拆开的普通信封,"我的名字叫哈罗德·英格拉姆,哈罗德·英格拉姆少校。我是军队技术评估部的一名律师。"

她把一共三页纸的单子展开,"那么,你能不能用简单易懂的话告诉我这是怎么回事呢?"

"噢,事情很简单。我们发现在您与别人合著的一篇准备发表在《天文物理期刊》上的论文里,包含着与我们的武器研究联系极为密切的内容。"

"等等。那篇论文根本没有通过同级评审,《天文物理期刊》拒绝发表它。你们的部门怎么会知道此事的呢?"

"坦白说我也不清楚。我并不从事技术性工作。"

她翻看着手中的那几页纸,"'结束和停止令'?这是张传票?"

"是的。简单地说,我们需要你所有属于这项研究的资料,以及一份声明——表明你已经销毁了所有的副本,并且保证在接到我们的通知之前,你不会再继续此项研究计划。"

她看了看他,然后又把目光转在文件上,"这是一个玩笑,对吗?"

"我向您保证这不是玩笑。"

"少校……我们并没有设计某种枪支,我们研究的只是抽象的概念。"

"我对此毫无所知。"

"到底你凭什么认为你们可以阻止我去思考些什么?"

"那不关我的事。我只需要资料和一份声明。"

"你没有从我的合作者手中拿到这些东西吗?我真的只是一个受雇的帮手,被叫来核实一些粒子物理学方面的问题。"

"我想他们一直在寻找他。"

她坐下来,把那三页纸放在身前的桌子上,"你可以走了。我必须研究一下这些文件,然后再和我们的系主任商量一下。"

"你们的系主任对我们持全面合作的态度。"

"我不相信。你说的是海斯教授?"

"不,是迈克唐纳德·罗曼签署的——"

"迈克·罗曼?他甚至都不是圈子里的人。"

"他可以雇用和解雇像你这样的人。如果你不肯合作的话,他会解雇你的。"他说话时语调平静,连眼睛都不眨。他撒了个大谎。

"我必须得与海斯谈谈。我得看看我的上司——"

"如果你现在就签这两份文件是最好不过的了,"他的语气和善中透着虚假,"然后我可以明天再来取那些资料。"

"我的资料,"她说,"包括了毫无意义的琐事以及多余的信息。我的合作者都说了些什么?"

"我不知道。我认为那是加勒比海分区的事。"

"他就是在加勒比海失踪的。你们的人不会把他杀了吧?"

"什么?"

"对不起。军队不会杀害百姓的。"她站了起来,"你可以在这里等,也可以跟着我。我要去复印这些文件。"

"如果你不复印这些文件会更好。"

"如果不复印这些文件,那将是很愚蠢的。"

他留在了她的办公室里,也许打算要四处窥探一番。她走过复印室,乘坐电梯下到了一楼。她把文件塞进皮包,跳进一辆停在街对面计程车站的计程车里。"机场。"她说,然后开始考虑她所面对的越来越少的选择。

以前往返华盛顿的费用都记在了皮特的往来账户上面,所以现在她有足够的信用点数飞往北达科他州。但是,她愿意为别人留下一条可以直接找到朱利安的线索吗?她可以用机场的公用电话给他打个电话。

但是等等,再想想。她不能就这样登上一架飞机溜到北达科他州。她的名字会出现在旅客列表中,那样当她一下飞机,就会有人在机场等着她了。"改变目的地。"她说。

"去火车站。"计程车的语音系统核实了改变后,掉头朝反方向驶去。

没有太多的人乘坐火车进行长途旅行,大部分乘坐火车的人是因为患有恐高症,或者仅仅是为了自找苦吃。还有些人想去某个地方,但又不想留下书面上的记录,于是他们就利用售票机购买火车票,使用在计程车上通用的匿名娱乐账单。(官僚主义者和道德学家们希望用信用卡替代如今这糟糕的支付系统,比如说用老式的现金卡,但是,投票者们却不愿意让政府知道他们在什么时候和谁做些什么。同时,个人配给票也便于进行交换和积蓄。)

阿米莉亚的时间掌握得正好:她跑步赶上了六点钟开往达拉斯的往返列车,就在她刚刚落座的时候,火车开动了。

她打开前面座位靠背上的屏幕,调出了一张地图。如果点击地图上的两座城市,屏幕上就会显示出列车启程和到站时间。她草草地做了一个列表。按照列表的计划,她可以在大约八小时内,从达拉斯出发到俄克拉荷马城再到堪萨斯城再到奥马哈市,最后抵达锡赛德。

"你在逃避谁,亲爱的?"一个一头白发、穿着低跟鞋的老太太坐在了她的旁边,"一个男人?"

"一点不错。"她说,"一个真正的杂种。"

老太太点了点头噘起了嘴唇,"等你到了达拉斯之后,最好带上点好吃的。你肯定不想在车厢里吃他们供应的那些垃圾食物。"

"谢谢你。我会准备的。"老太太接着看她的肥皂剧,阿米莉亚则切换到铁路杂志画面,《美国博览》,没有多少她想看的。

在前往达拉斯的余下的半个小时里,她假装打了会儿盹儿。然后,她跟那位穿着低跟鞋、戴着头巾的老太太说了声再见，就钻进了人流中。去往堪萨斯城的火车还有一个多小时才启程，所以她买了一套置换的服装——包括一件牛仔衫和一条宽松的黑色运动裤——和一些包好的三明治以及葡萄酒。然后，她拨打了朱利安留给她的北达科他州的电话号码。

"评审团改变主意了？"他问。

"比那要有趣得多。"她把哈罗德·英格拉姆和那份胁迫文件的事情告诉了他。

"没有皮特的消息？"

"没有。但是，英格拉姆知道他在加勒比海地区。我也正因为知道了这点才决定逃跑的。"

"嗯，军队的人也追踪到我了。等一下。"他的影像离开了屏幕，一会儿又出现了。

"不，只是杰弗森而已，没有人知道他在这儿。他已经彻底加入了我们的行列。"当他坐下来时，电话摄像头一直追踪着他的动作，"这个英格拉姆没有提到我？"

"没有，你的名字没在论文上。"

"但这只是时间长短的问题。即使论文上没有我的名字，他们也知道我们两个住在一起，最终还会发现我是个机械师。他们会在几小时内到达这里。你还得在别处换乘火车吗？"

"是的。"她查看了一下手里的纸，"最后一站是奥马哈市。我应该在午夜之前就能赶到那里……标准时间十一点四十六分到达。"

"好的。到时候我可以赶到那里。"

"但是接下来怎么办？"

"我不知道。我得和二十人商量一下。"

"什么二十人？"

"马蒂的人。以后再跟你解释。"

她走到售票机跟前,犹豫了一下后,还是买了一张到奥马哈的车票。如果她被跟踪了的话,也没有必要把他们引到更远的地方了。

又要冒一次险了:这里有两部电话都设有数据通信口。她一直等到火车就要离开的前两分钟,才通过电话调出了自己的资料库。她把一份《天文物理期刊》的论文副本下载到自己手提包中的掌上电脑里,然后向数据库传达命令,把论文的副本发给在她的通讯录中的身份栏里标有PHYS(物理学家)或ASTR(天文学家)的每一个人。符合条件的大约有五十个人,他们中的一大半都或多或少地参与了木星工程。他们之中会有人愿意阅读一份没有介绍、次序混乱,而且大部分内容都是关于伪算子数学的长达二十页的草稿吗?

她想,如果是她本人的话,看到这篇论文的第一行就会把它扔进垃圾箱去的。

在火车上少有可供阿米莉亚阅读的专业读物,但一般读物也受到了严格的限制,因为她不能提供自己的身份以获取任何具有版权的资料。火车有自己的在线杂志,还有《今日美国》许可的图片以及一些充斥着广告和鼓吹文章的旅游杂志。大部分时间里她把目光转向窗外,看着美国最不具吸引力的城市面貌。在黄昏时分,火车掠过城市之间绵延不绝的农田,一片平静的景象,她打起了瞌睡。当火车停靠进奥马哈的站台时,座位摇醒了她。但是,等候着她的并不是朱利安。

哈罗德·英格拉姆立在站台上,一脸得意的表情,"现在是战争时期,哈丁教授。政府无处不在。"

"如果你没有经过授权就窃听公用电话——"

"没有那个必要。在所有的火车和汽车站都有隐藏的摄像头。如果你被联邦政府通缉的话,摄像头会自动搜寻你的。"

"我没有犯什么罪。"

"我所说的'通缉'并不是指通缉罪犯的意思,只是'需要你'的意思。你的政府需要你,所以就找到了你。现在跟我走吧。"

阿米莉亚四下看了看。一些机器人守卫和至少一名人类警察监视着这片地区,逃跑是不可能的。

但是接着,她看见了朱利安,他穿着军服,躲在一根柱子后面。他竖起一根指头碰了碰自己的嘴唇。

"我可以跟你走,"她说,"但这种行为违背了我的意志,我们还要在法庭上了断此事。"

"我当然求之不得,"这位少校说着,领着她朝出站口走去,"那是我的大本营。"他们走过了朱利安身边,她可以听到他亦步亦趋地跟在他们的身后。

他们穿过出站口,朝着外面排成一条直线的计程车走去。

"我们去哪儿?"

"首先得飞回休斯敦。"他打开计程车门,不太友好地把她推了进去。

"英格拉姆少校。"朱利安说。

少校的一只脚踏在车上,半转过身来,"中士?"

"你的飞行计划被取消了。"他的手里拿着一把黑色的小手枪,扣动扳机时几乎没有发出任何声音。当英格拉姆瘫倒下来的时候,朱利安扶住了他,看上去就像正帮忙把他扶进计程车里一样,"格兰德街1236号。"他说着,从英格拉姆的供应本中撕下一张配给票塞进计程车检票口,然后把供应本放进口袋里,关上了车门,"请走地面道路。"

247

"看到你很高兴,"她试着用不冷不热的口吻说,"我们在奥马哈有熟人?"

"对。我们有熟人在格兰德街接应。"

计程车绕来绕去地穿过城镇,朱利安一直向后看着,提防有人跟踪——在车流稀少的交通状况下应该很容易发现目标。

当他们拐到格兰德大街后,他向车前望去,"注意下一条街区那辆黑色的林肯,并行停在它的旁边,我们在那里下车。"

"如果我因为并行停车被罚款的话,你会为此负责的,英格拉姆少校。"

"我明白。"他们停在了一辆气派的黑色豪华轿车旁边。车上挂着"神职人员"的车牌,车窗是不透明的。朱利安走出计程车,把英格拉姆拉进林肯车的后座里,看起来就像一名士兵在帮助一个喝醉酒的同伴一样。

阿米莉亚跟着他们。在前排座位上坐着司机,他是一个头发灰白、相貌不太文雅的男人,他戴着牧师的领圈,旁边坐着马蒂·拉林。

"马蒂!"

"我是赶来营救的。就是这个家伙交给你的文件?"阿米莉亚点了点头。当轿车启动时,马蒂把手伸向朱利安,"让我看看他的身份证件。"

朱利安递过去一个长皮夹子。"布雷兹,认识一下门德兹神父,他曾经是圣芳济会的修道士和雷福德最高安全管理监狱的犯人。"他边说话,边翻看着手上的那个钱包,接着又把它举高对着仪表灯仔细地研究起来。

"我猜您就是哈丁教授。"门德兹一只手控制着方向盘,另一只手抬起来去与阿米莉亚握手,这辆汽车现在处于手动控制状态下。到了下一条街区,汽车里响起了敲击声,门德兹松开方向盘,说了一声"回家"。

"这真让人恼火,"马蒂说着打开了头顶照明灯,"搜一下他的口袋,看看他是否带着命令的复印件。"他举高钱包,仔细地观察着一个男人和一条德国牧羊犬的合影,"一条好狗。没有家庭照片。"

"也没有结婚戒指。"阿米莉亚说,"这很重要吗?"

"简化程序。他接受过接驳手术吗?"

阿米莉亚摸着他的后脑勺,与此同时,朱利安搜着他的口袋。"假发。"伴随着撕裂声她费力地把假发揭了下来,"是的,他可以接驳。"

"很好。没有命令?"

"没有。不过,有张飞机乘客名单,他和其余三个人,'两个囚犯和一名警卫'。"

"什么时候? 在哪里?"

"到华盛顿的通票。优先权00。"

"是最高级别的还是最低级别的?"阿米莉亚问。

"最高级别的。我想你可能不再是我们唯一的卧底了,朱利安。我们在华盛顿也需要一个。"

"这个家伙?"朱利安说。

"当他与二十人集团接驳上两个星期后。这会是测试这种方法效果的一项有趣的试验。"他们还不知道到底将要面临一场什么样的试验。

我们没有随身携带手铐或其他东西,所以当英格拉姆在去往圣巴特的途中开始醒过来时,我用那支麻醉枪又给了他一针。在对他进行搜身时，我发现了一把AK101，这是一种小型的俄罗斯产钢矛手枪，为世界各地的刺客们所喜爱——枪体简洁至极。因此，尽管他的手枪已经被安全地存放在汽车仪表板的杂物箱里，我还是不想坐在后座上跟他聊天。他也许可以用自己的一根小手指就把我干掉。

事实证明，我的猜测八九不离十。当我们把他带到圣巴特——给他注射抗镇定剂药物之前，先把他绑在了椅子上——让他与马蒂进行单向接驳后，我们发现他是一个为军情局工作的"特工"，现被临时分派到技术评估部。但是，除了关于他的童年和青年时代的回忆，以及他所掌握的百科大辞典式的伤害技能外，我们收获甚少。他没有接受过马蒂曾说过的那种为了我的卧底工作所必需的记忆转移或者记忆销毁操作。他只接受了强化的催眠指令，但坚持不了多久，当他与二十人集团进行双向接驳后，一切就会真相大白了。

在此之前，他和我们都只知道他为五角大楼的哪一个部门工作。他的任务是找到阿米莉亚，并把她带回去——或者如果情况危急时杀掉她，然后自杀。他所知道的有关她的事情只是她和另一名科学家发现了一种强有力的武器，如果这种武器落入敌人的手中将会使恩古米赢得这场战争。

用这样的方法为他们的研究下定义确实很古怪。我们使用隐喻的说法"按动按钮"来代替此事，但是，如果要让木星工程进入最后的阶段，必须得有一组科学家，按照正确的顺序进行一系列的复杂操作才能完成。

理论上讲，经过第一次小心翼翼的预排后，程序可以自动执行下去，但一旦到了这一步，就再也没有人能活下来使它自动执行程序了。

因此,在《天文物理期刊》评审团里有人和军事机关有联系——这并不令人感到惊讶。但是,如果真是这种情况的话,那么,评审团拒绝论文的发表到底是因为受到了上面的压力呢,还是他们真的从我们的研究结果中发现了错误呢?

我想,如果他们事实上并不赞同我们的理论,那么就没有任何理由追踪阿米莉娅,当然也包括皮特。但是,也许情报局认为不管怎样,除掉他们才是明智的。毕竟是战争时期——他们总是这么说。

在这间普通的会议室里,除了正在接驳的马蒂和英格拉姆之外,还有四个人:阿米莉亚和我,门德兹和麦吉安·奥尔——就是那位察看英格拉姆并给他注射抗镇定剂的人。现在是凌晨三点,但是我们全都毫无睡意。

马蒂断开了自己的插件,然后把插头从英格拉姆脑后拔了出来。"怎么样?"他说。

"有很多东西要学,"英格拉姆说着,低头看了看自己被绑住的双臂,"如果你们放开我的话,我可以更好地思考。"

"他安全吗?"我问马蒂。

"你还装备着武器吗?"

我举起了麻醉枪,"算是吧。"

"我们可以解开他。在某些环境中他也许会制造麻烦,但是在一个被监控的上了锁的房间里,并且还有武装警戒的情况下,他无法制造麻烦。"

"我不确定。"阿米莉亚说,"也许你们应该等到他接受过人性化的治疗后再给他松绑。他看起来像是个危险人物。"

"我们对付得了他。"门德兹说。

"在审问阶段与他进行交流很有必要。"马蒂说,"他现在知道事情的真相,但我们还没能在情感上触动他。"

"好吧。"阿米莉亚说。

马蒂给英格拉姆松绑后坐了回去。

"谢谢你。"英格拉姆边说边揉着他的前臂,"我首先想知道的是——"

接下来发生的事情实在太快了,直到后来我看了头顶上方摄像头拍下来的录像才能描述出来。

英格拉姆轻轻地移动了一下他的椅子,好像要在他说话时半转向马蒂。事实上,他只不过在设法腾出空间,并且取得位置上的优势。

突然间,他像奥运会体操运动员一样敏捷地从椅子中挣脱并站了起来,用他的脚猛击马蒂的下巴,双脚还未落地时,他便向我坐的方向转过身来。虽然我手里还握着麻醉枪,但是并没有瞄准。我胡乱地扣动了一下扳机,接着他的两脚就一起踹在了我的胸口上——让我折断了两根肋骨。他从半空中抓住我的麻醉枪滚下桌子,双脚像跳芭蕾舞一样旋转着首先落在了地上,当我倒下的时候,他的一只脚已经伸到了我的喉咙前。这动作可能会把我的脑浆踢出来,但是,任何人都不可能毫无破绽。

躺在地板上的我无法看到太多的东西,我只听到马蒂说了句"不管用",然后就昏了过去。

等我醒来时,发现自己又坐在了椅子上,麦吉安·奥尔正从我赤裸的前臂上抽出皮下注射器。一个我见过但叫不上名字的男人也正在对阿米莉亚做着同样的事——他是罗贝尔,马克·罗贝尔,二十人集团中唯一没有和我接驳的人。

这感觉就好像是我们回到了几分钟之前,获得了一次重新开始的机会。每个人都处在原来的位置上:英格拉姆再次被安全地绑在了椅子上。但是,伴随着每一次呼吸,我的胸口都感到一阵阵剧痛,我不知道自己还能不能开口说话了。

"麦吉安,"我发出嘶哑的声音,"奥尔医生?"她转过身来,"当这一切结束后,你能不能给我看看病?我想他踢断了我的一两根肋骨。"

"你想现在就让我看看吗?"

我摇了摇头,这动作又使我的喉咙一阵疼痛,"我想先听听这个杂种有什么可说的。"

马克站在敞开的门前,"给我半分钟时间就位。"

"好的。"麦吉安走到英格拉姆跟前等着,他是现在里唯一没有醒来的人。

"隔壁是监视室,"门德兹说,"马克看到发生的一切后,在几秒钟的时间内向这个房间释放了大量的麻醉气体。这是用来对付外来者的必要的防范措施。"

"这么说,你们真的不能实施暴力?"阿米莉亚说。

"我可以。"我说,"是否介意在你们弄醒他之前先让我踢上他几脚?"

"事实上,我们可以保护自己。我不能让自己先发起暴力。"门德兹指着我说,"但是,朱利安担出了一个常见的自相矛盾的问题——如果他要袭击这个家伙,我能做的并不多。"

"要是他袭击二十人集团中的某个人呢?"马蒂问。

"你知道这个问题的答案。那样的话,我们会进行自我保护——他相当于在攻击我。"

"我可以继续了吗?"麦吉安问。门德兹点了点头,然后麦吉安给英格拉姆打了一针。

他醒了过来,本能地撕扯着绑在身上的绳子,又猛地拽了两次,然后才安静下来。"不管那是什么,肯定是一种速效麻醉剂。"他看着我,"我本来可以杀死你,你知道这点的。"

"胡说,你已经黔驴技穷了。"

"你最好希望自己永远不要发现我最厉害的时候是什么样。"

"绅士们,"门德兹说,"我们都同意你们两个是这个房间中最危险的人物——"

"从长远来看并非如此,"英格拉姆说,"你们这些剩下来的乌合之众才是这个世界上最危险的人。也许是人类历史中最危险的。"

"我们已经考虑到这种观点了。"马蒂说。

"很好,再多考虑考虑。你们将要使人类这个种族在几代人的时间里灭绝。你们这些怪物。就像是从外星球上来的生物一样,一心想要消灭我们。"

马蒂大笑起来,"这个比喻我还没想到过。但是,我们一心想要消灭的,是这个种族的自我毁灭能力。"

"我不相信你们能做到——即使你们能成功,如果我们变得不再像个男人又有什么意义?"

"我们中的半数生来就不是男人。"麦吉安平静地说。

"你知道我的意思。"

"我想你已经说了你要说的。"

"他对事情紧迫性的原因知道多少?"我问。

"没涉及细节。"马蒂说。

"那个'终极武器',不管它是什么,1945年终极武器就出现在世人眼前了,我们不是也幸存至今了吗?"

"还有更早的,"门德兹说,"飞机、坦克、神经毒气。但是,这一个更加危险。更加终极。"

"你还被蒙在鼓里,"他用一种古怪而又殷切的表情看着阿米莉亚,"但是这里其他所有的人,这个'二十人集团'都知道此事。"

"我不清楚他们知道多少,"她说,"我没有与他们接驳过。"

"但是你可以,很快就会接驳的,"门德兹对他说,"然后一切就真相大白了。"

"强迫他人违背自己的意愿接受接驳,是违犯《联邦法》的。"

"真的吗?我想他们也不乐意看到我们麻醉某人并绑架了他,然后还要把他绑起来审问吧?"

"你们可以松开我。我明白肉体上的抵抗是没用的了。"

"我想我们不能,"马蒂说,"你的动作有点太快、太出色了。"

"你们绑着我,我不会回答任何问题的。"

"噢,我想无论如何你会回答的。麦吉安?"

她举起了皮下注射器,将侧面的刻度盘调了两级。"就等你一句话了,马蒂。"

"塔兹来特F-3。"麦吉安微笑着说。

"现在才真正是违法的了。"

"噢,我的天。它们会把我们的肉体切成碎片,然后再把我们风干。"

"这一点也不可笑。"这个男人的声音中明显透露出了紧张。

"我想他知道这东西的副作用,"麦吉安说,"它们持续很长时间,对于减轻体重效果极佳。"她朝他走过去,他畏缩了。

"好吧,我会说的。"

"他会撒谎的。"我说。

"也许,"马蒂说,"但下次我们接驳的时候会发现的。你说我们是这个世界上最危险的人,要使人类灭绝。你愿意详细谈谈你这种说法吗?"

"也就是说如果你们成功了,你们将会转变我们大部分人,从上到下。然后恩古米,或者随便什么人就会闯入我们的世界控制我们,你们的实验也就到头了。但我认为你们不可能成功。"

"我们也会同时转化恩古米武装分子的。"

"但你们的人数既不够多,速度也不够快。他们的领导层太过分裂,还没等你们将所有的南美洲恩古米分子转化完,非洲的恩古米分子就会赶过来把他们吞并。"

有点种族主义色彩,我想,但没有说出来。

"但是如果我们真的成功了,"门德兹说,"你认为情况会更糟糕?"

"当然!输掉一场战争,你可以东山再起,重新战斗;而失去了战斗的能力……"

"但是到时候将没有战争了。"麦吉安说。

"可笑。这个方法并不是对所有人都有效。即使有千分之一的人无法转化,他们也会武装起自己,控制这个世界。而你们将只能任由他们走进城市,按照他们说的去做。"

"事情并没有那么简单,"门德兹说,"我们保护自己可以不通过杀戮。"

"怎么做,像你们保护自己不受我的伤害那样?把每个人都用毒气麻醉,再把他们绑起来?"

"我确信我们可以提前想出策略。毕竟我们拥有很多像你们一样能够解决问题的有头脑的人。"

"你实际上是个军人,"他转头对我说,"而你却赞同这些蠢人的想法?"

"我并没有主动要求成为一名军人,而且我无法想象有哪种和平的状态会比我们参与的这场战争更愚蠢。"

他摇了摇头,"好吧,他们已经同化你了。你的观点不算数。"

"事实上,"马蒂说,"他是自愿站在我们一边的。他没有经历过人性化程序的改造。我也没有。"

"那么你们两人就更算得上是傻子了。消除了竞争,你们就不能再算是人类了。"

"这里依然有竞争,"门德兹说,"甚至是体力上的。埃莉和麦吉安玩起手球毫不相让。我们中的大多数人因为年纪的原因行动变得迟缓起来,但是,我们依然可以用你甚至无法理解的方式进行精神上的竞争。"

"我也有接驳插件。我以前也做过那样的事情——闪电象棋[①]和三维象棋[②]。不过你们肯定清楚,那样的游戏与竞争是不同的。"

"是的,是不同的。你虽然曾经接驳过,但是时间还不够长,所以根本不明白我们的游戏规则。"

"我在谈论的是冒险,不是规则!战争确实残酷而可怕,但这就是生活。其他的游戏只能是游戏。战争才是真实的。"

"你是个返祖人,英格拉姆,"我说,"你一心想着把自己涂满油彩,然后去敲烂别人的脑袋。"

"我是一个男人。我不知道除了懦夫和叛国贼之外,你到底算是个什么东西。"

[①]美国一种象棋玩法,规定时间内必须出棋。
[②]一种在三维棋盘上玩的象棋,起源于电影《星际迷航》。

我不能再装着他没有激怒我的样子了。我的一部分自我真想和他单挑，把他打成肉酱，但这正符合他的心愿——我相信他可以把我的一只脚从屁眼里塞进去，再从我的喉咙里掏出来。

"对不起。"马蒂说着，轻轻地敲了一下右耳环接听电话。过了一会儿，他摇了摇头，"他的命令是从更高层领导人那儿下达的，我无法查出他们所预期的他的返回时间。"

"如果我在两——"

"噢，闭嘴。"他朝麦吉安做了个手势，"对他进行麻醉。我们越早跟他进行接驳越好。"

"你们没必要把我麻醉了。"

"我们必须赶到这栋建筑的另一侧。我宁可抬着你也不愿意相信你。"

麦吉安把皮下注射枪换上了另一种药剂，给他注射了一针。他挣扎了几秒钟，然后便瘫了下来。马蒂上前要解开他。"等上半分钟，"麦吉安说，"他也许会作假。"

"给他注射的东西和这个不一样吗？"我说着举起手中的麻醉枪。

"不一样，他已经在一天时间里使用那种药剂太多了。这种药剂发作得没有那么快，但是也用不了你那么多的量。"她走过来，用力地掐了掐他的耳垂。他没有反应。

"好了。"

马蒂松开了他的左臂，他的手臂突然向喉咙方向伸过去，到了一半时软绵绵地垂了下来。他的嘴唇抽搐了一下，眼睛仍然紧闭着。"顽固的家伙。"马蒂犹豫了一下，然后把其余部分的绳子也解开了。

我站起来想帮着他去抬英格拉姆，但胸口的一阵疼痛又使我退了回来。"你坐下来,"麦吉安说,"在我找机会给你看病之前,连支铅笔也不要拿。"

其他人都挤作一团抬着英格拉姆出去了,只留下我和阿米莉亚。

"让我看看那儿。"她说着,解开了我的衬衫。在我的胸口下方有一片红色的区域,现在已经开始变成淤伤留下的棕褐色,很快就会变成紫色了。她没有触摸伤处,"刚才他很可能会杀死你的。"

"我们两人都一样。面临着被通缉的感觉如何?死人活人他们都要。"

"令人作呕。他不可能是唯一的人。"

"我本来应该预见到这些,"我说,"我应该知道军队是以什么样的方式工作的——毕竟,我是其中的一员。"

她轻轻地抚摸着我的胳膊,"我们只顾上担心其他科学家的反应了。在某种意义上来说,这很有趣。即使我考虑到了外界的反应,我也认为人们会接受我们的研究结果,并为我们及时发现了这个问题感到高兴。"

"我想大多数人会做出这种反应,即使是军队里的人。但是,首先得知这个消息的部门偏偏是少数的那几个。"

"间谍。"她一脸苦相地说,"国内的间谍还看物理期刊?"

"现在我们知道他们是确实存在的,他们的存在似乎是无可避免的。他们所要做的,就是用一台机器定期地搜索递交给物理科学和一些工程学领域期刊的同级评审委员会的论文大纲里的关键词。如果有什么内容看起来像是有军事应用价值的,他们就着手进行调查并在幕后操作。"

"然后杀掉作者们?"

"或许会把他们招募进军队,让他们穿上军服搞研究。对于我们这种情况,也就是你这种情况来说,就需要动用极端的手段了,因为这种武器的威力过于巨大,根本不能使用。"

"因此,他们就会拿起电话,向某人下达追杀我的命令,再命令另外的人追杀皮特?"她朝自动吧台吹了声口哨,点了葡萄酒。

"嗯,马蒂从他那儿得知他的主要任务是把你带回去。皮特也许现在正待在华盛顿某处的一间这样的屋子里,被注射了大剂量的塔兹来特F-3,招认他们已经知道的东西呢!"

"可是如果真有那么回事的话,他们也会知道你的情况的。这会使你溜进波特贝洛做卧底的任务雪上加霜的。"

葡萄酒送来了,我们品尝着葡萄酒,彼此对视着,想着同样的事情:只有在皮特还没有告诉他们有关我的事情之前死去,我才会安全。

马蒂和门德兹走进来,在我们旁边坐下,马蒂揉着他的脑门,"我们现在就必须尽快行动,动用一切力量。你们排现在的轮班情况是什么样的?"

"他们已经接驳上两天了。在兵孩里面有一天。"我说,"他们可能还在波特贝洛进行培训,利用在佩德罗维勒的演习训练新的排长。"

"很好。我必须要做的第一件事就是,看看我认识的那位将军是否可以把他们的训练时间延长——五到六天应该足够了。你确定那条电话线路是安全的?"

"绝对安全,"门德兹说,"否则我们都得穿上军服或者住进精神病院了,包括你在内。"

"我们大约有两周的时间。时间很充裕。我可以在两到三天内调整完朱利安的记忆系统,把他调到三十一号大楼里接应他的排。"

"但是,我们无法确定他是否还可以去那里,"阿米莉亚说,"如果指派英格拉姆追杀我的人抓住了皮特,并且得到了他的口供的话,他们就会知道朱利安在数学方面与我们合作过。这样,等下次他去报到上班时,他们就会抓到他。"

我捏了捏她的手,"我想这虽然是一次冒险,但我必须接受。可以修改我的记忆,这样他们就无法通过我追踪到这个地方。"

马蒂若有所思地点了点头,"修改你的记忆这部分工作相当简单,但是这确实把我们推入了困境……为了让你能够重返波特贝洛,我们必须要抹掉你从事这个问题研究的那一部分记忆。但是如果因为皮特的原因,他们抓到了你,并且发现了一处空白时间段却没有记忆的话,他们就会知道你的记忆已经被修改了。"

"你能把空白时间段与自杀企图建立上联系吗?"我问道,"反正杰弗森一直建议删除掉那些记忆。你不能让那段时间看起来就像是自杀企图被删掉后留下的空白吗?"

"也许。只是也许……我可以来点吗?"马蒂往一个塑料杯中倒了些葡萄酒。他把杯子递给门德兹,门德兹摇了摇头,"不幸的是,这并不是一个可加过程——我可以移走记忆,但是却不能用假记忆代替原来的记忆。"他喝了一口酒,"不过有了杰弗森的加入,也有这种可能性——制造一个他抹掉了你过多的记忆,以至于包括你在华盛顿工作的那一周的记忆也被抹去的假象也许并不困难。"

"这事看起来漏洞越来越多了,"阿米莉亚说,"我是说,我几乎对接驳一无所知——但是,如果那些人与你、门德兹或者杰弗森接驳的话,难道整件事情不就算是完了?"

"说到自杀,我们现在需要的是自杀药丸。"我说。

"我不能让人们那么做。我也不敢肯定自己是否会那么做。"

"即使是为了拯救宇宙也不会?"我本来话中是带着讽刺的,但从我嘴里说出来却成了一句普通的陈述。

马蒂的脸色有些发白,"当然,你是对的。我至少应该准备好将它作为一个选择。为我们所有的人。"

门德兹大声地说:"这没有什么可激动的。但是,我们忽略了一个可以争取到时间的显而易见的方法:我们可以转移走。向北走两百英里,我们就可以到达一个中立的国家。在派刺客进入加拿大之前,他们得再三斟酌。"

我们全都思考着这个问题。"我不知道行不行,"马蒂说,"加拿大政府没有任何理由来保护我们。一些外派机构会提出引渡申请,到第二天我们就会在华盛顿的监狱里了。"

"墨西哥可以。"我说,"加拿大的问题在于它还不够腐败。我们带着纳米炉去墨西哥,可以买通政府让他们为我们绝对保密。"

"没错!"马蒂说,"而且在墨西哥有很多的诊所,我们可以在那里架起接驳装置进行记忆修改。"

"但是,你能想个什么样的方法把纳米炉运到那里?"门德兹说,"它的重量超过一吨,这还不算所有那些装着为它提供能源的大桶小桶和盆盆罐罐。"

"用这个机器制造一辆卡车?"我说。

"我想不行。它无法制造出任何横截面超过七十九厘米的物品。理论上来说,我们可以制造一辆卡车,但这辆卡车要由上百块零部件组成,我们还需要两个熟练的技工和一个大型的金属加工车间以便装配卡车。"

"我们为什么不偷上一辆?"阿米莉亚小声地说,"军队里有许多卡车。你那个将军可以更改官方档案,提升和调任人员,他当然也可以给我们派来一辆卡车了。"

"我想调动实体目标要比下达命令更难一些,"马蒂说,"不过,值得一试。有人会开车吗?"

我们全都互相看着对方。"二十人集团中有四人可以,"门德兹说,"我从来没有驾驶过卡车,但我想跟其他车也不会有太大的区别。"

"玛吉·卡梅伦过去是一名司机,"我回忆起与他们接驳时得到的信息,"她曾在墨西哥开过车。里兹在军队里学习过驾驶,开过军队的卡车。"

马蒂站起来,步伐缓慢地向前走去,"带我到那条安全的电话线路去,伊米莉奥。我们看看这位将军可以做些什么。"

门口传来急速的轻声敲门声,接着,尤尼蒂·韩上气不接下气地推开了门,"你们得知道这些。我们一和他进行双向接驳,就发现……那个叫皮特的男人,他死了。据他所知,他被当场杀死了。"

阿米莉亚咬着一个指关节看着我。一滴眼泪流了下来。

"哈丁教授……"她迟疑了一下,"一旦英格拉姆确定你的资料被销毁,你也会被杀死的。"

马蒂摇了摇头,"这不是技术评估部的做法。"

"也不是军情局,"尤尼蒂说,"英格拉姆隶属于亡命徒的一个基层组织。一共有上千个亡命徒组织,分散地渗透进整个政府机构中。"

"上帝啊,"我说,"而现在他们知道我们可以把他们的预言变成现实。"

根据英格拉姆提供的信息,他个人只知道另外三名上帝之锤的成员,其中两名是他就职于技术评估部的同事——一名是在芝加哥英格拉姆办公室工作的文书,另一名就是赶往圣托马斯追杀皮特·布兰肯希普的那位。第三个人他只知道名字叫伊齐基尔,他每年只带着命令露面一两次。伊齐基尔宣称,上帝之锤在政府和商业部门拥有数千名成员,大多数都分布在军队和警察机构里。

英格拉姆曾经暗杀了四个男人和两个女人,除了一人外全部是军队上的人(这一人是他暗杀的科学家的丈夫)。这些人都离芝加哥很远,而且大部分被害者都像是因为自然原因而导致的死亡。只有一例,他强奸了被害者,并用一种特别的方式将她的尸体大卸八块,是上边命令他这么做的,目的是使这起死亡事件看起来像是曾经发生的系列连环杀人案之一。

对于杀死的那些人他毫无悔恨,他把他们当作是被自己送往地狱的危险罪人。他尤其喜欢残害尸体,满足于其中的刺激,他一直希望伊齐基尔能为他带来下一个这样杀人的任务。

三年前,英格拉姆接受了插件植入手术。他的亡命徒同事们本不应该同意他的做法,当然他也不赞成他们通常的享乐主义做法。除了表演杀人外,他只在接驳礼拜堂使用他的接驳插件;对于他来说,前者也属于一种宗教体验。

他杀掉的其中一人是名不当班的机械师,像坎迪一样的稳定剂。这让朱利安对以前的一些人充满了疑问,包括曾经强奸了阿莉并把她抛在那里等死的那伙人,也许他们都是亡命徒。

还有那个在便利店外面拿着刀子的亡命徒。他们究竟只是疯了呢,还是部分是有组织有纪律的行动?或者两者皆有?

第二天早晨,我与那个杂种接驳了一个小时,其中的五十九分钟似乎都漫长得让人难以忍受。他的行为让斯科维勒看起来就像是个唱诗班的小男孩。

我必须出去散散心了。阿米莉亚和我找到游泳衣后,骑着车子去了海滩。在男士更衣间里,两个男人用一种奇怪的敌视眼神盯着我。我想可能是这里少有黑人出现的缘故,或者也许只是这里少有骑车子的人。

我们没游多长时间;海水的盐分太浓了,带着一种油腻的金属味道,还出奇地冷。不知什么原因,这海水闻起来就像是腌火腿的味道。我们艰难地走上岸,擦干身上的水,浑身哆嗦着在这片古怪的海滩上散了一会儿步。

一眼就可以看出海滩上的白沙不是天然的。我们实际上是踩在由某种深棕色的玻璃构成的凹坑表面上。沙子太易碎了,踩在脚下发出吱吱的响声。

这里与我们曾经度过假的德克萨斯州帕德里岛和马塔哥达岛的海滩相比,显得相当奇怪:没有海鸟,没有贝壳,也没有螃蟹;只是一个巨大的圆形人造物,里面填满了碱水。阿米莉亚称它是由一个头脑简单的上帝创造出来的湖泊。

"我知道上帝在哪里能找到数千个追随者了。"我说。

"我梦到他了,"她说,"我梦见他抓住了我,就像你跟我说过的那个人一样。"

我犹豫了一下,"你想讨论这件事吗?"他把受害人从肚脐一直切到子宫,然后在切断她的喉咙之后,作为点缀,又穿过中腹部划了一个十字交叉。

她甩了甩手,"如果这世界像他所展示的那样,那么现实比那个梦还要可怕。"

"是的。"我们曾经讨论过他们这种人只有几个的可能性,也许世界上只有这四个欺世的阴谋者。但是,似乎他可以利用到极为丰富的资源——信息、金钱、定量信用点数,以及像AK101这样的小玩意儿。马蒂准备今天早晨和他的将军谈一谈。

"他们的情况和我们正相反,这很恐怖。我们可以查到并审问一千名他们的同党,却不一定能问出他们的实际计划。但是,如果他们与你们之中的任何一个人接驳的话,他们就会知道所有的事情。"

我点了点头,"所以我们必须得赶快行动了。"

"行动,句号。一旦他们追踪他或者杰弗森来到这里,我们就死定了。"她停下了脚步,"我们在这里坐会儿吧。就这样安安静静地坐上几分钟。这可能是我们最后的机会了。"

她盘起双腿,摆出了一副在莲花里打坐的姿势。我顾不上什么优雅的仪态,随便坐了下去。我们彼此拉着手,静静地看着早晨阴沉的死水上蒸腾的薄雾。

马蒂向他的那位将军报告了英格拉姆所泄露的关于上帝之锤组织的情况。将军说这事听起来很荒唐,但他会进行一些谨慎的调查。

那位将军同时还为他们找到了两辆退役的汽车,当天下午就送到了他们手中:一辆重型全封闭式卡车和一辆学校巴士。他们把引人注目的军绿色车身喷成了教会惯用的粉蓝色,并在每辆车上都写上"圣巴托罗缪修道院"。

移动纳米炉可不是件轻松的事。很早以前将它运到这里的那些人,是用了两辆重型台车、一个斜坡和一个绞盘才将它挪到地下室里的。他们临时利用机器如法炮制,将它托起来放在台车上面,然后他们将三扇门拓宽,设法把它弄进了车库,这一天把他们搞得筋疲力尽。然后到了晚上,他们偷偷摸摸地把它运出来,用绞盘把它吊进了封闭卡车中。

与此同时,他们改装了学校巴士,这样英格拉姆和杰弗森就可以在车中进行连续的接驳,这意味着要将车里的座位取出去,换上床,还有供应他们给养和水的设备以及排泄设施。他们将连续不断地与二十人集团中的两个人或朱利安本人进行接驳,每四个小时换一班人。

朱利安和阿米莉亚的工作就是充当小工,将汽车里最后四排座位扯下来,为车上的床位临时拼凑一个坚固的框架。他们正在刺眼的灯光下挥汗如雨地拍打着蚊子,这时,门德兹踩着重重的脚步走进巴士里面卷起了自己的袖子,"朱利安,我来接管这里。二十人集团需要你去与他们接驳。"

"乐意之至。"朱利安站起身来,舒展了一下身体,两边的肩膀都发出噼啪的响声,"怎么了?我希望是英格拉姆犯了心脏病。"

"不是,他们需要一些关于波特贝洛的实际资料。为了安全起见,进行单向接驳。"

阿米莉亚目送着朱利安离开了巴士,"我为他担心。"

"我担心我们大家。"他从裤子口袋中拿出一个小瓶子打开了,抖出一粒胶囊。他把胶囊递给了她,他的手有些发抖。

她看着这个银色的椭圆形物体,"毒药。"

"马蒂说药效几乎是瞬间发作的,而且无法挽回。这是一种直接作用在脑细胞中的酶。"

"感觉它像是玻璃的。"

"是某种塑料。关键时刻我们应该咬破它。"

"如果仅仅是吞下去会怎么样呢?"

"会需要更长的发作时间,要领在于——"

"我知道要领是什么。"她把胶囊放进上衣口袋,并合上了按扣,"那么,二十人集团想知道些有关波特贝洛的什么情况呢?"

"事实上是巴拿马运河区。他们想知道战俘营的地点,如果有可能的话,还需要知道波特贝洛与战俘营之间的路线情况。"

"他们了解这些数以千计满怀敌意的战犯干什么?"

"把他们转变成我们的同盟。将他们所有人接驳上两周,使他们人性化。"

"然后放他们走?"

"噢,不。"门德兹笑着,回头朝房子看了看,"即使仍然待在监狱中,他们也不再会是犯人了。"

我断开接驳,低头凝视着野花待了一分钟,有点希望刚才进行的接驳是双向的,又有点希望不是双向的。然后,我站起来,蹒跚地朝着马蒂落座的野餐桌边走去。出人意料的是,他竟然在切柠檬。桌子上摆了一大塑料袋柠檬、三只灌壶和一个手动榨汁器。

"那么你有什么想法?"

"你在制作柠檬水。"

"我的强项。"每一只灌壶底部都放着定量的白糖。当他切开柠檬后,他会从柠檬中间取出一个薄片扔到白糖上面,然后将两半柠檬全都挤压成汁。看起来好像一只灌壶可以容得下六个柠檬的量。

"我不知道,"我说,"这是一个极其大胆的冒险计划。我有几点疑虑。"

"说吧。"

"你想接驳吗?"我朝放着单向接驳插头的桌子点了点头。

"不用。先简单说一下,也就是用你自己的话说一下。"

我面对着他坐下来,在双掌之间滚动着一个柠檬,"数以千计的人。全部是外来文化的国民。这种方法是能起点作用,但是,你仅仅在二十个美国人身上做了这个实验——二十个白种美国人。"

"没有理由认为这种方式会受到不同文化的限制。"

"二十人集团也是这么说的。但是反过来说,也没有证据能证明它的正确性。想象一下如果最后转变出来的是三千个语无伦次的疯子呢?"

"不太可能。这是一门成熟而保守的科学——我们本应该先在小范围内做个实验,但是我们来不及了。我们现在不是在研究科学——我们是在参与政治。"

"超越了政治。"我说,"无法用语言准确表达我们正在从事的事业。"

"社会工程学?"

我忍不住笑了出来,"我可不敢在工程师面前这么说。这就像是撬棍和大锤进行的机械工程一样。"

他把注意力集中在一个柠檬上,"你仍然真心实意地认同我们现在必须去做这些事情吗?"

"有些事是必须要做的。几天以前,我们还在考虑这样那样的选择,但现在我们已经处于一个光滑的坡道上面了:既慢不下来,也无法回头。"

"事实如此,但是记住,我们并非是出于自愿的。杰弗森把我们推到了坡道的边缘,而英格拉姆则把我们推了下去。"

"是的。我妈妈总喜欢说,'不管是对是错,总要做点什么。'我想我们目前就是这种情况。"

他放下手里的刀子看着我,"实际上并不是,至少不完全是。我们确实还有一种简单的选择,就是将之公诸于众。"

"关于木星工程的秘密?"

"关于整个事件。政府十有八九是想发现我们目前在做些什么并压制我们。我们可以通过将整个事件公诸于众,使他们无计可施。"

我甚至连想都没想过这一点,这真古怪。"但是,我们无法让人们百分之百地听从我们。按你的估计,那个数量甚至连一半都不到。那么我们就会进入到英格拉姆的噩梦世界中了,少数的羔羊落在狼群的包围之中。"

"比那还要糟糕。"他兴奋地说,"是谁在控制着媒体?在第一个志愿者加入之前,政府就会将我们描绘成一群妄想统治世界的恶魔、精神控制者。我们会被四处追杀,死于非命。"

他切完了所有的柠檬,在每只灌壶中倒入了等量的柠檬汁。"我苦苦思索了二十年才明白这个道理。没有哪一种方法可以解决这中间的谜题:为了使某人人性化,我们就必须给他安装上接驳插件;但是一旦人们进行了双向接驳植入术,就无法再保守住秘密了。

"如果我们完全不受时间限制的话,我们可以建立一个像那些亡命徒一样的组织系统,为每一个不是最高级别的人员精心修改记忆,这样就没有人可以泄露出你我的身份。但是,记忆修改需要训练、设备和时间。

"关于人性化战俘营囚犯的想法，一部分原因是为了提前破坏政府反对我们的企图。它最开始是作为一种让犯人们维持秩序的方法出现的——但是随后，我们会让媒体'发现'在他们身上发生了更为意义深远的变化，无情的杀手转变成了圣徒。"

"与此同时，我们对所有的机械师如法炮制。每次一班。"

"说得没错，"他说，"如果一切可行的话，需要四十五天。"

其中的算法已经很清楚了。一共有六千个兵孩，每个兵孩被三班人轮流操作。每班人需要十五天，经过四十五天之后，就会有一万八千人站在我们这一边了，再加上还有一两千人操作空兵孩和水兵孩，他们也可以同时被人性化。

马蒂的将军所要做的或者所要尝试的就是，宣布进行一场世界范围内的心理军事演习，需要某些兵孩排在岗时间延长一到几周的时间。

只需要额外的五天时间就可以"转变"一名机械师，但是，随后并不能让他回家休息了事。他们行为举止上的变化是很明显的，而且当某个人和别人接驳时，就会泄露所有的秘密。幸运的是，一旦机械师们接受了接驳，他们就会理解被隔离的必要性，所以把他们留在基地是不成问题的。（不过，为这些多出来的人提供给养和住房倒是个问题，马蒂的将军届时会将他们合并到训练队伍中。让士兵露营上一两周绝不会伤着他们的。）

与此同时，对于战俘营囚犯发生的"转变"奇迹的宣传会引起公众对此的高度信任，然后顺理成章地接受我们的下一步。

最终的非暴力政变：和平主义者接管了军队，而军队接管了政府。然后人们——激进的想法！——自己接管了政府。

"但是,整个事情的成败与否都要看这个神秘的男人或者女人的了,"我说,"某个可以修改军队医疗记录、重新任命几个人的人,不错。还可以挪用一辆卡车和一辆巴士。但这些比起发动一场全球性的心理学军事演习来说,根本不值一提。那其实相当于接管了兵权。"

他平静地点了点头。

"你不打算在柠檬汁里加水?"

"要等到早晨才可以。这是秘方。"他将两臂交叉抱在胸前,"至于那个大秘密,他的身份,你正在冒着危险接近答案。"

"总统?"我大笑起来,"国防部长?参谋长联席会议主席?"

"给你一个组织机构表的话,你可以利用自己知道的信息找出答案。这是一个问题。从现在到你的记忆被修整这个期间,我们极易受到攻击。"

我耸了耸肩膀,"二十人集团已经告诉过我关于自杀药丸的事了。"

他小心地打开一个褐色的小瓶,抖出三粒药丸倒在我的手掌心里,"咬破一粒你就会在几秒钟之内脑死亡。对于你和我来说,药丸应该放在一颗玻璃牙齿里。"

"放在一颗牙里?"

"老一套的间谍把戏了。如果他们活捉了你或我,并且让我们接驳,将军就成了瓮中之鳖,整个计划也就破产了。"

"但你的插件只允许单向接驳。"

他点了点头,"对付我,他们可能要加上点折磨人的手段了。对于你……好吧,你还是应该知道一下他的名字。"

"迪斯参议员?教皇?"

他拉着我的胳膊,领我回到巴士中。"他是斯坦顿·罗瑟少将,国防人事部副部长。他是二十人集团成员之一,但人们以为他已经死了,他更换了一个新的名字和一副不同的面孔。现在他的接驳插件已经无法使用了,但另一方面,他实际上与我们联系得很紧密。"

"二十人集团中没有人知道?"

他点了点头,"而且现在他们不可能从你我身上知道真相——只要在我们抵达墨西哥并修剪你的记忆之前,不和任何人进行接驳。"

他们的南下墨西哥之旅充满了太多的趣事。卡车里的燃料电池消耗电量实在太快了,他们不得不每隔两个小时就重新充一次电。在走出南达科他州之前,他们决定停车半天,重新布置卡车的电力线路,以便通过纳米炉的热核聚变发生器直接供电。

接着巴士又坏了,传动装置失灵。它的基本组成是一个通过磁场控制的铁粉密封气缸。二十人集团中的两人,汉诺威和拉姆共同找出了问题所在,是变速程序出了毛病——当动力需求量达到某个临界点时,磁场会自动关闭一会儿,然后转换到低速挡;当动力需求量达到另一个更低的阈值时,又会转换到高速挡。但是变速程序出现了故障,在一秒钟内上百次地尝试着变换挡位,所以铁粉气缸无法持续足够长的时间来传输动能。当他们找出问题所在后,修复就变得容易了,因为变速参数是可以手动设置的。他们不得不每隔十到十五分钟时间重新设定一下参数,因为这辆巴士并没被设计用来承受如此重的负载,必须不停地给予动力补偿。但是,他们在这样的条件下,仍然按照计划在一天里走走停停地向南开出了一千英里。

在他们进入德克萨斯州之前,马蒂已经安排好了与斯潘塞的秘密见面。斯潘塞在瓜达拉哈拉拥有一间诊所，阿米莉亚就是在那里做的插件植入术。马蒂没有透露拥有纳米炉的消息，但是他明确提到他对一台纳米炉拥有不受监管的有限的支配权，而且他可以为这个医生制造所有纳米炉能够在六小时内完成的物品。只要是合理要求，就没有任何问题。作为证明，他给对方送去了一磅重的钻石镇纸，镇纸的顶部用激光刻着斯潘塞的名字。

作为六个小时纳米炉使用权的交换，斯潘塞医生打乱了所有的病人预约计划，重新安排了员工，这样马蒂的人就可以在一周内拥有自己的庇护所，并且可以利用这里的几个技师。延期与否的问题再定。

一周正是马蒂所需要的全部时间，这段时间可以修剪好朱利安的记忆，并完成被他们俘虏的那两人的人性化改造。

通过国界进入墨西哥很容易，一笔简简单单的金钱交易就可以达到目的。用同样的方法从墨西哥进入美国则几乎是不可能的，美国一边的机器人警卫呆板、高效，且难以行贿。但是，他们是不会开车回国的，除非计划完全失败。他们打算乘坐军事飞机飞回华盛顿——最好不是以罪犯的身份。

驱车前往瓜达拉哈拉又用去了一天的时间。之后的两个小时里，车辆缓慢地穿越在瓜达拉哈拉的地盘上。所有年久失修的街道看上去好像自20世纪以来就一直没有修理过。不过，他们最终还是找到诊所，把卡车和巴士停在了地下的一个车库中，那里由一个拿着冲锋枪的老头儿把守着。门德兹留在卡车上，密切注视着警卫的动向。

斯潘塞已经准备好了一切，包括为巴士中的人租下了附近的拉·佛罗里达宾馆。除了核实他们的需求之外，别无问题。马蒂将杰弗森和英格拉姆安置在诊所里,与二十人中的某两人继续接驳。

他们开始在拉·佛罗里达宾馆分阶段设计波特贝洛的计划。他们认为当地的电话并不安全,于是利用一条抗扰频的军事线路通过一颗卫星与罗瑟将军联系。

把朱利安分配到三十一号大楼做一名中层管理人员受训者是件很容易的事,因为他已经不再是连队战略计划的一分子了。但是,计划的另外一部分——要求延长一周他的排待在兵孩里的时间——被营队拒绝了,简单的解释是:"孩子们"已经在过去的几轮工作中承受了太多的压力了。

说的倒都是事实。他们已经度过了三周没有接驳的日子,整天回忆利比里亚的灾难;当他们重返岗位时,有些人根本进入不了军人的状态。接着,他们又得面临与朱利安的替代者艾琳·扎基姆重新开始训练磨合的压力。在九天的时间里,他们被限制在波特贝洛——"佩德罗维勒"——一遍又一遍地重复着同样的演习,直到他们与艾琳之间的默契程度与朱利安接近为止。

(结果证明确实有件事令艾琳惊喜。她估计他们会因为新排长是从外部调任而非本排内成员提升产生而对她心生怨恨,结果恰恰相反:他们全都非常熟悉朱利安的工作性质,他们中没有一人想当排长。)

幸运的是,那位唐突地拒绝了延长值班时间要求的上校却要求为自己调换一个工作岗位。这种事也并非绝无仅有——许多三十一号大楼里的军官宁愿被分配到别处去参与更多的军事行动,或者减少一些工作。这位上校突然接到调令,他被派往博茨瓦纳[①]的一个工作量很轻的集中营,那是一处颇为和平的地

[①]位于南非共和国境内。

方,联盟军队的出现受到极大的欢迎。

代替他的上校是从华盛顿国防人事部的斯坦顿·罗瑟办公室调来的。他调来的几天里,在梳理了一下他前任的政策和政绩之后,悄悄地对朱利安以前的排的行动做了调整。作为国防人事部一项长期研究计划的一部分,他们将会持续接驳,直到7月25日。到了25号,他们将被带进三十一号大楼接受测试和评估。

罗瑟的国防人事部无法直接干预巴拿马运河区战俘集中营的事务;那里由陆军情报部的一个缩编连管理,该连在那里设置了一个兵孩排。

他们面临的挑战在于需要想出某种方法,在不受任何兵孩或情报部官员干涉的情况下,将所有的战俘同时接驳上两个星期,其中的一名官员也需要具备接驳插件,便于对其进行窃听。

为了达到这一目的,他们为哈罗德·麦克劳克林"变"出了一个陆军上校的职位,他是二十人集团中唯一一名既有军队经验,又能说一口流利西班牙语的人。他被调到运河区监视长期的战俘"安抚"行动。他的制服和任命书已经在瓜达拉哈拉等着他了。

在德克萨斯的一天深夜,马蒂给所有的周六特别夜的成员都打了电话,用一种神秘而又谨慎的语气问他们是否愿意来瓜达拉哈拉与他和朱利安、布雷兹三人一起度个假期,"每个人都已经承受了太多的压力。"这样做部分原因是要从他们各自不同的客观看法当中上吸取经验,同时也是为了在招来麻烦的人出现并盘问他们之前,将他们带出国境。除了贝尔达之外,所有人都说他们能来;即使是刚在瓜达拉哈拉待了两周,将堆积了几十年的脂肪抽出身体的雷也欣然同意。

因此,除了贝尔达之外,谁将第一个出现在拉·佛罗里达宾馆呢?最后恰恰是贝尔达第一个出现——拄着一根拐杖蹒跚地走了进来,身后还跟着一个不堪重负的搬运工。马蒂站在门廊里,有那么一会儿时间就一言不发地盯着她看。

"我又仔细地想了想,决定还是坐火车赶来。我要知道这不是天大的错误。"她朝那个搬运工点了点头,"告诉这个善良的孩子把我的东西放在哪里。"

"嗯……房间十八(西班牙语)。十八号房间。上楼。你会说英语吗?"

"知道了。"他说着,摇摇晃晃地背着四个大包往楼上走去。

"我知道阿舍今天下午会赶来,"她说,现在还没到十二点,"其他人呢?我想我应该一直休息到欢宴开始时。"

"很好。不错的主意。在六点或七点时所有的人都会来到这里。我们在八点安排了自助餐。"

"我会去的。你自己也睡会儿吧。你看起来很糟。"她一手拄着拐杖,一手扶着楼梯的扶栏朝楼上走去。

马蒂看上去就和她说的一样糟糕。他刚与麦克劳克林接驳了几个小时,仔细检查了所有的细节,用麦克劳克林的话来说,他们检查了每一件可能导致在战俘"行窃计划"中出现失误的事情。大多数时间里,他还得靠自己。

只要下达的命令被执行,就不会存在什么问题了,因为命令中要求所有的战俘隔离两周。大部分的美国人无论如何是不愿意与他们进行接驳的。

两周过后,一等到朱利安的排迁入三十一号大楼,麦克劳克林就可以消失了,留下那些经过人性化改造的战俘作为无法逆转的证明。然后,他们将会与波特贝洛取得联系,为下一阶段做好准备。

马蒂一屁股躺倒在他的小房间中还没整理的床上,眼睛盯着天花板。天花板是用灰泥涂成的,透过隔开房间与外面街道的百叶窗的顶部,变幻的光线穿过房间照在脱落的卷曲状墙皮上,形成各种奇异的图案;下面街道上缓慢前行的汽车的挡风玻璃和天窗上反射出炫目的光芒,喧嚣的尘世还没有察觉到旧的世界就要消失了。前提是一切进展顺利。马蒂盯着变幻的阴影,琢磨着可能出现差错的地方。如果出错的话,旧的世界没有消失他们就完蛋了。

他们怎么能够保守住这个计划的秘密,不计成败?要是人性化改造过程无需那么长的时间就好了。但是这一点根本不可能。

至少他是这么想的。

再也没有比为这次重聚组织的欢迎仪式更为盛大的了。拉·佛罗里达丰盛的餐桌上呈现出一派欢快的景象:一个大浅盘里乱七八糟地堆放着香肠,另一个盘里盛放着被撕开的烤鸡——还冒着热气;一条巨大的大马哈鱼放在一块厚木板上;亮闪闪的碗里有三色米饭、土豆、玉米和豆子;面包片和玉米粉圆饼成堆地摆放着;一碗碗的调味汁、碎胡椒和鳄梨调味酱散落其间。我进来时,雷萨正往一个盘子里夹东西,我们用半生不熟的带外国腔的西班牙语互致问候,我照着他盘里的食物也为自己弄了一盘。

我们瘫坐在松软厚实的椅子上,把盘子摆放在膝盖上,这时,其他人也在马蒂的引导下成群结队地从楼上走了下来。真是一大群人,包括二十人集团中的十几个人,还有五个周六特别夜的成员。我把自己的椅子让给贝尔达,帮她盛了一小盘她自己点的食物,跟每一个人问过好,最后在一个角落里找到一块地方和阿米莉亚、雷萨待在一起,雷萨也将自己先前独享的椅子让给了一位白发女士——埃莉。

雷萨从一个没有标签的酒罐中给我俩每人倒了一杯红酒。"给我看看你的证件,士兵。"他摇了摇头,喝掉半杯红酒,又重新加满,"我正在移民。"他说。

"最好带上足够的钱。"阿米莉亚说,"墨西哥可没有给北方佬(西班牙语)干的活。"

"你们这些家伙真的拥有属于自己的纳米炉?"

"伙计,我的口风是很牢的。"我说。

他耸了耸肩,"我好像听到马蒂这么对雷说的。偷来的?"

"不是,是个古董。"我把自己知道的关于这台纳米炉的故事全盘告诉了他。我的感觉有些沮丧;我所知道的关于这台纳米炉历史的每一件事都是通过接驳从二十人集团那里得到的,我没法去与他们交流所有的细节和这个朦胧故事的复杂性——这就像只看到了超链接的标题而没有看到内容一样。

"所以理论上说,纳米炉不是偷来的。它确实属于你们。"

"嗯,作为个体的公民,拥有热核聚变设备是违法的,更不用说是纳米炉源模块了——但是,圣巴托罗缪修道院是由军队授权准许拥有各种怪异的机密物品的,我猜是军队的档案弄混了。我们现在可以看管这台旧机器,直到有像史密森尼博物馆[①]那里的人前来索取为止。"

"真有你的。"他开始大嚼一块烤鸡,"我想,马蒂把我们叫到这里并不是为了征求我们这些人的明智建议吧?"

[①]美国的珍宝博物馆。

"他会向你们征求意见的,"阿米莉亚说,"他不停地问我有什么建议。"她的眼珠转了转。

雷萨在一条鸡腿上蘸了一些墨西哥胡椒,"但他最主要的目的是为了隐藏自己的行踪,自己的软肋。"

"还有保护你们,"我说,"就我们所知,还没有人在追踪马蒂。但是,他们肯定在追踪布雷兹,因为她知道关于这个终极武器的全部真相。"

"他们杀了皮特。"她低声地说。

雷萨表情一片空白,然后猛地摇了摇头,"你的同事。谁干的?"

"那个追踪我的家伙说,他是军队技术评估部派来的。"她摇了摇头,"他确实是技术评估部的人,但又不仅仅是这样。"

"是间谍?"

"比那还要糟。"我说。我跟他解释了关于上帝之锤的事。

"那么为什么不把这些公诸于众?"他说,"你们不是打算要一直保守秘密吧?"

"我们会这么做的,"我说,"但越是拖后公布,情况越有利。按照理想的方式,直到我们将所有的机械师全部人性化后再公布是最好的。不仅仅是波特贝洛的机械师,而且是各地的。"

"这些工作需要一个半月的时间,"阿米莉亚说,"如果一切事情按照计划发展的话。我可以想象出会发展到什么样。"

"你们恐怕根本达不到那一阶段,"雷萨说,"所有那些人都能看透别人的心思?我敢用一个月的酒精供应点数跟你打赌,在你们把第一个排转化完成之前,事情就已经搞砸了。"

"不用打赌了,"我说,"我根本不需要你的供应点数。我们唯一的机会就是抢在这场游戏的前面,在灾难来临之前尽量做好准备。"

一个陌生人坐在了我们身边,我意识到他是雷,经过整形手术后,他只剩下了四分之三的体重。"我与马蒂接驳过了。"他大笑着说,"老天啊,多么古怪的计划。刚离开了两周时间,所有人都变得这么疯狂。"

"有些人天生就是疯子,"阿米莉亚说,"有些人是后来变疯的。我们是被强迫变疯的。"

"我打赌你刚才引用的是名言,"雷边说着,边嘎吱嘎吱地嚼着胡萝卜,他拿了满满一盘新鲜的蔬菜,"不过这是真话。一个人死去了,我们中又有多少人跟着去死呢?一切都为了承担起这项几乎不可能完成的改进人类天性的任务。"

"如果你想退出,"我说,"现在是最好的时机。"

雷放下手中的盘子,给自己倒了些葡萄酒,"没门。我研究接驳技术的时间和马蒂一样长。我们想出这个主意的时间比你们追女孩子的年头都要长了。"他瞟了一眼阿米莉亚,不好意思地笑了笑,低头看着自己的盘子。

马蒂用一只勺子敲响玻璃酒杯,替他解了围,"我们这里的人阅历丰富、学识渊博,并不总是能共聚一堂。我想,现在首先让我们大家明白时间表和其他一些信息是明智的——接驳过的人都知道的细节,而我们之中剩下的人只知道零零星星的片断。"

"我们退回一步,"雷说,"我们要征服世界。在这件事之前的上一步是什么?"

马蒂摸了摸自己的下巴,"9月1日。"

"劳工节?"

"同时也是建军节。今年的这一天,我们将有一千名兵孩列队穿过华盛顿的街道。安静平和地通过。"

"在一年中只有少数几天,"我补充道,"大多数政治家会同时出现在华盛顿,而且差不多都出现在同一个地方,阅兵场。九月一日就是其中的一天。"

"在此之前,要做的大部分事情就是控制新闻。他们习惯称之为'政见'。

"建军节的两周之前,我们将完成巴拿马运河区所有战俘的人性化改造。这将成为一个奇迹——所有那些蛮横的、充满敌意的俘虏都转变成了宽容的、乐于助人的人,渴望用他们刚刚获得的内心和谐去结束这场战争。"

"我看出事情会怎么发展了,"雷萨说,"我们永远也不可能侥幸成功的。"

"好吧,"马蒂说,"你说说事情会如何发展?"

"你让每个人都因为将这些下流残暴的士兵转变成天使而感到兴奋,然后你一把将魔术窗帘拉开,大喊一声,'看吧!我们对我们自己的所有士兵也做了同样的转化。顺便提一下,我们正要接管华盛顿。'"

"并不是那么诡秘。"马蒂把一些奇怪的豆子混合物卷进一张玉米粉圆饼中,里面还夹杂着奶酪丝和橄榄,"等到公众都知道此事时,将会说:'噢,顺便提一下,我们已经接管了国会和五角大楼。当我们解决这里的问题时请不要插手。'"他咬了一口玉米粉圆饼,朝雷萨耸了耸肩。

"从现在开始的六个星期。"雷萨说。

"六个充满麻烦的星期,"阿米莉亚说,"就在我离开德克萨斯之前,我将世界末日可能降临的理论解释发送给了大约五十位科学家——他们中的每一位在我通讯录的专业栏里都标着物理学家或天文学家的标签。"

"这真有趣。"阿舍说,"我没有收到这份文件,因为我在你的通讯录里被标成了'数学家'或者'傻老头'。但是,你认为一些同事现在应该会提到这件事。过去多长时间了?"

"星期一发的。"阿米莉亚说。

"四天了。"阿舍往一个杯子里倒入了咖啡和热牛奶,"你和他们联系过吗?"

"当然没有。我不敢随便使用电话或者登陆网络。"

"新闻里什么也没有。"雷萨说,"难道你那个五十人名单里面没有一个愿意公开消息的?"

"也许你的消息被中途拦截了。"我说。

阿米莉亚摇了摇头,"消息是从一个公用电话下载的,是利用了达拉斯火车站里的一个数据接口;也许只用了一微秒下载。"

"那么为什么没有人做出反应呢?"雷萨说。

她不停地摇着头,"我们一直都太……太忙了。我应该……"她放下手中的盘子,从她的皮包里掏出一个电话。

"你不能——"马蒂说。

"我不会给任何人打电话的。"她按了一串数字,"不过,我从来没有查询过那个电话的操作回复!我仅仅认为每个人收到了……噢,该死。"她把手机转向我们每一个人。上面显示了一串凌乱的随机数字和字母,"那个杂种找到我的资料库,把它弄乱了——就在我赶往达拉斯并打出电话的那四十五分钟时间里完成的。"

"恐怕比你想的还要糟糕,"门德兹说,"我已经一个小时接一个小时地与他进行了接驳。他没有那么做;他甚至都没想过

283

要那么做。"

"上帝啊,"我在一片沉默中脱口而出,"会不会是我们学校里的某个人?某个可以破译你的文件并弄乱它们的人?"

她一直在研究着手机上的那些字符,"看这里。"

手机上面全是杂乱的字符,但最后几个字符是:

"上!帝!的!旨!意!"

通过存储单元过滤信息需要一些时间。等阿米莉亚找到上帝之锤组织弄乱了她的文件的证据之时,最高层还要再过一天才会知道上帝赐予了他们一种带来世界末日的方法:他们所要做的就是不让任何人干预木星工程。

他们并不愚蠢,也知道一些表达自己政见的方法。他们泄露"消息",称有些接近疯狂边缘的保守派人士想令大众相信木星工程是恶魔撒旦的工具,如果继续木星工程,将会加速世界末日的来临。宇宙的末日!还有什么事情比这更荒唐的吗?一个完全无害的工程,现在正在按步骤进行中,不用花费任何人的任何东西,而且还可以给我们带来关于宇宙起源的真实信息。难怪那些宗教疯子想要禁止它呢!木星工程或许可以证明上帝并不存在!

当然,木星工程将会证明的是,上帝确实存在,而且正在召唤我们回家。

破译并毁掉阿米莉亚文件的亡命徒正是迈克·罗曼,她的有名无实的老板,当他看到自己的作用在这个计划中得以体现时,喜悦之情难以言表。

迈克·罗曼的卷入确实有助于另一个计划——马蒂的计划,而不是上帝的计划——他将注意力从阿米莉亚和朱利安的失踪上转移了出来。他已经派出了英格拉姆去除掉阿米莉亚,而且认为他也顺手除掉了她的黑人男友,很好。干掉他们两个。他伪造了他们两人的辞职书,以防有人询问。他已经将他们的职位任命给了充满感激之情、无暇对此事感到好奇的人,而且周围已经有很多关于他们两人的传言在酝酿了。他很乐意制造一个虚假的故事。年轻的黑种男人和一个年长的白种女人的故事。他们也许已经离开这里跑到墨西哥去了呢。

幸好我在自己的笔记本电脑中保留了文件的草稿——阿米莉亚和我可以把它整理出来,当我们离开瓜达拉哈拉之后,再发出这个被耽搁的广播消息。埃莉·摩根在犯下谋杀罪之前曾经是一名新闻记者,她自愿为大众期刊撰写一个简化的版本,为一本流行的科学杂志撰写一篇内容详尽,但没有方程式的版本,那将会是一篇相当简短的文章。

服务员撤掉所有的盘子,无论是空的还是骨头堆积如山的,又送上了一盘盘小甜点和水果。我再也不能品尝更多的富含卡路里的食物了,但是雷萨则毫无顾忌,照单全收。

"既然雷萨满嘴的美食,"阿舍说,"就让我作为魔鬼的代言人泼泼冷水吧。

"假设为了达到人性化目的所需的只是一粒普普通通的药丸,政府向人们鼓吹服用药丸后的美好生活——或者说如果所有人都不服用的话,人类甚至将会灭亡,并将药丸发到了每一个人的手中,通过一项法律规定:如果有人不服用这种药物,将会遭到终身监禁。那么,有多少人会不惜一切代价不去服用这种药物呢?"

"不计其数,"马蒂说,"没有人信任政府。"

"而且不仅仅是药丸那么简单。你们人性化采用的是一套复杂的外科手术程序,只能保证百分之九十几的成功率了,如果不成功的话,往往会害死那些受害者,或者让他们变傻——这会让人们跑得无影无踪的。"

"我们已经解决了这件事。"马蒂说。

"我知道。我们两个接驳时我获悉了你的论点。你并不提供免费的服务——你为人性化手术收费,使它成为一种身份地位和个人力量的象征。你认为用这种方法能够争取到多少亡命徒来做手术呢?而且对于那些已经拥有力量和地位的人又会怎样呢?他们会说,'哦,很好,现在其他每个人都和我一样了?'"

"事实是,"马蒂说,"人性化确实能带给你力量。当我和二十人集团链接在一起时,我理解了五国语言,拥有十二个学位,体验着超过一千年的生活阅历。

"我们最初要宣传人性化可以提高地位这一说法,但是,当人们环顾四周,发现人性化程序带来了几乎所有有利的事情后,我们就不用再去炒作这个观点了。"

"我很担心上帝之锤方面,"阿米莉亚说,"他们中的大多数人我们好像都不太可能转化,他们中的一些人喜欢通过谋杀无神论者来服侍上帝。"

我同意她的说法,"即使我们转化了一些像英格拉姆那样的家伙,他们的蜂巢式组织结构也会阻止此事的扩散。"

"不管怎么说,他们反接驳的名声是众所周知的,"阿舍说,"我的意思是指,亡命徒们大体而言都是反对接驳的;而且关于力量、地位的说法是无法打动他们的。"

"也许关于灵魂的理由可以。"埃莉·摩根说。全身白衣,再加上飘逸的白色长发,使她看上去呈现出几分神圣,"我们之中的信徒发现我们的信仰更加强烈、更加宽广了。"

我对这句话表示怀疑。我曾经在接驳状态时感受过她的信仰,为她从人性化中获得的那份安详和平和的心态所吸引。但是,她立刻就认可了我的无神论观点也是"另一条路",这种情况似乎不像我曾遇到过的那些亡命徒。在我与英格拉姆以及另外两人接驳的那一个小时里,英格拉姆利用插件的能量向我们三人展示了一幅他虚构出来的地狱景象,到处都是鸡奸和缓慢而残忍的折磨。

等到他被人性化后再次与他接驳,并且作为娱乐,把他那些构想出来地狱景象重新放给他看一定很有趣。我想他会原谅自己的。

"这个提议应该列入我们的计划中,"马蒂说,"利用宗教——不是你们的那种,埃莉,而是有组织的宗教,我们会自然而然地将类似网络空间浸信会教友和奥尼亚的教友吸引到我们一方。但是,如果可以得到一些主流宗教团体的支持,我们就可以组建一个大型集团,不仅仅为我们的信仰宣传布道,同时也能展示我们人性化的成果。"

他拿起一块小甜饼,仔细地端详着它,"一直以来,我把太多的注意力集中在了军队的身上,以至于忽略了其他一些集中的力量。比如宗教和教育界。"

贝尔达用拐杖敲击着地板,"我认为那些系主任和教授可不愿意听到这种不用通过他们的部门就可以获得知识的呼吁。门德兹先生,你与你的朋友们接驳在一起就可以说五国语言。我只会说四国语言,不光没有一种能说得那么流利,而且学习这四种语言中的三种耗费了我大部分的青春时光——坐在那里不停地记啊记。学者们非常看重他们为了获取知识所付出的时间和精力,而现在你向人们提供知识却像提供一颗糖豆那么简单。"

"不是这样的,根本就不像你所说的那样。"门德兹认真地说,"只有当我们中的其中一人用某种语言想问题时,我才能理解那些日语或者加泰罗尼亚语。我无法保留这种能力。"

"这就像朱利安加入我们时一样。"埃莉说,"二十人集团以前从来没有一个人是物理学家,当他与我们接驳时,我们可以理解他对物理学的热爱,而且我们中的每一个人都可以直接利用他的知识——但是只能在我们知道足够多的这方面知识的情况下,才能提出正确的问题。我们不可能突然掌握计算的原理,就像我们与吴接驳时不可能一下子理解日语语法一样。"

梅格恩点了点头,"这是一种共享信息的方法,而不是在传授知识。我是一个医生,这可能算不上是学识上的太高成就,但是也确实花费了多年的学习与实践。当我们全体接驳在一起时,有些人抱怨身体方面的问题,所有其他人都可以按照我的方法为他诊断病情、开药方,但是他们无法凭借自己的能力做出这些诊断,尽管我们已经在一起断断续续地接驳了二十年。"

"这种体验可能恰恰激发了某人去研究医学或者物理学的兴趣,"马蒂说,"而这种瞬间与一名医生或者一名物理学家紧密联系在一起的体验当然会帮助一个学生。但是,如果你想实际拥有那些知识的话,你仍然需要断开接驳去啃那些书本。"

"或者永远也不要断开接驳,"贝尔达说,"只在吃饭、睡觉或者上厕所的时候断开。那可真够吸引人的。数十亿的呆子在他们所谓的清醒时间里,都暂时成为了医学、物理学和日语的专家。"

"必须得做出调整,"我说,"用目前的这种方式,人们将要花费两周的时间进行接驳以获得人性化。但是之后……"

前门猛然间被推开了,门扇撞在墙上发出巨大的响声,三名高大的警察目中无人地大步走了进来,手里端着冲锋枪。

一个没有武装的警察,个子比他们都小,跟在他们的身后。"——我有一张马蒂·拉林博士的逮捕证。"他用西班牙语说。

"——逮捕的罪名是什么?"我问,"——什么样的指控?"

"——别人支付我薪水不是让我回答黑人的问题的。你们中的哪一位是拉林博士?"

"我是,"我用英语说,"你可以回答我的问题了。"

他看了我一眼,那种表情我已经好几年没见到过了,即使是在德克萨斯也没人会这样。"——保持安静,黑人。你们其中的一位白人是拉林博士。"

"逮捕的罪名是什么?"马蒂用英语问道。

"你是拉林教授?"

"我是,而且我拥有某些权利,这你是知道的。"

"你没有绑架公民的权利。"

"万一我绑架的是一个墨西哥公民呢?"

"你知道他不是的。他是美国政府的代表。"

马蒂大笑起来,"那么我建议你,打发一些其他的美国政府代表来这儿跟我谈。"他转回身来背对着枪口,"我们说到哪儿了?"

"绑架违背了墨西哥的法律。"警察的脸色烧得通红,就像卡通片里的角色一样,"不管是谁绑架了谁。"

马蒂拿起一个电话话筒,转过身来,"这是美国政府两个部门之间的内部事务。"他朝那个男人走去,举着话筒的姿势就像拿了个武器一样,然后他用西班牙语说,"——你不过是两块巨石中间的一只小虫。你想让我拨通这个可以压碎你的电话吗?"

这个警察向后晃动了一下身子,但是仍然坚持着他的立场,"我对此事一无所知,"他用英语说,"逮捕证上白纸黑字。你必须跟我走。"

"胡扯。"马蒂按了一个数字键,把插件接头从话筒侧面解下来,插进了自己的脑后。

"我要知道你在与什么人联络!"马蒂什么也没说,只是略微斜视着他,"行动!"小个子警察指着他,其中一个警察将冲锋枪的枪口顶在了马蒂的下巴上。

马蒂慢慢地把手伸到脑后,拔下了接头。他没有理睬架在下巴上的枪,只是低头看着那个小个子男人的脸。他的声音有些颤抖,但是异常坚定,"两分钟内你可以给你的指挥官朱利奥·卡斯特那塔打电话。他会详细地告诉你,在这么多无辜的人面前,你差点犯下的天大的错误。或者你也可以选择直接回到军营去,不再继续给卡斯特那塔指挥官添麻烦。"

他们彼此紧盯着对方看了很长时间。小个子警察将他的下巴扭到一边,那个士兵收回了他的枪。他们四人什么也没有说,一个个地走了出去。

他们刚一出去,马蒂随手就关上了门。"代价很高,"他说,"我与斯潘塞医生接驳,而他又与警局里的某人接驳。我们付给了这位卡斯特那塔三千美元取消这张逮捕令。"

"从长远看来,钱并不重要,因为我们可以制造出任何东西来贩卖。但是在此时此地,我们并没有什么'长远之计',只有一个接一个的紧急事件。"

"除非有人发现你拥有一台纳米炉,"雷萨说,"然后就不会是几个警察带着几把枪找上门来了。"

"这些人不是通过电话本找上我们的,"阿舍说,"一定是通过你那位斯潘塞医生办公室里的人。"

"当然，你说得对，"马蒂说，"所以，最起码他们确实知道我们可以通过某种途径利用纳米炉。但是，斯潘塞以为那是因为我们与政府间有某种特殊的关系，而我不能把内情透露来。这也就是那些警察了解到的情况。"

"这是个麻烦，马蒂，"我说，"这是个大麻烦。迟早他们会派出坦克堵在我们的门前，提出各种要求。我们在这里还要待多久？"

他打开笔记本电脑按了一个按钮，"实际上要看英格拉姆的情况。他应该在六到八天之内完成人性化。无论如何，你和我要在二十二号赶到波特贝洛。"

七天时间。"但是，我们还没有一个应急计划，如果这个政府或者黑手党仔细分析了当前的情况。"

"我们的'应急计划'就是走一步看一步。到目前为止还算不错。"

"最起码，我们应该分散开，"阿舍说，"我们全都待在一个地方使他们很容易发现目标。"

阿米莉亚把一只手放在我的胳膊上，"一组两人，分头行动。每一组里要有一个懂西班牙语的人。"

"现在就行动，"贝尔达说，"不管是谁派来的那些警察，都有自己的应急计划。"

马蒂慢慢地点了点头，"我要留在这里。其他所有人一找到落脚的地方就打电话联系。谁的西班牙语足够应付寻找餐宿的？"我们中的一大半都可以，因此用了不到一分钟的时间，我们就完成了各自的搭配分组。马蒂打开一个厚厚的钱夹子，将一叠现金放在桌子上，"保证你们每个人手里最少有五百比索。"

"我们这些人应该乘坐地铁,"我说,"一堆计程车会很显眼的,而且也容易被追踪。"

阿米莉亚和我拿起我们还没有来得及打开的手提箱,第一个走出了大门。地铁站还有一公里远的路程。我提议帮她提手提箱,但是她说,那样的话一眼就可以看出我们不是墨西哥人;她应该拿起我的东西,跟在我身后两步远的地方。

"最少我们会得到一点喘息的时间,去研究一下咱们的论文。如果木星工程仍然可以如期运行到9月14号的话,我们所做的一切也都失去意义了。"

"今天早晨我花了一点时间研究。"她叹了一口气,"真希望皮特还在。"

"从来也没想过我会这么说……但是我也希望他还在。"

他们以及世界上其他的人很快就会发现,皮特仍然活着,但是,他再也不能在研究论文方面帮上他们什么忙了。

圣托马斯的警察在拂晓时分逮捕了一名徘徊在市场里的中年男子。他肮脏不堪,胡子也没刮,只穿了一身内衣裤,起初他们以为他喝醉了。不过,当警员审问他时,才发现他是清醒着的,但是思维混乱,极度混乱:他认为这一年是2004年,而且他只有二十岁。在他头骨的后部,有一块新安装的接驳插件,还留有血渍风干后的硬皮。有人侵入了他的大脑,偷走了最近四十年的记忆。

当然,从他大脑中拿走的那部分内容证实了论文的内容。几天之内,这个光荣的真理传到了所有上帝之锤高层领导的耳中:上帝的计划就要被实现了,恰恰是由那些不信神的科学家完成的。只有几个人知道,上帝将在9月14日赐予他们的光荣的世界终结和重生。

这篇论文的作者之一已经不会招惹麻烦了,他的大部分脑子存在某处的一个黑盒子里。那些审查过这篇论文的学者已经全被"照顾"到了,不是出了意外事故就是得了"疾病"。另外一个作者和派出去追杀她的刺客现在仍不见踪影。

他们对此的假定是他们两个人都死了,因为她没有露面来警告全世界。显然作者们并不确定,在木星程序变成不可逆转的过程之前,他们还剩下多少时间。

"上帝之锤"组织中最强有力的成员是马克·布雷斯代将军,国防部高级研究计划署的副部长。在非正式的社交场合上,他认识了一个劲敌,马蒂的罗瑟将军,这并不令人吃惊,因为他们在五角大楼的同一个餐厅进餐——"高级官员餐厅",如果可以用这样一个术语称呼一个墙上镶嵌着红木、每两名"共餐者"拥有一个白衣侍者的地方的话。

布雷斯代和罗瑟两人彼此都没有什么好感,不过当他们偶尔一起玩网球或者台球时,他们两个都能把这种厌恶感隐藏得很深。有一次罗瑟邀请他一起玩扑克时,布雷斯代冷淡地说:"我从来没玩过一次纸牌。"

他真正想玩的是扮演上帝的角色。

布雷斯代有自己的指挥网络,通过三四个中间环节,他指挥着大多数为加速上帝的计划所必须的谋杀和拷问行动。他利用古巴境内的一个非法的接驳设备从事活动,皮特就是被带到那里剥夺的记忆。后来,也是布雷斯代不情愿地决定让这位科学家活了下来,另外五名论文评审委员则被下令遭遇事故或者疾病而死。那五名科学家分别居住在世界的各个角落,没有太多线索可以把他们的死亡或者伤残立即联系到这件事上来——他们中的两人处于昏迷状态,而且会一直昏睡到世界的末日——但是,如果皮特也被世人发现已经死亡了的话,就会有麻烦了。他有一定的知名度,也许有十几个人知道五名评审委员的身份,以及他们拒绝他的论文的真相。他们也许会组织一场调查去重新评估这篇论文,而布雷斯代的部门下令拒绝论文通过这一事实可能会引起他们的注意,导致对其不必要的详细检查。

他试图对他的宗教信仰守口如瓶,但是他知道有人——比如罗瑟——知道他非常保守,听到一些事实或谣言后也许会怀疑他是一个亡命徒。军队不会因为这样的事降他的职,但是,他们可能会因此令他成为世界上最高军衔的替补职员。

而且如果他们发现了关于"上帝之锤"的事,他会因为叛国罪而被处死。当然,就他个人而言,他宁愿被处死也不愿意被降级。但是,这个秘密已经被保守多年了,而他是最不可能将之泄露出去的人——并不是只有马蒂的组织拥有毒药丸。

布雷斯代从五角大楼回到家中,穿上运动服,赶往亚历山大去看晚场的足球比赛。在热狗摊前,他和排在队列里的身边一个女人攀谈起来,当他们朝着露天看台往回走时,他说,他们的刺客英格拉姆已经在7月11日的夜晚到达了奥马哈火车站,去拦截并消灭一个科学家,布雷兹·哈丁。刺客和科学家一同离开了车站——保安摄像头证实了这点——但是,随后两个人都消失了。"找到他们并且杀掉哈丁。如果英格拉姆干出什么让你认为不对劲的举动的话,把他也干掉。"

布雷斯代回到了他的座位上。那个女人去了女士洗手间,在那里她扔掉了热狗,然后回到家中寻找她的武器。

她的第一件武器是一个非法的FBI信息蠕虫,可以不被察觉地访问市政运输记录。她发现与刺客和他的牺牲品一起坐进一辆计程车的还有另外一个人;他们在格兰德大街停下了计程车,没有提供详细的地址。最初的目的地是格兰德大街1236号,但是他们提前下了车,用口头命令取消的。

她重新察看了保安录像,看见有一个身材高大的穿着军服的黑人跟在这两个人后面。她还不知道那个科学家与黑人机械师之间的关系。她以为这个黑人是英格拉姆的后援;布雷斯代没有提到过这一点,但也许这是英格拉姆自己安排的。

因此,可能英格拉姆早就安排好了一辆汽车等候,把这个牺牲品拉到乡下干掉。

下一步要靠运气了。通过大量低空轨道卫星提供全球通信服务的铱系统,在恩古米战争开始后已经被政府悄悄地征用了;所有那些卫星都已经被执行双重功能的卫星所取代:它们仍然提供通信服务,但是,每颗卫星同时还暗中连续地监视着它们经过的地带。就在11日午夜之前,是否有一颗卫星恰巧经过奥马哈的上空,掠过格兰德大街呢?

她不是军队上的人,但是,她有权利通过布雷斯代的办公室获得铱系统的照片。经过几分钟的分类,她得到了一张计程车正在离开、这个黑人机械师钻进一辆加长黑色豪华轿车后座的图像。下一张照片是从低角度拍摄的,显示出了这辆豪华轿车的许可牌照:"北达科他州101牧师。"不到一分钟的时间里,她就追踪到了圣巴托罗缪修道院。

这个地方很陌生,但她的行动计划已经清晰了。她收拾好行囊,带了一套西装、一件镶褶边的女装、两套更换的内衣裤、一把匕首和一支完全由塑料制造的枪。行囊里面还有一瓶维生素胶囊,含有的毒药量足以杀死一个小镇上所有的人。不到半个小时,她已经坐在飞机上,朝着弹坑之城锡赛德和它那神秘的修道院飞去了。圣巴托罗缪修道院有一些军事背景,而且布雷斯代将军并未拥有足够高的知情权去找出其中的关系。这让她想到自己可能会陷入麻烦之中。她祈祷上天的指引,上帝用他那严父般的声音告诉她,她正在做的一切都是正确的:继续你的计划,不要害怕死亡。死亡正是回家之途。

遵照上帝的意旨,她已经杀死了二十多个罪人,她总是在远距离杀死别人,或者是在与他们进行极端亲密的接触,来不及做出反应的情况下杀死他们。上帝赐予了她极度性感的魅力,她把它作为一种武器,当她把手伸到枕头下取出水晶匕首时,她允许罪人们进入她的身体。那些射精时不闭眼睛的男人一会儿之后就会永远闭上他们的眼睛。如果她仰面躺着,男人在她的上面,她就会用她的左臂抱住他,然后把匕首插进他的肾脏——他会痉挛着直起身来,他的阴茎试着再次射精。她可以用像剃须刀一样锋利的刀锋划过他的喉咙。当他倒下时,她会再次确认两根颈动脉是否都被切断。

坐在飞机上,她并拢双膝,两腿向内侧挤压着,回忆着最后的致命一刺的感觉。也许那一刺并没有过重地伤害那个男人,那一刀结束得太快了,但是,他面临着永恒的折磨。她从来没有对把耶稣看作自己的救世主的人那么做过。代替羔羊的血洗涤他们心灵的是他们自己的血。无神论者和通奸者们,他们应该受到更严厉的惩罚。

有次,一个男人差一点跑掉了。那是一个性变态者,她允许他从自己的身后进入。她必须半转过身来刺向他的心脏,但是她没法用尽全力而且瞄得不准,所以刀尖碰到他的胸骨折断了。她扔掉匕首后,那男人朝门口跑去,这样可能裸体跑出去并把血迹留在旅馆走廊上。但是她已经把门双重锁上了,当他挣扎着想要打开组合门锁时,她重新拿回匕首走到他身边,猛地挥刀划开了他的肚皮。他是一个肥胖的男人,一堆难以置信的东西流了出来。他死去时发出了很大的声音,但显然这个旅馆的隔音非常好,当时她跪在卫生间里,没有一点力气,只想呕吐。她爬出窗外,顺着防火梯溜走了。早间新闻报道称那个男人,一个有着广泛社会关系的市政官员,在睡眠时平静地死在了家中。他的妻子和孩子们对他大加颂扬——尽管他是一个不敬神明的肥猪,胖到不能用正常姿势和女人做爱。他在与她做爱前还假模假样地祈祷了一番,因为看到她佩戴的十字架而想讨好她,然后还希望她用嘴帮他重振男性雄风。当她那么做的时候,她就构想出了一幅将他劈为两半的图像。但是,她的痛恨之情并没有为她接受色彩斑斓、一片狼藉的血腥场面做好准备。

嗯,这个人应该被清理。以前她曾杀过两次女人,每一次都是仁慈地用手枪射击头部。她可以如法炮制一次,之后逃走或者索性不逃。她希望自己不用去杀英格拉姆,他是一个无情但却正派的男人,他从来没用充满淫欲的目光看过她。不过,他终究是个男人,有可能这个红头发的教授把他引向歧途了呢。

抵达锡赛德时,已经过午夜了。她在离圣巴托罗缪修道院最近的旅馆里订了一间房子。只有一公里多一点的距离,她决定走过去察看一下。

这个地方一片漆黑,寂静无声。她想,对于一个修道院来说,这里并无出奇之处,所以她回到旅馆,睡了几个小时。

早晨八点过一分时,她给那个地方打了电话,只有电话应答机的回答。八点半又打了一次,还是一样。

她佩带好武器,步行过去,在九点时按响了门铃。没人应门。她绕着这栋建筑走了整整一大圈,没有有人居住的迹像。

草坪也需要修整了。

她注意到可以从好几个地方闯进去,于是决定等到天黑再过来。然后她返回旅馆,去做一些电子窃听工作。

除了承认它的存在并确认它的地点之外,她在宗教活动的资料库中没有找到任何与圣巴托罗缪修道院相关的信息。该修道院是在纳米炉大灾变形成内海后的第二年建造的。

毫无疑问,这是一个为某事做掩护的组织,而这"某事"肯定与华盛顿的军方有联系,因为当她利用布雷斯代的权限敲入修道院名字时,收到了一条消息,"需要了解的"档案必须经过国防人事部的审查。这件事非常诡异,因为布雷斯代本来可以不经调查,随意访问军事组织内所有部门的绝密资料。

这么说,住在那个修道院里的人不是权力非常巨大,就是为人极为狡猾。也许两者兼而有之。而英格拉姆显然是他们之中的一员。

最容易推出的结论就是——他们是"上帝之锤"的一个分部,但是如果那样,布雷斯代应该知道他们的活动啊。

也许他不知道?这是一个庞大的组织,拥有复杂的关系网络,并且受到良好的保护,很有可能即使是主管该组织的人也会遗失其中的部分重要消息。因此,她应该做好进去杀人的准备,但同时也得做好悄悄溜走的准备。上帝会指引她的。

她花了两个小时整理自从11日以来,这个地方的铱系统组合图像快照。没有发现那辆黑色豪华轿车的图片,这并不稀奇,因为这个修道院拥有一个巨大的车库,从来也没有任何车辆停在外面。

然后,她看到了军队卡车和巴士的出现,注意到它们再次出现的时候变成了蓝色的教会车辆，随后离开了。

要通过州际系统追踪到它们需要花费很长的时间，还需要不少的运气。幸运的是，这种粉蓝色是一种不常见的颜色。但是，在她开始这项麻痹头脑的烦琐工作之前，她决定先去修道院里查查线索。

她穿上西服，把武器和可以证明她是华盛顿过来的FBI探员的身份证件放好。她无法通过警察局的视网膜扫描检查，她也压根就没打算活着被带进任何警察局。

再次按响门铃，还是没有人应门。她只用两秒钟的时间就撬开了锁，但是门上了门闩。她拔出手枪轰掉了门闩，门旋转着打开了。

她拿着拔出的手枪迅速进了门，对着布满尘灰的房间大喊一声："FBI！"她进入了主走廊，开始进行一番匆忙的搜索，希望在警察赶到之前可以完成任务并离开这里。她认为住在圣巴托罗缪修道院里的人可能没有安装防盗报警器，因为他们不希望任何警察突然出现在他们面前。她的猜测是正确的，但是，她可不想靠这点来冒险。

走廊两边的房间有些令人失望——两间会议室和一些单人房间以及卧室。

不过，她在中庭停了下来，这里有高耸的大树和涓涓的溪水。一个垃圾箱中丢弃着六个唐·贝利农①香槟酒瓶。中庭的另一边，一个大型的会议室环绕着一个巨大的全息影像板。她找到了控制按钮，将开关打开，全息影像板上呈现出一片宁静祥和的林地风光。

起初她没有认出每张座位上的电子元件——然后她逐渐明

―――――――――
①顶级香槟品牌。

299

白,这里原来是一个可以提供二十多个罪人一起接驳的地方!

她还从来没听说过在军队外面存在这样的地方。但是,这个地方也可能与军队有直接的联系:一个绝密的兵孩实验场所。国防人事部也许是这里真正的幕后老大呢。

这念头让她犹豫了一会儿是否要继续按计划行动。布雷斯代既是她精神上的领袖,又是她的小组领导,一般情况下,她都会无条件地服从他的命令。但是现在,她越来越明显地感觉到这件事里似乎有一些他没有意识到的方面。她应该回到旅馆里,试着与他进行一次安全通话。

她关掉全息图像,回头往中庭走去。门被锁住了。

房间里响起一个男人的声音:"你闯入这里是违法行为。你还有什么可以解释的吗?"这个声音是门德兹的,他正从瓜达拉哈拉监视着她。

"我是联邦调查局的奥德丽·西蒙尼探员。我们完全有理由认为——"

"你有搜查这栋建筑的许可令吗?"

"地方政府有记录备查。"

"不过,你忘记带一份副本就闯了进来。"

"我无需向你解释。请你出来。把门打开。"

"不,我想你最好还是告诉我你主管的姓名和你们分部的位置。等我证实了你的身份和你描述的相符后,我们才可以谈谈你没有许可令私闯民宅的问题。"

她用左手抽出她的皮夹,转了一圈,展示里面的徽章,"如果你合作的话,事情会简单得——"她的话被这个看不见的男人的笑声打断了。

"把假徽章扔掉,用武力往外闯吧。警察现在应该已经赶到了,你可以跟他们解释一下你的许可令问题。"

她不得不用枪打断门上的两条铰链和三处门闩。她跨过小溪,发现中庭外面的那扇门现在也同样紧闭着。她重新给枪装上子弹,下意识地计算着剩下的子弹数,试着用三发子弹打开这扇门,结果她多用了四颗子弹。

我站在门德兹后面,在屏幕中观察着她的一举一动。她最后终于用肩膀把门撞倒了。他按了两个按钮,把输入信号切换到走廊的摄像头上去。她在走廊中没命地跑着,两只手握着手枪放在胸前。

"她看起来像是一个FBI探员出去和当地警察解释的样子吗?"

"也许你真应该叫警察去的。"

他摇了摇头,"不必要的流血。你不认识她?"

"恐怕不认识。"当她用枪轰倒前门的时候,门德兹把我叫来,对我可能在波特贝洛见过她抱着一线希望。

在闯出前门之前,她把手枪放进了腹部的枪套里,只扣上了西服最上面的扣子,这样看起来就像是穿着一件斗篷,既隐藏了她的武器,又没有束缚她的行动。然后她漫不经心地走出了前门。

"相当从容,"我说,"她可能不是政府的人。她可能是被什么人雇用的。"

"或者她可能是'上帝之锤'组织里的一个疯子。他们一直追踪布雷兹到奥马哈火车站。"他把画面切换到修道院外面。

"英格拉姆既是个疯子,又可以利用很多政府的权力。我猜她也一样可以做到。"

"我敢肯定,到了奥马哈之后政府就失去了阿米莉亚的行踪。如果有人跟踪了豪华轿车的话,圣巴托罗缪修道院早就应该有客人到访了。"

她走出大门,看了看周围,脸上看不出任何异样的表情,然后她迈上人行道朝城里走去,就像是一名游客早晨起来散步一样,脚步既不缓慢也不匆忙。门外的摄像机拥有一个广角镜头,她的身影很快就越来越小了。

"那么我们要不要查一下当地的旅馆,试着查出她是谁?"我问。

"算了吧。即使我们知道了她的名字,对我们也没有任何好处,而且我们不想让任何人把圣巴托罗缪修道院与瓜达拉哈拉联系在一起。"

我用手指着屏幕,"没有人可以跟踪那个信号来到这里?"

"这些不是照片。这是铱系统服务。我可以在世界上任何地方进行破译。"他关掉了屏幕,"你去看揭幕?"今天是杰弗森和英格拉姆完成人性化进程之日。

"布雷兹怀疑我是否应该去。我对英格拉姆的态度仍然相当粗鲁。"

"我无法想象。他只不过想要谋杀你的女人,然后顺带杀了你罢了。"

"你还没提到他侵犯了我男人的尊严并且想要毁灭宇宙。但是不管怎么样,今天下午我也应该去诊所,进行记忆修剪,最好还是看看奇迹小子有什么变化。"

"把情况告诉我。我还要在这个屏幕前待上一到两天,以防'西蒙尼探员'再次来访。"

我当然无法把见到的情况告诉他了,因为与英格拉姆之间的一系列交手都会从我的记忆中删除的,或者至少我是这么认为——如果我无法回忆起阿米莉亚做了些什么引起了他的注意的话,当然也就不可能记得他曾经袭击过她了。"祝你好运。你应该跟马蒂核实一下——他的将军也许可以通过某种方式拿到FBI的人事记录。"

"好主意。"他站了起来,"来杯咖啡?"

"不用了,谢谢。我想用今天早晨剩下的时间去陪陪布雷兹。我们不知道到了明天我会变成谁呢。"

"令人恐惧的前景。但是,马蒂发誓说手术过程是可逆的。"

"是的。"但是,即使执行这个计划意味着有十亿人会死去或者失去他们的心智,马蒂也一定会继续下去的。也许在他优先考虑的事件列表中,我的记忆的失去或保留不会排在很前面。

那个称自己为奥德丽·西蒙尼的女人在组织里的名字叫加维拉,她再也不会重回修道院了。在那里她已经学到了很多的东西。

她花了一天多的时间,将铱系统拍摄到的照片拼凑成一组两辆蓝色机车从北达科他州开往瓜达拉哈拉的图像。凭借上帝的恩典,最后一张图片拍摄的时机极好:卡车已经不见了,巴士亮起左转信号灯进入了一个地下停车场。她利用坐标网络找到了这个地址,不出所料,这里是一个提供安装接驳插件的诊所。那个邪恶的诊所显然是一切的重中之重。

布雷斯代将军为她安排好了去瓜达拉哈拉的飞机,但是,她必须再待上六个小时等一个特快包裹。北达科他州没有可以为她提供开门时浪费的弹药的体育用品店——大酒瓶里装着的达姆弹不会被机场的探测器探测到。如果她不得不杀出一条血路才能找到那个红头发的科学家的话,她可不能过早用完它们,也许还要顺带干掉英格拉姆。

英格拉姆和杰弗森两人穿着医院的蓝衣服坐在一起。他们坐在昂贵的红木或柚木制造的直背椅子上——不过,我一开始并没有注意到这种少见的木材。我注意到杰弗森坐在那里,表情平静、放松,让我联想起了二十人集团。英格拉姆的表情则让人很难看出究竟,他的两个手腕都被铐在椅子扶手上。

在这间普普通通的白色圆形房间中,二十把椅子摆成半圆形面对着他们。这是一间手术室,两侧是发光的墙壁,用来显示X光照片或者正电子幻灯片。阿米莉亚和我坐在最后两把空椅子上面。"英格拉姆怎么了?"我说,"没起作用?"

"他只是封闭了自己。"杰弗森说,"当他意识到自己无法反抗这个过程时,他得了一种紧张性精神分裂症。当我们断开他的接驳时,还是没有好转。"

"也许他是在伪装,"阿米莉亚说,她可能想起了在圣巴托缪修道院的会议室中发生的事情,"等待机会再次出击。"

"这也是为什么他被铐住的原因,"马蒂说,"现在他还是一个不确定因素。"

"他已经不在这里了。"杰弗森说,"我曾经接驳过的人数比这个房间里所有人加在一起接驳过的还要多,像这样的情况从来没有发生过。人们不能凭借精神断开自己的接驳,但是他好像做到了这一点。仿佛是他决定要拔下插头一样。"

"这可不是人性化的一个好卖点,"我对马蒂说,"它对所有人都有效,但是却对精神变态者无效?"

"他们过去习惯把我叫作精神变态者,"埃莉说,她的表情圣洁、安详,"这个词用得很准确。"她曾经用汽油谋害了她的丈夫和孩子,"但是,人性化程序在我身上起了作用,而且经过这么多年之后依然在起着作用。离开了它,我知道我会发疯的,而且会永远疯狂下去。"

"'精神变态者'这个术语涵盖面很广,"杰弗森说,"尽管英格拉姆再三地做出我们都认为是不道德的,或者说残暴的事情,但是他也有自己极强的行为准则。"

"当我和他接驳的时候,"我说,"他对于我的愤怒抱有一种冷静而又故作清高的态度。我绝对无法理解他所做的事情存在什么正义性。那是第一天。"

"在接下来的两天里,我们渐渐地说服了他一些,"杰弗森说,"尽量不去反对他,试着理解他。"

"你们怎么能够'理解'一个欣然受命强奸一个女人,然后又用特殊的方式残害她身体的人呢?他把她绑起来,堵住她的嘴,留在那里因失血过多而死。他甚至都不是人类。"

"但他确实是人,"杰弗森说,"不管他的行为是多么的怪异,那仍然是人类的行为。我想,使他进入自我封闭状态的原因是——我们拒绝把他看成是某种复仇天使,而只是当作一个我们试图帮助的严重病人。他可以无视你的指责,却无法接受埃莉基督徒般的慈善和怜爱。或者就此来说,也无法承受我的职业操守。"

"他现在应该已经死了,"奥尔医生说,"自从第三天我们开始用静脉注射维持他的生命以来,他就没吃过任何食品或水。"

"浪费葡萄糖的家伙。"我说。

"你们知道得更多。"马蒂在英格拉姆面前挥动手指,他没有任何反应,"我们必须得弄清楚为什么这样的事会发生,以及发生的频繁程度。"

"不会很普遍，"门德兹说，"不管他现在退却到了哪里，在这之前、之间和之后我都一直待在他身边。自始至终，与他接驳的感觉都像是与某种外星人或者动物接驳一样。"

"我赞成你这种说法。"我说。

"但是，尽管如此，他仍善于分析，"杰弗森说，"从最开始就集中心思研究我们。"

"学习我们知道的关于接驳的方法，"埃莉说，"他并没有对任何一个具体的人产生多大的兴趣。但是，以前他仅仅通过一种受限的商业方式进行过接驳，他如饥似渴地吸收着我们的经验。"

杰弗森点了点头，"从接驳场所里他推演出一种逼真的幻想。他想与某人接驳，并且杀死他。"

"或者是她，"阿米莉亚说，"比如我，或者那个被她强奸并分尸的可怜女人。"

"在他幻想中的牺牲品都是男性，"埃莉说，"他没把女人当作有价值的对手。他也没有太强的性欲——当他强奸那个女人时，他的阴茎只不过成为了他的另一种武器。"

"他自我的一种扩充，就像他所有的武器一样，"杰弗森说，"他比我曾经接驳过的所有士兵都更加痴迷于各种各样的武器。"

"他热爱自己的职业。我认识的一些家伙可以和他相处得很好。"

"这点我毫不怀疑，"马蒂说，"正因为这点，研究他的情况才会显得如此重要。猎手/杀手排的某些人具有类似的个性特征。我们必须找出一种方法使这种事情不再发生。"

很好的解脱,我并没有说出来。"那么明天你不和我一起去了?留在这里?"

"不,我还是要去波特贝洛的。杰弗森医生继续研究英格拉姆的情况,看看把药物和心理治疗结合在一起是否能使他恢复正常。"

"我不知道是否该祝你好运。我真的宁愿他保持现在这个德行。"也许只是我的想象,但是,我认为那个杂种听到这句话后表情有点变化。也许我们应该把马蒂独自一人送往波特贝洛,让我留在这里嘲笑、辱骂他,或许这样可以使他从紧张性神经分裂症中走出来。

朱利安和马蒂与那个前来追杀阿米莉亚的女人前后只差了几分钟就可以在瓜达拉哈拉机场相遇。他们登上了一架飞往波特贝洛的军事航班,而此时,那个女人乘坐机场的出租车,朝着与诊所临街而立的那家旅馆驶去。理所当然的是,杰弗森和二十人集团中的两人,埃莉和老兵卡梅伦在那儿。

杰弗森和卡梅伦吃完了早点,正在旅馆的酒吧里消磨时间,这时这个女人走进来,要了一杯咖啡,准备带回她的房间里。

他们两人全都下意识地看了她一眼,就像一个美女进来后所有男人都会做的那样,但是,卡梅伦一直目不转睛地盯着她。

杰弗森大笑起来,装出一副时下流行的滑稽演员的样子,"吉姆……你要是再这样用眼睛盯着她看,她准会过来赏你一巴掌。"他们两人都是在洛杉矶的底层黑人贫民窟出生的,从同一个起点走到今天,走在一起,成为了朋友。

他转过头来,一脸谨慎地小声说道:"泽姆,她也许不只是赏我个巴掌,她可以随随便便就杀掉我。"

"什么?"

"我敢说她杀过的人比我曾经杀过的还要多。她有那种狙击手的眼神:每个人都是一个潜在的靶子。"

"她确实把自己弄得像一个士兵。"他瞟了她一眼收回目光说,"也许她是某种病人。强迫症患者。"

"我们别邀请她与我们共桌如何?"

"好主意。"

但是,当他们几分钟后离开小酒吧时,与她又再次相遇了。她正试着和一个晚班店员沟通,那是一个被吓坏了的十几岁的小姑娘,她并不精通英语。加维拉的西班牙语更加糟糕。

杰弗森走上前去帮忙,"——我能帮你什么忙吗?"他用西班牙语说。

"你是美国人,"加维拉说,"你能不能问问她是否曾经见过这个女人?"她手里拿的是布雷兹·哈丁的照片。

"——你知道她在问什么。"他对这个店员说。

"是的,我知道。(西班牙语)"这个女孩摊开两手,"——我曾经见过这个女人,她来这里吃过几次饭。但是,她不住在这儿。"

"她说她不清楚,"杰弗森翻译道,"对于她来说,大多数美国人看起来都非常相像。"

"你见过她吗?"加维拉问。

杰弗森仔细地端详着照片。"我没有见过,吉姆?"卡梅伦走了过来,"你见过这个女人吗?"

"我想是没见过。很多美国人来来去去的。"

"你们是来这间诊所?"

"做咨询的。"杰弗森意识到他犹豫的时间有点太长了,"她是个病人吗?"

"我不知道,我就知道她在这里。"

"你找她干什么?"卡梅伦问。

"就想问几个问题。政府的事务。"

"好吧,我们会留意这个人的。你是……"

"弗朗辛·盖恩斯。126号房。非常感激你们给我提供的任何帮助。"

"一定。"他们看着她走远。"是大难临头,"卡梅伦轻声地说,"还是小事一桩?"

"我们必须弄到她的照片,"杰弗森说,"把照片传给马蒂的将军。如果是军队的人在追踪布雷兹,他也许可以干掉她。"

"但你并不认为她是军队的人。"

"你呢?"

他犹豫了一下,"我不知道。当她看你的时候,当她看我的时候,她首先盯着咱们胸部的中间,然后再看两眼之间,就像在瞄准。在她旁边我不会做出任何突然的举动。"

"如果她是军队上的人,她就是一个猎手/杀手。"

"当我在军队服役的时候,还没有这个名词呢。但是,我们总是能容易地认出跟自己类似的人,而且我知道她曾经杀过很多人。"

"一个女英格拉姆。"

"她甚至有可能比英格拉姆更加危险。英格拉姆更愿意以本来面目示人,而她看起来就像……"

"是的。"杰弗森看着由于她的出现而增色不少的电梯门,"她当然像。"他摇了摇头,"我们拍张她的照片,等门德兹回来后,把照片带到诊所去查证一下。"门德兹现在正在墨西哥城里寻找一些纳米炉需要的原材料,"他发现一个疯狂的女人闯进了圣巴托罗缪修道院。"

"没有可比性，"卡梅伦说，"那个女人很丑，还长了一头鬈曲的红头发。"

事实上，那个丑女人正是她戴了假发和压力面具后装扮的。

我们顺顺当当地进入了三十一号大楼，没有遇到任何麻烦。对于他们的电脑来说，马蒂是一位将大部分职业生涯用在学术岗位上的准将，而我在某种程度上还是以前的那个我。

或许不是。记忆修整做得天衣无缝，但是我想，如果我与自己以前排里的任何人接驳（本来作为一项安全措施，应该尽量避免这种情况的，我们只不过很幸运罢了），他们都会立即发现有些不对劲的地方。他们都曾察觉到过我的问题，用一种言语无法形容的方式，他们总是"在那里"，总是帮助我度过一天又一天。我太健康了。这改变就像一位老朋友出现在你面前，但却不再拖着一条残疾了一辈子的坏腿一样显而易见。

受命为我安排一个可以帮得上忙的职位的牛顿·瑟曼中尉是一个怪人：他起初是一名机械师，但是由于逐渐对接驳状态开始反感——这给他带来了剧烈的头痛，对于他或者与他接驳在一起的任何人来说这都不是件有趣的事。我当时奇怪为什么他们会把他调到三十一号大楼，而不是让他退职；很显然，他对此事也充满了疑惑。他刚刚调到这里两周的时间。回想起来，显然他也是作为整体计划的一部分被安置在这里的。多么大的一个错误啊！

三十一号大楼按照其内部工作人员的军衔来分的话，真有些机构臃肿、头重脚轻的味道：八名将军、十二名上校、二十名少校和上尉以及二十四名中尉，加起来一共六十四名长官，管理着五十名军士和二等兵——而其中有十人仅仅是警卫,在没有重大事件发生时,并不能算作真正可以调配的人员。

在我恢复自己全部的记忆之前,我记忆中的那四天时间显得既模糊又混乱。我被分配在一个既耗时间又无挑战性的毫无存在必要的岗位上,主要工作就是核实计算机对于资源分配的准确性——多少只鸡蛋或子弹供给到哪里。意外的是,我从来没有发现一处错误。

在我其他那些毫无挑战性的职责里面,有一项职责被证明是最重要的,其他的所有职责都不过是对它的一种掩饰:"警卫军情报告记录"或者形势报告记录。每小时我进入系统与警卫机械师们接驳,向他们询问"军情报告"。我有一张表格,里面有许多方框,我要根据他们每小时的报告在这些方框里打勾。我做的所有事情无非就是在写着"无异况"的格子里打勾:什么也没发生过。

这是典型的官僚主义无所事事型工作。如果确实发生了什么重要的事情,在我的控制台上有一个红灯会亮起,提醒我与警卫们接驳——到那时我就可以真正填写一张表格了。

但是,我根本没考虑到以下的明显事实:在这栋大楼里,他们需要一个人来检查操作警卫兵孩的机械师的真实身份。

到了第四天的时候,我正坐着,大约在军情报告的前一分钟时,控制台上的红灯突然闪了起来。我的心跳突然停顿,然后我接入了系统。

联络人不是往常的赛克斯中士了。是卡伦,还有我以前排里的另外四名队员。搞什么鬼?

她迅速地传给我一个格式塔:相信我们。你已经经过了记忆修整,这样我们才能通过特洛伊木马的方式进入到这里。然后是关于这个计划的主要大纲和令人难以置信的木星工程发展前景。

我头脑发麻地向他们发出了肯定的信号,断开接驳,在"无异况"格子里打了个勾。

难怪这几天我的头脑会如此混乱。电话响了起来,我按下接听键。

是马蒂打来的,他穿着医院的绿色制服,脸上的表情不冷不热,"我已经跟你预约好了下午两点为你做个脑部小手术。等你值完班,是否想过来做一下准备?"

"这是我一整天里听到的最好的提议了。"

这不仅是一场不流血的政变,还是一场悄无声息、无人察觉的政变。一名机械师与他或她的兵孩之间的链接仅仅只通过一个电子信号,在适当的位置有应急机制可以切换这些链接。在经过类似波特贝洛大屠杀那样的突发事件后,所有的机械师都失去了操作能力,系统仅用几分钟的时间就可以从几百到几千英里之遥接入一个新的排。(实际的距离限制大约是三千五百英里,这样的长度即使是以光速传输都会有微小的延迟。)

马蒂所做的就是把一切都设置好,只要按动一个按钮,在三十一号大楼底层的五个警卫机械师将会全部与他们控制的兵孩断开接驳;与此同时,这些机器的控制权将会切换到朱利安所在排的五名成员手中,而此时朱利安是三十一号大楼中唯一一个可以注意到这些变化的工作人员。

刚刚接管五个兵孩后,他们做的最大胆的事就是,从警卫队指挥官佩里上尉那儿向五名巡逻警卫传达一条"命令",要求他们必须立刻到2H房间报到,接受紧急接种疫苗。他们走进房间坐下来,一个漂亮的护士给他们每人打了一针。然后,她安静地站在他们身后,而他们全都进入了梦乡。

从1H到6H的房间属于医疗区,这里将要忙起来了。

一开始,马蒂和麦吉安·奥尔还可以完成所有的插件安装手术。在H座唯一卧床不起的病人是一个患有支气管炎的中尉,当五角大楼下达隔离三十一号大楼的命令时,他被转移到了基地医院。平时每天早晨过来的那位医生,现在也无法进入这里了。

不过,政变后的当天下午,有两名新医生进入了大楼。他们是塔尼娅·西奇威克和查尔斯·戴尔,是从巴拿马调来的拥有百分之九十八手术成功率的接驳小组。他们虽然被派往波特贝洛的调令弄得有些糊涂,但是也多少有点期望能来这里度度假——他们此前一直在战俘集中营为战俘安装接驳插件,每天安装十到十二个,这么快的速度既不可能让身体放松,也无法保证手术的平稳安全。

他们一安置妥当自己的住处后,做的第一件事就是去H座看看这里发生了什么事情。马蒂让他们舒舒服服地躺在两张床上,告诉他们需要和一个病人进行接驳。然后,他把他们两人与二十人集团接驳在了一起,两人立刻认识到他们拥有的是一个什么样的假期了。

但是,经过与二十人集团几分钟的深度交流后,他们很快就转变了——事实上,他们比该计划的大部分始作俑者都抱有更加乐观的态度。这样就简化了时间安排,因为不需要对西奇威克和戴尔进行人性化过程,就可以把他们拉入自己人的队伍了。

他们有六十四名军官要处理,其中只有二十八人已经安装了接驳插件;八名将军中安装了插件的只有两名。在五十名军士和二等兵中,有二十人安装了接驳插件。

他们要做的第一件事就是,将那些已经安装过接驳插件的人弄上床,让他们与二十人集团接驳在一起。他们从单身军官的住处往H座拉过来十五张床,这样H座就拥有了四十个床位;对于另外九个人,他们可以在他们的房间里安装上插件接口。

但是,对于马蒂和麦吉安·奥尔两人来说,他们的首要任务是恢复朱利安失去的记忆——或者说尝试恢复。

手术一点也不复杂,一旦朱利安准备好后,整个过程完全是自动进行的,而且只需花费四十五分钟的时间。从手术对于病人的身体和精神健康方面的影响来看,该过程也是完全安全的。朱利安知道这一点。

朱利安不知道的是,这种手术的成功率只有百分之七十五,每四个人中大约就有一个要失去些什么。

朱利安失去了一个世界。

当我醒来时,有种脱胎换骨、兴高采烈的感觉。我能够记起过去四天里我曾经历的头脑麻木的状态,也能记起所有曾经从我头脑中取走的回忆的细节——因为能够回忆起自杀的念头和即将到来的世界末日的威胁而倍感高兴,这样的行为着实有点古怪——但是就我自身而言,这是可以为侵袭我内心的那种不安感觉提供真实理由的重要佐证。

当马蒂一脸严肃地走进来时,我正坐在床沿上,盯着诺曼·洛克韦尔[①]画的一幅可笑的士兵们报到的版画看,以前的回忆滚滚而来。

"出了什么问题?"我说。

[①]世界著名插画家。

他点点头,什么也没说,从床头柜上的一个黑色盒子里抽出两根接驳电缆,把其中一根递给了我。

我们接进插件,我打开了接驳开关,什么也没有发生。我检查了一下插件的连接,连接很牢固,"你收到什么信息了吗?"

"没有。手术后我也没法获得任何信息。"他把自己的电缆放了回去,然后把我的也放了回去。

"怎么回事?"

"有些时候人们会永久性失去我们移除的记忆——"

"但是我已经重新找回了所有的记忆!我确信!"

"——有时他们会失去接驳的能力。"

我感觉冷汗渗出了我的手掌、前额和腋下,这话深深地刺痛了我的心,"是暂时性的?"

"不,就像布雷兹的情况一样。这样的事也曾经发生在罗瑟将军身上。"

"你以前就知道的。"失去接驳的不舒服的感觉现在转变成了愤怒。我站起来,朝他逼了过去。

"我告诉过你你可能会失去……一些东西。"

"但你指的是记忆。我乐意放弃的是我的记忆!"

"这就是单向接驳的好处,朱利安。如果采用双向接驳,就不能因为忽略某个问题而对别人撒谎。如果你曾经问过我,'我是否会失去接驳的能力?'我是必须要告诉你的。幸运的是,你没有问。"

"你是一名医学博士,马蒂。医生宣誓誓言的第一部分是怎么说的?"

"'不伤害病人。'但是,在得到那一纸文凭之前我做过很多事,而在那之后,我又经历了很多事情。"

"也许你最好在开始解释之前离开这里。"

他没有离开,"在战争中你是一名士兵,现在你是一个伤员;而你失去的那一部分——仅仅是一部分——确实保护了你的排,使他们可以安全地进入三十一号大楼。"

我没有打他,而是重新坐回到床上,与他保持着距离,"你听起来就像一个该死的战争男孩。一个为和平而战的战争男孩。"

"也许是吧。你必须要知道我对这一切感到多么的难受。我知道我背叛了你的信任。"

"是的,不错,我对此的感觉也是糟透了。为什么你不赶紧离开这里呢?"

"我宁可待在这里和你谈谈。"

"我想我已经想通了。去吧,你还有几十个人需要做手术呢。在这个世界尚有一丝被拯救的机会时,忙你的去吧。"

"你真的仍然相信这点。"

"我还没有时间考虑这点呢,但是不错,如果你放回我思维中的关于木星工程的记忆是正确的话,如果上帝之锤组织真的存在的话,那么必须得做些什么了。你正在挽救这个世界。"

"你现在感觉好点了吗?"

"这种'好点了'的感觉就像一个人失去了一只胳膊。我的情况还可以。我会学着用另一只手去刮胡子。"

"我不想就这样离开你。"

"就什么样?赶快从我的视线中消失吧。没有你的帮助我能想通的。"

他看了看手表,"他们在等着我呢。手术台上还有欧文斯上校需要我去做手术。"

我挥挥手示意他离开,"快去做手术吧。我会好起来的。"

他看了我一会儿,然后站起身什么话也没说,转身离开了。

我在上衣口袋中摸索着。药丸仍然还在。

再回溯到瓜达拉哈拉的那天早晨,杰弗森已经警告过布雷兹躲起来。这不成问题,她和埃莉·摩根躲在几条街区以外的地方,正忙着整理警告全世界有关木星工程带来的灾难的各种不同的版本。

当时,杰弗森和卡梅伦在小酒吧里坐了几个小时,一个微型照相机放在他们之间的桌子上,监视着电梯口。

他们差一点错过了她。当她再次出现时,她如丝般光滑的金发被藏进了一个鬈曲的黑色假发套中;她穿的服装很保守,露出的皮肤也被伪装成了典型墨西哥人的橄榄色;但是,她没有掩饰她那完美的身段以及走路的姿态。

杰弗森突然停止了谈话,悄悄用他的食指旋转着照相机。他们两个人懒洋洋地看着她走出了电梯。

"怎么了?"卡梅伦轻声问道。

"那就是她。打扮得像个墨西哥人。"

卡梅伦及时地扭过脖子,正好看到她穿过旋转门走出去,"老天啊,你是对的。"

杰弗森把照相机拿到楼上,给雷打了电话——马蒂不在的情况下,他和门德兹负责协调内部事务。

雷正在诊所里,他下载了她的照片后研究了一下,"没问题。我们会留意她的。"

不到一分钟后,她走进了诊所。金属探测器没有探测到她的两件武器。

但是这次,她并没有掏出一张阿米莉亚的照片询问是否有人曾经见过她;加维拉知道阿米莉亚一定到过这里,她把这里想象成敌人的地盘。

她告诉接待员说,她想谈谈关于安装接驳插件手术的事宜,但是除了这里的负责人以外,她拒绝跟任何人商量此事。

"斯潘塞医生正在做手术,"接待员说,"最少需要两个小时,也许要三个小时。这里还有很多其他人可以——"

"我可以等。"加维拉坐在一张长椅上,从这里可以清楚地看到门口的情况。

在另一间屋子里,斯潘塞医生正与雷在一起,通过监视器观察着这个正在向门口张望的女人。

"他们说她很危险,"雷说,"可能是某种间谍或刺客。她在找布雷兹。"

"我不想跟你们的政府结怨。"

"我说过她是政府的人吗?如果她是政府官员,她为什么不出示政府的证件呢?"

"如果她是一个刺客的话也不会出示的。"

"政府里没有刺客!"

"噢,真的吗?你是不是还相信你们的圣诞老人真的存在?"

"我的意思是,不,她不是朝着我们来的。有一个疯狂的宗教组织在追杀马蒂和他的人。她要么是这个组织中的一员,要么就是受雇于这个组织。"他把她在旅馆中的可疑举动告诉了斯潘塞。

斯潘塞盯着她的图像看了一会儿,"我相信你是对的。我曾经研究过上千张脸。她是斯堪的纳维亚人,而不是墨西哥人。她也许染黑了她的金发,也许戴了一个假发套。但是,你指望我能对她做点什么呢?"

"你能不能直接把她锁起来,然后丢掉钥匙?"

"拜托。这里不是美国。"

"嗯……我想跟她谈谈,但也许她真的很危险。"

"她既没有刀,也没有枪。她一进门就可以检查出这些的。"

"嗯。不知道我能不能从你那里借一个带着枪的家伙,在我们谈话时盯紧她。"

"就像我所说的——"

"'这里不是美国。'把楼下那个带着冲锋枪的老男人借给我怎么样?"

"他不是为我工作的,他是看管车库的。如果这个女人没有携带武器,她到底能有多危险呢?"

"比我要危险得多。很可惜我所学的知识里没有关于暴力犯罪的内容。你能不能给我一间屋子,我可以在里面与她谈话,然后再派一个人监视这间屋子,以防她决定揪下我的脑袋再把我殴打至死?"

"这很容易。带她去一号房间。"他拿起遥控器按了一下,屏幕上显示出了一间会客室,"这是一间专门为了安全考虑设置的房间。把她带到那里,我会盯上十到十五分钟;然后我会叫别人继续来盯着的。

"这些亡命徒(西班牙语)——你们称之为亡命徒的——一切事情就是因为他们而起吗?"

"和他们有关系。"

"但是他们并无恶意,不过是一群糊涂的人——还有应该叫什么,亵渎神明? 但是,除了对他们自己的灵魂以外,对别人构不成任何伤害。"

"不是这样的,斯潘塞医生。如果我们可以接驳的话,你就

319

能够理解我是多么害怕她了。"为了保护斯潘塞,知道整个计划的人都不能与他进行双向接驳。斯潘塞把这种情况看成是美国人典型的多疑症。

"我有一个男护士,非常的肥……不,是非常的壮——管他呢,他得到了空手道的黑带。他会和我在一起监视。"

"不行,等他赶到楼下的时候,她可能已经杀死我了。"

斯潘塞点点头,想了一下,"我让他到隔壁那间房子里去,带上一个呼叫器。"他拿起遥控器,按了一个钮,"就像现在。这样就可以叫到他了。"

雷出去上了趟洗手间,在那里他什么也干不成,只能检查一遍他的武器:一个钥匙环和一把瑞士军刀。再回到观察室时他见到了拉罗——他的胳膊和雷的大腿一样粗。他不说英语,走起路来小心翼翼,因为他知道身边的东西是多么的脆弱。他们一起下了楼。拉罗钻进二号房间,雷走进了大厅。

"女士?"她抬头看着他,典型的瞄准动作,"我是斯潘塞医生。您是?"

"简·史密斯。我们可以找个地方谈谈吗?"

他把她领到了一号房间,这里比在监视器中看到的面积要大一点。他示意她坐到沙发上,然后拉过来一把椅子。他跨坐在椅子上,这样椅子靠背在他们两人中间形成了一道保护屏障。

"我能帮您些什么?"

"你有一个病人名字叫作布雷兹·哈丁,布雷兹·哈丁教授。我必须找她谈谈。"

"首先,我们不对外公布我们客户的名字。其次,我们的客户也不总是留给我们他们真实的姓名。史密斯女士。"

"你是谁? 说真话。"

"什么?"

"我的资料上显示斯潘塞医生是个墨西哥人。我从来没见过一个带着波士顿口音的墨西哥人。"

"我向你保证我是——"

"不。"她把手伸向腰带,拔出一把似乎是用玻璃制成的手枪,"我没有时间跟你绕圈子了。"她的脸色变得阴沉、坚决,充满了愤怒,"你现在就悄悄带着我一个房间一个房间地找,直到我们找到哈丁教授为止。"

雷犹豫了一下,"如果她不在这里呢?"

"那我们就去一个安静的地方,在那里我可以把你的指头全都切下来,一根接一根,直到你告诉我她在哪儿为止!"

拉罗轻轻地打开房门,端着一支巨大的黑色手枪,摇摆着身躯闯进来开始瞄准。她厌恶地看了他一眼,开枪打中了他的眼睛。这支玻璃手枪几乎完全是消声的。

他扔掉手枪,单膝跪了下来,两只手蒙在脸上,开始发出像女孩子一样的嚎叫。紧接着,她的第二颗子弹削掉了他上半个脑袋,他向前安静地仆倒在血泊之中,脑浆流了一地。

她说话的声调一点也没变:严肃、淡漠。"你看见了,要想活到今天晚上的唯一出路就是跟我合作。"

雷盯着地上的尸体,已经被惊得说不出话来了。

"站起来,我们走。"

"我……我想她不在这儿。"

"那么在哪儿——"她的说话声被门和窗户上方的金属百叶窗落下的咔嗒声打断了。

雷听到一种微弱的咝咝声,不由回想起了马蒂曾告诉他发生在圣巴托罗缪修道院审问室里的故事。也许这栋建筑与修道

321

院是由同一个设计师设计的。

显然她并没有听到这种声音——在靶场待的时间太多了，但是她四处张望之下，看到了电视摄像头像一截铅笔头似的从房间天花板的一个墙角伸出来对着他们。她把他拽到摄像头前面，用手枪顶着他的脑袋，"你们有三秒钟的时间把那个门打开，否则我就杀了他。现在已经是第二秒。"

"史密斯夫人！"一个声音在房间中响起，"要打开那个门，需要一个，怎么说来着，猫（西班牙语）……一个插件。需要用两分钟，或者三分钟。"

"给你两分钟时间。"她看着自己的表，"现在开始。"

雷突然后背着地倒了下来。他的脑袋结结实实地撞在了地板上。

她发出一种厌恶的声音。"懦夫。"接着几秒钟之后，她自己也开始摇晃起来，然后重重地一屁股坐在了地板上。她用双手举起手枪，摇摇晃晃地对着雷的胸部开了四枪。

我的单身军官宿舍里有两间屋子——一间是卧室，另一间是"办公室"。所谓的办公室只是一个灰色的小房间，里面仅能容下一个冰箱、两张硬椅子，以及放在一个简单的通信控制台前的一张小桌子。

在桌子上面，摆着一瓶葡萄酒和我最后的晚餐：一粒灰色的药丸。我有一本黄色的留言簿和一支笔，但是，我想不出任何可以写下来的晦涩的遗言。

电话响了。我等它响了三次，然后说了一声"你好"。

是杰弗森打来的电话——我的精神病治疗医生，在最后一刻来挽救我的生命。我决定等他一放下电话，就吞掉那颗药丸。

但是,就像这个屋子和桌上的药丸一样,杰弗森的脸也是灰色的,而且更加接近苍白而不是发黑。自从我母亲打电话来告诉我弗兰西姑妈去世的消息后,我就再也没见过任何人有这样的脸色。"怎么了?"我说。

"雷死了。他被一个他们派来追杀布雷兹的刺客杀死了。"

"'他们'?上帝之锤?"屏幕顶端晃动的银色闪光条意味着我们之间的通讯已经被加密了,我们可以在电话中谈任何事情。

"我们认为她是他们中的一员。斯潘塞医生现在正在往她脑袋上钻眼,安装接驳插件。"

"你们怎么知道她是去追杀阿米莉亚的?"

"她有阿米莉亚的照片,还在这里的旅馆四处打探消息——朱利安,她没有任何理由就杀死了雷,此前她还杀死了另一个男人。她带着一支枪和一把匕首竟然通过了诊所的安检,可能是某种塑料制造的。我们都被吓坏了,万一她不是一个人来的怎么办?"

"上帝啊。他们一直跟踪我们到了墨西哥?"

"你能赶过来吗?布雷兹需要你的保护——我们全都需要你!"

实际上,我感觉自己的下巴都要掉下来了。"你们需要我赶去做一名士兵?"这些曾经当过职业狙击手和杀人犯的家伙现在却需要我的保护!

斯潘塞断开他的插件,朝窗户走去。他把百叶窗拉到最顶端,斜视着升起的太阳,打着哈欠。他转向被牢牢绑定在一个轮椅上的女人。

"夫人,"他说,"你是个极度变态的疯子。"

杰弗森已经在一分钟前断开了接驳。"以我的职业观点来看,这个称谓也是正确的。"

"你们所做的完全是非法和不道德的,"她说,"侵犯了一个人的灵魂。"

"加维拉,"杰弗森说,"如果你真有灵魂的话,我在你的身体里为什么找不到?"她拼命地扭动着身体想挣脱束缚,轮椅随着她的动作在他面前晃动起来。

"不过她说得确实有道理,"他对斯潘塞说,"我们不能把她移交给警察。"

"我会,就像你们美国人说的那样,无限期地对她进行观察。一旦她好起来,她就可以走了。"他挠着下巴上的胡茬说,"至少要等到九月中旬。你也认为应该这样做吧?"

"我不会进行数学分析,但朱利安和布雷兹可以,而且他们对此不会有任何疑义。"

"'上帝之锤'就要落下了,"加维拉说,"无论你们做什么都无法阻止它。"

"噢,闭嘴。我们能不能给她找个地方?"

"我有一间你们称之为'橡皮房'①的屋子,还没有哪个精神病人能从那里逃出去。"他用对讲机安排一名叫作路易斯的男人过来把她带到那里去。

他坐下来看着她,"可怜的拉罗,可怜的雷。他们没有发觉你是个什么样的妖怪啊。"

"当然不会了。男人们只会把我看成他们发泄欲望的工具。他们为什么要去害怕一个阴道呢?"

"关于这点,你很快就会发现很多理由。"杰弗森说。

---

① 为精神病患者提供的四周都是软质材料的房间。

"继续威胁我吧。我不怕被强奸。"

"这种关系要比强奸亲密得多。我们准备把你介绍给一些朋友。如果你有灵魂的话,他们会找到它的。"

她什么也没有说。她明白他的意思;通过与他的接驳,她知道了二十人集团的事。她第一次开始看起来有些畏惧了。

有人敲门,但进来的却不是路易斯。"朱利安,"杰弗森说着做了个手势,"她在这儿。"

朱利安打量着她,"她和我们在监视器上看到的圣巴托罗缪修道院里的那个女人是同一个人?真难以相信。"她正用一种古怪的表情盯着他看,"什么?"

"她认识你,"杰弗森说,"当英格拉姆试图把布雷兹绑架出火车站时,你跟在他们的后面。她以为你和英格拉姆是一伙的。"

朱利安朝她走过去,"好好看着我。我要让你梦见我。"

"我好害怕哦。"她说。

"你到这里来追杀我的爱人,结果杀死了我的一个老朋友,还有另外一个男人。他们说你连眼都不眨。"他的手慢慢地朝她伸过去。她试着躲开,但是他掐住了她的喉咙。

"朱利安……"

"噢,别担心。"轮椅上的轮子是锁定的。他缓慢地向前推着她的喉咙,她连人带轮椅一起向后倾斜。在处于平衡点的时候,他抓住了她,"你将会发现这里的每一个人都很善良。他们只想帮助你。"他放开了手,轮椅带着刺耳的响声翻倒在地。她哼了一声。

"不过,我不是他们中的一员。"他用两手和膝盖着地趴下来俯视着她的脸,"我不够友善,而且我也不想帮助你。"

"这样做对她不起什么作用,朱利安。"

"这不是为了她,是为了我自己。"她想朝他吐口水,但没能吐到他身上。他站起来,漫不经心地把轮椅转回垂直的位置。

"这不像是你的作风。"

"我也不像本来的我了。马蒂根本没有跟我说过我可能会失去接驳能力的任何事!"

"你不知道记忆操作中可能发生那样的事情?"

"不知道。因为我没有问。"

杰弗森点了点头,"这就是为什么最近没有安排你和我见面的原因。你很可能会向我询问这方面的事情的。"

路易斯走进了房间,斯潘塞向他们俩介绍了一下,然后路易斯便把加维拉推了出去,其间他们俩什么也没说。

"我认为比那要阴险得多,用了更多的花招。"朱利安说,"我想马蒂需要一个曾经当过机械师、了解士兵的技能,但是对人性化程序免疫的人。"他用拇指指向斯潘塞。

"他现在知道全部情况了?"

"精华部分。"

"我认为马蒂想让我变成现在这样,以防有需要暴力的情况发生——就像你,当你打电话叫我来保护布雷兹时,你暗示的是同一个意思。"

"嗯,这只不过是——"

"你也是对的!我现在太他妈的愤怒了,以至于我能杀死一个人!难道这还不疯狂吗?"

"朱利安……"

"噢,你不会使用'疯狂'这个词的。"朱利安压低了声音,"但是很古怪,是不是?我好像有几分恢复原样了。"

"那也可能是暂时的。你有权愤怒。"

朱利安坐下来,两只手紧紧地攥在一起,好像要束缚住它们一样,"你们从她那里知道了些什么? 还有其他的刺客在城里或正在赶来吗?"

"实际上,她知道的唯一的另一个刺客是英格拉姆。不过,我们知道了她上级的姓名,而且他一定与高层联系紧密。他是布雷斯代将军。他也是下令禁止发行你们的论文,并派人杀掉布雷兹搭档的人。"

"他在华盛顿?"

"五角大楼。他是国防部高级研究计划署(DARPA)的副部长。"

朱利安差点儿笑出声来,"国防部高级研究计划署时时刻刻都在枪毙各种研究计划。我以前还从没听说他们会去谋杀一名研究者。"

"他知道她来瓜达拉哈拉的消息,包括她要去一个接驳诊所,但他知道的全部也只有这些。"

"这里有多少个诊所?"

"一百三十八个,"斯潘塞说,"哈丁教授在这里做完手术之后,唯一能透露她真名的就是我自己的办公室记录,以及那个……你管你签署的那个东西叫什么?"

"委托书。"

"对,那东西压在律师事务所的文件堆里——尽管如此,也不可能把它与这个诊所联系在一起。"

"我不想太过大意。"朱利安说,"如果布雷斯代需要的话,他可以采用与她相同的方法找到我们。我们留下了一些痕迹。墨西哥警察能够确认我们在瓜达拉哈拉——也许甚至还知道我们在这儿——他们很容易接受贿赂的。对不起,斯潘塞先生。"

他耸了耸肩,"这是事实(西班牙语)。"

"因此,我们得留意每一个从那扇门里进来的人。但是,阿米莉亚怎么办,布雷兹——她在附近吗?"

"大概有四分之一英里远,"杰弗森说,"我会带你去那儿的。"

"不用。他们可能会跟踪我们之中的任何一个人。我们还是不要增大他们的概率了。把那儿的地址写下来,我坐计程车去那里,途中换乘一次。"

"你想给她个惊喜?"

"这么说是什么意思?她跟别人住在一起?"

"不,不是。哦,是的,但那人是埃莉·摩根。没什么可担心的。"

"谁担心了?不过是问问而已。"

"我要说的意思是,我是否应该给她打个电话,告诉她你要过去?"

"对不起,我还没缓过来。去给她打……等等,不要打。电话有可能被窃听。"

"不可能。"斯潘塞说。

"迁就一下我?"朱利安看了看杰弗森写下来的地址,"很好。我先乘坐一辆计程车去市场(西班牙语),让自己消失在人流中,然后再钻进地铁里。"

"你的谨慎程度已经接近偏执狂的边缘了。"斯潘塞说。

"接近?实际上我早已过了那个边缘了。如果你最好的一个朋友刚刚剥夺了你一半的生命——而某位五角大楼的将军又派出刺客去追杀你的爱人,你能不成为偏执狂吗?"

"就像他们所说的，"杰弗森说，"就算是一个偏执狂，也有可能被人跟踪。"

虽然我说过我要先去市场，但后来我还是先乘坐计程车到了T城①，然后又坐地铁返回到市区。凡事小心一些总不为过。

我从一个小巷子钻进了阿米莉亚居住的汽车旅馆的院子。埃莉·摩根应的门。

"她在睡觉，"她近乎耳语般地对我说，"但我知道她一定愿意醒来。"她们的房间相邻。我走进房间，她在我身后轻轻地关上了房门。

从睡眠中醒来的阿米莉亚温暖而柔软，身体上残留着她喜爱的熏衣草浴盐的香味。

"马蒂告诉了我发生的一切，"她说，"这一定可怕极了，就像失去了一个感觉器官一样。"

我无法回答她，只是把她拥得更紧一些，就这样待了一会儿。

"你知道那个女人和……和雷……"她开始有些口吃了。

"我已经去过那里了。我和她谈过。"

"那个医生准备和她接驳。"

"他们已经那么做了，一次高风险的快速插件安装。她是上帝之锤的成员，与英格拉姆在同一小组。"我告诉了她关于那个五角大楼里的将军的事，"我认为你在这里不安全。在瓜达拉哈拉的任何地方都不安全。她通过低轨道的间谍卫星，从圣巴托罗缪修道院一直准确地追踪我们到了这个诊所。"

"我们的国家利用卫星去监视自己的公民？"

---

①这里是指特拉克帕克。

"是这样的,这些卫星绕着整个世界旋转。他们只是不想多事地让它们转到美国上空的时候停下工作。"一台咖啡机嵌在墙面里。我一边跟她说着话,一边冲了一杯咖啡,"我觉得这个布雷斯代并不知道我们的准确方位,否则出现在我们面前的就会是一个特种战斗小分队了,最少也会有一组人做她的后援,而不是她单独一个人。"

"从那些卫星上看到的实际图片是否能够精确到我们每一个人,还是只是那辆巴士?"

"那辆巴士和卡车。"

"这么说我可以离开这里,赶到火车站,然后悄悄溜到墨西哥随便哪个地方去,而卫星却无法发现我的行踪。"

"我不知道。她有一张你的照片,所以我们不得不假设布雷斯代可以把照片的复印件交给下一个职业杀手。他们也许可以去贿赂某个人,然后墨西哥的每一个警察都会四处寻找你的。"

"被通缉的感觉不错。"

"也许你应该跟我一起回波特贝洛去,潜藏在三十一号大楼里,直到情况好转为止。马蒂可以为你下个调令,也许两小时内就能搞定。"

"很好。"她舒展一下四肢,打了个哈欠,"还有几个小时可以继续研究一下这份论证,我希望你能再检查一遍;然后我们就可以在离开前,通过一部机场电话把这些资料发送出去。"

"好的。改变一下自己,做点物理学方面的研究也会是一种放松。"

阿米莉亚写了一份简明的论证,我在后面加了一条长长的脚注,说明了伪算子理论在这个体系中的适用性。

我还阅读了埃莉为大众传媒撰写的版本。对于我来说,这样的文章看起来没有什么说服力——没有数学——但是我想,最好还是对她的工作成果保持尊敬,闭牢自己的嘴巴。不过,埃莉还是感觉到了我的不安,她说这篇文章中没有用到数学知识就像写一篇关于宗教信仰的文章却不提上帝一样,但是编辑们认为,百分之九十的读者在遇到第一个方程式时就会止步不前。

我已经给马蒂打了电话。他正在做手术,一个助手回了电话,告诉我调令会在大门口等着阿米莉亚。他同时还传递了一个并不令人吃惊的消息,瑟曼中尉不会成为人性化人群中的一员。我们曾经期望让他与我的排接驳,那些被转化的士兵能够为他创造一个安详的精神环境,这可以消除引起他偏头痛的压力。但是情况并非如此,偏头痛最终不仅没有消退,而且还愈演愈烈。因此,他和我一样,他终生无法参与人性化过程。与我不同的是,他实际上是被软禁了起来,因为仅仅凭借着他接驳上去的那几分钟时间,他知道的事情就已经太多太多了。

我期待着与他谈谈,因为我们之间已经不再是官僚和奴才的关系了。我们之间突然具有了很多共同点,比如都是并非心甘情愿的前机械师。

同时,我突然与阿米莉亚之间也增加了更多的默契。如果说我失去接驳能力能带来什么好处的话,这就是最大的好处:它抹去了我们之间的主要障碍。从我的观点来看,我们是一对待在一起的瘸子,但最重要的是我们走到一起了。

与她一起工作的感觉非常好,只要能与她待在同一个屋子里我就知足了,这让我很难相信,就在前天,我还打算要服毒自杀呢。

是的,我不再是"我"了。我想,我可以迟一些再去探询我是谁的问题,最少要等到9月14日以后。到那时,这一切也许都不

331

重要了，我也许已经化为无形了——不过是团等离子！

阿米莉亚收拾她的小旅行包时，我给机场打了电话询问航班号，并且证实了机场里有带长途数据传输的收费式电话。但是我很快又想到，如果调令已经在波特贝洛等着阿米莉亚了，我们也许可以免费乘坐军用班机。我给多索战区打了电话，没错，阿米莉亚现在已经是"布雷兹·哈丁上尉"了。有一个航班九十分钟后起飞，是一个货运空兵孩，如果我们不介意坐在长板凳上的话，里面的空间倒是大得很。

"我不知道，"阿米莉亚说，"既然我的军衔比你高，我是否应该坐在你的腿上。"

计程车飞驰至机场。阿米莉亚给她信任的朋友们上传了十二份论证的拷贝文档，附带上自己的个人信息，然后将拷贝文档上传到物理学和数学网的公众空间里。她把埃莉的版本同时粘贴到公众科学和大众新闻里，然后我们奔跑着去赶飞机。

匆匆赶到空军基地，而没有在汽车旅馆中苦等下一班商业航班这种做法也许救了他们一命。

他们离开汽车旅馆半小时后，阿米莉亚的邻屋响起了敲门声，埃莉去应门。从门镜中她看到了一个墨西哥女仆，系着围裙，拿着扫帚，长长的黑色鬈发衬托出她的美丽容颜。

她打开了房门，"我不会说西班牙——"扫帚把的末端插进了她的心窝，她摇摇摆摆地向后退去，蜷缩着身体倒在了地上。

"我也不会说，你这魔鬼。"那个女人轻而易举地把她拎起来扔进一张椅子里，"别出声，否则我杀了你。"她从围裙的口袋中拉出一卷防水胶带，把埃莉的两只手腕绑在一起，然后又绕着她的胸部和椅子靠背牢牢地缠了两圈。最后，她撕下一小块防水胶带,贴在埃莉的嘴上。

她抖落了身上的围裙。埃莉从鼻孔里喘着粗气,她看见这个女人围裙里面穿的是沾满血迹的医院蓝色病人服。

"衣服。"她撕掉了沾满血污的睡衣裤,原地转了一下身,性感有力的肌肉绷得紧紧的。通过敞开的双重门,她看见了埃莉的手提箱,"哈。"

她走进门去,回来时拿着一条牛仔裤和一件棉衬衫。"它们有些宽松,但是还能用。"她把衣服整齐地叠好,放在床脚上,撕开埃莉嘴上的胶带,让她可以说话。

"你最好别穿那些衣服,"埃莉说,"因为你不想在衣服上溅上血——在我的衣服上溅上我的血。"

"也许我想让你兴奋一下。我想你是个同性恋,和布雷兹·哈丁两人独自住在这里。"

"当然。"

"她在哪儿?"

"我不知道。"

"你当然知道了。非要我伤害你不可?"

"我什么也不会告诉你的。"她嗓音颤抖地咽了一口唾沫,"不管怎么样你都会杀了我的。"

"你为什么这么想?"

"因为我能认出你来。"

她放肆地笑了起来,"我刚刚杀了两个警卫,从你们诊所里的高度安全区跑了出来。一千个警察都知道我长得什么样。我可以让你活下去的。"她弯下腰,像体操运动员一样灵活地从围裙口袋里拿出一把亮闪闪的手术刀。

"你知道这是什么吗?"

333

埃莉点了点头,又咽了一口唾沫。

"现在,我庄严地宣誓,如果你诚实地回答我的问题,我不会杀死你。"

"你向上帝宣誓吗?"

"不,那是亵渎上帝。"她举起手术刀端详着它,"不过实话实说,就算你告诉我的全是谎话,我甚至也不会杀死你。我只会慢慢地折磨你,让你生不如死。在我离开之前,我会割掉你的舌头,这样你就不能告诉他们关于我的事情。然后我还要切断你的双手,让你无法写字。当然,我会用这卷防水胶带替你止血。我想让你在遗憾中长命百岁。"

尿液滴到了地板上,埃莉开始抽泣起来。加维拉将胶带重新贴在她的嘴上。

"你的母亲难道没对你说过'我要让你尝尝哭泣的滋味'吗?"她向下用力地刺下去,将埃莉的左手钉在了椅子上。

埃莉停止了哭泣,神情迟钝地盯着露在外面的手术刀把和手上汩汩流出的鲜血。

加维拉轻轻地摇晃了一下刀身,猛地将手术刀拔了出来。血流突然喷涌而出,她轻轻地将折叠好的面巾纸放在伤口上拍了拍,"现在如果我让你讲话,你能不能只回答我的问题,而不要号啕大叫?"埃莉筋疲力尽地点了点头,加维拉剥开了她半边嘴上的胶带。

"他们去了机场。"

"他们?她和她的黑人男友?"

"是的。他们要返回德克萨斯州。去休斯敦。"

"噢,你在说谎。"她把手术刀放在埃莉另一只手背的正上方,抬起铁锤般的拳头。

"巴拿马!"埃莉声嘶力竭地喊道,"波特贝洛。不要……请不要——"

"航班号?"

"我不知道。我听到他写了下来——"她用头指了指——"就在电话机的对面。"

她走过去,拿起了一张纸条,"'墨西哥航空公司249航班'。我想他们太匆忙了,居然留下了这张纸条。"

"他们很匆忙。"

加维拉点了点头,"我想我也应该抓紧时间了。"她走回来,若有所思地看着她的牺牲品,"尽管你撒谎了,我也不会对你做任何可怕的事情。"她将胶带贴回到埃莉的嘴上,然后用另外一小块胶带封住了她的鼻子。埃莉开始疯狂地乱踢,使劲地前后晃动脑袋,但是加维拉设法用胶带绕着她的脑袋牢牢地缠了两圈,将嘴和鼻子上的两小块胶带缠得更牢固,切断了所有可能的空气来源。在挣扎中,埃莉掀倒了椅子。加维拉毫不费力地轻轻一抬,将椅子重新正了过来,就像几小时前朱利安对她所做的那样。然后,她慢慢地穿好衣服,盯着这个异教徒的眼睛,看着她慢慢地死去。

在我的单身军官宿舍的办公室里,等候着我们的是一条闪烁在控制台屏幕上的信息,加维拉制伏她的看守后逃走了。

没关系,在基地里,我们被锁在一栋被五角大楼下令隔离的大楼中,她对我们也束手无策。阿米莉亚担心那个女人可能会找到她住的地方,所以她给埃莉打了电话。没有人接电话。她留了言,警告她加维拉的事,并且建议她搬到城对面随便哪个地方去住。

从马蒂的时间安排表上来看,他现在正在手术室,在晚上七点之前不会闲下来的——还有五个小时。冰箱里有一些干酪和啤酒。我们悠闲地享用了一些零食,然后双双倒在了床上。这张床对于两个人来说有些窄了,但是我们都已经筋疲力尽了,任何平放着的东西都可以引发我们睡眠的欲望。她把头枕在我的肩膀上进入了梦乡,这还是很久以来的头一次。

控制台发出"砰砰"的响声,我迷迷糊糊地从睡梦中醒来。响声没有弄醒阿米莉亚,但是我笨拙地想从她旁边抽出身来的动作却弄醒了她。我的左臂已经麻木了,像根冰冷发麻的木头,我还浪漫地在她面颊上留下了一摊口水。

她擦着脸上的口水,把眼睛睁开了一条缝,"有电话?"

"接着睡吧。如果有什么情况的话,我会告诉你的。"我走进办公室,在身体的一侧甩打着麻木的左臂。我从冰箱里抽出一瓶姜汁汽水——不管以前这里住的是谁,这饮料肯定是他的最爱——坐在了控制台前:

马蒂将于19:15在食堂与你和布雷兹会面。

带上这个。

姓 名	等 级	植入情况	人性化时间:起始/完成
塔姆斯	一等兵	——	7·26/8·9
雷诺德	一等兵	——	★
宾 尤	一等兵	——	★
卓 尔	技 师	——	★
莫内茨	中 士	——	★
福斯特	将 军	——	★

永远的和平

佩格尔	将军	——	★
福克斯	上校	——	★
莱曼	上校	——	★
麦克内尔	上校	——	★
劳伦兹	上校	——	★
米利	上校	——	★
思威姆	上校	——	★
巴比	少校	——	★
贝姆斯	少校	——	★
卡斯特罗	少校	——	★
迪克	少校	——	★
丹那修	少校	——	★
埃文斯	少校	——	★
霍尔	少校	——	★
华盛顿	少校	——	★
格里芬	中尉	——	★
海德	中尉	——	★
雷克	中尉	——	★
纽曼	中尉	——	★
费恩	中尉	——	★
斯坦博格	中尉	——	★
且克	中尉	——	★
瑟曼	中尉	(×)	(×)
弗莱德曼	中尉		★
斯坦曼	中尉	——	★
托马森	中尉		★

乔克斯勒	中尉	——	★
斯波亚	将军	7·27/2	7·28/8·11
皮奥	将军	7·27/2	7·28/8·11
玻尔丹	将军	7·28/2	7·29/8·12
纽恩	将军	7·28/2	7·29/8·12
霍佛	将军	7·29/2	7·30/8·13
科穆尔	上校	7·27/1	7·28/8·11
拉夫图斯	上校	7·2/1	7·28/8·11
欧文斯	上校	7·27/1	7·28/8·11
辛德	上校	7·27/1	7·28/8·11
斯塔灵	上校	7·27/1	7·28/8·11
汤米	上校	7·27/2	7·28/8·11
艾伦	少校	7·27/2	7·28/8·11
布莱克尼	少校	7·27/2	7·28/8·11
鲍勃	少校	7·27/2	7·28/8·11
德西宁	少校	7·28/2	7·29/8·12
爱德华	少校	7·28/2	7·29/8·12
福特	少校	7·28/2	7·29/8·12
林奇	少校	7·28/2	7·29/8·12
梅哲斯	少校	7·28/2	7·29/8·12
奈斯特	少校	7·28/1	7·29/8·12
佩利	少校	7·28/1	7·29/8·12
罗克斯	少校	7·28/1	7·29/8·12
范霍姆	少校	7·28/1	7·29/8·12
萨顿	中尉	7·28/1	7·29/12
维服尔	中尉	7·29/2	7·30/13

丹尼尔	中尉	7·29/2	7·30/13
萨格斯	中尉	7·29/2	7·30/13
约翰逊·B	中尉	7·29/2	7·30/13
海泽汀	中尉	7·29/2	7·30/13
马克思贝利	中尉	7·29/2	7·30/13
拉那德森	中尉	7·29/2	7·30/13
戴尔	中尉	7·29/2	7·30/13
布特维尔	中尉	7·29/1	7·30/13
拉弗莱克	中尉	7·29/1	7·30/13
凯利	中尉	7·29/1	7·30/13
吉尔帕特里克	中士	7·27/2	7·28/11
米勒	中士	7·27/2	7·28/11
霍勒威	中士	7·27/1	7·28/11
加利森	中士	7·29/1	7·30/13
麦克劳克林	中士	7·29/1	7·30/13
洛维	中士	7·3/1	7·31/13
休斯	中士	7·30/1	7·31/13
史密斯·R	中士	7·30/1	7·31/13
达菲	中士	7·30/1	7·31/13
秦	中士	7·30/1	7·31/13
司考尔	技师	7·30/2	7·31/13
威廉姆斯	技师	7·30/2	7·31/13
帕金斯	技师	7·30/2	7·31/13
亨特	技师	7·30/2	7·31/13
泰罗尔	技师	7·30/2	7·31/13
堪泽尔	一等兵	7·30/2	7·31/13

品奇	一等兵	7·30/2	7·31/13
海德	一等兵	7·31/1	7·31/13
布林肯	一等兵	7·31/1	8·1/14
梅里尔	一等兵	7·31/1	8·1/14
拉姆斯丹	一等兵	7·31/1	8·1/14
亚洛维奇	二等兵	7·31/1	8·1/14
桑托斯	二等兵	7·31/1	8·1/14
摩西	二等兵	7·31/2	8·1/14
坎特尔	二等兵	7·31/2	8·1/14
沃莱利	二等兵	7·31/2	8·1/14
斯堪兰	二等兵	7·31/2	8·1/14
帕默罗伊	二等兵	7·31/2	8·1/14
德贝利	二等兵	7·31/2	8·1/14
派斯克	二等兵	7·31/2	8·1/14
吉伯森	中士	——	7·26/09
塔斯勒	中士	——	★
佛里恩	中士	——	★
敏特尔	中士	——	★
雷蒙德	中士	——	★
戈德史密斯	中士	——	★
斯维尼	中士	——	★
莱昂斯	中士	——	★
加文	中士	——	★
维斯特	技师	——	★
路易斯哈赛尔	技师	——	★
金	技师	——	★

亚洛	技师	——	★
斯潘德尔	二等兵	——	★
沃伦	二等兵	——	★

这份花名册的内容很眼熟，里面列出了三十一号大楼中除我以外的全体工作人员名单。我在以前那份工作中可能每天都要看上数百次。

这张列表的排列顺序有些古怪，因为它的顺序和人的职责毫不相干（我一直把它当成一份值班表），但是仅用了一分钟我就明白过来了。前五个是这里的机械师警卫的名字，他们的兵孩被我的排队接管了。接着是关于所有已经安装接驳插件的军官的列表，他们从7月26日就被接驳在了一起，我推测他们所有人可能不在一个大组里。

同样的，在花名册的尾部除了几名警卫之外，全部是已经安装过接驳插件的军士和二等兵，他们也都在前天就被接驳在了一起。理论上讲，他们都会在8月9日那一天从战争中解脱出来。

在这两组人中间，大约有六十个是迄今为止仍然是没有接受接驳插件植入术的正常人。四名医生从昨天起开始为他们安装接驳插件。看起来似乎第一队每天做五个手术，而第二队——估计是运河区派来的那两位高手——一天要为八个人做手术。

我听到阿米莉亚在卧室中走动的声音，她换掉睡觉时穿的衣服，从卧室中走了出来。她正梳理着头发，身上穿的女服是一件我从来没见过的红黑相间的墨西哥服装。

"我还不知道你带了一套衣服呢。"

"这是斯潘塞医生给我的。他说这件衣服是为他老婆买的，但她穿起来不合适。"

"我才不信呢。"

她从我的肩膀上往下看，"许多人。"

"他们一天大约要做十二个手术，分成两队。我怀疑他们是否睡过觉。"

"嗯，不过他们得吃饭。"她看了看她的手表，"那个食堂有多远？"

"两分钟。"

"你为什么不换一下你的衬衫，顺便刮刮胡子？"

"去见马蒂？"

"是为了我。"她拽了拽我的肩膀，"快去。我想再给埃莉打个电话。"

我迅速地刮了一下胡子，找到了一件只穿过一天的衬衫。

"还是没人接，"阿米莉亚从另一个屋里说，"那家汽车旅馆的前台也没有人。"

"你想打电话跟诊所那边核对一下吗？或者杰弗森的汽车旅馆房间？"

她摇摇头，按下了打印按钮，"过了晚餐时间。她可能出去了。"花名册的复印件从打印槽中滑出来，阿米莉亚接住了，把它折好，放在她的皮包中，"我们去找马蒂吧。"

食堂很小，但出乎阿米莉亚意料的是，这里并非完全是自动化的服务。一些大众的简单食品由机器来加工，但是也有一个真正的厨房，里面有一个真正的厨师，朱利安认识这个厨师。

"瑟曼中尉？"

"朱利安,我还是忍受不了接驳的痛苦,所以我自愿到这里顶替达菲中士,帮忙做饭。不过,别抱太大期望,我只会做四五样东西。"他看着阿米莉亚,"您应该就是……阿米莉亚?"

"布雷兹。"朱利安说,为他们彼此做了介绍,"你和他们接驳过吗?"

"如果你的意思是'你知道了吗',是的,我知道了大体的计划。你从事数学研究?"他问阿米莉亚。

"不,我研究粒子物理学,为朱利安和皮特的数学应用做铺垫。"

他开始搅拌两份色拉。

"皮特,那个研究宇宙的家伙,"他说,"我在昨天的新闻上看到他了。"

"昨天?"朱利安说。

"你们没听说? 他们发现他在某个岛屿上糊里糊涂地瞎逛。"瑟曼把他记得的那篇新闻报道的内容全部告诉了他们。

"但他没有回忆起任何关于那篇论文的事?"阿米莉亚问。

"我猜没有。如果他认为今年是2004年的话,他是不会记起论文的事的。你认为他能恢复记忆吗?"

"除非取走他记忆的人还保留着那些记忆,"朱利安说,"这事听起来好像不太可能。听起来他们的手术做得非常粗糙。"

"至少他仍然活着。"阿米莉亚说。

"不会给我们带来太多好处。"朱利安说完,发现阿米莉亚正看着他,"对不起。但这是事实。"

瑟曼将两份色拉递给他们,然后开始制作两个汉堡包。马蒂走进来,点了同样的食物。他们走到一张空着的长桌子末端。马蒂重重地一屁股坐进椅子里,从耳朵后面撕下了一片"速必醒","最好能睡上几小时。"

"你已经多长时间没睡过觉了？"

他低头看着表，但目光却无法集中在上面，"我不想知道。我们马上就要完成所有上校的接驳手术了。第二队人刚从小睡中醒来；他们要对汤米和那个外号叫托普基克的做手术。他的真名叫什么来着？"

"吉尔帕特里克。"朱利安说。

瑟曼送来了马蒂的色拉。"在瓜达拉哈拉，情况已经是一团糟了，"他说，"这些消息是在我离开二十人集团之前从杰弗森那里得来的。"大多数情况下瓜达拉哈拉和波特贝洛两地的通信，是通过接驳电路完成的，而不是传统的电话——这样可以用更少的时间获得更多的信息，总之，每一个安装了接驳插件的人迟早都会知道的。

"是疏忽大意造成的，"朱利安说，"他们本应该对那个女人更加小心提防才是。"

"这是毫无疑问的。"瑟曼回去继续做他的汉堡包了。他们双方都不知道他们所说的是两件不同的事：他们曾经试着让瑟曼接驳了两次，当埃莉被无情杀害的消息传来时，瑟曼恰巧在接驳过程中。

"什么女人？"马蒂边吃边问。

朱利安和阿米莉亚互相对望了一下，"你不知道加维拉和雷的事？"

"不知道。雷遇到麻烦了吗？"

朱利安吸了一口气然后又吐了出来，"他死了，马蒂。"

马蒂的餐叉掉了下来，"雷？"

"加维拉是'上帝之锤'组织的一名刺客，她被派来追杀布雷兹。她偷偷把一支枪带进审问室,开枪杀死了他。"

"雷?"马蒂重复了一句。他们从上研究生时就是一对好朋友。他僵在原地,脸色惨白,"我怎么去对他妻子说?"他摇了摇头,"我是他的伴郎。"

"我不知道,"朱利安说,"你不能只是说'他为和平献出了自己的生命',尽管从某种意义上来说,这是真的。"

"同样真实的是,是我把他从安全、舒适的办公室中拉出来,将他推到了一个变态杀人狂的面前。"

阿米莉亚用两只手一起抓住了他的手,"现在别再为这事烦恼了。无论你怎么做,也改变不了任何事情的。"

他面无表情地看着她,"她就没指望自己的丈夫能在14号之前回来。因此也许宇宙大爆炸可以使这件事变得无关紧要了。"

"更有可能的是,"朱利安说,"他最终将成为无数伤亡者中的其中一员。你最好还是等到这场该死的大动乱、这场不流血的革命结束后,再一起宣布吧。"

瑟曼悄悄地走过来,给他们端上了汉堡包。他已经偷听了很多对话,意识到他们还不知道关于埃莉的死讯,或许连加维拉逃跑的消息也不知道。

他决定不告诉他们这些。他们很快就会知道的。在这些消息滞后的时间里,他也许可以做些事情使事态朝着有利于自己的方向发展。

因为他不打算袖手旁观,看着这些疯子去破坏军队。他必须阻止他们,而且他清楚地知道该怎么做。

因为偏头痛的病根,妨碍了他与这些迷失方向的理想主义者进一步交流,但是,一些真实的信息也显现出来了。比如说布雷斯代将军的身份,还有他大权在握的职位。

布雷斯代的一个电话就可以使三十一号大楼陷入瘫痪。瑟曼必须要找到他,而且要快。"加维拉"可以作为他们之间的联络密码。

当我们回到宿舍时,控制台上有一条发给阿米莉亚的信息,让她用安全线路立刻与杰弗森进行通信联络。他正在瓜达拉哈拉汽车旅馆自己的房间里吃晚饭。他挂肩的枪套里装着一把手枪,像个投镖手一样。

他在屏幕那端盯着我们,"坐下来,布雷兹。"她慢慢地坐在了控制台前的椅子上,"我不知道三十一号大楼应该有多安全。不过我认为它还不够安全。

"加维拉逃跑了。在追杀你的路上,她留下了一串尸体。她在诊所杀死了两个人,显然对其中一个进行了残酷的折磨,逼问出了你的住址。"

"不……噢,不!"

杰弗森点了点头,"你们刚一离开,她就赶到了那里。我们不知道埃莉临死前可能告诉了她些什么。"

这个消息对我的打击可能要比对她的更大。阿米莉亚曾经与埃莉同住一起,但是我曾经就生活在她的体内。

她的脸色变得苍白,说话时嘴唇几乎都没有动,"拷问她。"

"是的,然后直接赶往机场乘坐下一班飞往波特贝洛的航班。她现在应该就在城里的某处。你们必须得假设她已经知道了你们确切的方位。"

"她不可能进入这里的。"我说。

"没错,朱利安。她本来也不可能从我们这里逃脱的。"

"是的,好吧。你准备好接驳了吗?"

他用医生特有的谨慎眼光看了我一眼,"和你?"

"当然不是。和我的排。他们在这里站岗,可能用得着对那婊子的具体描述。"

"当然。对不起。"

"你告诉他们你所知道的一切,然后我们去坎迪那儿询问详细情况。"

"好吧,不过要记住加维拉曾与我进行过双向接驳——"

"什么?可真够受的。"

"我们以为这段时间里她跑不掉的。要想从她那里套出所有的信息,这是唯一的方法,而且我们确实知道了不少。但是,你们必须要假定她记住了很多从斯潘塞和我这里得到的信息。"

"她没有记住我的住址。"阿米莉亚说。

杰弗森摇了摇头,"当时,我还不知道你的地址,斯潘塞也不知道,但是她知道整个计划的主要大纲。"

"该死。她可能已经把这个消息传出去了。"

"还没有。她在华盛顿有个上级,但她应该还没有跟他通过话。她极端崇拜他,严格地盲从他的每一道命令……我想在她不能说出'任务完成'四个字时,她是不会给他打电话的。"

"这么说我们不能仅仅是躲着她,我们还要抓住她,让她无法泄露秘密。"

"把她锁在一个屋子里。"

"或者箱子里。"我说。

他点点头,挂断了线路。

"杀了她?"阿米莉亚说。

"没有必要。只需把她交给医生们,她会一直沉睡到世界末

347

日的。"我想,这也许是真的。但是,没等多久,阿米莉亚和我就成这栋建筑中唯一能够杀戮的人了。

坎迪告诉他们的事情是令人恐惧的。不仅仅是因为加维拉的蛇蝎心肠、她的训练有素,以及她对于上帝和祂的化身,布雷斯代将军的爱与敬畏——还因为对她来说,进入三十一号大楼要比朱利安预想得更加容易。该栋建筑的防御力量主要是针对军事袭击和暴乱来设计的,所以大楼里甚至连一处防盗报警系统都没有安装。

当然,她首先必须得混进基地。他们把所掌握的她的两种形象、她指纹的拷贝文件以及视网膜扫描图像全都发送给了基地门卫,对这个"危险武装分子"下达了严厉的羁押令。

瓜达拉哈拉机场没有保安摄像头,波特贝洛的机场则有很多。那天从下午到晚上,自墨西哥抵达的六架航班中下来的乘客没有一个看起来与她相像的,但那可能仅仅意味着她做了第三个伪装。有几个女人因为个头和体形与她相像,她们的形象也被传送给了基地门卫。

事实上,正如杰弗森预料的那样,加维拉犯了偏执狂的毛病,她虽然买了一张飞往波特贝洛的机票,但并没有使用。取而代之的是,她先把自己伪装成一个男人飞到巴拿马运河区。她在运河边发现一个喝醉酒的士兵,体形与她接近,于是她杀死了他,拿走了他的证件和制服;接着,她切掉了那个士兵的双手和脑袋,把它们包裹好,用最低的价格邮寄到玻利维亚一个虚构的地址去,把余下的尸体留在一家旅馆里;然后,她乘坐单轨铁路到达波特贝洛,在他们开始寻找她的前一个小时溜进了基地。

当然,她已经没有她的塑料手枪和匕首了,她甚至丢掉了用来对付埃莉的那把手术刀。基地里有成千上万件武器,但是除了几个看守和军警佩带的手枪外,所有的武器都数目清晰地锁在军械库中。为了一件武器杀掉一个军警听起来不是个好主意。她一路走到军械库,在周围闲逛了一会儿,假借看公告板上通知的机会观察了一下周围,然后在队列中排了几分钟后匆匆地离开了,好像忘记了什么东西一样。

她走出了这栋建筑,然后又从后门重新绕了进来。利用脑中记下来的楼层平面图,她直接朝军械日常维护部走去。那里贴着一张值班表;她走进旁边的屋子里,找到了负责军械维护的专家,告诉他有一位费尔德曼少校想要求见。专家没有锁门便离开了,加维拉随后溜了进去。

她也许有九十秒的时间。在这段时间里,她得找到一件看起来可以正常工作,而且不会被很快发现丢失了的致命武器。

屋里面乱七八糟地叠放了一堆M-31,枪身上溅满了泥点,但是保养得很好。也许它们刚在军事演习中使用过——使用者应该是那些军官,别指望他们用完武器后还会把它们擦干净。她挑了一支,把它包在一块绿色的毛巾里,顺便拿了一盒爆破飞镖和一把刺刀。毒镖用起来效果会更好、更安静,但外面这一堆武器中没有毒镖。

她神不知鬼不觉地溜到了外面。这里不像是那种一个士兵可以随意拿着轻型武器四处游荡的基地,所以她继续包裹着M-31,把入鞘的刺刀别在腰带上,藏进衬衣里。

绷住她乳房的绑带弄得她很不舒服,但她还是留下了它,如果这代价能多赢得一两秒突袭时间也值得了。制服有些宽松,使她看起来像一个略微有些胖的男人——个子矮小,胸部过于丰满。她走起路来很小心。

三十一号大楼看起来与环绕在它周围的那些建筑没有什么区别,只多出了一圈很低的电网和一个岗楼。黄昏时分,她走过岗楼,努力克制住突袭巡逻警卫凭借武力闯进大楼的冲动。利用盒子中的四十发子弹,她可以真正大开杀戒,但是,她从杰弗森那得知大楼里面由兵孩警卫值守。那个黑人朱利安的排队。朱利安·克莱斯。

不过,杰弗森医生对这栋建筑的楼层平面图却一无所知,而这正是现在她所需要的。如果她知道哈丁在哪儿的话,她可以在距离"猎物"尽可能远的地方制造一点麻烦,用来转移兵孩们的注意力,然后再去干掉她。但是,这栋建筑实在太大了,想趁兵孩们被引走的几分钟冒冒失失地闯进去找到她是不可能的。

当然,他们也正等待着她的到来。当她走过三十一号大楼时,并没有向那里张望。他们当然也知道关于那些折磨、凶杀的事。她有没有可能利用这一点去对付他们呢?让他们因为恐惧而疏忽大意?

不论她采取什么样的行动,都应该在大楼里面。否则,外面的武装力量就会做出反应,而哈丁届时将受到兵孩们的保护。

她猛地停了下来,然后逼着自己继续往前走。有主意了!在大楼外面制造一些麻烦,当他们发现状况时,设法让自己进到大楼里面,跟着那些兵孩找到她的猎物。

然后她就需要上帝的帮助了。如果人性化方案确实有效的话,兵孩们可能并不好战,但是仍然非常敏捷。她必须赶在兵孩们制伏她之前杀掉哈丁。

她充满了信心。上帝已经指引她走了这么远,祂现在不会让她失望的。甚至那个女人的名字——布雷兹[①],都像她的使命

[①] 该名字在英语里有"邪恶的地方"的意思。

一样邪恶。所有的一切都符合天意。

她转到角落里默默地祈祷了一会儿。一个孩子正在人行道上独自玩耍——这是上帝赐给她的礼物。

当控制台发出电话信号音时,我们两个正躺在床上聊天。打来电话的是马蒂。他神情疲惫但却面带笑容,"他们把我从手术室中叫了出来,"他说,"与以往不同的是,这次从华盛顿带来了好消息。今天晚上哈罗德·伯利的访谈节目中播放了一段有关你们理论的内容。"

"支持性的?"阿米莉亚问。

"很显然。我刚刚看了一分钟,现在得回去工作了。这个节目现在应该已经链接到你们的数据队列中去了。看一看吧。"他一挂断电话,我们立刻找出了这个节目。

节目的开始画面是一个壮观的星系大爆炸场面,伴随着逼真的音效。然后画面中渐渐显现的是伯利的轮廓,像往常一样严肃,低头看着这场灾难。

"画面中的情景会是一个月后的我们将要面对的吗?这个问题在高尖端科学界掀起了轩然大波。不仅科学家们有各种各样的疑问,警方也一样。"屏幕上出现了一张皮特的照片——满身污泥,凄惨无比,腰部以上完全赤裸,举着一张数字牌供警方拍照,"这是皮特·布兰肯希普,近二十年来世界上最受尊敬的宇宙学家之一。

"如今他甚至都搞不清楚太阳系里正确的行星个数。他认为自己生活在2004年——为自己二十岁的年纪却拥有一副六十四岁的躯体而迷惑不解。

"有人与他接驳并诈取了他全部的回忆,一直到2004年。

为什么?他知道些什么?这位是西蒙尼·马洛特,联邦调查局神经病理学法医组负责人。"一个穿着白大褂的女人出现在屏幕上,身后是一堆亮闪闪的设备,"马洛特博士,关于应用在这个男人身上的手术水平问题您有什么看法?"

"做出这种事情的人应该进监狱,"她说,"他们使用了精密的设备,或者说滥用。微观人工智能定向调查表明,他们起初试图抹去最近的一段特定记忆,但是他们数次尝试都失败了,最后他们使用一股强大的能量抹掉了大片的记忆。这是对于人格的谋杀,而且正如我们现在知道的,它毁灭了一颗伟大的头颅。"

阿米莉亚在我旁边叹息着,几乎快要哭了,但是仍然向前探着身子,专心地盯着控制台屏幕。

伯利直直地凝视着屏幕以外的地方,"皮特·布兰肯希普确实知道些什么——或者最少相信些什么,那些可以影响你我命运的事情。他相信我们的世界会在九月十四日走向灭亡,除非我们采取行动去阻止它。"

屏幕中先出现了月球远侧的一组多面镜阵列的照片,它拖着沉重的身躯绕着轨道运行,与主题毫不相干。接着是一组定时拍摄的木星自转录像。"这就是木星工程,人类有史以来进行的最庞大、最复杂的科学实验。皮特·布兰肯希普曾经通过计算表明必须中止该项工程,但是随后他就失踪了——再次出现时,他已经不具备任何证明科学问题的能力了。

"但是他的助手,布雷兹·哈丁教授,"——屏幕中插入了阿米莉亚讲课的照片——"怀疑被谋杀,她本人失踪了。从墨西哥的一处藏身之地,她向全世界的科学家发送出了十几份布兰肯希普理论的副本,并以艰深而严密的数学理论作为后盾。科学家们对此观点不一。"

回到他的演播室,伯利面对着两个男人,其中一个我们很熟悉。

"上帝啊,不要是迈克·罗曼!"阿米莉亚说。

"今天晚上与我在一起的是劳埃德·多尔蒂教授和迈克·罗曼教授。多尔蒂博士是皮特·布兰肯希普博士的长期合作者。罗曼先生是德克萨斯大学科学院院长,那里也是哈丁教授工作与教课的地方。"

"教课不算是工作?"我说。她"嘘"了一声叫我安静下来。

迈克·罗曼坐在那里,一副熟悉的自鸣得意的表情,"哈丁教授最近面临着一系列的压力,包括与她的一个学生以及皮特·布兰肯希普之间的风流韵事。"

"请回到科学主题上来,迈克·罗曼,"多尔蒂说,"你已经看过了那篇论文。你的看法是什么?"

"什么?那……那完全是古怪的幻想。荒诞至极。"

"告诉我为什么。"

"劳埃德,观众们永远也不会理解这其中的数学理论。不过,光从表面上也可以看出这个想法的荒谬之处。从一个小于猎枪子弹的东西中生成的物理状态可以带来宇宙的末日,真可笑。"

"人们还曾经认为一个微小的细菌能够导致人类死亡是可笑的。"

"这种对比不恰当。"他红润的脸色变得更深了。

"不,这对比很恰当。但在不能毁灭宇宙的问题上我同意你的看法。"

迈克·罗曼对着伯利和镜头做了个手势,"这不就得了。"

多尔蒂继续说下去,"它只能毁灭太阳系,也许是整个银河系——相对于宇宙来说的一个小角落。"

"但是它会毁灭地球。"伯利说。

"是的,在不到一个小时的时间里。"镜头向多尔蒂拉近,"这一点毫无疑问。"

"但是我有!"迈克·罗曼在镜头外面喊道。

多尔蒂厌烦地看了他一眼,"假设你的疑问是合情合理的,请问:人们可以接受什么样的概率呢?百分之五十?百分之十?或是百分之一的可能性会造成全人类的灭亡?何况你的疑问完全没有道理。"

"科学不是这样的。不能说某件事情具有百分之十的真实性。"

"人们也不会只有百分之十死亡。"多尔蒂转向伯利,"我发现问题并非如此,不论是实验了几分钟,还是几千年,都不会出现先前预测的实验结果。我只是认为,他们把某种错误延伸到了星系之间的空间。"

"详细说说。"伯利说。

"最终的结果将出现两倍的物质,两倍的星系。宇宙中还有容纳它们的空间。"

"如果这个理论的一部分是错误的——"迈克·罗曼说。

"而且,"多尔蒂继续说,"看起来好像这样的事情以前也曾在其他星系发生过。实际上,它在宇宙各处都曾令一些畸形的生物绝种。"

"让我们回到地球上来,"伯利说,"或者至少是我们的太阳系。停止木星工程,这个人类迄今为止进行的最大的实验,将需要多大的工作量?"

"从科学的观点来看,什么也不用做,只需要从喷气推进实验所发射一个无线电信号。让人们去发送这样一个将会毁掉他们科学生涯的信号,通常情况下,这是很难办到的。但是,如果他们不这么做的话,每个人的生涯都会在9月14日结束。"

"仍然是不负责任的一派胡言。"迈克·罗曼说,"这是错误的科学,是在危言耸听。"

"你大约还有十天的时间去证明这一切,迈克。在那个按钮后面,正排起着一支长长的队伍。"

镜头拉近伯利,给了他一个摇头的特写,"对于我来说,他们越早停止这项工程越好。"控制台屏幕暗了下来。

我们大笑着拥抱在一起,打开一瓶姜汁汽水庆祝。但是接着,屏幕"嘟"的一声自己又打开了,而我根本没有去按回复按钮。

屏幕上出现的是艾琳·扎基姆,我以前排里的新排长,"朱利安,我们遇到情况了。你有武器吗?"

"没有——嗯,是的。我有一支手枪。"那是前任室主留下来的,就像这瓶姜汁汽水一样;我还没检查过里面是否装有子弹,"怎么了?"

"那个疯狂的婊子加维拉来了。也许就在大楼里面。她在大楼前面杀死了一个小女孩,为的是吸引门口巡逻警卫的注意力。"

"上帝啊!我们在大楼外面没有兵孩?"

"有,但是它在巡逻。加维拉一直等到这个兵孩巡逻到建筑物的另一边时才下的手。我们的推测是,她乱捅了那孩子一气后,就把她扔在岗楼门前等死。当那个警卫打开门时,她割断了他的喉咙,然后把他拖过岗楼,利用他的指纹打开了内门。"

我把手枪拿出来,用锁定插销插住了房门,"推测?你们并不十分肯定?"

"没法肯定,内门没有监视系统。但是,她确实又把他拖回到了岗楼里,如果她是军队上的人,她就会知道指纹锁的工作原理。"

我查看了一下这支手枪的弹夹。一共八发子弹。每发子弹包含一百四十四颗锋利的霰弹——每一颗子弹实际上是一片折叠的带刻痕的金属,扣动扳机后会碎成一百四十四小片。一旦它们像狂暴的冰雹一样从枪口冲出,可以掀掉一个人的整条胳膊或大腿。

"现在她在这栋建筑里——"

"我们还不能十分地肯定。"

"可是,如果她在的话,楼里还有更多的指纹锁系统吗?还有没有可以监视的入口?"

"主入口一直处于监视状态下。没有指纹辨识系统,只有机械锁。我的人正在检查每一个入口。"

听到她说"我的人"时,我的脸上闪现出一丝痛苦的表情,"好吧。我们在这里还安全。随时保持联络。"

"没问题。"控制台的屏幕暗了。

我们两人一起盯着房门,"也许她没有携带任何可以打开这扇门的武器,"阿米莉亚说,"她对付那个孩子和警卫时用的只是一把匕首。"

我摇了摇头,"我想,她那么做不过是为了自娱自乐罢了。"

加维拉缩成一团,躲进洗衣槽下面的一个橱柜里默默地等待着,怀里紧紧地抱着M-31,随时准备开火。从守卫那里"接管"的突击步枪顶在她的肋骨上。她是从一个为夜晚通风设置的安全门进来的,进来后随手锁住了门。

当她从缝隙中看出去的时候,她的耐心和远见得到了回报。一个兵孩神不知鬼不觉地来到门前,检查了一下门锁,然后走开了。

一分钟后,她钻出来,伸展了一下身体。她必须找到那个女人的藏身之地,或者索性找出摧毁整栋建筑的方法。但是一定要快。她处于典型的敌众我寡的情况下,为了取得完成任务的有利条件,她已经牺牲掉了发动突袭的可能性。

一个破旧的键盘和一个控制台嵌在墙壁里,灰色的塑料材质上沾了一层肥皂膜而变成了白色。她走过去随意敲了一个字母,屏幕自动亮了。她键入了"目录",得到了一份大楼内的工作人员名单列表。布雷兹·哈丁的名字不在其中,但是里面有朱利安·克莱斯,在8-1841——这更像个电话号码,而不是房间号。

她一边猜,一边把光标移到他的名字上面点了下去。屏幕上出现了"241"字样,这个有用多了。他在二楼。

突然间,巨大的咔嗒声惊动了她。她飞快地转过身去,同时举起两件武器,但是,那声音不过是处于休眠状态的无人看管的洗衣机发出来的。

她没有乘坐公务电梯,而是用肩膀顶开了一处安全出口的沉重大门,这里通往一段满是灰尘的楼梯,好像没有安全监视系统。她迅速爬上楼梯,悄无声息地到了二楼。

她考虑了一下,把其中一件武器留在楼梯口处。杀人只要一件武器就可以了。此外,她必须快速地撤退,这时也许需要一件用来突袭的武器。他们应该知道她拿走了那个守卫的突击步枪,但是也许还不知道M-31的事。

她把安全出口处的门打开一条缝隙,看到奇数号的房间在她的对面,房间号码按从左向右不断递增的顺序排列着。她闭上双眼,深深地吸了一口气,默默地祈祷了一会儿,然后猛地推开门,拼命地跑了起来,假想着摄像头和兵孩就在附近。

结果什么也没有发生。她在241号房门前停下来,立刻注意到了印有克莱斯名字的门牌。她端平突击步枪,悄无声息地朝着门锁开了一枪。

门没有打开。她瞄准门锁上方六英寸的地方又开了一枪,这次轰掉了锁定插销。门打开了两英寸,她一脚把门彻底踹开。

朱利安正站在阴影中,双手握着那支手枪,笔直地对着门外。在他开火的一瞬间,她本能地侧开身体,无数喷射而出的霰弹本来可以轰掉她的脑袋,却仅仅扯掉了她左肩的一小块皮肉。她朝着暗影胡乱开了两枪——相信万能的上帝会指引它们不要打在他的身上,而是击中她此行要惩罚的那个白人科学家——接着向后跳开,躲过了他的第二发子弹,然后急速朝楼梯间跑去。当他的第三发子弹在走廊中开花时,她刚好退回到了安全门里。

一个兵孩正等在那里,庞大的身躯矗立在楼梯的顶部。她从杰弗森那里得知控制着兵孩的那个机械师可能已经接受了洗脑,所以它不会杀死她的。她把弹夹中剩下的子弹全送到了那东西的眼睛上。

朱利安向她喊话,让她扔掉武器,举起双手走出来。好吧。他也许是挡在她与那个科学家之间唯一的绊脚石了。

她没去理会身后那个胡乱摸索的兵孩,径直用脚趾尖踢开安全门,把已经没有子弹的突击步枪扔了出去。"现在慢慢地走出来。"那个男人说道。

她思考了一下行动的步骤,轻轻地滑开M-31的控制杆,用肩膀着地翻滚着穿出走廊,然后朝着他的方向连续地扫射。她跳了起来。

她彻底错了。在她落地之前,他击中了她,她的腹部传来一阵无法忍受的疼痛。她看见了自己死亡的过程,当她的肩膀撞到地面时,黏稠的血液和内脏喷射而出,她试着完成地面翻滚的动作,但只滑动了一下。她设法用膝盖和肘部将自己的身体支撑起来,一些黏糊糊的东西从她的身体中掉了下来。她脸朝着他倒了下去,透过不断变暗的一片朦胧光影举起武器对着他。他说了些什么,接着整个世界消失了。

我喊道:"放下武器!"但是她没有理睬,我的第二枪使她的脑袋和肩膀分了家。我本能地又开了一枪,使M-31和拿着它瞄准的那只手分了家,并把她的胸膛变成了一个鲜红色的空腔。在我身后,阿米莉亚发出干呕的声音,跑到洗手间去呕吐了。

我必须直面这一切。从腰部以上,她看起来甚至已不像人类,只是一些凌乱的被屠宰的肉块和一堆碎片;而她剩下的身体部分却毫发无损。出于某种原因,我举起手来,挡住了那片血腥的肢体,有点害怕看见她的下半截肢体呈现出的那种放松且诱人的姿势。

一个兵孩缓慢地推开了房门。它的感觉传感设备像被啃过似的一片狼藉。"朱利安?"它用坎迪的语调说,"我看不见了。你还好吗?"

"我还好,坎迪。我想这事结束了。后援来了吗?"

"克劳德。他在楼下。"

"我要到房间里去。"我脑子一片空白,下意识地从门口走了回去。当我说出"我还好"的时候,我差不多是认真的。我刚刚把一个人变成了一堆热气腾腾的肉泥,嗨,不过是家常便饭。

阿米莉亚洗完脸之后没有关掉水龙头。她没能完全吐在水池里,这会儿正试着用一块毛巾清理地面的呕吐物。我放下手枪,把她扶了起来,"你去躺下,亲爱的。我来处理这些。"

她趴在我的肩膀上哭泣着点了点头,让我把她扶到了床上。

我把地面清理干净,把毛巾扔到垃圾箱中,然后坐下,试着去思考。但是,我的脑海中无法抹掉那个女人身体爆裂的恐怖场景,每一次都是我扣动的扳机。

当她什么话也没说就把那支步枪扔出来时,不知什么原因我预感到她仍会从门里冲出来射击。当她跳到走廊中时,我已经将扳机扣下了一半,瞄准好了。

在此之前,我已经听到了一串连珠炮般的嗒嗒声,那一定是她的消音子弹弄瞎坎迪发出来的。然后,当她毫不犹豫地把武器扔出来时,我想我当时已经猜出武器里没有子弹,而她还有另一种武器。

但是,当我轻轻扣住扳机等待她现身时……以前在兵孩里我从来没有过那种感觉。那是一种准备好杀人的感觉。

我真的想让她出来受死。我真的想杀死她。

几个星期里,我真的改变了那么多吗?这是真实的改变吗?那个男孩属于不同的情况,是一起并非完全由我引起的"工业事故",如果我可以将他救活,我会那样去做的。

但我不会去救活加维拉,只可能再次杀死她。

不知道是怎么回事,我想起了我的母亲,以及当布伦纳总统遇刺后她的愤怒之情。当时我四岁。后来我才知道,她一点也不喜欢布伦纳,而正是这一点令情况更加糟糕了——仿佛在总统遇刺这件事中她充当了同谋一般,仿佛这次谋杀是某种愿望的实现。

但是,这件事与我对加维拉的个人憎恨毫不相干——而且,她几乎算不上是个人类。这就像是杀死了一个吸血鬼,一个一心想要干掉你所深爱的女人的吸血鬼。

阿米莉亚现在平静了下来。

"很抱歉你看到了这些。实在太糟糕了。"

她点了点头,脸仍然埋在枕头里,"至少这件事结束了。这一部分结束了。"

我轻轻地抚摸着她的后背,轻声地附和着她。我们不知道加维拉——就像吸血鬼一样——还怎么能够再从她的坟墓中走回来继续杀戮。

在瓜达拉哈拉机场,加维拉曾经给布雷斯代将军写了一张简短的便条,把它放在一个写有他家庭地址的信封中。她把这个信封又放在另一个信封中寄给了她的兄弟,里面注明:如果她第二天早晨没有给他打电话,就把那封信寄给布雷斯代,不要去看里面的内容。

便条里面写道:

如果现在你还没有我的消息,那么我已经死了。控制着这个杀死我的组织的人是斯坦顿·罗瑟少将,全美国最危险的人。为我报仇!

加维拉

等她把这封信寄出之后,想起还有一些事情没有提到,于是在飞机上,她又用潦草的字迹写了两页,试着把她当时在接驳的那几分钟里获悉的杰弗森的思想全都记下来。不过,幸运之神并没有光顾这两页纸的密报。她在运河区把它投入一个邮箱后,这封信自动经过了陆军情报部,一个百无聊赖的侦察官只看了一部分内容,就把它当作一封狂想病人的信件扔进了垃圾桶。

但是,她并不是唯一一个在计划中暴露出来、站错队的人。瑟曼中尉在加维拉死去几分钟后得知了这个消息,他权衡了一下利弊,换上他的军服,趁着夜色溜到了外面。他没有遇到任何麻烦就通过了岗楼。那个临时顶替被加维拉谋杀掉的守卫的人正是那种患有紧张性神经症的人,他向瑟曼恭恭敬敬地敬了个军礼后就放行了。

瑟曼没有钱乘坐商务航班,只能冒险去乘坐军事航班。如果有人问起他的出行证件,或者如果他必须通过安检的视网膜扫描的话,事情就全完了——不仅仅是擅离职守,而且还有行政拘留逃逸罪。

不过,凭借着运气、事先的计划,再加上他的连哄带骗,他竟然成功了。他登上一架返回运河区的补给直升机,离开了基地。他知道,自从运河区脱离巴拿马成为美国领土的一部分之后,那里的混乱局面已经持续几个月了。那里的空军基地既不完全归属于国外,也不完全属于美国本土。他在一个飞往华盛顿的航班上做了登记,并故意拼写错自己的名字,半个小时候后,他晃了晃自己的身份证件,急匆匆地登上了飞机。

黎明时分,他抵达了安德鲁空军基地,在旅行军官餐厅饱饱地吃了一顿免费的早餐,然后在附近一直闲逛到九点半。最后,他给布雷斯代将军打了电话。

要凭借中尉的军衔打通五角大楼的电话并没有那么快。他先后与两个文官、两名中士以及一个中尉通了电话,告诉他们他有一条个人信息要告诉布雷斯代将军。最后,他接通了布雷斯代将军的行政助理,一位女上校的电话。

她是一个颇有魅力的女人,比瑟曼大上几岁。她用怀疑的眼光看着他。"你是从安德鲁空军基地打来的电话,"她说,"但是我的消息显示你应该在波特贝洛任职。"

"没错。我请了私假。"

"把你的休假命令举到镜头前。"

"不在我的身上。"他耸了耸肩膀,"我的行李丢了。"

"你把休假命令放在了行李箱中?"

"我犯了个错误。"

"那可能会是一个代价很高的错误,中尉。你要传达给将军的信息是什么?"

"带着对您应有的敬意,上校,我得说这是一条非常隐私的信息。"

"如果真的那么隐私的话,你应该把信息写在一封信里面直接寄送到将军家里。我负责传达所有传往将军办公室的消息。"

"求您了。只要告诉他这信息是从他的妹妹——"

"将军本人没有妹妹。"

"他的妹妹加维拉,"他不死心地强调道,"她遇到麻烦了。"

她的头猛地抬了起来,在屏幕的那一边说道:"是的,先生。立即传达。"她按了一个按钮,她的脸被绿色的国防部高级研究计划署的印记取代了。一个闪烁的加密条出现在标记的上方,接着屏幕上出现了将军的面孔。他看起来很亲切、慈祥。

"你的电话有保密设备吗?"

"没有,长官。这是一部公用电话。但是周围没有人。"

他点了点头,"你和加维拉谈过了?"

"间接的,长官。"他看了看四周,"她被抓住并且被安装了接驳插件。我与抓住她的那些人进行过短暂的接驳。她已经死

363

了,先生。"

他脸上的表情毫无变化,"她完成她的任务了吗?"

"如果您说的任务就是除掉那个科学家的话,没有,长官。她是在尝试行动时被杀的。"

在他们交谈的时候,将军做了两个不起眼的手势,这是'上帝之锤'组织和亡命徒们的见面暗号。瑟曼当然对这两个手势无动于衷。"长官,有一个巨大的阴谋——"

"我知道,孩子。让我们面对面继续这次交流吧。我会派我的车去接你。车到达那里时,会有人通知你的。"

"是的,先生。"他对着已经没有图像的黑屏说道。

接下来的一个小时里,瑟曼大部分时间喝着咖啡,心不在焉地看着报纸。然后他被告知,将军的豪华轿车正在停车区等着他。

他走过去,惊讶地发现这辆豪华轿车上竟然有一个人类司机,是一个穿着绿色制服的小巧年轻的女性技术兵。她为他打开了后车门。车窗用的是不透明的反光玻璃。

座位很低也很柔软,但是上面覆盖着一层令人不舒服的塑料。这位司机一句话也没有跟他说,只是播放了一些音乐,轻柔的爵士风格。她也没有驾驶车辆,只按了一下按钮,就专心地看起一本过时的纸本《圣经》,全然不去理会窗外那些千篇一律的可以为十万人提供住处的格罗斯曼建筑。瑟曼有些入迷地看着这些灰蒙蒙的巨大无比的建筑。谁会自愿选择这样的居住方式?当然,他们中的大部分人也许是政府的应征入伍者,只不过在这里消磨时间,直到他们的服役期满为止。

他们沿着一条河流在城市周围的绿化带中行进了几英里,然后顺着一条螺旋上升的坡道驶上了一条通往五角大楼的宽阔公路,实际上这儿有两个五角大楼——规模较小的那栋历史建筑物被一座新建筑围在当中,大多数日常工作都是在那栋新大楼里展开的。他只能将整栋建筑的风景收入眼里几秒钟,然后轿车转了个弯,顺着弧形的混凝土路朝着目的地驶去。

这辆豪华轿车在一间装卸室的外面停了下来,只有一处表面已经开始脱落的黄色字母写着"BLKRDE21"。这位司机放下她的《圣经》,从车里出来后为瑟曼打开车门。

"请跟我来,长官。"

他们穿过一扇自动门,直接进入了一部电梯里面,电梯的四壁全是镜子,可以反射出无数的影像。这位司机把手放在触控面板上,说了一声"布雷斯代将军"。

电梯缓缓上行了大约一分钟。在此期间,瑟曼研究着从镜子的四个方向反射出来的上百万个自己的影像,尽量不去盯着他的陪送者在镜子中反射出来的各种不同的迷人侧影看。她是一个圣经迷,不是他喜欢的类型,但她的屁股真的不错。

电梯门打开了,呈现在面前的是一个静悄悄、空荡荡的会客室。这位中士走到一个桌子后面,打开了一个控制台,"告诉将军瑟曼中尉在这里。"那边传来了一些低微的回应,她点点头,"请跟我来,长官。"

下一间屋子更像是一个少将的办公室了。实木装饰,墙壁上挂着油画的原作,一个视窗里显示着乞力马扎罗山,一面墙上摆满了奖章、奖状以及这位将军与四位总统合影的全息图像。

这位老绅士从他那整洁的巨型办公桌后面温文尔雅地站了起来。显然他有着强壮的体格,他的眼睛炯炯有神。

"中尉,请坐到这里来。"他指着一对带皮质软垫的舒适座椅对他说。然后他看了一眼那个中士,"请把卡鲁先生叫进来。"

瑟曼略显不安地坐在椅子上,"长官,我不确定有多少人应该——"

"噢,卡鲁先生是位文官,但是我们可以信任他。他是一名信息专家。他将与你接驳,这样可以省去我们很多的时间。"

瑟曼已经隐隐约约地感到自己的偏头痛即将发作的征兆了,"长官,必须要这样吗?接驳——"

"噢,是的,是的。那个人是联邦法院体系的接驳证人。他是一个奇才,一个真正的奇才。"

这位奇才走了进来,什么也没有说。他看起来像是一尊自己的复制蜡像,穿着刻板的紧身短上衣,戴着蝴蝶领结。

"他?"他说,将军点了点头。他在另一张椅子上坐了下来。在两张椅子中间的桌子上放着一个盒子,他从盒子里拉出两根接驳电缆。

瑟曼张开嘴想要解释,最后却什么也没有说,只是插上了电缆。卡鲁跟着也插上了电缆。

瑟曼板起面孔,翻着白眼。卡鲁一边饶有兴趣地看着他,一边开始大口大口地喘气,前额上渗出一滴滴汗水。

几分钟后,他断开了接驳,瑟曼从痛苦中解脱出来,不省人事地瘫软下来。

"接驳对他来说很困难,"卡鲁说,"但是我得到了许多有趣的信息。"

"全部获得了吗?"将军问。

"我们需要的全部信息,而且更多。"

瑟曼开始咳嗽起来,他慢慢地直起自己的身子,恢复了正常的坐姿。他用一只手盖住自己的额头,另一只手按摩着一处太阳穴,"长官……我能要一粒止痛片吗?"

永远的和平

"当然可以……中士?"她走了出去,回来时拿着一杯水和一粒药片。

他满怀感激地一口吞下了药片,"现在……长官,我们接下来怎么做?"

"孩子,你要做的下一件事就是休息一下。这位中士会带你去旅馆的。"

"长官,我没有定量供给卡,也没有钱。那些东西全留在波特贝洛了,我是被他们拘留的。"

"别担心。我们会关照好一切的。"

"谢谢你,长官。"头痛的症状正在慢慢退去,但在四面全是镜子的电梯里,他不得不闭上眼睛,否则就会因为看到千万个自己而眩晕呕吐起来。

豪华轿车仍然停在原地。他感激地钻进铺着柔软光滑塑料的后座上。

司机替他关上车门,钻进了车前座。"去这个旅馆,"他问她,"我们要一路穿过整个市区吗?"

"不用,"她回答,然后发动了引擎,"我们去阿林顿①。"她转过身来,举起了一支带有消音器的点二二口径半自动手枪,第一枪打进了他的左眼。他胡乱地拉扯着车门把手,她向前探过身体,又给了他一枪,这一枪直接瞄准了他的太阳穴。她对着车厢里的一团糟做了个鬼脸,按下了指挥轿车驶往目的地的按钮。

马蒂带来一个朋友吃早饭,这就像是在我们中间扔下了一枚重磅炸弹。当马蒂带着一个人走进来的时候,我们跟往常一样,正吃着机器制作出来的早点。我起初没有认出这个人,接着

①美国国家公墓。

他笑了起来,这让我记起了镶嵌在他前门牙上的那颗闪亮的金刚石。

"一等兵宾尤?"他是在三十一号大楼中被我以前的排队所取代的其中一名机械师警卫。

"正是本人,警官。"他与阿米莉亚握了握手,介绍了他自己,然后坐下来,倒了一杯咖啡。

"那么你想告诉我们些什么?"我问,"人性化接驳操作没起作用?"

"不是。"他又咧开嘴笑了,"真正没有用的是两周的时间。"

"什么?"

"无需两周的时间,"马蒂说,"宾尤已经接受了人性化,所有其他人也一样。"

"我不明白。"

"坎迪和那些作为稳定剂的成员正在接驳中。他们就是关键!如果与某些已经人性化的人接驳在一起的话,人性化过程仅需要大约两天的时间。"

"但是……为什么杰弗森当时就用了整整两周的时间呢?"

马蒂大笑了起来,"不用那么长!两天之后他就成为他们中的一员了,只是人们没有看出来,因为他是第一个人——而且从一开始他就已经拥有百分之九十的人性化程度了。包括杰弗森在内的每一个人都把注意力集中在了英格拉姆身上,而不是他本人。"

"但是接着,你选择了一个像我这样的家伙,"宾尤说,"一开始就痛恨这种想法——而且也不是接受试验的最佳人选——该死,当我转变后所有人都可以看得出来。"

"你已经转变过来了?"阿米莉亚问。他一脸认真的表情,急急地点了点头,"你没有因为——不再是以前的那个男人而感到愤怒?"

"这很难去解释清楚。现在的我仍是过去的那个男人,但是又比过去的那个我要多出了一些什么。明白吗?"他用两只手做出一种无助的姿势,"我的意思是说,即使再活一百万年,我也永远无法找出我到底是谁这个答案,尽管答案是明确的。我需要别人的指引。"

她微笑着摇了摇头,"这听起来倒像是宗教信仰的转变。"

"在某种程度上,确实如此,"我说,"实际上埃莉正是如此。"我真不应该提到埃莉,她的脸色又阴沉了下来。我把自己的手放在了她的手上。

有一会儿大家都沉默不语。"那么,"阿米莉亚打破了僵局,"这会对时间表产生什么样的影响?"

"如果在计划刚开始时我们就知道这点的话,会非常可观地提高进度——当然,从长远的角度来看,当我们去改变外面的世界时,知道了这点也会加速我们的进程。

"当前的限制因素来自于手术所需的时间。我们打算在三十一号完成最后一批植入手术,这样到8月3日的时候,我们可以完成全楼从将军到士兵的转化任务。"

"战俘营的情况怎么样呢?"我问,"麦克劳克林没能在两天内将他们全部转化过来,对吗?"

"要是我们早知道就好了。他与他们接驳在一起从没超过几个小时。如果能知道这种情况对一次数千人的接驳是否有效就好了。"

"你怎么知道是哪种情况呢?"阿米莉亚说,"如果他们全都只是'普通'人,就要花掉两周的时间;如果获得人性化中的其中一人一直与他们接驳在一起,就只需两天的时间。你对中间状态一无所知。"

"说得没错。"他揉揉眼睛做出了个痛苦的表情,"没有时间去做实验了。虽然确实有一些有趣的科学现象需要去研究,但是就像我们在圣巴托罗缪修道院所说的,我们并不完全是在做科学研究。"他的电话响了起来,"稍等一下。"

他触碰了一下自己的耳饰,接通了电话,双眼凝视着前方,"好的……我会给你回电话的。好。"他摇了摇头。

"有麻烦了?"我问。

"可能什么也不会发生,也可能会是一场灾难。我们的厨师失踪了。"

我过了一会儿才反应过来,"瑟曼擅离职守了?"

"是的。他昨天晚上被守卫放行了,就在你……在加维拉死后。"

"想不出他会去哪儿吗?"

"他可能会去世界上任何一个角落,也可能只是去城里狂欢一场。宾尤,你和他接驳过吗?"

"嗯,没有。但莫内茨和他接驳过,而我总是和莫内茨接驳,所以我知道一些。不是很多,你知道,他的头痛症。"

"你对他有什么间接的印象吗?"

"就是一个普通人。"他摩挲着自己的下巴,"我想他比大部分人都更像军人。我的意思是他有点喜欢军队。"

"那也就是说他不太喜欢我们的主意了。"

"我不知道。我猜是这样的。"

马蒂看了看他的手表,"我应该在二十分钟内赶回手术室,一直安装接驳插件到一点。朱利安,你愿意追踪一下他的下落吗?"

"尽力而为吧。"

"宾尤,你去与莫内茨以及任何曾与瑟曼接驳过的人接驳。我们必须得清楚他到底知道多少。"

"没问题。"他站了起来,"我想他在下面的游艺室里。"

我们目送他走了出去,"至少他不可能知道将军是谁。"

"他不会知道罗瑟的,"马蒂说,"但是,他也许已经通过瓜达拉哈拉的其中一人知道了加维拉的老板——布雷斯代的名字。这正是我想查出来的。"他又看了一眼手表,"过一个小时左右给宾尤打电话询问一下进展。检查所有飞往华盛顿的航班。"

"尽我所能,马蒂。他一旦出了波特贝洛,该死的,一定有上万种方法可以到达华盛顿。"

"是的,没错。也许我们应该干等着,看看我们是否会从布雷斯代那里听到响动。"

事实确实如此。

布雷斯代花了几分钟的时间与卡鲁交谈——利用接驳交流实际"下载"到的信息,需要通过机器在催眠的状态下进行数小时的耐心识别才能全部显现出来,但是他确实了解到了,从加维拉在瓜达拉哈拉被接驳到她死在数千英里之外的这段时间里,有两天的时间内不知道发生了什么。她是因为知道了什么才赶往波特贝洛的吗?

他待在办公室里,一直等到他的司机用密码信息通知他已经处理了瑟曼的事情后,才亲自驾车回家——偶尔一次的反常行为有时也是有益的。

他自己一个人生活,住宅里配有机器人佣人和兵孩警卫,宅邸位于距离五角大楼不到半小时车程的波托马可河区域。这是一栋18世纪的建筑,房屋里的装饰使用的是原始木材,已然变形的木质地板见证了岁月的沧桑,这一切正与他的形象相符——一个带着使命出生的男人,上帝赋予他生命去改写世界的历史。

而现在他的使命就是终结这个世界。

他把每天要喝的一盎司威士忌倒进一个窄口的水晶酒杯中,坐了下来查看邮件。他打开控制台,在邮件目录还没有出现之前,一个闪烁的信号灯通知他收到了一份普通纸质信件。

这真少见。他让汽车人为他取来信件,汽车人带回来一个普通的信封,没有发信地址,邮戳上显示这封信是当天早晨从堪萨斯城发出来的。考虑到他与加维拉在某些方面的亲密程度,而他竟然没有认出信封上的她的字体,这很有趣。

他把那张简短的便条看了两遍,然后烧掉了。斯坦顿·罗瑟是美国最危险的人?多么难以想象,又是多么的手到擒来啊:他们周六早晨在贝赛斯达乡村俱乐部有场高尔夫球的聚会。高尔夫可能会成为一场危险的运动。

他略过未看的电子邮件,链接到办公室的计算机上。"晚上好,将军。"电脑用一种模式化的谨慎的中性声音说道。

"为我列出在过去的一个月里所有启动的等级为'机密'或更高等级的项目——不,过去的八周内——由国防人事部签发的。删除其中所有与斯坦顿·罗瑟将军无关的内容。"

列表中只显示了三个项目。罗瑟的工作竟然只有如此稀少的几项被列入机密,他深感惊讶。但是,在这几个"项目"中,有一个基本上是由各类秘密行动组成的文档,共有二百四十八项条目。他把这个项目放在一边,去看另外两个单独列出的项目,因为它们才是机密中的机密。

看上去似乎两个项目之间并无关联,但它们全都是在同一天启动的,还有——啊哈!——两个项目都在巴拿马。一个是在战俘集中营安抚战犯的实验;另一个则是在波特贝洛的豪厄尔堡进行的管理评估计划。

为什么加维拉没有透露更多的细节?这个女人虚伪的天性真该死。

她是什么时候到达巴拿马的?这应该很容易查出来。"为我显示过去两天内所有国防部高级研究计划署提交的旅行凭单。"

真有趣,她用一个女名买了一张飞往波特贝洛的机票,又用一个男名买了一张飞往运河区的机票。她实际上搭乘了哪架航班呢?那张便条使用的是墨西哥航空公司的信纸,但是这毫无帮助:两架航班使用的是同一家公司的飞机。

好吧,她在瓜达拉哈拉使用的是哪一个身份呢?计算机告诉他,在过去的两周内这两个代用名都没有出现在那个城市里,不过,如果她以男人的身份出现去追踪那个女人就免除了那些伪装的麻烦,这是一个很好的假设,因此她很有可能在飞机上女扮男装逃避检查。

为什么是巴拿马,为什么是运河区,为什么要与平淡无奇的老罗瑟联系在一起?为什么在那个该死的女人关于木星工程的理论已经在新闻上被传得世人皆知之后,她就不能直接回来呢?

是的,他知道最后一个问题的答案。加维拉极少留意新闻,她也许甚至都不知道谁是总统。如今这个国家里似乎还是有一个总统的。

当然,运河区也许只是一个假象。几分钟的时间就可以从那里赶到波特贝洛。但是为什么这两个地方她都要去呢?

罗瑟是解开谜题的钥匙。为了保护那个女科学家,罗瑟把她藏在这两个基地之中的某一个里面。"给我一份过去二十四小时内在巴拿马地区非战争原因死亡的美国人名单。"

好的:在豪厄尔堡有两人,一名男性士兵在执行公务时死亡——"KILODNC",非战争死亡;还有一个不明身份的女性,是一名杀人犯。毫无疑问,要知道其中的细节需要通过军事管理与人事部的允许。

他点了一下KILODNC,这个链接没有受到限制,他发现这个男人是在中央行政大楼站岗时被谋杀的。那一定是加维拉的杰作。

一阵轻柔的铃声过后,审问者卡鲁的图象出现在屏幕的一角上。他触摸了一下照片,一份十万字的超文本报告出现在屏幕上。他叹了口气,决定再来上一盎司的威士忌,混在咖啡中喝。

三十一号大楼马上就要变得拥挤起来了。我们在瓜达拉哈拉的人太容易受到攻击了,我们没法知道布雷斯代手下还有多少个像加维拉一样的疯子。因此,我们的管理评估试验突然需要增加几十个文职顾问,也就是周六特别夜的那些人和二十人集团的成员。

阿拉维斯留在那里看守纳米炉,其余所有人在二十四小时内撤离瓜达拉哈拉。

我不知道这是不是一个好现象——毕竟,加维拉在这里杀死的人数几乎与在瓜达拉哈拉干掉的不相上下,现在的警卫们真正开始警惕了,三名兵孩代替了一名兵孩执行巡逻任务。

这件事也大大简化了人性化的时间安排。过去我们一直通过瓜达拉哈拉诊所的安全电话线路,每次仅用二十人集团中的一人进行接驳,然后等他们本人进入了三十一号大楼,我们才可以一次利用其中的四人轮流作业。

与二十人集团相比,我倒更加期待其他那些人的到来——我的那些老朋友,现在我和他们一样无法沉浸于别人的思维当中了。每一个可以接驳的人都跟得上这项庞大的计划,只有我和阿米莉亚沦落到了难以跟上脚步只得做帮手的地步。身边有人可以讨论一些与宇宙无关的普通问题,他们有时间聆听我自己的那些平凡的问题,这样的感觉很好。比如说我第二次成为谋杀者。不管她是多么的罪有应得,多么的咎由自取,扣在扳机上的仍然是我的手指。我的脑袋里装满了她在最后那一刻令人毛骨悚然的样子,无法抹去。

我不想跟阿米莉亚提起这件事,现在不想,也许很长一段时间内都不想。

雷萨和我坐在夜色中的草坪上,试着分辨几颗隐藏在城市炫目的灯光和烟雾中的星星。

"这件事不可能像那个男孩的事情那样严重地困扰你,"他说,"如果真有人罪该万死的话,那就是她。"

"噢,得了吧。"我说着打开了第二瓶啤酒,"从实质上来说,不管他们是谁或者他们干了什么,都没有什么不同。那个男孩仅仅在胸口多出了一个红点,然后就倒在地上死去了。加维拉呢,我把她的肠子、脑浆和那该死的胳膊轰得撒满了走廊。"

"而你在不停地想着这件事。"

"无法控制。"啤酒依然很凉,"每次当我的胃咕噜咕噜叫唤或者有点疼痛的时候,我就会看到她腹腔爆裂的那一幕,同时想到在我的身体里面也有同样的东西。"

"你以前又不是没见过这样的场面。"

"从来没有看到因我引起的这样的场面。这有很大的区别。"

我们都陷入了尴尬的沉默中。雷萨用指尖绕着他的玻璃酒杯的杯沿划了一圈,杯子发出嘶嘶的声音。"那么你是否还想再试一次?"

我差一点要问他再试一次什么,但是雷萨比我还要更了解自己。"我不这么想。谁知道呢?在你死于其他事之前,你总能找到自杀的机会。"

"嗨,我从来没那么想过。谢谢你。"

"我想你需要振作起来。"

"是的,没错。"他舔了舔自己的手指,又用指尖绕着玻璃杯杯沿旋转了一圈,"嗨,这是军用玻璃酒杯吗?没有像样的玻璃器皿,你们这些家伙怎么能指望赢得了一场战争呢?"

"我们学会了苦中作乐。"

"那么你还服药吗?"

"抗抑郁剂,是的。我想我不会去自杀了。"

我很惊讶地意识到了在雷萨提出这个话题之前,这一整天的时间我都没有冒出自杀的念头了。"事情一定会好起来的。"

我将自己的啤酒洒到泥土上。雷萨从这声音里面听出了什么——就像机关枪的开火声——他也和我一起洒起啤酒来。

虽然国防部高级研究计划署并没拥有任何战斗部队,但并不妨碍布雷斯代拥有少将的军衔。而在那些和他拥有同样信仰的信徒中间,还有一位菲利普·克雷默先生,他是美利坚合众国的副总统。

克雷默坐着国家安全委员会的头把交椅。在继安德鲁·约翰逊[1]之后最窝囊的总统疏于管理的情况下,克雷默得以允许授权布雷斯代执行两项无耻的行动。其中之一就是,临时军事征用位于帕萨迪纳的喷气推进实验室,实际上就是要阻止任何人按下可以中止木星工程的按钮。另一个行动则是,在不与美国交战的国家巴拿马组织一支由他控制的"远征军"。当议员们和司法部门对这两项显而易见的非法军事行动表示为不满、怨声震天时,参与此次行动的士兵们已经锁定目标,整装待发了。

征用喷气推进实验室行动非常简单。一支护航军队凌晨三点赶到那里,赶走了所有的夜班工作人员,然后将这个地方封锁了个密不透风。律师们摩拳擦掌,反军事派的顽固人士找到了发声的机会,兴奋不已。有一些科学家认为他们高兴得有些太过早了——如果这些士兵在这个地方把守上两周的话,宪法就将成为一纸空文了。

攻击一个真正的军事基地就没有那么容易了。一位陆军准将对战斗命令提出了疑问,几秒钟之后就暴毙身亡,是被布雷斯代将军本人处置的。此次行动派出了一个猎手/杀手排和一个辅助连,从科隆经过短途飞行到波特贝洛,名义上是去镇压一支反叛的美国军队的起义。出于保密原因,他们不得与波特贝洛基地进行任何联系,除了这场叛乱局限在中央行政指挥大楼之内这条信息外,他们一无所知。他们的任务就是控制那里,等待命令。

负责此次行动的上校发回一条询问:既然这次起义的范围如此之小,为什么不把这项任务分配给已经在这个基地上的军队去完成?但他没有收到回复,将军本人已经死了,所以这位上

---

[1] 美国总统,1868年受众议院弹劾,在参议院未通过。

校不得不假设整个基地的军队都是潜在的敌人。地图上显示三十一号大楼距离水域很近,所以他临时制订了一套水陆两栖进攻方案:兵孩们要从这个基地北部一处荒废的海滩下水,在水中跋涉几英里。

在邻近海岸的水域里前进,避开潜艇防御系统,这将成为这位上校的报告记录中一处重大失误。

我简直不敢相信眼前看到的一切:兵孩与兵孩之间正相互对抗。两个兵孩从水中走出来,蹲伏在海滩上,朝着两个警卫兵孩射击。另外一个警卫兵孩在大楼的一角犹豫不前,准备加入到战斗中,同时密切注视着前方。

显然,还没有人注意到我们。我摇了摇雷萨的肩膀,想引起他的注意——他被这场战斗中的烟火吓呆了——并轻声地对他说:"蹲下!跟着我!"

我们低下身子慢慢地挪到一排灌木丛旁,然后猫着腰朝大楼的前门跑过去。在门前巡逻的警卫看到了我们,放出了示警枪——或者是没有瞄准的一枪——子弹从我们头顶上方飞过。我朝着他大喊"箭头",这是今天的口令,显然这口令起了作用。不管怎么说,他不应该一直盯着我们这个方向,我会另找个时间教训他一顿。

我们两人刚一起挤进狭窄的门里,就像一对滑稽戏演员一样,迎头碰上了一个失明的兵孩,就是加维拉弄坏的那个。我们没有把它送出去维修,因为我们不想回答任何问题,而且在我们发现自己置身于一场战争中之前,四个兵孩好像也足够了。

"口令。"有人喊道。我说"箭头",雷萨也帮着说"制箭工匠",这是一部我记错的电影名——不过,也算是接近了。跪在接待处后面的这个女人充当着兵孩眼睛的角色,她挥了挥手,叫我们继续前进。

我们蹲下身挪到她的旁边。我没有穿军服,"我是克莱斯中士。谁负责这里?"

"上帝啊,我不知道。也许是萨顿。是她叫我来这里,替这个东西观察周围的。"我们身后的大楼外面传来两次巨大的爆炸声,"你知道这到底是怎么回事吗?"

"我们被友方军队袭击了,我就知道这些。也许是敌人最终控制了我们的兵孩。"

不管发生了什么,我意识到进攻者们一定会速战速决的。即使在基地里再也没有其他兵孩,我们还应该有空兵孩随时待命。

她也在想着同样的问题,"空兵孩都到哪儿去了?它们现在可能被扰频了。"

这话没错。它们永远都在岗,永远处于接驳中。有没有可能它们被接管了?或者受命不许干预此次行动?

在三十一号大楼中没有任何类似"操作室"的房间,因为他们从来也不真正在这里指挥战役。这个中士说萨顿中尉在食堂里,于是我们就朝那里赶去。食堂是间没有窗户的地下室,如果外面的兵孩们要把这栋建筑大卸八块的话,恐怕这里会和其他地方一样不安全。

萨顿正同莱曼上校和潘中尉坐在一张桌子边,这两人都已经安装了接驳插件。马蒂和佩戈尔将军坐在另一张桌子旁,他们也接驳在一起;旁边坐着焦急不安的托普和中士长吉尔帕特里克。除此之外,还有几十个警卫和没有接驳的机械师拿着武器,蹲伏在四周等待着。我看见阿米莉亚和一群文官躲在一张

379

沉重的金属送餐桌下面,朝她挥了挥手。

佩戈尔断开接驳,把电缆递给托普,托普接驳了进去。"发生了什么事,长官?"我问。

出人意料的是,他认出了我。

"我知道得不多,克莱斯中士。他们属于盟军部队,但是我们无法联系上他们,就好像他们是从火星上来的一样;而且我们也无法动用任何营队或旅队的兵力。

"拉林先生——马蒂——正试着搞乱他们的指令结构,就像他们在华盛顿对这里所做的一样。我们有十个机械师在线待命,不过并不在操作室中。"

"那么他们可以控制兵孩,只是做不出什么令人意外的事情来。"

"四处走动,使用简单的武器。也许他们所要做的只是让那些兵孩或者站在那里,或者躺下,就是不能攻击。

"我们的空兵孩和水兵孩通信系统被切断了,显然此次进攻只针对这栋大楼。"他指着另外一张桌子,"潘中尉正试着修复通讯。"

又一记爆炸声传来,震得餐盘"哗啦哗啦"地响了起来。"你想没想过有人应该注意到这一切?"

"是的,每个人都知道这栋建筑是因为要执行一场高度机密的仿真演习而被隔离起来的,而他们会以为所有这一切骚乱都是刻意制造的训练效果。"

"直到他们真正发现我们从世界上蒸发掉才会明白。"我说。

"如果他们打算摧毁整栋建筑的话,他们应该在交战的第一秒就那么做了。"

托普断开了接驳,"该死。请原谅,长官。"楼上传来巨大的撞击声,"我们完了。四名兵孩对抗十个敌人,我们根本没有机会。"

"真的?"我说。

马蒂断开了接驳,"四名兵孩全被它们制伏了。它们已经进来了。"

一个黝黑发亮的兵孩踏着沉重的脚步出现在食堂门前,怒气冲冲地拿着武器。它可以在瞬间将我们全部杀死。除了眼皮控制不住地颤抖以外,我一动不动。

它发出的洪亮女低音足以损伤我们的耳膜,"如果你们服从命令,任何人都不会受伤。所有携带武器的人,把武器放在地板上。所有人走到我对面的墙边之前,让我可以看到你们的双手。"我抬起双手,向后退去。

将军站起来得稍稍猛了些,以至于激光枪和冲锋枪的枪筒同时转过来对准了他,"我是陆军准将佩戈尔,是这里的最高长官——"

"是的。您的身份已经通过验证。"

"你知道你会因此而被送上军事法庭吗?要知道,你的余生将在——"

"长官,请您原谅,我受命忽略这栋建筑中所有人的军衔。我的命令是由一位少将下达的,按照我的理解,他最终会赶到这里。我谨建议您在这里等待,与他本人讨论此事。"

"这么说,如果我不举起双手走到那面墙边的话,你会向我开枪了?"

"不,长官,我会在房间中释放催吐剂而不会杀害任何人,除非他们接触武器。"

托普的脸色变得苍白,"长官……"

"好吧,托普,我本人已经尝过那种滋味了。"这位将军将手揣在口袋里,一脸愠怒地退到墙边。

又有两个兵孩出现在它身后,带着从其他楼层找到的几十个人。我隐约听到一架货运直升机迫近的微弱声音,跟在后面的是一个小型空兵孩。它们都降落在楼顶上面,然后重归寂静。

"那就是你们的将军吗?"佩戈尔说。

"我还不知道,长官。"一分钟后,一群武装警卫走了进来,先是十个人,接着又有十二个。他们穿着迷彩装,戴着头罩,没有徽章或部队的部门标记。这会令人神经紧张。他们把自己的武器堆放在外面的大厅里,把我们丢在地面上的武器捡起来。

他们中的一人脱掉迷彩服,扔掉了头罩——除了几缕白发之外,他几乎已经秃顶了。尽管他穿着少将的制服,看起来仍然慈祥可亲。

他走到佩戈尔将军面前,他们互敬了军礼,"我想跟马蒂·拉林博士谈谈。"

"我想,你就是布雷斯代将军。"马蒂说。

他走到马蒂面前,脸上露出了笑容,"当然,我们必须得谈谈了。"

"当然。也许我们还可以改变对方。"

他四下看了看,目光停在了我的身上,"你是那个黑人物理学家,杀死加维拉的人。"我点了点头。然后他指着阿米莉亚说,"还有哈丁博士。我要你们几个都跟我来。"

走出去的时候,他轻轻地拍了拍第一个兵孩,"跟我来,保护我,"他微笑着说,"让我们到哈丁博士的办公室去谈一谈。"

"实际上我没有办公室,"她说,"只是一间屋子。"她看起来好像很紧张,没有看我一眼,"241房间。"

那里确实有一件武器。难道她认为我可以斗得过一个兵孩？对不起,将军,让我打开这个抽屉,看看我找到了什么。哎呀,油炸朱利安。

但是,这也许是我们对付他的唯一机会了。

这个兵孩太大了,我们所有人全都挤进公务电梯里是不可能的,所以我们走楼梯上去。

布雷斯代脚步很快,在前面打头。马蒂跟在后面有些气喘吁吁。

将军显然很失望,241房间并不像他想象的那样到处是试管和小黑板。他从冰箱中拿出一瓶姜汁汽水作为补偿。

"我想你们对于我的计划一定很好奇。"他说。

"并非如此,"马蒂说,"那只是一场白日梦。你无法阻止不可避免的一切。"

他大笑了起来,这笑声不像是个疯子的狂笑,倒更像是发自内心的欢笑,"我控制了喷气推进实验室。"

"噢,得了吧。"

"这是真的,总统的命令。今天晚上那里没有科学家们的身影,只有忠于我的部队把守在那里。"

"他们全部是'上帝之锤'的成员？"我问。

"所有的领导者都是,"他说,"其他人不过是充当了一道警戒线,将这个世界上的异教徒们拒之门外。"

"你看起来像是个正常人,"阿米莉亚违心地说,"为什么你希望这个美丽的世界灭亡呢？"

"你并不真的认为我是正常的,哈丁博士。但是你错了。你们这些待在象牙塔里的不敬神的人啊,根本就不知道人们的感觉是多么的真实。这样的事情是多么的完美。"

"毁灭一切。"我说。

"你比她还要糟糕。这不是死亡,而是重生。上帝把你们这些科学家当作工具,借助你们他就可以清除世间万物,重新开始一个新世界。"

这确实有几分疯狂的意味。"你是个疯子。"我说。

那个兵孩转过身体对着我。"朱利安,"它用低沉的声音说,"我是克劳德。"它的动作有些颤抖,从这点可以判断出他并非完成热身后待在操作室中进行控制,而是通过远端的插件接驳进来操作的。

"这是怎么回事?"布雷斯代说。

"转移算法起作用了,"马蒂说,"你的人已经无法控制这些兵孩了。现在控制兵孩的是我们的人。"

"那是不可能的。"他说,"那些安全装置——"

马蒂大笑了起来,"说得没错。防止控制权转移的安全装置相当复杂和强大。我当然知道。是我发明的这些装置。"

布雷斯代看着那个兵孩,"士兵,离开这个房间。"

"不要走,克劳德,"马蒂说,"我们可能需要你。"

它原地未动,身体轻微地晃动着。"这是一个少将直接下达的命令。"布雷斯代说。

"我知道您是谁,长官。"

布雷斯代迅速地向门口跃去,动作出奇地快。兵孩伸出手去抓他的胳膊,但却不小心把他推倒在了地上。它把他推回到屋子里面。

他慢慢地站起来,掸掉了身上的尘土,"那么你是那些被人性化的人中的一员。"

"是的,长官。"

"你以为这样就给了你不服从上级命令的权利?"

"不,长官。但是,我的命令包括把您看成是精神上患有疾病、没有履行责任能力的人,对您的行为以及您发布的命令进行评估。"

"我仍然可以把你毙了!"

"我相信您可以,长官,如果您能找到我的话。"

"噢,我知道你们这些人在哪里。这栋建筑的机械师操作室在地下室里,在东北角。"

他捏了一下自己的耳饰,"勒日纳少校,进来。"他再次捏了一下,"进来。"

"长官,除了我的频率以外,只有静电噪音能传出这个房间。"

"克劳德,"我说,"你为什么不走过去杀了他呢?"

"你知道我不能那么做的,朱利安。"

"你可以为了挽救自己的性命而杀了他。"

"是的,但是他说的可以找到我的操作室的威胁是不现实的。事实上,我的身体不在那里。"

"但是你看,他想要杀掉的不仅仅是你,还包括这个宇宙中的所有人类。"

"闭嘴,中士。"布雷斯代吼道。

"这就像是他用枪指着你的脑袋,你再也找不出比这更好的自卫的理由了。"

兵孩长时间沉默着,武器挂在身体的侧面。激光枪刚抬到一半又放了回去,"我不能,朱利安。尽管我和你的意见一致,我却不能残忍地杀死他。"

"假如我让你离开这个房间,"我说,"出去站在走廊里,你能照做吗？"

"当然。"它摇摇晃晃地走了出去，肩膀蹭掉了一块门框上的木头。

"阿米莉亚……马蒂……请你们也到外面去。"我拉开五斗橱最上面的抽屉。那支手枪里还有两发子弹。我把它拿了出来。

阿米莉亚看见了这支手枪，开始结结巴巴地说着什么。

"只要到外面待上几分钟就可以了。"马蒂用胳膊搂住她，他们笨拙地迈着脚步，侧着身体走了出去。

布雷斯代笔直地站着，"那么，我想你不是他们中的一员，那些人性化的人。"

"实际上，我已经接近他们了。至少我能理解他们。"

"可是你却要因为一个人的宗教信仰而去杀害他。"

"如果我自己的狗得了狂犬病，我也会杀掉它的。"我打开了手枪保险。

"你是一个什么样的恶魔啊？"

瞄准激光点在他的胸口中间跳动着，"我正在寻找答案。"我压下了扳机。

当朱利安开枪几乎把布雷斯代轰成两截的时候，兵孩并没有干预。一部分飞出去的肢体打翻了台灯，这个房间顿时一片漆黑，只能看见从走廊中投射进来的微光。朱利安呆立在原地，听着尸体里汩汩流出内脏和鲜血的声音。

兵孩悄悄地走进来，站在他的身后，"把枪给我，朱利安。"

"不。它对你没什么用。"

"我是担心对你有用，老朋友。把武器给我。"

朱利安在暗淡的光线中转过身来,"噢,我明白了。"他把手枪塞进他的腰带里,"别担心,克劳德。我没事。"

"肯定?"

"非常肯定。也许会用毒药,但是绝不会用枪。"他绕过兵孩走到走廊里,"马蒂,我们还有多少没有接受人性化的人?"

马蒂用了一分钟的时间才镇静下来回答这个问题,"嗯,大多数人都进行到了一半。从手术中恢复过来的人,不是已经人性化了,就是正在进行中。"

"那么还有多少没有接受过手术?在这栋建筑中还有多少人可以战斗?"

"也许二十五人,也许三十人。大多数在E座。就是楼下没有被发现的那些人。"

"我们到那儿去。要尽可能地多找些武器。"

克劳德跟在他的后面,"在旧兵孩那里我们有很多非杀伤性武器。"——就是那些用于非杀伤用途的和平主义武器——"其中一些一定还完好无缺呢。"

"那么就去拿上它们。在E座和我们会合。"

"我们走防火梯,"阿米莉亚说,"这样我们可以不穿过大厅就悄悄地绕到E座。"

"很好。我们控制住所有的兵孩了吗?"他们开始朝着防火梯走去。

"控制住了四个,"克劳德说,"其余六个是无害的,它们已经失去行动的能力了。"

"敌人的武装警卫现在知道情况了吗?"

"还不知道。"

"好,我们可以利用这一点。艾琳哪儿去了?"

"在楼下的食堂里。她正想办法怎么在不让任何人受伤的情况下解除那些警卫的武装。"

"好吧,祝她好运气。"朱利安打开窗户,谨慎地朝外眺望着。没看到人。但是接着,走廊下面的电梯启动了。

"所有人向别处看,堵住你们的耳朵。"克劳德说。当电梯门打开的时候,他朝走廊里扔了一颗眩光手雷。

突然的强光和巨响使那些上来察看布雷斯代情况的武装警卫失去了视觉和听觉,他们开始胡乱开枪。克劳德上前一步,堵在窗户和他们的火力中间。"最好离开这里。"他这句话完全是多余的。朱利安正用一种不太绅士的动作把阿米莉亚推出窗外,而马蒂就快要爬到他们两个人身上了。

他们叮叮咚咚地下了金属台阶,朝着 E 座全速跑去。克劳德在黑暗中交替使用着机关枪和激光枪,连续发射出一排排的警告子弹,但都没有打在这些武装警卫的身上——子弹激荡在他们身体左侧或右侧的地面上,留下一片片焦痕。

E 座中的人们已经最大限度地武装起了他们自己——这里有一间储藏室,里面的架子上放着六把 M-31 和一箱手榴弹——并在主走廊的末端将床垫堆到肩膀高度,围成半圆形,临时组成了一道防线。

幸运的是,他们的看守认出了朱利安,所以当他们突然闯入前门时,才没有被那些藏在床垫后面、还没有人性化而且显然已彻底被吓坏的人乱枪打死。

朱利安向他们简要地介绍了一下情况。克劳德说,两个兵孩已经到外面去查看三十一号大楼兵孩们的残骸,它们的身上携带着非致命性武器。目前这一批兵孩都是由爱好和平的人控制的,但是,使用手榴弹和激光枪是很难表达他们的和平主义的。催泪弹和催吐剂杀不了人,但是因此如果可以让人们昏睡过去,趁机收缴他们的武器,他们受到的伤害就会更小。

只要敌人的武装警卫还留在里面,这事就有可能发生。不幸的是,三十一号大楼的内部构造同瓜达拉哈拉诊所和圣巴托罗缪修道院不同。在瓜达拉哈拉诊所或圣巴托罗缪修道院里,你把人们引到一间特定的屋子里,按动一个按钮就可以让人们全部倒下;而三十一号大楼里的两名兵孩曾经一直携带着维持人群秩序使用的甜梦弹,那是一种麻醉气体和欣快剂的混合物——人们会因为吸入这种气体而昏睡,醒来后又会大笑不止。

不过,那两个机器人的残骸就散落在海滩上方圆一百多米的范围内。在这些散开的垃圾堆中,那两个搜寻兵孩还真的找到了三只完好无损的毒气罐。它们全是同样的外观,没有办法区别它们哪一个可以让人昏睡,哪一个可以让人流泪,哪一个可以让人呕吐。如果是在正常的操作室中接驳进系统的话,机械师们还可以释放出少量气体,利用兵孩的嗅感器去辨别种类;而在这种远程控制下,他们则无法闻出任何东西的味道。

他们也没有太多时间可以浪费在这个问题上。布雷斯代彻底掩盖了他的行踪,所以他们不会接到任何从五角大楼打来的长途电话,但是在波特贝洛本地就有许多怀着好奇心的人。

对于一场训练演习来说,很多方面都显得太过真实了:两名市民被偏离目标的子弹打伤;城里的大多数人都挤作一团躲在地窖里面;四辆警车的警察们围住了基地的入口,八名胆小的政府官员躲在警车后面,用英语和西班牙语对着一个没有反应的兵孩警卫喊话——他们不可能知道那个兵孩不过是个空架子。

"一会儿就回来。"克劳德控制的兵孩摆出了固定不动的姿势,而他本人则去检查另外六个没有激活的兵孩。当他连入大楼前门的那个兵孩时,他用激光枪朝着那些警车的轮胎开了几枪,引发了一场不小的爆炸。

当艾琳就那些毒气罐是"小姐"还是"老虎"的问题提出解决办法时,克劳德连入食堂里的一个兵孩待了几分钟。艾琳控制的兵孩把三名"囚犯"(选的是她不喜欢的军官)带到了海滩上。

事实证明,那些毒气罐的效果确实不同:一个上校幸福地昏睡过去,一个被眼泪蒙住了双眼,另一个将军不得不去实践他的呕吐技术。

当艾琳控制的兵孩胳膊下面夹着一只毒气罐走进食堂时,克劳德又将自己的链接切换到 E 座的兵孩身上。"我想我们差不多已经脱离危险了。"他说,"有谁知道我们在哪里能找到几百码长的绳子?"

我还真的知道在哪儿藏着这么多的绳子,洗衣间的晾衣绳,我猜是为了防止所有的甩干机同时出现故障而准备的。(这得归功于我在三十一号大楼中的高贵的前任岗位,也许我是唯一一个知道这些绳子的人;如果问我在哪儿能找到三个装着十二年前制造的花生酱的堆满尘灰的罐子,我也可以说得出来。)

我们等待了半个小时,一直到风扇将剩余的甜梦弹的气体吹散,然后才进入食堂,分清敌友,解除敌人的武装,将布雷斯代的人马全部绑起来。结果发现,这些警卫全部是男人,有着球队后卫一样强健的体魄。

空气中还有一些残留的甜梦弹气体,令人头晕,有一种无拘无束的放松感。我们把布雷斯代的突击队员们两个一组、脸对着脸堆在一块,想象并希望他们会带着对同性恋憎恶的恐惧醒来。(甜梦弹对于男性的一个副作用就是阴茎完全肿大。)

其中的一名武装警卫带着一个霰弹子弹带,我把它取下来拿到外面,坐在台阶上。当我把子弹依次推入枪膛时,我的头脑一片空白。东方显现出一丝微弱的光线,太阳即将升起,迎来这最有意义的一天。也许是我的最后一天。

阿米莉亚走出来,在我身边坐下。她一言不发,只是抚摸着我的胳膊。

"你好吗?"我问。

"我不是个早起的人。"她拉起我的手,在上面吻了一下,"你的感觉一定糟透了。"

"我在坚持服药。"我把最后一发子弹装进去,抬起了手枪,"我残忍地杀死了一名少将。军队会把我绞死的。"

"就像你曾经对克劳德说过的那样,"她说,"你是在自卫。保卫整个世界。这个人是我们能够想象出来的那种最邪恶的叛国者。"

"留着这些话到军事法庭上说吧。"她靠在我身上,轻声地哭了。我放下手中的枪,搂住了她,"我不知道到底会发生些什么事。我想马蒂也不知道。"

一个陌生人朝我们跑来,他的双手举在空中。我捡起武器,将枪筒指向他的方向,"这片区域不许未经授权的人员进入。"

他在距离我们大约二十英尺开外停住了脚步,他的手仍然举在空中,"我是车辆调配中心的比利·雷兹中士,长官。到底发生了什么事情?"

"你是怎么进入这里的?"

"我从那个兵孩身边跑过来的,它没有阻拦我。所有这些疯狂的举动是怎么回事?"

"我说过——"

"我不是指那边!"他慌乱地指着一个方向,"我是说那边!"

阿米莉亚和我朝建筑周围的电网外边看去——在黎明暗淡的光线下,那里静静地站着数以千计的人,全部是赤身裸体的。

由不到二十个人组成的、名不副实的二十人集团,能够利用他们全体共有的经验和智慧去解决那些有趣的、难以捉摸的问题。自从他们被人性化的那一刻起,他们就得到提升,拥有了这种能力。

在运河区的数千名战俘则构成了一个更大的实体,他们只需要解决两个问题:我们怎样逃出这里?接下来怎么办?

逃出去实在太简单了,几乎算不上是一个问题。战俘营中的大多数工作都是由这些战俘完成的。他们一旦结合在一起,要比管理这里的士兵和计算机更加了解这里的运行模式。获得对计算机的控制权很容易。为了争取到让那个女人(他们知道她是个好心肠)离开桌子决定性的一分钟时间,他们需要在恰当的时间制造一场紧急医疗求救事件。

这个时机定在了凌晨两点。到两点三十分时,所有的看守士兵都在枪口下被唤醒,并被押往一个防备最为森严的集中营。他们没有进行任何抵抗就投降了。考虑到他们面对的是数千名似乎愤怒至极的武装起来的敌军囚犯,这样的结果并不出人意料。他们不可能知道这些敌人并非真正的愤怒,而且他们实际上已经无法扣动扳机了。

战俘中没有人知道如何去操作一个兵孩,但是他们可以通过指挥控制中心把它们关掉,使它们停在那里。同时他们也发现了操作室中的机械师们,随即把他们一起带进关押看守们的监狱中。战俘们给他们留下了大量的食品和水,然后继续进行下一步。

他们本来可以一走了之，各奔东西——但是如果那样的话，这场将他们安宁、富足的国家变成令人窒息的战场的战争仍会继续下去。

他们必须迎向敌人。他们必须奉献自己。

在波特贝洛和运河区之间，他们通过单轨铁路进行定期的货物运输。他们把自己的武器和一些能够说一口流利美国英语的人留了下来（在几个小时内制造一种战俘集中营运行一切正常的假象），剩下的人挤进几个货运清单上写着新鲜水果和蔬菜的货运车厢中。

当这些车厢停靠在物资供应车站时，他们全都脱光了衣服，这可以证明他们没有携带任何武器和他们的脆弱性——同时也使那些对裸体行为颇不习惯的美国人迷惑不解。

他们中有几个人是从波特贝洛送往集中营的，所以当车门打开后，他们步伐一致地走到强烈的泛光灯下时，他们知道应该去哪里。

三十一号大楼。

我看见站在岗楼旁边的那个兵孩摇晃了一下，然后转过身去，注视着这令人惊异的壮观景象。

"到底发生了什么？"克劳德的声音从兵孩身上传出来，"发生了什么？（西班牙语）"

一个满脸皱纹的老者慢吞吞地走在前面，手里捧着一个便携式接驳配线箱。一个警卫冲到他身后，举起了M-31的枪托。

"不要！"克劳德说。但是已经太晚了。枪托伴随着噼啪声砸进了老人的脑壳，他向前仆倒在兵孩的脚下，失去了知觉——也许已经死了。

次日，全世界都将看到接下来的这一幕情景，而马蒂一系列的精心安排都达不到这样的效果。

这些战俘把目光集中在那个警卫的身上，平静的眼神里带着惋惜和宽容。这个庞大的兵孩跪下来，小心翼翼地把老人虚弱的身体抱在怀里，低头看着那个警卫。"看在上帝的份上，他只是个老人。"他轻轻地说。

接着，一个大约十二岁的小女孩从地上捡起了那个接驳配线箱，从里面拉出一根电缆，什么也没说，径直将它递给了兵孩。兵孩单膝跪地接过电缆——并没有放下老人，费力地把电缆插进了自己的身体。那个小女孩将另一根电缆接入了她自己的头部插槽里。

波特贝洛的太阳升得很快，在这戏剧性的场面持续的两分钟时间里，静立不动的数以千计的人和一个机器进行着深邃的思想交流，街道开始明亮起来，洒满了金色和玫瑰色的光芒。

两名穿着白色医疗大褂的警卫带着一副担架赶来了。

克劳德断开接驳，轻轻地把老人的身体放在他们的担架上。"这位是胡安·乔瑟·德·科多巴，"他用西班牙语说道，"——请记住他的名字。他将是人类最后一场战争中的第一个伤员。"

他拉起那个小女孩的手，他们一起朝着大门走去。

他们把这场战争称为最后一战，也许有些过于乐观了，除了那位老人之外，还有上万人伤亡。但是，马蒂已经相当准确地预料到了这个过程及其结果。

那些战俘结为一体，称他们自己为被释放的人（西班牙语），也就是"自由人"，实际上他们已经承担起马蒂和他团队的重任，继续将人类引向和平之路。

他们开始显露出令人瞩目的集体智慧的力量。他们从第一定律中推断出能够关闭木星工程的信号特征，利用哥斯达黎加的一个小型射电望远镜将这个信号发送到木星——拯救了这个世界，将其作为这个战争游戏计划中的第一步。这是一场寻找自身规则的游戏。

在接下来的两年里将要发生的许多事情，对于我们这些普通人来说很难理解。从某种意义上来说，这场战争最终大概会得出一个达尔文式的结果，即两个不同的物种争夺一个生态环境。实际上，我们都属于亚种范畴，现代智人与和平主义智人，因为我们可以异种交配。毫无疑问的是，和平主义者最终将会赢得这场战争。

当他们开始隔离我们这些在不到一代人的时间里就将沦落为亚正常人种的"正常人"时，马蒂让我担任分布在美洲的正常人——主要是古巴、波多黎各和英属哥伦比亚的移民——的首席联络官。

我说不行，但最终还是在他连哄带劝下答应了。这个世界上只有二十三名曾经与人性化的人进行过接驳的正常人。因此，对于其他那些分布在塔斯马尼亚岛、中国台湾、斯里兰卡以及桑给巴尔岛等等岛屿上的正常人来说，我们是笔无价的财富。

我想，最终我们可能会被称为"岛民"，而那些接受过人性化改造的人类将会取代我们的曾用名。

在建立起世界新秩序之前，将要有两年的混乱状态。不过，这种混乱在克劳德把那个小女孩带进三十一号大楼中，与她的兄弟姐妹们进行完全的双向接驳之后开始渐渐变得尘埃落定。

现在大约是正午时分。阿米莉亚和我都已经疲惫不堪了，但是我们不愿意,也几乎不能入睡。当然,尽管一个勤务兵已经过来小心翼翼地告诉我房间已经用水桶、板刷和一两个装尸袋"收拾干净了",我也永远不打算在那间屋子里入睡了。

一个女人带来了几篮子面包和煮得熟透了的鸡蛋。我们在台阶上铺开一张报纸,把午餐放在上面,把鸡蛋切成薄片放在面包上。

一个中年妇女面带微笑走到我们的面前。我第一眼并没有认出她。"克莱斯中士?朱利安?"

"中午好(西班牙语)。"我说。

"我欠你很多东西。"她说,她的声音因为激动而颤抖着。

然后我恍然大悟,她的声音、她的脸都是那么的熟悉,"马德罗市长。"

她点了点头。

"几个月以前,在那架直升机上,你把我从自杀的颓废中拯救了出来。我进了战俘营,接受了接驳,现在我仍然活着;不仅仅是活着,因为你的同情心和迅速果断的行动,我获得了重生。

"在过去的两个星期里,我一直在改变着自己,我一直希望你还活着,这样我们就可以像你所说的那样接驳在一起。"她笑了笑,"你的话很有趣。

"然后我来到了这里,发现你还活着,但是已经失去了接驳的能力。不过,我已经与那些在你们可以探察到彼此心灵时了解你、爱着你的人进行过接驳。"

她拉起我的手,看着阿米莉亚,又把另一只手递给了她,"阿米莉亚……我们之间也曾心灵相通过那么一瞬间。"

我们三人拉着彼此的手组成了一个三角形,一个无声的圈子。三个为了爱情、为了愤怒、为了忧伤几乎放弃了他们生命的人。

"你……你,"她说,"没有词汇(西班牙语)。这一切无法用语言表达。"她放开我们的手朝着海滩走去,在灿烂的阳光下擦拭着眼角。

我们坐在原地,看了马德罗一会儿,我们的面包和鸡蛋在阳光下正被慢慢烘干,我把阿米莉亚的手紧紧地攥在手心里。

就像往常一样,又是我们的二人世界了。